王平叔致梁漱溟的二十八封信

李炼 王治森 王家伟 编注

西南师范大学出版社
国家一级出版社 全国百佳图书出版单位

图书在版编目（CIP）数据

王平叔致梁漱溟的二十八封信 / 李炼，王治森，王家伟编注. —— 重庆 ：西南师范大学出版社，2017.6

ISBN 978-7-5621-8743-1

Ⅰ. ①王… Ⅱ. ①李… ②王… ③王… Ⅲ. ①书信集—中国—现代 Ⅳ. ①I266.5

中国版本图书馆 CIP 数据核字(2017)第 118544 号

王平叔致梁漱溟的二十八封信

WANGPINGSHU ZHI LIANGSHUMING DE ERSHIBA FENG XIN

李炼　王治森　王家伟　编注

策　　划：千卷文化

特约编辑：安晓利

责任编辑：杜珍辉　赖晓玥

装帧设计：重庆叁贰叁文化传播有限公司

出版发行：西南师范大学出版社

网址：http://www.xscbs.com

地址：重庆市北碚区天生路 2 号

市场营销部电话：023-68868624

邮编：400715

印　　刷：重庆共创印务有限公司

开　　本：787mm×1092mm　1/16

印　　张：22

字　　数：380 千字

版　　次：2017 年 6 月　第 1 版

印　　次：2018 年 5 月　第 2 次印刷

书　　号：ISBN 978-7-5621-8743-1

定　　价：88.00 元

1924年夏，梁漱溟、王平叔、黄艮庸、朱谦之（从左至右）在北京某公园合影

记王平叔先生·代序

梁培宽

1939年夏，我小学毕业，考入四川省立南充中学后，借住省立南充民众教育馆内，等开学后去入住学校。一天我走过开水房，看到房内火炉旁站着一位身材修长的少年，令我很感诧异。夏天气温常在三十摄氏度以上，为何他却怕冷成这样（数年后我染过一次疟疾，就全明白了）？后来我听说他是平叔先生的长子，名治和。开学后，我在初一，他在初三，常可碰见。他又不时引我去平叔先生在校内的宿舍，因他是中学的高中国文教师。如果我晚饭后随治和兄去平叔先生的住处，有时可以碰见，可是不多，再加两人缺乏共同的话题，因而很少交谈过，仅是招呼一番而已。只是听说平叔先生早在民国十一年（1922年）由四川去北平见了先父梁漱溟，从此有了师生关系。

1940年夏，我转去了璧山县，平叔先生也不在南充教书了。就在这个暑期，我们兄弟二人，随先父去江津白沙镇，在镇北数里的聚奎中学附近，租赁了几间草顶泥墙的民居，在那里度暑假。一天来一急电，说平叔先生病危，表示希望再见老师一面。先父即放下手头写作的事，匆匆赶往璧山县来凤驿。后来听说，待先父赶到时，平叔先生最后的一个遗愿终未得实现——他已早一天故去了。

以上所述，就是我早年对平叔先生的所知了。对平叔先生有较多的了解，

梁培宽，梁漱溟长子，《梁漱溟全集》编注者。

那是自己退休后开始投入整理编辑先父著述工作以后的事。

2008年，为选编《梁漱溟往来书札手迹》，拣出先父所收存早年师友来信，读到平叔先生致先父的一批旧信，对平叔先生的了解又多了一些。为了能保存好利用好这些早年旧信，我想到必须为这些旧信找个合适的归宿——重庆图书馆，由它永久收藏。

交给图书馆之前，我必须对这些旧信做进一步整理，包括所有旧信按时期加以排列分类，最后再写一前言，对平叔先生其人，以及这批信的内容做一简介。通过细读这批平叔先生早年所写的书信，我对他有了更多的了解。如早在1922年，先生辞去南充中学的教职的原因及其所表示的决心。看了其辞书，又知道了当时学校校长又正是我们随父亲第一次到南充设宴欢迎的主人张表方老先生。而表老又是创办中国民主同盟时与先父合作，在同盟工作中共事关系最好、相知最深的一位老者。又如，当年革命军北伐事，从平叔先生参加北伐时向先父汇报的若干书信中，也对北伐行动有了不少了解。其他种种，读者读其书信自可明白，无须赘述。

先父于"文革"结束之年（1976年）写有《略记当年师友会合之缘》一文，文中特地写道："因《东西文化及其哲学》之讲演而引起结交的朋友更多，而关系最深，踪迹至密，几于毕生相依者，则为王平叔、黄艮庸、陈亚三。"

对这三位"关系最深，踪迹至密，几于毕生相依者"中之第一人平叔先生，又写出了约三百字的回忆。其文如下：

"平叔毕业于四川高师，依中等学校教书为生，而当'五四'运动前后，思想烦闷不得解决，几于自杀。既得读《东西文化及其哲学》，决心从游于我。不顾家人生计，辞去教职。路费无所出，则尽卖去其书物。其事至足动人。熊书（《十力语要》）中所见有张俶知、钟伯良、刘砚僧等姓名，盖皆平叔在高师同学友好，有动于平叔之风，亦先后北来从我，并同问学熊先生者。惜伯良、砚僧故去均早。——似均不足四十岁。而平叔之故（1940年）亦只四十二三岁而已。平叔在吾侪朋友中最具有主动力，恒能主动帮助人，无论同辈后辈莫不身受其益。回忆我所得朋友的帮助，屈指而计，必首推平叔也。"

从以上简要叙述，可了解平叔先生之为人，同时可知平叔先生与先父梁漱溟二人间的师友情谊非同一般了。

1940年初，在川师友有兴学之议，首先由平叔先生起草《办学意见述略》，由先父修改定稿。于是同年夏在璧山县来凤驿镇筹建勉仁中学，在筹建工作进行之中，学校将开学之际，平叔先生竟病逝于来凤驿，令师友悲痛与惋惜不已。

2015 年 4 月 23 日于北京

目 录

1923年，王平叔初到北京时留影

王维彻平叔先生生平

王维彻（1898—1940），字平叔，亲友皆以字相称，巴县姜家乡人。1898年出生于姜家乡一贫苦家庭，父亲靠抬滑竿的微薄收入养家。王平叔自幼天资聪颖，勤奋好学，在乡私立小学学习期间，成绩名列前茅，得姜姓老师资助，考入万州历史上第一所新式中学堂，即有“川东名校”之誉的万州学堂（今重庆万州第一中学），后于1917年考入国立成都高等师范学校（简称成都高等师范学校，该校后并入四川大学）国文部。

王平叔在成都高等师范学校读书期间，正值“五四”新文化运动席卷全国之际。成都作为四川及西南的文化中心，反帝反封建的浪潮风起云涌，不但成立了四川学生联合会，还出版了机关报刊《四川学生潮》（周报）。作为学联骨干与报刊主编，王平叔不但经常在《四川学生潮》上发表文章，还积极参与学联及高师组织的示威游行、罢课请愿、抵制日货等活动[1]。

1921年夏，王平叔从高师毕业后，受聘于张澜主办的南充中学任国文教

[1] 见张秀熟著《二声集》中的《五四运动在四川的回忆》（巴蜀书社1992年7月第1版第411页）：“1920年初，四川学生联合会为了加强反帝、反封建斗争，宣传新文化革命运动，出版了自己的刊物《四川学生潮》周报，自己撰稿、编辑、校对、发行，并自己沿街贩卖……高师校学生袁诗尧、刘砚僧、王维彻、杨砺坚等在周报上发表文章，系统地批判了宋育仁、祝彦和、曾学传这一类遗老的讲义，驳得体无完肤，把‘大经师’（宋）、‘大圣人’（曾）弄得权威扫地……”又见秦德君、刘准《火凤凰——秦德君和她的一个世纪》（中央编译出版社1999年2月第1版）：“1919年，五四的熊熊火焰燃遍全国，学生爱国运动风起云涌。成都高等师范学校学生刘砚僧、王维彻、袁诗尧、张秀熟、杨砺坚，还有附中学生刘先亮、吴先忧等，团结全市学生掀起了爱国运动的热潮，声势浩大，他们拍发电报，声援北平爱国学生，声讨北平卖国政府，呼吁各界一致反对北洋政府在《巴黎和约》上签字。”

1925 年，王平叔（左六）与梁漱溟师友团体部分人员，在山东曹州（今菏泽）留影

师。从轰轰烈烈的新文化运动中心来到相对平静的川北小城，面对依然贫困与保守的社会现实，王平叔“思想无路，生活遂失引导”“前后曾持刀自杀过两三次，均为友人所解救”。[1] 正当他思想上彷徨不决之际，梁漱溟的《东西文化及其哲学》（第三版）出版，恰好打动了这个深受东方文化影响而又亟欲在西方文化中探求真理的热血青年。1922 年夏天，王平叔毅然辞去南充中学的教职，到北京向梁漱溟求学。事前虽经张秀熟、袁诗尧等和他反复辩论，校长张澜也再三挽留，都未能使他听从[2]。梁漱溟曾撰文回忆道：“平叔毕业于四川高师，依中等学校教书为生，而当‘五四’运动前后，思想烦闷不得解决，几于自杀。既得读《东西文化及其哲学》，决心从游于我。不顾家人生计，辞去教职。路费无所出，则尽卖去其书物。其事至足动人。”[3]

从 1923 年春季到 1925 年末，王平叔加入梁漱溟“再创宋明讲学之风”的师友团体，从在北京的同处共学到参与山东曹州筹备曲阜大学并创办省立六中（现菏泽一中）高中部，王平叔已经从梁漱溟的普通学生成长为得

---

[1] 见《梁漱溟往来书札手迹》，（梁培宽编，大象出版社 2009 年 8 月第 1 版）。

[2] 见《巴县历史人物（第一辑）》，巴县县志委员会 1984 年 4 月刊印。

[3] 见《我生有涯愿无尽・梁漱溟自述文录》，中国人民大学出版社 2004 年 11 月第 1 版第 307 页《略记当年师友会合之缘》。

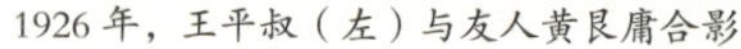

1926 年，王平叔（左）与友人黄艮庸合影

1932 年，王平叔与夫人陈慧卿、次子王复在重庆适中花园寓所前合影

力助手。其投奔梁的行为，带动了高师同学张俶知、钟伯良、刘砚僧，以及后来曹州中学的武绍文、吕烈卿等加入了梁漱溟师友团体。1924 年夏至 1925 年夏，在参与曹州办学的人员中，王平叔是核心成员之一。在 1922 年到 1925 年的 4 年间，王平叔与梁漱溟之间形成了在人生观、价值观与学术观上共同探讨、互相批评、平等交流、亦师亦友的关系，还结识了熊十力、朱谦之、卫西琴（美籍德国人，教育家、音乐家及心理学家）等文化名人。

1925 年底，王平叔与梁漱溟的学生黄艮庸、徐名鸿一道，作为梁漱溟师友团队的代表，南下广州，参加正在酝酿的北伐战争。1926 年初，王平叔任国民革命军第四军十师师长陈铭枢（北伐军攻克武汉后第十师扩编为第十一军，陈任军长兼武汉卫戍司令）秘书，随陈铭枢、白崇禧前往湖南带动唐生智参加北伐，并代陈、白起草了争取湖南省长拥护广东革命政府的《谢湘中民众电》[1]，是年 6 月随军北伐，出征前加入国民党，其后参加了汀泗桥、贺胜桥等重大战役。参与北伐的经历，使王平叔从书斋走向社会，

[1] 原件由梁漱溟批注，现存重庆图书馆。

并经过对现实的观察与思考之后形成了独特的价值观；完成了从一介书生成长为对生活有见识、有担当的觉悟者，从独善其身到兼善天下的重大人生转变。

1927年5月，王平叔随梁漱溟、黄艮庸赴广州，初在梁任校长的广东第一中学（今广雅中学）任教员，后任广东省主席陈铭枢私人秘书。1930年因父丧曾回到重庆，后又赴山东邹平参与山东省乡村建设研究院工作，1931年与陈慧卿女士结婚。1933年11月，参与由李济深、陈铭枢、蒋光鼐、蔡廷锴等人在福建成立的“中华共和国人民革命政府”，失败之后，王再次回到重庆。

1934年初，王平叔在原南泉乡村师范学校（该校由王之高师同学杨砺坚于1930年创办，为四川第一所乡村师范学校）的基础上，建立南泉乡村建设实验区，并任区长。实验区设讲学部与实施部。讲学部下有教务课与编辑课。实施部下有乡政课、建设课、教育课，学员分布于温泉、土桥、鹿角、界石、樵坪、公平、文峰、崇文八乡。实施部之乡政课，主理各该区组织、调查、统计、登记、选举、制订公约、自卫、储备、救济、息讼、调解等事项；建设课主理各该区农作改良、造林、畜牧、家庭工业、各种合作社、交通、卫生、测量、借贷所、医社、医院等事项；教育课主理各该区小学教育、民众教育、成人补习教育、家庭教育、幼稚园、艺术馆、自然科学研究所、图书馆、礼俗改良、公共娱乐等事项[1]。南泉乡村建设实验区，是重庆地区成立较早的乡村建设实验区之一，为之后波澜壮阔的抗战大后方乡村建设运动，积累了丰富的实践经验。

1935年，王平叔受聘于四川乡村建设学院（1936年更名为四川省立教育学院，中华人民共和国成立后并入西南师范学院），担任人生哲学导师；1936年任私立巴县图书馆馆长；1938年任泸县（今泸州）川南师范学校教师兼训育主任。

1937年卢沟桥事变之后，梁漱溟师友团体的大多数骨干，都迁移到了以陪都重庆为中心的西南大后方。他们大都参与过梁漱溟主导的办学及乡村

---

[1] 见《川游漫记》（陈友琴著，中国青年出版社2012年第1版）。陈于1934年任中央通讯社记者期间，参加川康考察团，其连续报道在上海《民报》刊发后，由南京正中书局结集出版。

建设实践，面对新的社会形势，决定重树乡村建设旗帜，继续平民教育事业。1938 年，创办南充民众教育馆，次年，王平叔即赴南充民众教育馆担任教员，并兼任南充中学国文教师。1940 年初，开始与梁漱溟等筹办勉仁中学，由梁漱溟任董事长，王平叔作为办学发起人之一，起草了《办学意见述略》，由梁漱溟定稿后公布。同年夏在璧山县来凤驿镇参与筹建勉仁中学，在学校即将开学之际因病逝世，享年 42 岁。对于王之英年早逝，梁漱溟曾撰文称："平叔之故（1940 年）亦只四十二三岁而已。平叔在吾侪朋友中最具有主动力，恒能主动帮助人，无论同辈后辈莫不身受其益。回忆我所得朋友的帮助，屈指而计，必首推平叔也。"[1]

---

[1] 见《我生有涯愿无尽·梁漱溟自述文录》，中国人民大学出版社 2004 年 11 月第 1 版第 307 页。

【第一辑】

追随先生

写信时间：

1922—1923 年

信件数量：

书信 2 件，附件 1 件

此组信件由2封信函与1件附件（《与南充中学校校长张表方辞职书》）组成。

1919年“五四”运动爆发之际，王平叔正在成都高等师范学校就读，从现在能够找到的资料看，王平叔在当时应该是成都学生界的积极分子。据当年参加运动的成都四川省立女子实业学校学生秦德君（中华人民共和国成立后曾担任全国政协委员）回忆：“1919年，五四的熊熊火焰燃遍全国，学生爱国运动风起云涌。成都高等师范学校学生刘砚僧、王维彻、袁诗尧、张秀熟、杨砺坚，还有附中学生刘先亮、吴先忧等，团结全市学生掀起了爱国运动的热潮，声势浩大，他们拍发电报，声援北平爱国学生，声讨北平卖国政府，呼吁各界一致反对北洋政府在《巴黎和约》上签字。”[1]

另据其学长张秀熟（中华人民共和国成立后，张秀熟历任川西区教育厅厅长、四川省教育厅厅长、四川省副省长、四川省人大常委会副主任）回忆，“1920年初，四川学生联合会为了加强反帝、反封建斗争，宣传新文化革命运动，出版了自己的刊物《四川学生潮》周报，自己撰稿、编辑、校对、发行，并自己沿街贩卖……高师校学生袁诗尧、刘砚僧、王维彻、杨砺坚等在周报上发表文章，系统地批判了宋育仁、祝彦和、曾学传这一类遗老的讲义，驳得体无完肤，把‘大经师’（宋）、‘大圣人’（曾）弄得权

[1] 见《火凤凰——秦德君和她的一个世纪》，中央编译出版社1999年2月版。

威扫地……”

《巴县历史人物（第一辑）》也有相关的记录：“王平叔是‘五四’时期新文化运动的积极分子，曾任四川省学联机关刊物《四川学生潮》的主编，写了许多进步文章。”

1921年夏，王平叔从高师毕业后，受聘于张澜主办的南充中学任国文教师。从轰轰烈烈的新文化运动中心来到相对平静的川北小城，面对依然贫困与保守的社会现实，王平叔“思想无路，生活遂失引导”“前后曾持刀自杀过两三次，均为友人所解救”。（语出信件1）正当他思想上彷徨不决之际，梁漱溟的《东西文化及其哲学》（第三版）出版，恰好打动了这个深受东方文化影响，而又亟欲在西方文化中探求真理的热血青年。于是在1922年夏天毅然辞去南充中学的教职，到北京向梁漱溟求学。事前虽经张秀熟、袁诗尧等和他反复辩论，校长张澜也再三挽留，但都未能使他听从。

1962年，梁漱溟曾撰文回忆道：“平叔毕业于四川高师，依中等学校教书为生，而当‘五四’运动前后，思想烦闷不得解决，几于自杀。既得读《东西文化及其哲学》，决心从游于我。不顾家人生计，辞去教职。路费无所出，则尽卖去其书物。其事至足动人。”[1]

本节收录的第一封信（信件1），即写于1922年6月王平叔辞去南充中学教职后，前往北京的途中。其附件《与南充中学校校长张表方辞职书》（附件1），当时是作为信件1的附件，抄录转寄给梁漱溟，以描述其处境与决心的。本书仍作为附件收录，以达到信息互证之效果。

本节所收录的第二封信（信件2），从信中“去年来见吾师亦在此时”等内容考量，此信的写信时间应该是在1924年春天。王平叔从1922年6月出川，一直到1923年的春天才在北京见到梁漱溟，其中的大半年时间都去了哪里？在信件1中有“要送一位女学生到南京去读书，将来只有从津浦铁路到北京了”的表述，证明他在南京作了停留，但是什么缘故耽搁了大半年才到北京，目前没有更多的资料佐证。

从信中“生自还家迄今三月”等内容推断，王平叔是在1932年底离开

---

[1] 见《我生有涯愿无尽·梁漱溟自述文录》，中国人民大学出版社2004年11月第1版第307页《略记当年师友会合之缘》。

北京回到重庆老家的。大约在1920年甚至更早的时间，王平叔依照父母的安排，与老家的岳姓女子结婚，后育有女、子各一人。值得注意的是，此信中之“父母兄于生始终不谅解，只以世俗之见相责难，不能得调和妥贴，卒陷于污泥不能自拔”等内容，与《与南充中学校校长张表方辞职书》中所言及的“家庭境况，逼我过甚”等描述是一脉相承的。在那个时代，“书中自有黄金屋”“学而优则仕”等理念，依然是世俗社会的主流价值观。由此推断，王平叔所选择的“人生路向”，自然不为家人与社会所理解，而此种情形，乃与其相伴终身。

漱溟先生左右　我這次從交通極不便利的四川出來，經過將近萬里的路程，一點别的意思沒有，只是敬慕先生的人格和精神，特將我現在的一切生活丢開來，與先生同處，爲親炙的弟子。藉先生的人格精神，把我現在打算要走的生活路向，及所欲持的生活態度，重習陶鑄，使他有個確定的把握；這就是我此行排萬難而不顧的意思。不知先生能夠允許我這樣不？我現在決意——真正的決意——要走的生活路

第一辑　书信 1-1

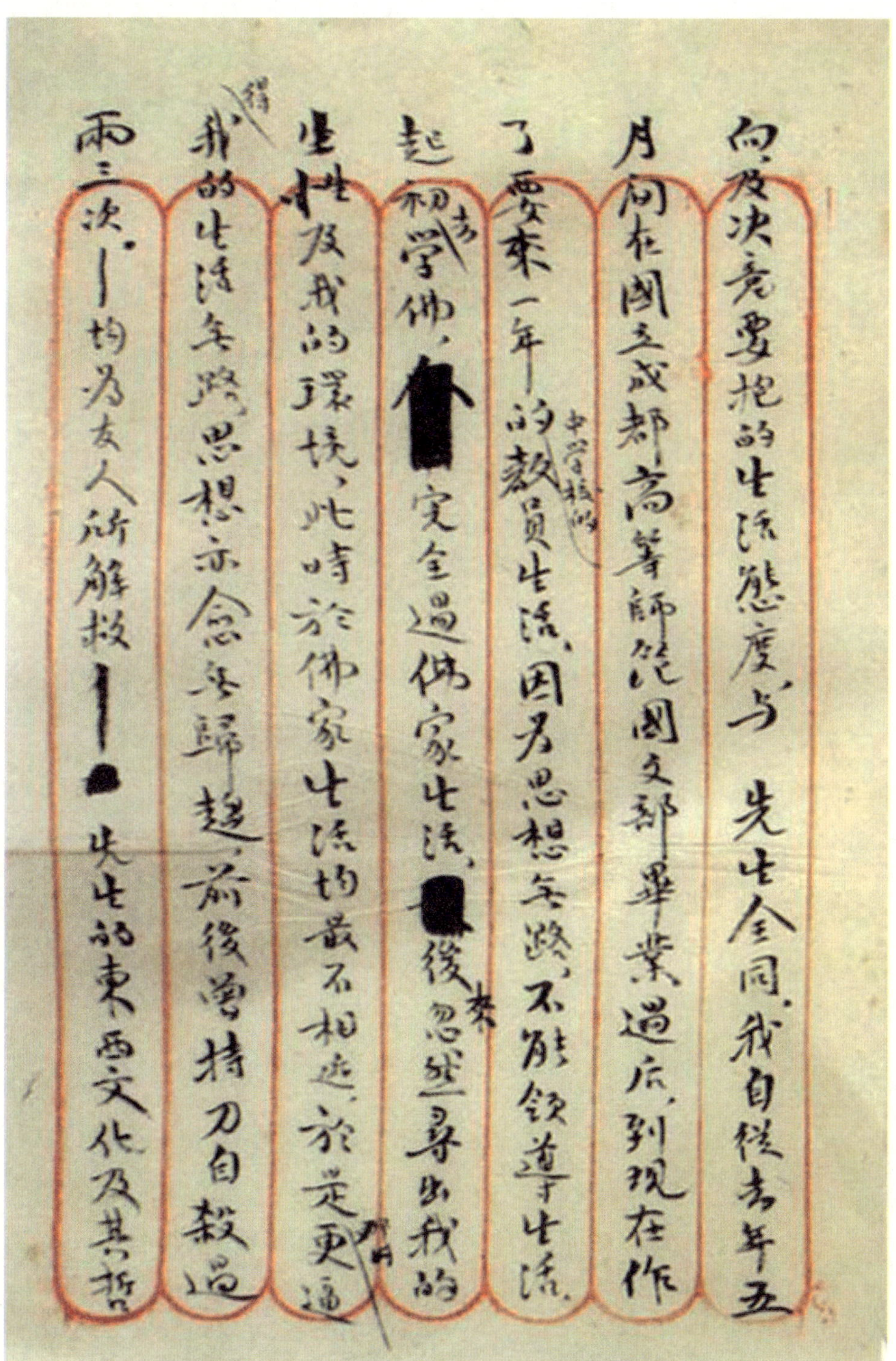
向及决意要抱的生活態度，与　先生全同。我自從去年五月间在国立成都高等師範国文部毕業過后，到現在作了要来一年的中学校的教员生活，因为思想無路，不能欽導生活。起初去学佛，■完全過佛家生活，■後来忽然尋出我的生性及我的環境，此時於佛家生活均最不相适，於是更逼得我的生活無路，思想亦念無歸趋，前後曾持刀自殺過两三次，——均为友人所解救——■先生的東西文化及其哲

第一辑　书信 1-2

学雲，我已詳細看過三次，於我生活上的救濟，實在很大，

我之所以能生存至今日者，全賴此耳。我將我的性情■

我的經過，及我的環境，曾細細斟酌審慮過，最後所得的

結果，都只有逼着我來走 先生所指出的那條生活路向。

不容我有別的■（疑）慮，所以我現在就毅然決然的放下

一切，來與 先生相處。先生亦能大發慈悲，救此思想無

生活之窮兒乎？ 先生曾說過：「我很願意我拿我的人同

第一辑　书信 1-3

大家相見，不願意只拿了我的書同大家相見！」——我現在不願艱

難困苦，辭去教職，將我數年辛苦經營買來的書籍，全數

賣去，並將我若干衣服也典賣了。如此籌些路費來見●

先生的意思，也就是本　先生所說的那個意思罷了。以上

所述，還有多少沒有說，這只好等到與　先生見面時說好

了。因為這封信是在船上寫的，船上簸盪的很，書寫異常

吃力。我現在已到了漢口了，因為要送一位女學生

第一辑　书信 1-4

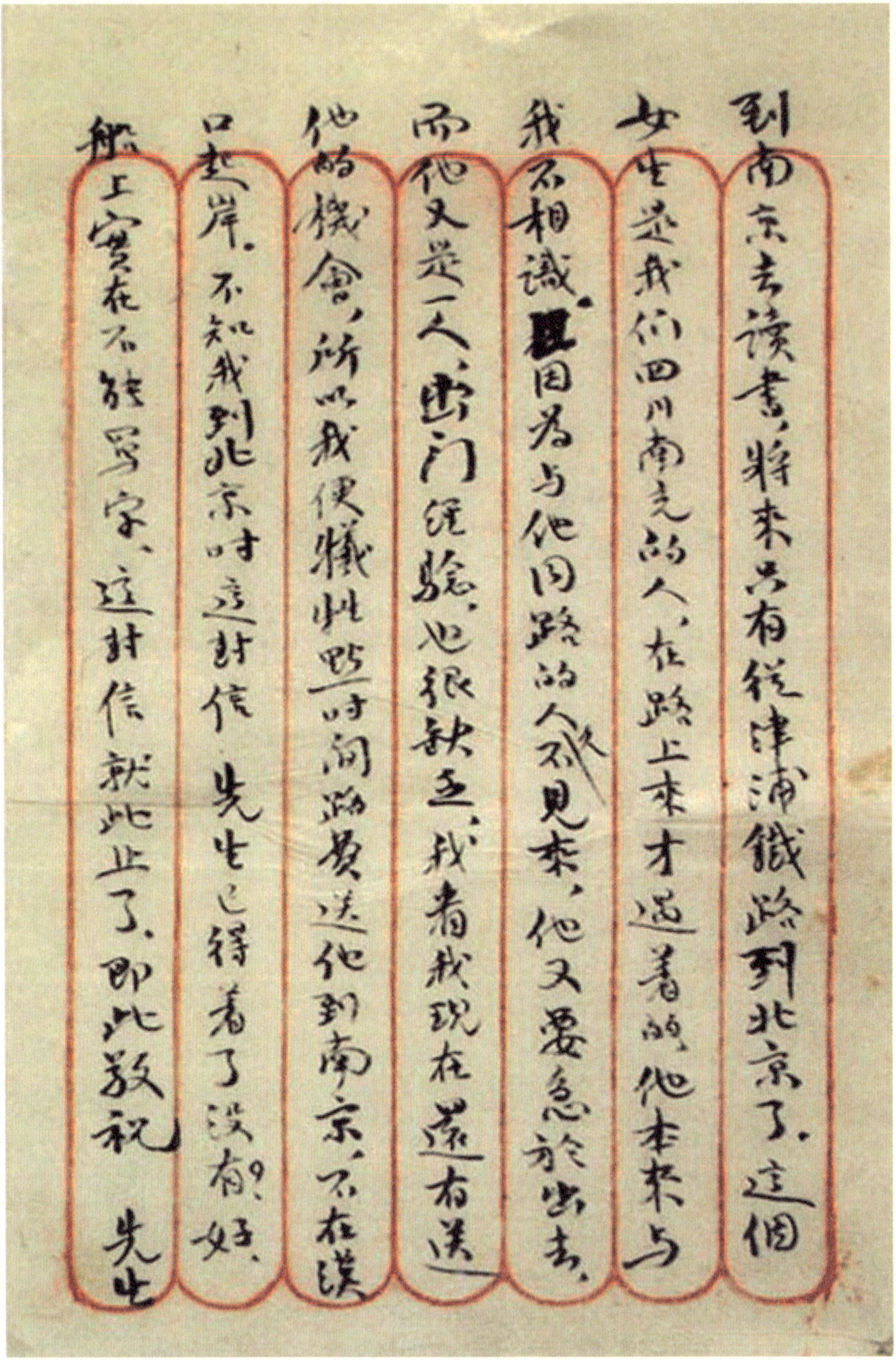

到南京去读書，将来共有從津浦鐵路到北京了。這個
女生是我們四川南充的人，在路上来才遇着的，他本來与
我不相識。因為与他同路的人不見来，他又要急於出去，
而他又是一人，出门經驗，也很缺乏，我看我現在還有送
他的機會，所以我便犧牲些时间路費送他到南京，不在漢
口起岸。不知我到北京时這封信，先生已得着了没有？好，
船上實在不能写字，這封信就此止了。即此敬祝　先生

第一辑　书信 1-5

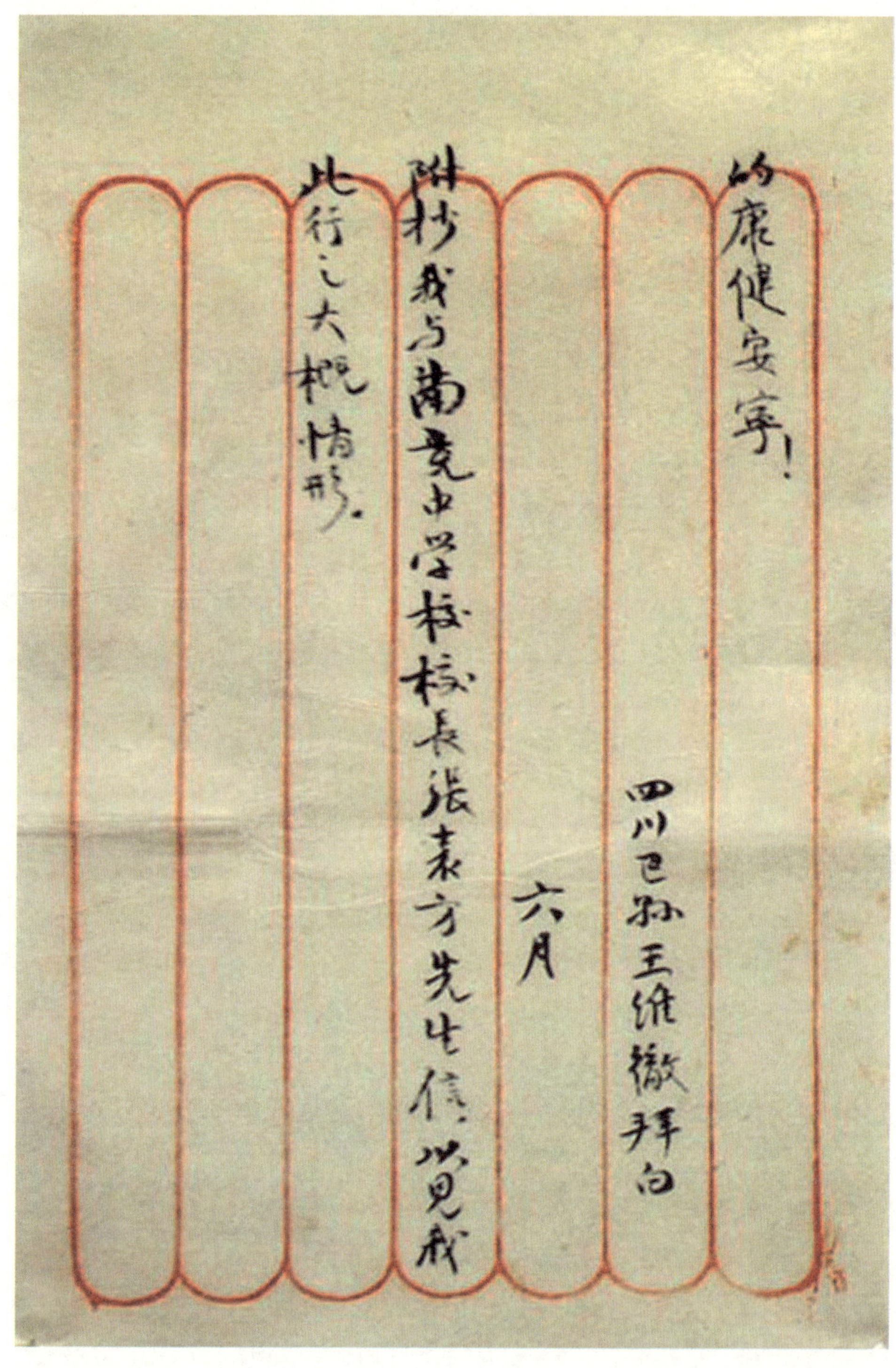

的康健安寧！

四川巴縣王維徽拜白

六月

附抄我与南充中学校長張表方先生信，以見我此行之大概情形。

第一辑　书信 1-6

书信1《致梁漱溟》[1]

漱溟先生左右：

我这次从交通极不便利的四川出来，经过将近万里的路程，一点别的意思没有，只是敬慕先生的人格和精神，特将我现在的一切生活丢开，来与先生同处，为亲炙的弟子。借先生的人格精神，把我现在打算要走的生活路向及所欲持的生活态度，重习陶铸，使他有个确定的把握。这就是我此行排万难而不顾的意思，不知先生能够允许我这样不？我现在决意——真正的决意——要走的生活路向及决意要抱的生活态度，与先生全同。我自从去年五月间在国立成都高等师范[2]国文部毕业过后到现在，作了要来一年的中学校[3]的教员生活，因为思想无路，不能领导生活，起初去学佛，完全过佛家生活，后来忽然寻出我的生性及我的环境，此时于佛家生活均最不相近，于是那时更逼得我的生活无路，思想亦愈无归趋，前后曾持刀

---

[1] 此信刊于《梁漱溟往来书札手迹》458—460页，此书所标注时间为“一九二二年六月”。此信共6页，落款时间为“六月”。

[2] 国立成都高等师范学校即现四川大学之前身。康熙四十三年（1704年），四川省在文翁石室的基础上，创办了锦江书院。同治十三年（1874年），四川尊经书院创办。1896年6月18日，四川创办四川中西学堂，这是中国西部近代第一所高等学校。1902年，锦江书院和尊经书院“两院入堂”，与四川中西学堂合并，成立四川省城高等学堂。1916年5月，由四川省城高等学堂更名的四川高等学校与四川高等师范学校合并为国立成都高等师范学校，成为全国六大国立高师之一，与武昌高等师范学校、北京高等师范学校、浙江两级师范学堂、南京高等师范学校、广东高等师范学校等齐名。1926年，高等师范学校一分为二为国立成都师范大学和国立成都大学。1927年，公立国学、外国语、法政、工业、农业五大专门学校合并为公立四川大学。1931年11月9日，三所大学正式合并组建为国立四川大学。

[3] 指当时的南充中学，为著名教育家张澜创办于辛亥革命时期。1920年张担任校长后，曾聘请国立成都高等师范学校毕业生张秀熟、袁诗尧、王平叔等为教员。

自杀过两三次——均为友人所解救——先生的《东西文化及其哲学》[1]一书，我已详细看过三次，于我生活上的救济，实在很大，我之所以能生存至今日者，全赖此耳。我将我的性情、我的经过及我的环境，曾细细斟酌审虑过，最后所得的结果，都只有逼着我来走先生所指出的那条生活路向，不容我有别的疑虑，所以我现在就毅然决然的放下一切，来与先生相处。先生亦能大发慈悲，救此无思想无生活之穷儿乎？先生曾说过："我很愿意我拿我的人同大家相见，不愿意只拿我的书同大家相见！"我现在不顾艰难困苦，中途辞去教职，将我数年辛苦经营买来的书籍，全数卖去，并将我若干衣服也典卖了，如此筹点路费来见先生的意思，也就是本先生所说的那个意思罢了。以上所述，还有多少没有说，这只好等到与先生见面时说好了。因为这封信是在船上写的，船上簸荡的很，书写异常吃力。我现在已到了汉口了，因为要送一位女学生到南京去读书，将来只有从津浦铁路到北京了。这个女生是我们四川南充的人，在路上来才遇着的，他本来与我不相识，因为与他同路的人久不见来，他又要急于出去，而他又是一人，出门经验，也很缺乏，我看我现在还有送他的机会，所以我便牺牲点时间路费送他到南京，不在汉口起岸。不知我到北京时这封信先生已得着了没有？好，船上实在不能写字，这封信就此止了。即此敬祝

先生的康健安宁！

四川巴县王维彻拜白
六月

附抄我与南充中学校校长张表方先生信，以见我此行之大概情形。

---

[1]《东西文化及其哲学》是梁漱溟的代表作之一，首次出版于1921年，在当时的东西文化论战中曾引起过学术界的重视。1922年1月商务印书馆出版的该书第3版刊有《著者告白二》，原文如下——

我在本书结论里认定我们现在应当再创宋明讲学之风，我想就从我来试作。我不过初有志于学，不敢说什么讲学，但我想或者这样得些朋友于人于己都很有益的。又我想最好是让社会上人人都有求学的机会，不要单限于什么学校什么年级的学生，象这两年来就有好许多人常来通信或过访于我，我虽信无不答，访无不见，但总不如明白开放的接纳所有不耻下问的朋友而相与共学。因此我今日告白大家知道：凡我所知所能都愿贡献给人，如来共学，我即尽力帮忙；不拘程度年岁，亦不分科目，不订年限；大家对我自由纳费，不规定数目，即不纳亦无不可；先以北京崇文门缨子胡同我寓所为通信处，如果人渐多再另觅讲习集会地方。

据王平叔此信的内容考量，其动身北上的原因之一，很可能是受到了此"告白"之鼓励。

与南充中学校校长张表方辞职书

表方先生：

一向来生活烦闷，达于极点！何以致此？其中详情，值此仓忙中，万难毕述。撮要言之，即思想无路，生活遂失引导；兼之家庭境况，逼我过甚。此皆造成我烦闷生活之紧要原因也。四月九日曾在白塔街游，转乃自杀，为袁翘东之所救得免。自是以来，稍能领得人生兴趣，然心境一日万变，仍无定向。前夜因读李石岑批评《东西文化及其哲学》一书，未能极赞梁漱溟先生之思想生活能取一致，为中国今日学者第一等人物，（此种批评，余去年在重庆读梁书中亦即感着，不过彼时我之思想与生活，未起根本不安之冲动，不曾动

第一辑　附件 1-1

读书四年，）当时不觉大动吾心，始知一向生活烦闷，故即在
思想不能为生活之指导，换言之，即我之思想是一路向，而我之生
活又是一路向之故也。且不惟思想与生活之路向不同而已，又相反对
焉。人生一切皆根据思想而行事，而生活；在我则思想不惟不能作
生活之根据，且反对我之生活，至此焉能不烦闷？！不出于自杀之一
途？当时既寻出我之生活烦闷之原因，于是即思我今后究当
如何生活之问题？想来想去，总想不出来。最后遂觉一切苦恼皆
在人生，而我竟无安心立命之思想，是以还持此生，天地虽
大，那有我容身之地！于是便起，寻求自救，以免此生一切
痛苦，有一时期，心中即海潮般腾跃，平生所经过者，纤悉

第一辑　附件 1-2

皆憶起，慈母良友且由心上之記憶，跳至目前；此時不覺一聲大哭，將我自戕之念，立刻打斷。當時更深夜靜，萬籟俱寂，百慮縈徊，前途茫茫，一念此生，遂痛哭一場，轉身側卧牀上。直至天明而後已。今日因前感情激發，作一痛快事，心境異常舒展，有無限妙樂。歸室細思，此種心境，從何得來，便底事去，始知我之性情環境，在此時於佛家生活均最不相近。一向生活煩悶，皆因感情被抑，純過忍耐生活，此乃聽命於理智之所致耳。然則欲根據我此生，使感情慾望得遂，惟有養成以理智運用直覺，純以高尚情操為前導之生活，為第一要義。此種生活，無能有所究滿或缺者，非

第一辑　附件 1-3

梁漱溟先生東西文化及其哲學中之所謂孔子若乎?、彼能指出孔
子生活之精義，以此施於生活，吾亦所領略。微又常從友
人處，得知梁先生人格極其高尚，證以彼■所謂「我很願意拿
我的人同大家相見，不願意只拿我的書同大家相見」及書中所謂
思想生活恰能一致之言，實或不誤。然則我當極之為弟子矣，
當熏沐其人格，以養成我自己之人格矣。況梁先生以宋元講
學之風，倡導於世，師弟之間，純以感情相熏陶，大異今日
煩瑣枯寞之學校教育，與微所素期望之教育制度又極
近矣。微 現已決意——真正的決意——明日起身回家，省親
後即至北京執弟子禮於梁先生，以至孔家生活之旅，相

第一辑　附件 1-4

契校缺憾亦，如得回川也。惟我今年来此作教，未能终学生
许多功课，此时中途遽尔辞去，若一时难寻继任，良心何
以得安呢？仍请秀姐请兄协择为我分致代授，以了此期课
程。不知先生以为何如？又缺此行路费一钱莫有，缺有书
籍数百种，学校都还要得着，可值百圆上下，我只以五十
圆出售，半赠半卖，不知学校能买否？今我在重庆寄
存之图书，志行卖去，又可得四五十圆，如此则路费强勉
可（用）至北京。先生可为主张否？（此事亦未宽以此办去，所有书
籍皆由学校收买）今忙中陈辞，书写均极潦草，尚望恕
罪！不尽要言处，并请请兄代为我致谅也。专此急切，

第一辑　附件 1-5

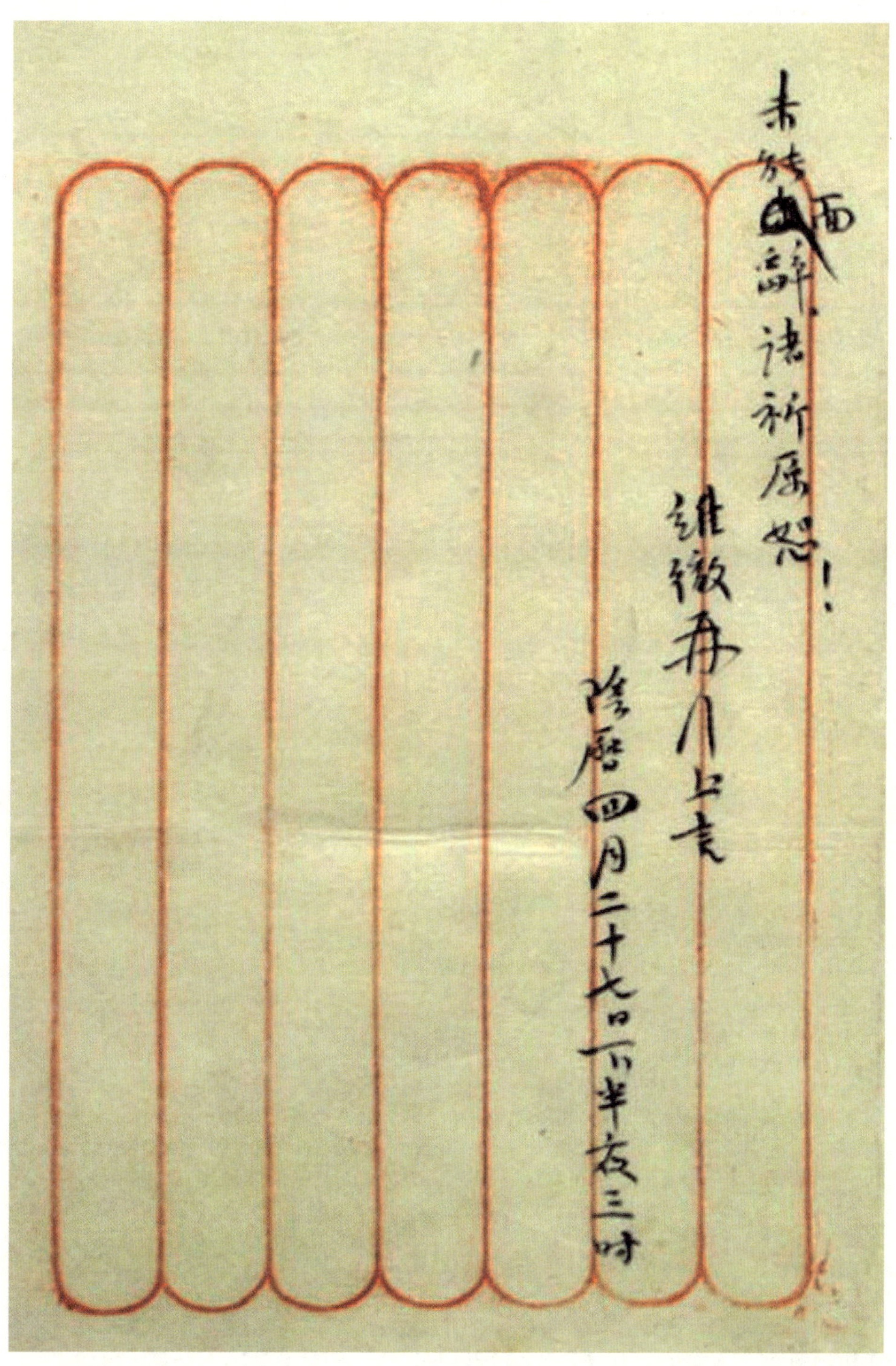

未能面辞，请祈原恕！

维徽再八上言

阴历四月二十七日下半夜三时

第一辑　附件 1-6

附《致张澜》[1]

与南充中学校校长张表方[2]辞职书

表方先生：

一向来生活烦闷，达于极点！何以致此？其中详情，值此仓忙中，万难毕述。撮要言之，即思想无路，生活遂失引导；兼之家庭境况，逼我过甚，此皆造成我烦闷生活之紧要原因也。四月九日，曾在白塔附近，持刀自杀，为秀熟[3]、柬之[4]所救得免。自是以来，稍能领得人生兴趣。然心境一日万变，仍无定向。前夜因读李石岑[5]批评《东西文化及其哲学》一书，末段极赞

---

[1] 此信刊于《梁漱溟往来书札手迹》461—463页，作为前一信的附件收录，未单独标注时间。此信共6页，原信落款为“阴历四月二十七日下半夜三时”。

[2] 张表方，即张澜，字表方（1872—1955）。汉族，四川南充人（今西充县莲池乡人）。中国民主革命家。1941年参加发起创立中国民主政团同盟（1944年改为中国民主同盟），任中国民主同盟主席。1949年9月出席中国人民政治协商会议，当选为中央人民政府副主席，1954年当选全国人大常委会副委员长、全国政协副主席。著有《说仁说义》《四勉一戒》和《墨子贵义》等。1955年2月9日在北京病逝，享年83岁。时任南充中学校长。

[3] 秀熟，即张秀熟（1895—1994）。四川省绵阳市平武县龙安镇人，名从酉，号秀蜀，笔名有奇零等。四川著名教育家，中共绵阳地方党组织创始人之一。1920年毕业于成都高等师范学校国文部，其间曾积极参加五四运动，被推选为四川省学生联合会理事长。1926年加入中国共产党，曾任中共川西特委书记、四川省委代理书记、川康特委委员。中华人民共和国成立后，历任川西行署文教厅厅长，四川省教育厅厅长、副省长，四川省第四届政协副主席和第五、六届人大常委会副主任，是第一至五届全国人大代表，第五届全国政协常委。

张秀熟既是王平叔的大学同学，也是南充中学的同事。

[4] 柬之，人物之字号，具体姓名、生平不详。

[5] 李石岑（1892—1934），原名邦藩，字石岑，湖南醴陵人。中国现代哲学家，其重要著作有《中国哲学十讲》、《人生哲学》（上卷）、《希腊三大哲学家》、《现代哲学小引》、《哲学概论》等。评梁漱溟《东西文化及其哲学》是其20世纪20年代初在中国公学的讲演。

梁漱溟先生之思想生活能取一致，为中国今日学者第一等人物，（此种批评彻去年在重庆读梁书时，亦即感着，不过彼时我之思想与生活，未起杌陧不安之象，不曾动荡吾心耳。）当时不觉大动吾心，始知一向生活烦闷之故，即在思想不能为生活指导。换言之，即我之思想是一路向，而我之生活又是一路向之故也。且不惟思想与生活之路向不同而已，又相反对焉。人生一切皆根据思想而行事，而生活；在我则思想不惟不能作生活之根据，且反对我之生活，至此焉能不烦闷？不出于自杀之一途？当时既寻出我之生活所以烦闷之原因，于是即思我今后究当如何生活之问题。想来想去，总想不出来。最后遂觉一切苦恼皆在人生，而我竟无安心立命之思想足以还持此生。天地虽大，那有我容身之地？于是便起床寻刀自杀，以免此生一切痛苦，甫一持刀，心中即海潮般腾跳，平生所经过者，纤悉皆忆起，慈母良友且由心上之记忆，跃立目前。此时不觉一声大哭，将我自杀之念，立刻打断。当时更深夜静，万籁俱寂，百虑萦徊，前途茫茫，一念此生，遂痛哭一场。转身倒卧床上，直至天明而后已。今日因一时感情激发，作一痛快事，心境异常舒展，有无限妙乐。归室细思，此种心境，从何得来？彻底寻去，始知我之性情环境，在此时于佛家生活均最不相近。一向生活烦闷，皆因感情被抑，纯过忍耐生活，只听命于理智之所致耳。然则欲救济我此生，使感情条畅得遂，惟有养成以理智运用直觉，纯以高尚情操为前导之生活为第一要义。此种生活，真能有所完满成就者，非梁漱溟先生《东西文化及其哲学》中之所谓孔子者乎？彼能指出孔子生活之精义，则必于此种生活真有所领略。彻又常从友人处，得知梁先生人格极其高尚，证以彼所谓“我很愿意拿我的人同大家相见，不愿意只拿我的书同大家相见”及书中所谓思想生活恒能一致之言，容或不诬。然则我当从之为弟子矣，当熏沐其人格，以养成我自己之人格矣。况梁先生以宋元讲学之风，倡导于世，师弟之间，纯以感情相熏陶，大异今日烦闷枯窘之学校教育，与彻所素期望之教育制度又相近矣。彻现已决意——真正的决意——明日起身回家，省亲后，即至北京执弟子礼于梁先生，必至与孔家生活能真相契投领证后，始得回川也。惟我今年来此作教，未能给学生许多利益，此时中途遽尔辞去，若一时难寻继任，良心何以得安？仍请秀熟、诗尧[1]、珌珲[2]为我分头代授，以了此期课程，不知先生以为何如？又彻此行路费一钱莫有，彻有书籍数十百种，学校都还要得着，可值百圆上下，我只以五十圆出售，半赠半卖，不知学校能买否？合我在重庆寄存之图书，悉行卖去，又可得四五十圆，如此则路费强勉可用至北京，先生可为主张否？（此事后来竟如此办去，所有书籍皆由学校收买——原信注）仓忙中，陈辞书写均极潦草，尚望恕罪！不尽言处，并请诗尧诸人为我分说也。去志急切，未能面辞，诸祈原恕。

维彻再拜上言

阴历四月二十七日下半夜三时

---

[1] 诗尧，即袁诗尧（1897—1928），亦名袁首群，四川盐亭县柏梓镇灵瑞龙顾井人。1916年春加入张澜在南充招募的讨伐袁世凯之学生军。1917年，袁诗尧考入成都高等师范学校。“五四”运动期间，被推举为四川省学生联合会副理事长并主持其机关刊物《四川学生潮》，1920年与巴金等人创办宣传新思想的《半月报》。1920年底，四川马克思主义运动的先驱者高师学监王右木在成都成立“马克思主义读书会”，和袁诗尧共同创刊《新四川旬报》，王右木任编辑，袁诗尧任经理。1921年袁诗尧高师毕业，应张澜聘请到南充中学任教。1925年袁诗尧回盐亭任教育局长，创办了盐亭国民师范学校和盐亭县立初级中学（现四川省盐亭中学之前身）。1927年加入中国共产党，1928年被国民党杀害，时年31岁。

袁诗尧与王平叔有同学、同事之谊。

[2] 珌珲，人物之字号，具体姓名、生平不详。

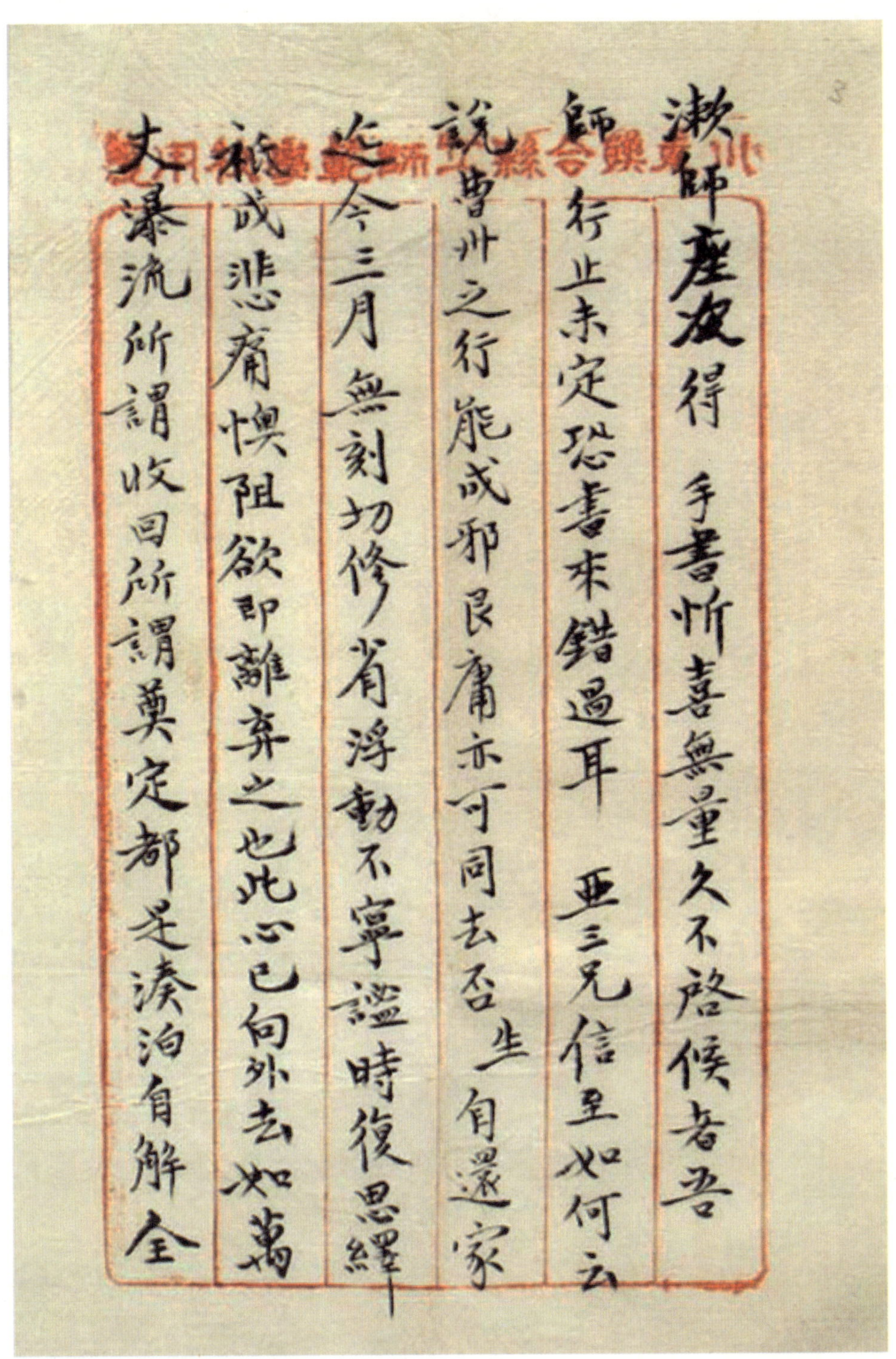

漱師座右　得　手書忻喜無量久不啓候者吾
師行止未定恐書來錯過耳　亞三兄信至如何云
說曹州之行能成耶良庸亦可同去否　生自還家
迄今三月無刻切修省浮動不寧謐時復思繹
衲戒悲痛懊阻欲即離棄之也此心已向外去如萬
丈瀑流所謂收回所謂奠定都是湊泊自解全

第一辑　书信 2-1

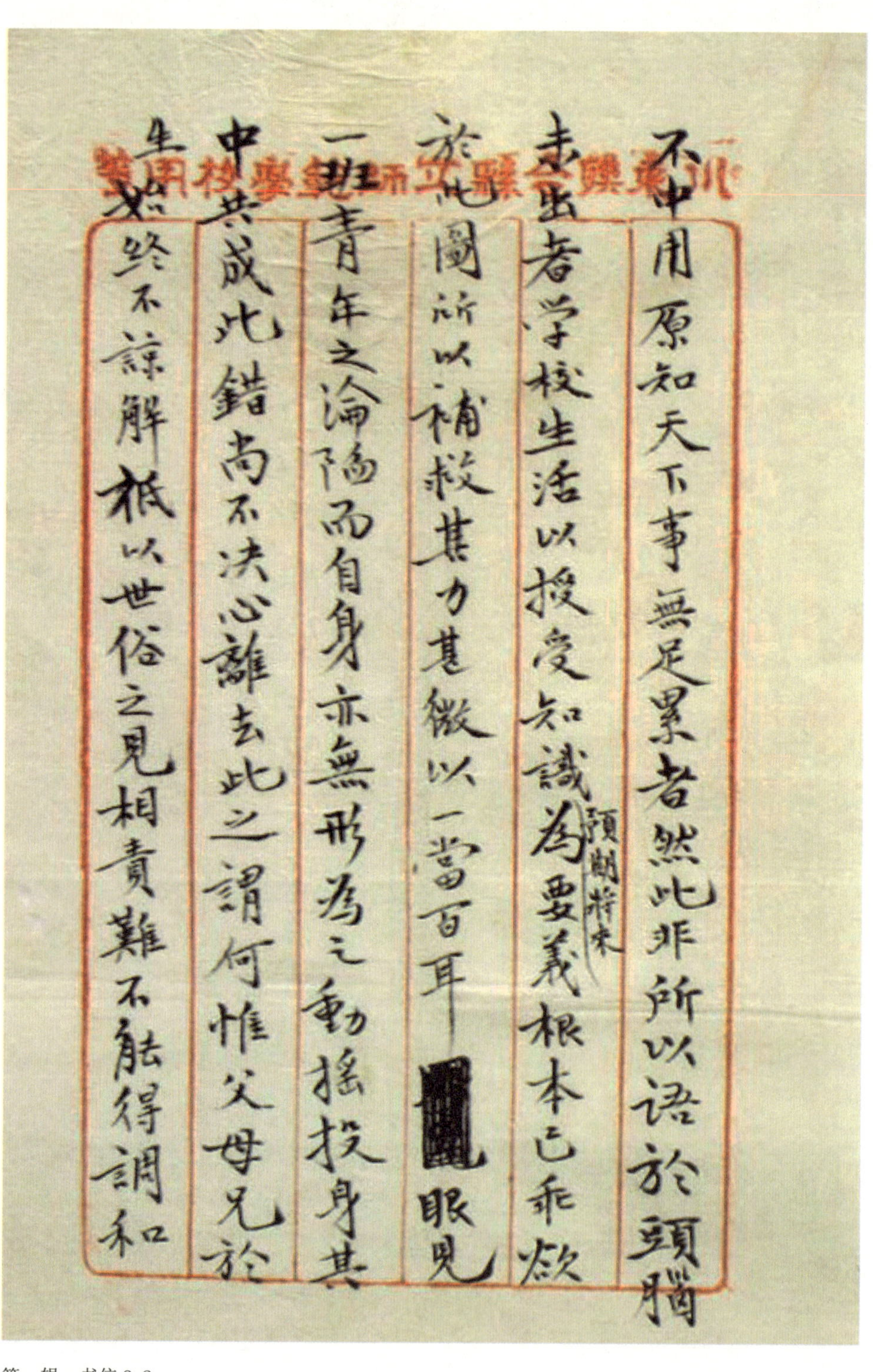
川東聯合縣立師範學校用箋

不中用原知天下事無足累者然此非所以語於頭腦
未出者學校生活以授受知識預備將來為要義根本已乖欲
於此圖所以補救其力甚微以一當百耳[illegible]眼見
一班青年之淪陷而自身亦無形為之動搖投身其
中共成此錯尚不決心離去此之謂何惟父母兄於
生始終不諒解祇以世俗之見相責難不能得調和

第一辑　书信 2-2

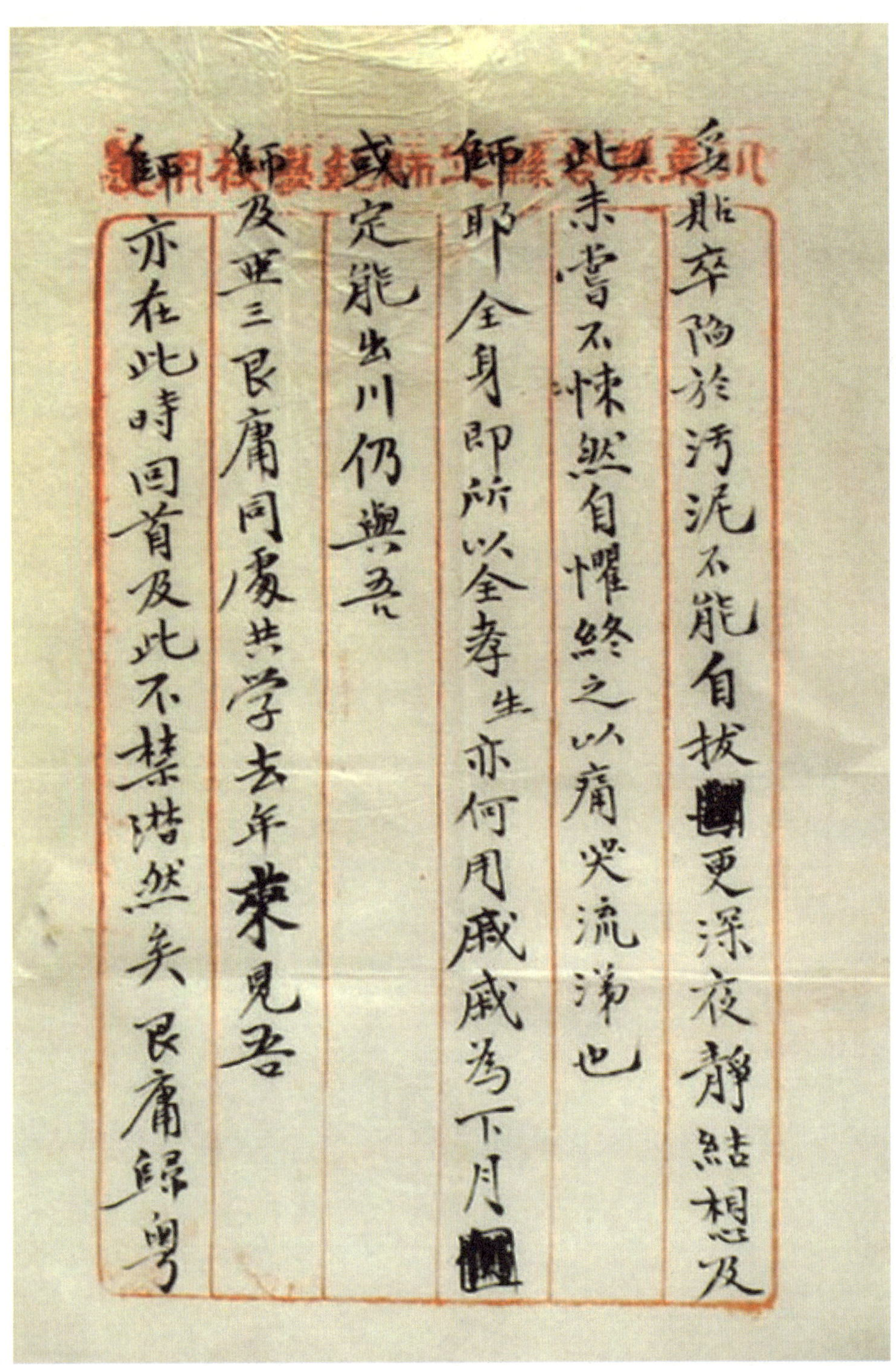
每恐卒陷於污泥不能自拔，更深夜靜結想及
此，未嘗不悚然自懼，終之以痛哭流涕也。
師耶？全身即所以全孝，生亦何用戚戚為。下月
或定能出川，仍與吾
師及亞三、艮庸同處共学。去年來見吾
師亦在此時，回首及此，不禁潸然矣。艮庸歸粵

第一辑　书信 2-3

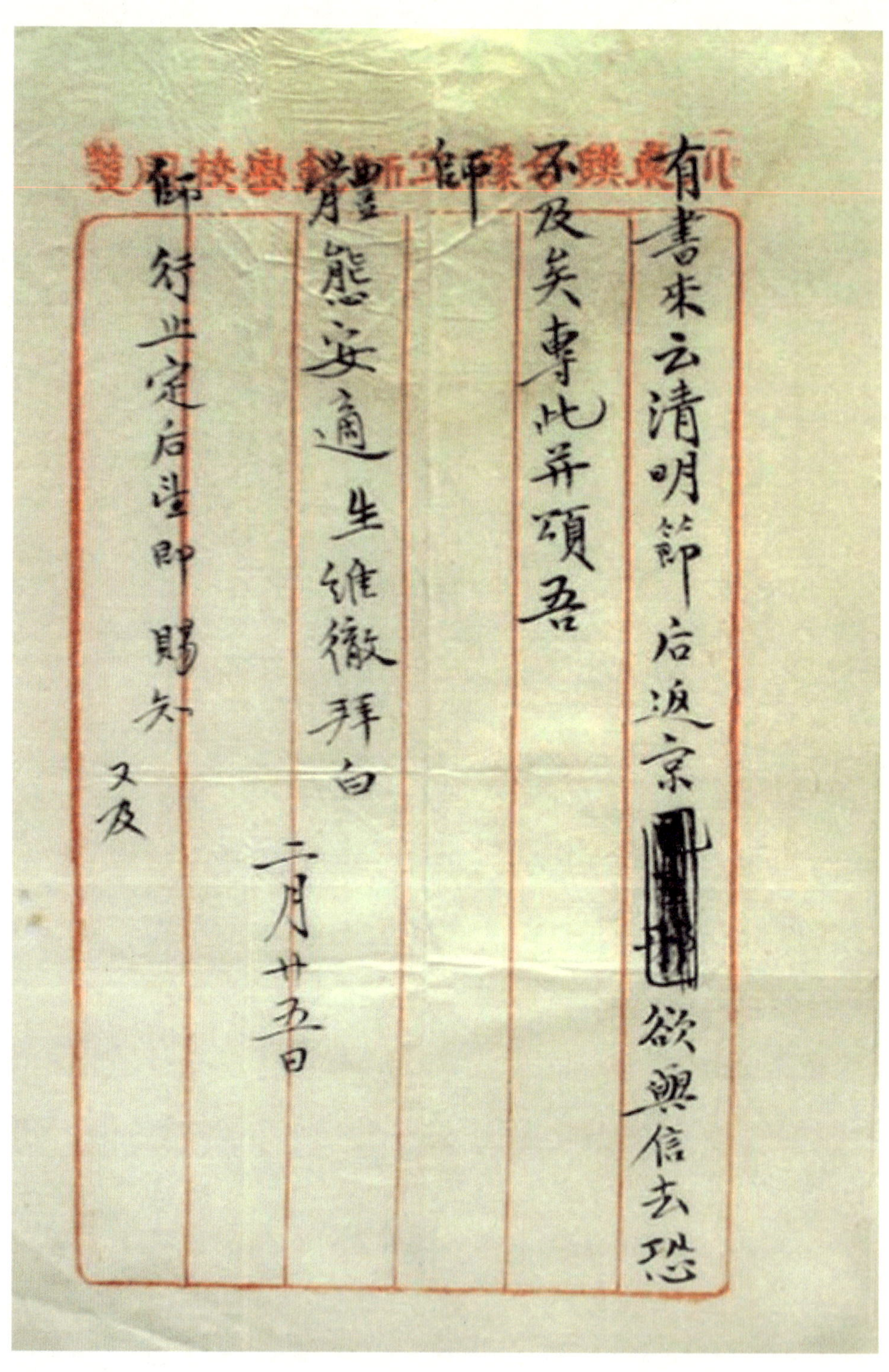
有書来云清明節后返京[illegible]欲與信去恐不及矣專此并頌吾

師

體態安適　生维徽拜白

二月廿五日

師

行止定后望即

賜知

又及

第一辑　书信 2-4

书信 2《致梁漱溟》[1]

漱师座次：

得手书忻喜无量，久不启候者，吾师行止未定，恐书来错过耳。亚三[2]兄信至，如何云说曹州之行？[3]能成邪？艮庸[4]亦可同去否？生自还家迄今三月，无刻切修省，浮动不宁，谧时复思绎，只成悲痛懊阻，欲即离弃之也。此心已向外去，如万丈瀑流，所谓收回，所谓奠定，都是凑泊自解，全不中用。原知天下事无足累者，然此非所以语于头脑未出者。学校生活以授受知识、预期将来为要义、根本，已乖欲于此图，所以补救，其力甚微，以一当百耳。眼见一班青年之沦陷，而自身亦无形为之动摇，投身其中，共成此错。尚不决心离去，此之谓何？惟父母兄于生始终不谅解，只以世俗之见相责难，不能得调和妥贴，卒陷于污泥不能自拔。更深夜静结想及此，未尝不悚然自惧，终之以痛哭流涕也。

师耶，全身即所以全孝，生亦何用戚戚为。下月或定能出川，仍与吾师及亚三、艮庸同处共学。去年来见吾师亦在此时，回首及此不禁潸然矣。艮庸归粤有书来，云清明节后返京，欲与信去，恐不及矣。

专此并颂吾师

体态安适

生维彻拜白

二月廿五日

师行止定后望即赐知又及

[1] 此信共 4 页，刊于《梁漱溟往来书札手迹》464—467 页，此书所标注时间为“一九二四年二月二十五日”。

此信用笺为“川东联合县立师范学校用笺”。该校的起源可以追溯到公元 1906 年 4 月 18 日，是清政府在重庆正式创办的第一所正规的师范学府，该校为重庆市历史上最早的新式学堂，也是当时川东（四川东部地区）最高学府，社会上习称“川东师范”。1912 年 9 月，中华民国教育部发布《师范教育令》称：“师范学校定为省立，由省行政长官规定地点及校数，报告教育总长分别设立。县因特别情事，依本令之规定，由省行政长官报经教育总长许可，得设立师范学校。两县以上联合设立师范学校者，亦须依前项之规定。”据此，川东 36 县联合设立的川东师范学堂在 1914 年改名为“川东联合县立师范学校”。1931 年，川东联合县立师范学校改名为“川东共立师范学校”，1935 年，改为“川东联立师范学校”，1940 年名为“四川省立川东师范学校”。1950 年 9 月 18 日，重庆市人民政府发布命令，将四川省立川东师范学校改名为“重庆市立第一师范学校”。

在梁培宽 2002 年 1 月 24 日整理的《关于王平叔先生早年所写的一批书信》中显示，王平叔曾于“1935 年至 1937 年在川东师范任教”。

[2] 亚三，即陈亚三。梁漱溟在 1962 年撰写的《略记当年师友会合之缘》中，曾经有这样的记载：“因《东西文化及其哲学》之讲演而引起结交的朋友更多。而关系最深，踪迹至密，几与毕生相依者，则为王平叔、黄艮庸、陈亚三。”该书（同页）对陈亚三的注释为——陈亚三（1895—1964），山东郓城人。1924 年北京大学哲学系毕业后，终生大部分时间追随著者（即梁漱溟，下同——编者注）左右。1913 年山东乡村建设研究院创办后，先后任训练部主任、菏泽乡建分院副院长。1935 年任菏泽乡建实验县县长。1940 年任著者创办之勉仁中学校长（四川重庆北碚）。1948 年又任教于勉仁文学院。中华人民共和国成立后随著者来北京。先生对先秦哲学、宋明理学均有研究，对易经研究尤有独到之处，并深有道家修养。

作为与梁漱溟“毕生相依”的核心成员，陈亚三与王平叔也具有深厚的师兄、同仁之谊。

[3] 指梁漱溟师友团队于 1924 年赴山东菏泽（曹州）办学事宜。

[4] 艮庸，即黄艮庸（1906—1976），名庆，广东番禺人。1919 年入北大哲学系，同年参加“五四”学生运动被捕，次年参加“五一”劳动节庆祝活动再次被捕。1926 年参加北伐，任国民革命军第四军第十师秘书。1927 年任广东军事厅政治部主任。1928 年任广东省一中校长。1933 年参加福建人民革命政府，任文化委员，次年因反蒋失败被通缉。1934 年往山东乡村建设研究院，先后任研究部主任、训练部主任等职。1938 年任四川省南充民众教育馆馆长。1939 年随梁漱溟赴山东敌后巡视。1940 年参加创立勉仁中学并任校长。1947 年任中山大学教授。1941 年加入中国民主同盟。1943 年至 1966 年任民盟中委，1944 年曾任中执委。1962 年起先后任民盟史料组组长、盟史办公室主任。

以上注释转抄自《我生有涯愿无尽・梁漱溟自述文录》（中国人民大学出版社 2004 年 11 月第 1 版）第 305 页。在梁漱溟师友团队中，黄艮庸既是梁的外侄女婿，也是梁的得意门生之一。而黄艮庸与王平叔，应是梁漱溟师友团队中共事时间最长、思想交流最多、个人情感最深的挚友。在梁漱溟的《略记当年师友会合之缘》之“附识一”中，还有以下记述：“艮庸为我二侄女培昭之婿，富眉生（介寿）为我表妹张敬孚之婿。两儿（指梁培宽、梁培恕——编者注）失母后，皆尝得昭侄、敬孚及平叔夫人陈慧卿女士之照料。”

1976 年 8 月，梁漱溟在黄艮庸信札的空白处留下批语曰：“平叔、艮庸从游于我，皆胜于我。如此信所教我者，皆不易之道也。”（《梁漱溟往来书札手迹》第 348 页）

【第二辑】

参与办学

写信时间：

1925年

信件数量：

书信10件及附录

这一辑的通信共10件，主要内容涉及王平叔随梁漱溟师友团队前往山东曹州（今菏泽）办学的相关事宜。时间从1925年的年初到暑假前夕。

1924年6月，梁漱溟辞去北大教职，前往山东任省立六中（现菏泽一中）高中部主任，并聘请熊十力为导师。参与此次办学的还有陈亚三、黄艮庸、王平叔、徐名鸿等，其中大部分为梁漱溟的学生。

然而，经过半年多的实践，办学却面临失败，失败的原因主要有两个：一是（梁漱溟）理想与现实的矛盾；二是办学理念与人际关系的矛盾。（关于办学失败的具体过程，参见本辑附录《梁漱溟曹州办学经过及致徐名鸿等人信件》）而梁漱溟是中途离开的，“自己先回京，把干满一个学年的工作留给朋友们”（梁培恕语——编者注）。从目前可以找到的资料推断，梁漱溟是在1924年底或1925年初的寒假期间离开曹州的（此辑的第一封信的落款日期是“一月五号”，开篇即有“谅已至京”之语）。而从梁漱溟1925年3月19日写给徐名鸿等人的信件内容推断，王平叔是在梁漱溟离开曹州之前便知道梁之决定的。故此节信件的写信时间，既有在梁公布离曹之前，也有在公布之后；既有对梁离曹的惋惜，也有对其抉择的批评……信息量是比较丰富的。同时，这也是王平叔随梁漱溟师友团队走向社会的第一次实践，其中内容，不论对考察梁漱溟的社会活动还是王平叔的人生轨迹，都有较为重要的意义。

漱師 諒已至京途中必大受苦望善自
養息也郭先生必欲辭庶務實困難
另覓不易得相當人由同人分任亦不對
嗟乎為曹州人辦学校曹州人反要辭
去使吾儕作客者為難望
师来一信留之者何如事宜早定也学生已
移安同処頗有趣味每星期由伯良与

第二辑　书信 3-1

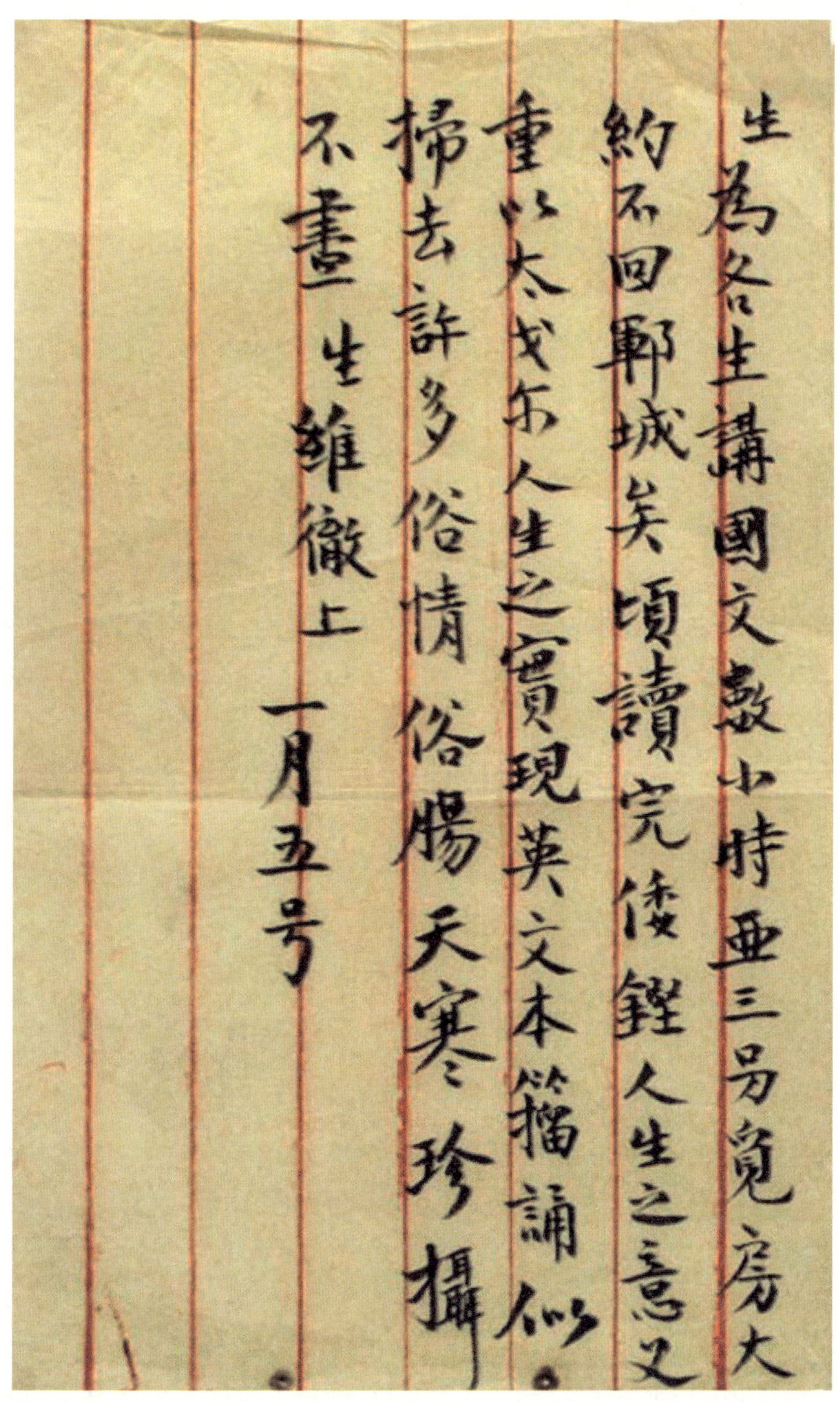

生為各生講國文數小時並三另覓房大約不回鄆城矣頃讀完倭鏗人生之意义重以太戈尔人生之實現英文本籀誦似掃去許多俗情俗腸天寒珍攝不盡

生維徽上

一月五号

第二辑　书信 3-2

书信3《致梁漱溟》[1]

漱师：

谅已至京，途中必大受苦，望善自养息也。郭先生[2]必欲辞庶务，实困难。另觅不易得相当人，由同人分任亦不对。嗟乎！为曹州人办学校，曹州人反要辞去，使吾侪作客者为难。望师来一信留之，看如何？事宜早定也。学生已移妥，同处颇有趣味。每星期由伯良[3]与生为各生讲国文数小时，亚三另觅房，大约不回郓城矣。顷读完倭铿[4]人生之意义，重以太戈尔[5]《人生之实现》英文本籀诵，似扫去许多俗情俗肠。天寒。珍摄不尽。

生维彻上

一月五号

---

[1] 此信共2页，用纸为普通八行笺，落款为“一月五号”，无年号。从其内容推断，应该是1925年。

[2] 郭先生，似为王平叔省立六中山东籍郭姓同事，名、字及生平待考。

[3] 伯良，即钟伯良（1895—1931），字善元，涪陵罗云乡人，毕业于成都高等师范学校国文部。在校读书期间与四川学生领袖袁诗尧编辑《四川学生潮》周刊，为“五四”新文化运动推波助澜。1921年高师卒业，先后在涪陵、南充、山东、天津、万县等地中学一边执教，一边研究国学和教育学。1930年秋，在涪陵北岩创办乡村师范学校，被誉为第二“晓庄”。因积劳成疾，1931年12月6日卒于北岩观澜阁。

资料显示，钟应为王平叔大学同学，据梁漱溟《略记当年师友会合之缘》记述：“张俶知、钟伯良、刘砚僧等姓名，盖皆平叔在高师同学友好，有动于平叔之风，亦先后北来从我，并同问学熊先生者。惜伯良、砚僧故去均早。——似均不足四十岁。”

[4] 倭铿，德国哲学家（德语为Rudolf Christoph Eucken，又译鲁道夫·克里斯托夫·奥伊肯，1846年1月5日—1926年9月15日）。1908年诺贝尔文学奖获得者。1917年，倭铿著作《人生之意义与价值》在中国出版。

[5] 太戈尔（此为1920年代的中文译名，故保留），即泰戈尔（1861—1941）。印度著名诗人、文学家、社会活动家、哲学家和印度民族主义者。1913年，他以《吉檀迦利》成为第一位获得诺贝尔文学奖的亚洲人。1924年，泰戈尔访华期间，梁漱溟受邀为之讲解儒家哲学。

湫師二月三日信暨掛號信都接得後即公布
星五亞二於昨今兩日來校微病已愈乞釋念日
來心懷頗有所傷痛惻然依隱其來無端莫真
痛矣嗚呼船山有言屈其道而與天下靡、利在而害
亦伏以其道而與天下亢、身危而道亦不競、君子之道、
儲天下之用而不求用於天下、知進退存亡而不失其正、
易簡以消天下之險阻、非聖人之徒、其誰與歸、又曰、吉凶
之消長在天、動靜之得失在人、天者人之所可待、而人

第二辑　书信 4-1

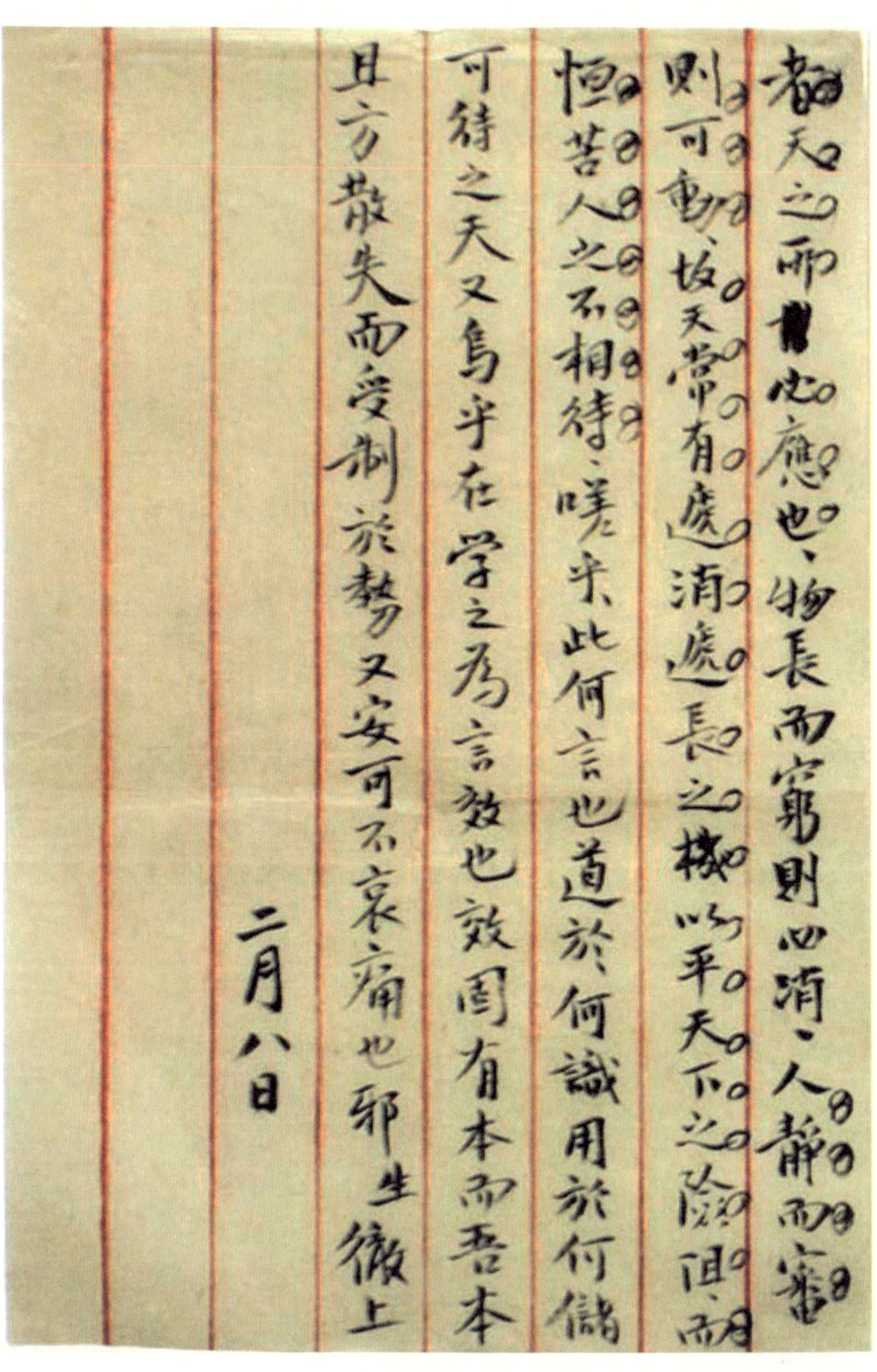

者天之所以應也、物長而窮則必消、人靜而審則可動、故天常有遞消遞長之機以平天下之險阻而恒苦人之不相待、嗟夫、此何言也、道於何識、用於何儲、可待之天又烏乎在、學之為言效也、效固有本、而吾本且方散失而受制於勢、又安可不哀痛也耶、生徹上

二月八日

第二辑　书信 4-2

书信 4《致梁漱溟》[1]

漱师：

二月三日信暨挂号信都接得，缓即公布。星五[2]亚三于昨今两日来校。彻病已愈，乞释念。日来心怀颇有所伤痛，恻然依隐，其来无端，盖真痛矣。呜呼！船山[3]有言："屈其道而与天下靡，利在而害亦伏。以其道而与天下亢，身危而道亦不竞。君子之道，储天下之用，而不求用于天下。""知进退存亡而不失其正，易简以消天下之险阻。非圣人之徒，其谁与归？"又曰："吉凶之消长在天，动静之得失在人。天者，人之所可待；而人者，天之所必应也。物长而穷则必消，人静而审则可动。故天常有递消递长之机，以平天下之险阻，而恒苦人之不相待。"嗟乎！此何言也？道于何识？用于何储？可待之天又乌乎？在学之为言效也，效固有本，而吾本且方散失，而受制于势，又安可不哀痛也邪？

生彻上

二月八日

---

[1] 此信共 2 页，用纸为普通八行笺，落款为"二月八日"，无年号。《梁漱溟往来书札手迹》（468 页）所标注时间为"一九二五年二月八日"。文中着重号为原信件加圈者（后同）。

[2] 星五，即王星五，山东人，生平不详。王平叔在山东省立六中期间同事。

[3] 船山，即王船山（1619—1692），本名王夫之，字而农。晚年隐居于形状如顽石的石船山，自署船山病叟、南岳遗民，学者遂称其为"船山先生"。湖南衡阳人，杰出的思想家、哲学家，明末清初大儒。与顾炎武、黄宗羲并称明清之际三大思想家。

漱師与真師信得讀十八日掛号信諒察入
十四日亦有一掛号信當早到 真師函述示徹
者哀痛吾儕之情至矣吾儕此時尚有
何話說、藉來書之種種仆倒藏之不變心
踏地重新死鍊苦修一番將何以哉
師病實不輕、有轉機否在真能一下
回頭不耳、 真師所云為學兩途第一途除
真師能之而外、吾儕未能自主之人、都絕作不

第二辑　书信 5-1

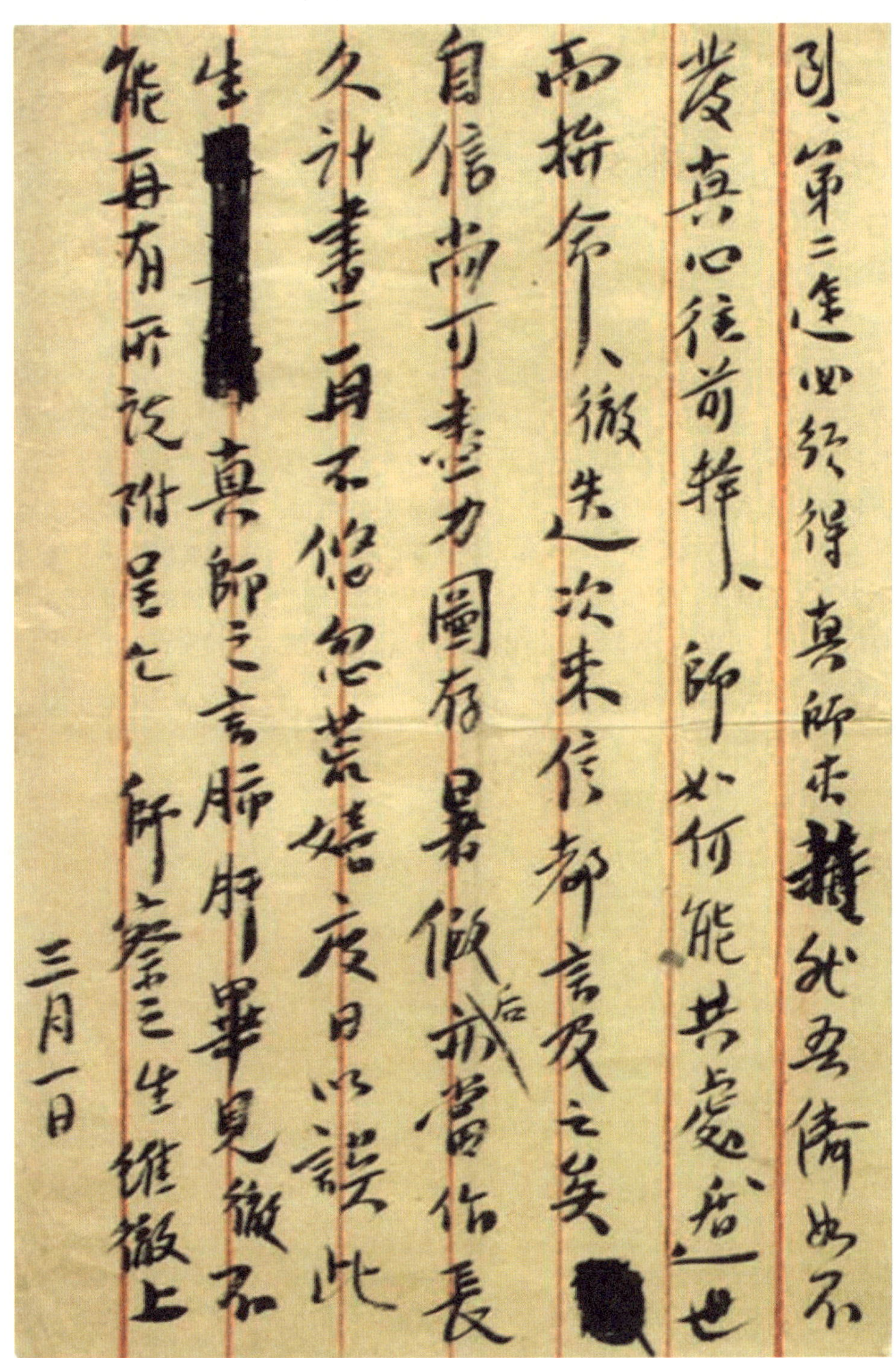

列、第二進必須得　真師來護然吾儕如不
發真心往前幹　師如何能共處吾之世
而拚命　微先進次來信都言及之矣
自信尚可盡力圖存暑假後當作長
久計畫一息不倦怠荒嬉夜日以謀此
生[illegible]　真師之言肺肝畢見微君
能每有所說附呈之　所冀之生繼微上
三月一日

第二辑　书信 5-2

书信 5《致梁漱溟》[1]

漱师：

与真师[2]信得读。十八日挂号信谅察入，十四日亦有一挂号信，当早到。真师适示彻者，哀痛吾侪之情至矣。吾侪此时尚有何话说？借来曹之种种，仆倒观之，不实心踏地重新死炼苦修一番，将何以哉？师病实不轻，有转机否在真能一下回头不耳。真师所云为学两途：第一途除真师能之而外，吾侪未能自立之人，都绝作不到；第二途必须得真师夹持，然吾侪如不发真心往前干，师如何能共处，遁世而拼命？彻迭次来信都言及之矣，自信尚可尽力图存，暑假后亦当作长久计画，再不悠忽荒嬉度日以误此生。真师之言，肺肝毕见。彻不能再有所说。

附呈。乞师察之。

生维彻上

三月一日

---

[1] 此信共 2 页，用纸为普通八行笺，落款为“三月一日”，无年号。《梁漱溟往来书札手迹》（469 页）所标注时间为“一九二五年三月一日”。

[2] 真师，即熊十力（1885—1968），号子真、逸翁，晚年号漆园老人。汉族，湖北省黄冈人。中国著名哲学家、思想家、国学大师。与其三弟子（牟宗三、唐君毅、徐复观）和张君劢、梁漱溟、冯友兰、方东美被称为“新儒学八大家”。著有《新唯识论》《原儒》《体用论》《明心篇》《佛家名相通释》《乾坤衍》等书。其学说影响深远，在哲学界自成一体。

1919 年夏与梁漱溟相识，此后交往数十年，是梁漱溟师友团体中的核心人物之一，曾参与“同处共学”及曹州、重庆的办学。王平叔与熊十力的交往，从 1922 年始到 1940 年王以身殉职止，从目前能够见到的资料考量，王在与熊的交往中，常有对熊真挚的批评（参看此批信件的相关内容）。而熊对王的评价也很直率：“平叔怀郁而有疾，时或强力挣扎而不能有恒，激发兴趣则怡悦进趣，操之过急又忽焉伤沮，此大可虑也。”此语出自熊十力《答王平叔黄艮庸》（见岳麓书社 2011 年出版之《十力语要》381 页），在该信的后面，还有熊十力的“附记”曰：“平叔，四川巴县人。少有奇气，颖悟甚高，闻梁漱溟讲学北庠，走京师从之游。旋问学于余。素行脱略，触及世事，辄慷慨泣下。合浦陈真如与为至交，约居幕府，多所赞画。余方期其有成，不幸短命。十力记。”

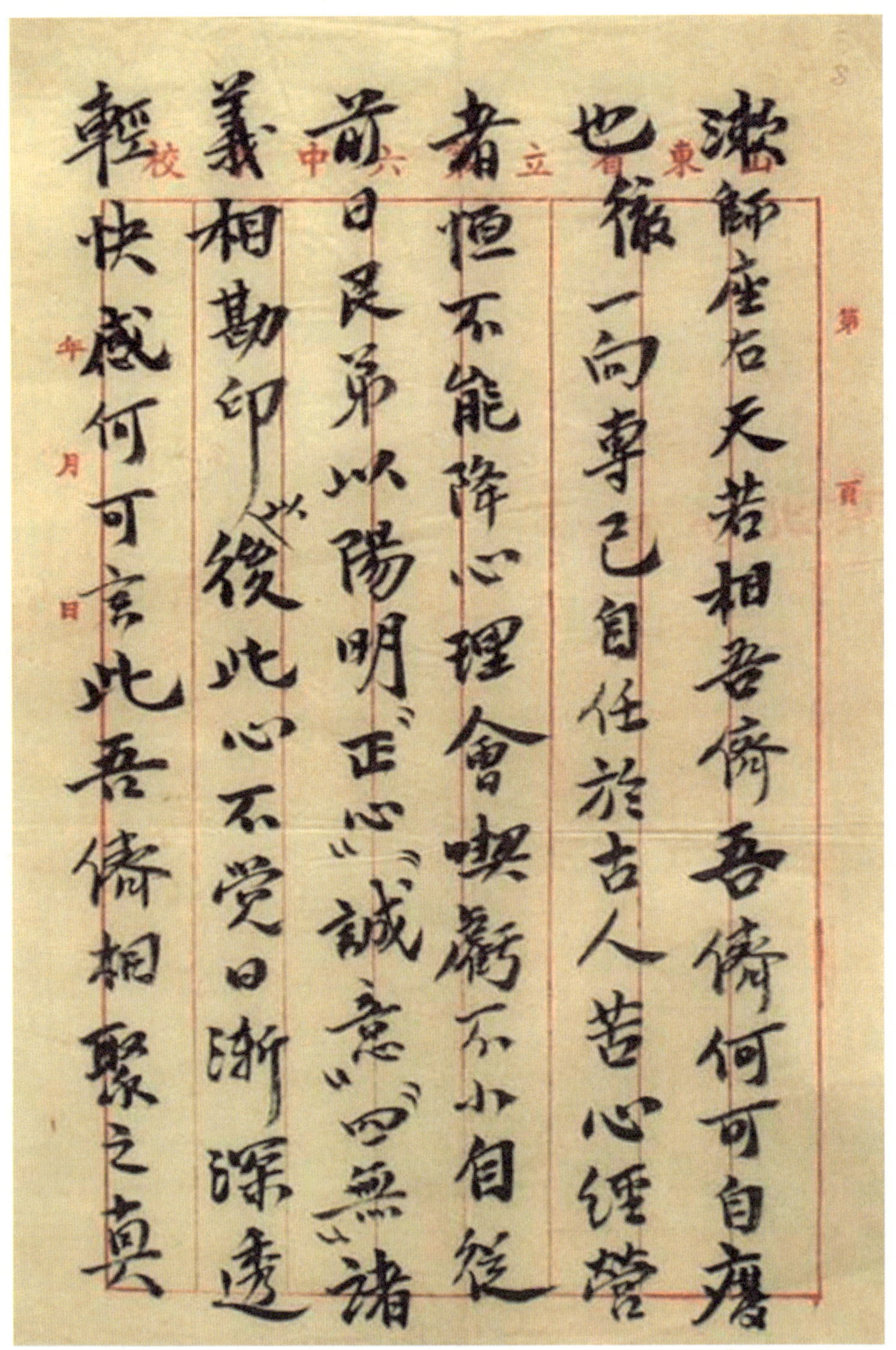
東省立第六中學校　第　頁　年　月　日

濬師座右：天若相吾儕，吾儕何可自磨也。儕一向專己自任，於古人苦心經營者恒不能降心理會，喫虧不小。自從前日足弟以陽明"正心""誠意""四無"諸義相勸印以後，此心不覺日漸深透，輕快感何可言，此吾儕相聚之真

第二辑　书信 6-1

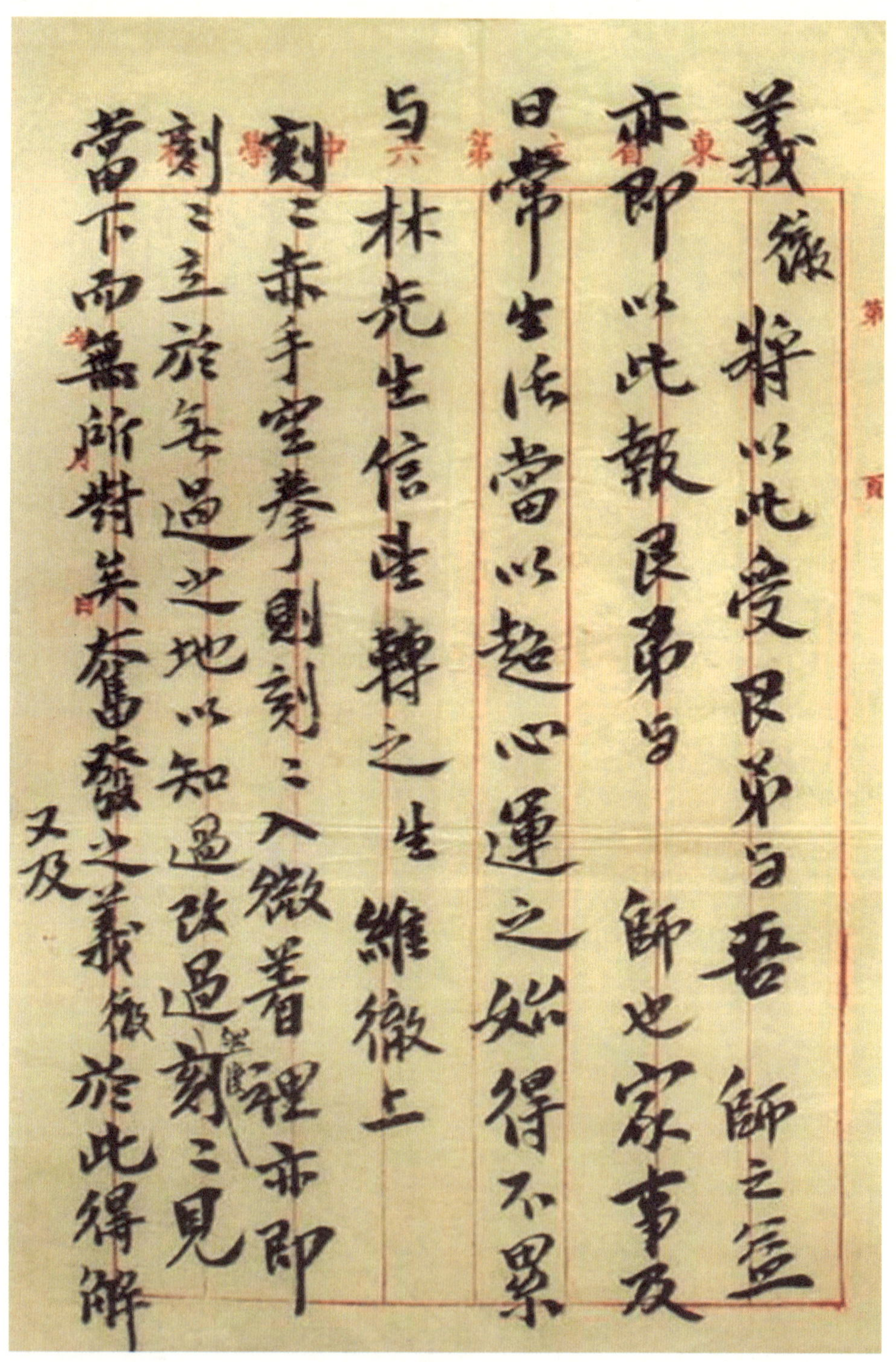

東省立第六中學校

義徽
將以此受良弟與吾師之宣
示即以此報良弟與師也家事及
日常生活當以趣心運之始得不累
與林先生信望轉之生維徽上
劉二赤手空拳則刻刻入微著裡亦即
刻刻立於無過之地以知過改過刻刻見
當下而無所對矣奮發之義徽於此得解
又及

第　頁

第二辑　书信 6-2

书信 6《致梁漱溟》[1]

漱师座右：

天若相吾侪，吾侪何可自废也。彻一向专己自任，于古人苦心经营者，恒不能降心理会，吃亏不小。自从前日艮弟以阳明[2]“正心”“诚意”“四无”诸义相勘印以后，此心不觉日渐深透轻快。感何可言？此吾侪相聚之真义。彻将以此受艮弟与吾师之益。亦即以此报艮弟与师也。家事及日常生活，当以超心运之，始得不累。

与林先生[3]信望转之。

生维彻上

刻刻赤手空拳，则刻刻入微着里，亦即刻刻立于无过之地。以知过改过，然后刻刻见当下而无所对矣。奋发之义，彻于此得解。

又及。

---

[1] 此信共 2 页，用“山东省立第六中学校”信笺，信尾无时间。此信刊于《梁漱溟往来书札手迹》470 页，该书所标注时间为 “一九二五年”。

[2] 阳明，即王守仁（1472—1529）。汉族，浙江绍兴府余姚县（今属宁波余姚）人，因曾筑室于会稽山阳明洞，自号阳明子，学者称之为阳明先生，亦称王阳明。

王阳明为明代著名的思想家、文学家、哲学家和军事家，是明代新儒家心学派的代表人物，并精通儒学、道学、佛学。与孔子、孟子、朱熹并称为孔、孟、朱、王。其学术思想传至日本、朝鲜半岛以及东南亚。

[3] 林先生，即林志钧（1878—1961），字宰平，号北云，福建闽县人。林志钧与沈钧儒同为癸卯科举人，辛亥革命前留学日本。曾任北洋政府司法部部长，后为清华国学研究院导师，中华人民共和国成立后为国务院参事室参事。林志钧先生为闽派著名诗人、法学家和哲学巨擘，在文学、法政、哲学、佛学、诗文、书画诸方面都极具造诣，主持编辑过《饮冰室合集》。曾任中国佛教协会第一、二届理事会理事。

1920 年 3 月，梁启超游欧归来见到梁漱溟的新著《印度哲学概论》，“纳交之心益切”。此后不久，梁启超偕蒋百里、林宰平及梁思成，来到北京崇文门外缨子胡同拜望梁漱溟，至此，林梁相交往。1980 年，梁漱溟在接受美国学者艾恺采访时表示：林宰平先生是我衷心尊敬服膺的一位长者，其人品之可钦敬，其学识之可佩服，为我一生所仅见。（参见艾恺《这个世界会好吗：梁漱溟晚年口述》，东方出版中心 2006 年 1 月第 1 版）

山東省立第六中學校

漱師足弟病兩日吐瀉頗劇不暇他
及得專心反省有所悔亦有所悟
眛於一體則貢高我慢天下盡有許
多之我可得而指目者矣如此而即云
能敬則敬亦是傲先已自欺翻成大
不敬矣易簡以平天下之險阻易簡者
惻隱之實際阻者有我之私今而後

第二辑　书信 7-1

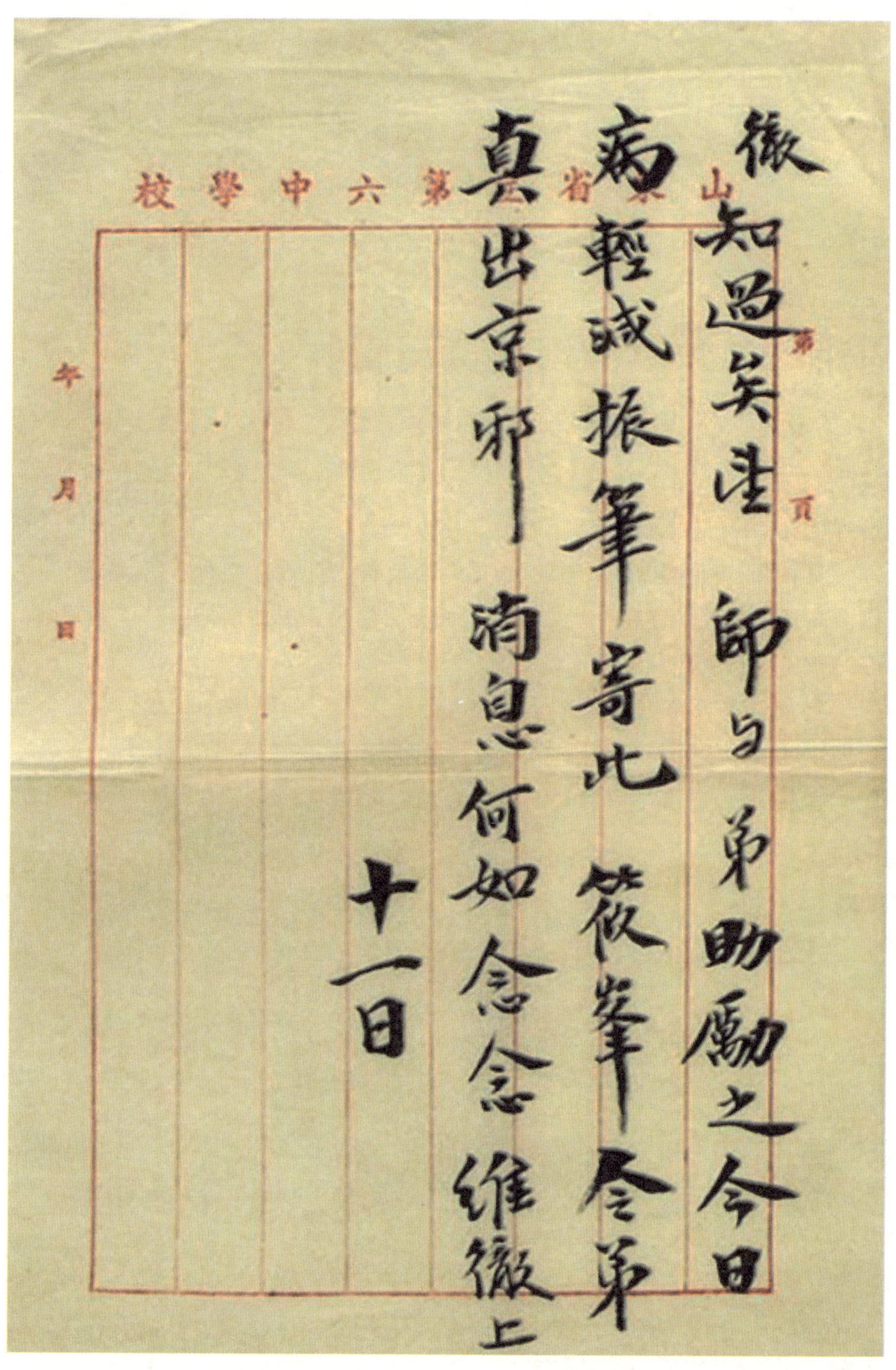

山東省第六中學校

徵
知過矣望　師与弟勗勵之今日
病輕減振筆寄此　筱峯令弟
真出京邪　消息何如　念念　維徵上
十一日

第二辑　书信 7-2

书信 7《致梁漱溟、黄艮庸》[1]

漱师、艮弟：

病两日，吐泻颇剧，不暇他及。得专心反省，有所悔，亦有所悟。昧于一体，则贡高我嫚，天下遂有许多之我可得而指目者矣。如此而即云，能敬则敬，亦是傲先已自欺，翻成大不敬矣。

易简以平天下之险阻。易简者，恻隐之实；险阻者，有我之私。今而后彻知过矣。望师与弟助励之。今日病轻减，振笔寄此。

筱峰[2]令弟真出京邪？消息何如？念念。

维彻上

十一日

---

[1] 此信共 2 页，用“山东省立第六中学校”信笺，信尾落款时间为“十一日”，无年月。此信刊于《梁漱溟往来书札手迹》471 页，该书所标注时间为“一九二五年 X 月十一日”。

[2] 筱峰，即秦筱峰。应为梁漱溟在曹州办学之同事，生平待考。

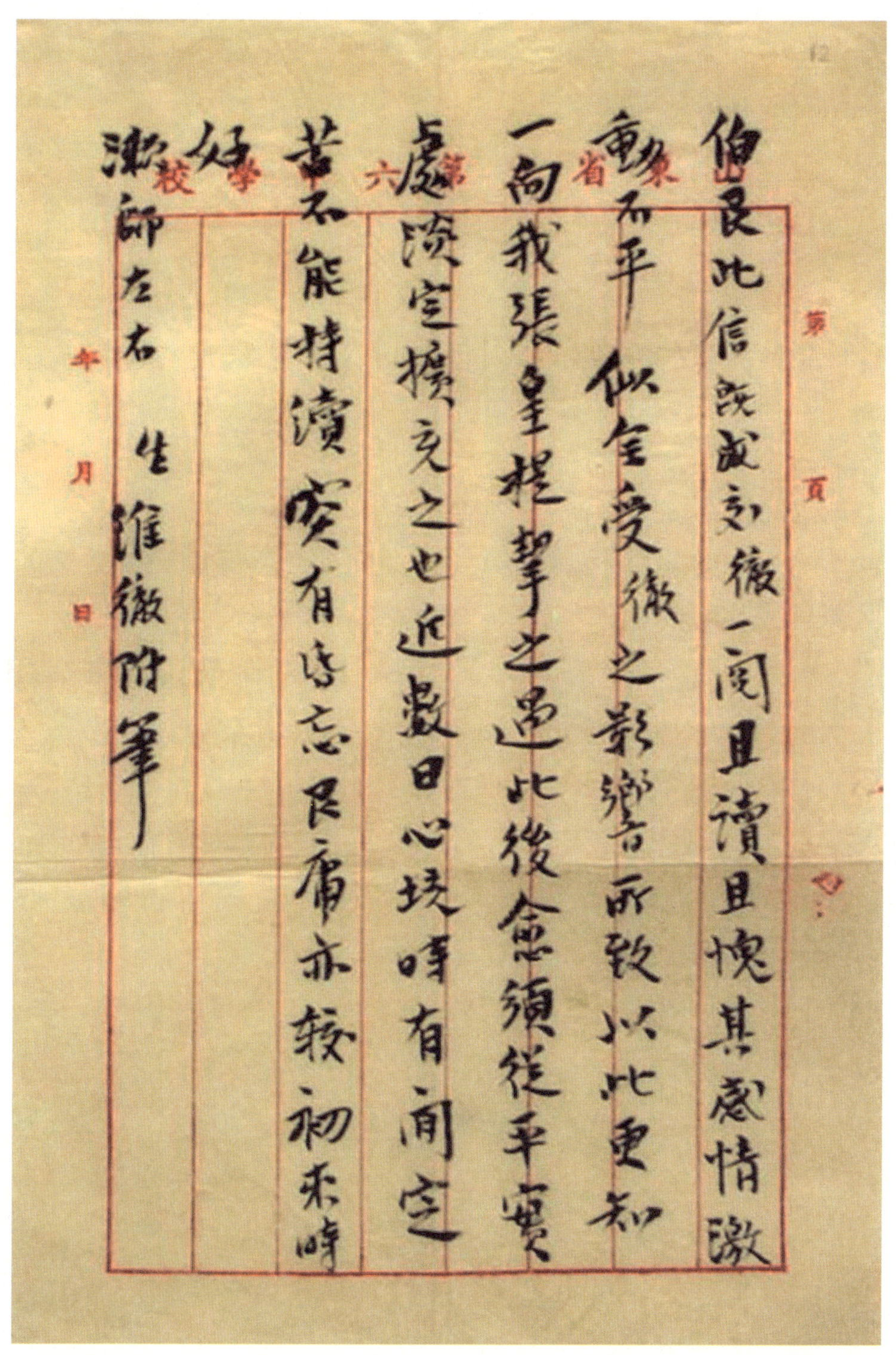
東省　第六　學校

第　頁

伯良此信既啟交徵一閱且讀且愧其感情激動不平似全受徵之影響所致以此更知一向我張皇捏挐之過此後愈須從平實處談定擬交之也近數日心境時有間定苦不能持續實有啟忘良庸亦較初來時好

漱師左右　生維徵附筆

年　月　日

第二辑　书信 8

书信 8《致梁漱溟（附笔）》[1]

伯良此信既成，交彻一阅，且读且愧。其感情激动不平，似全受彻之影响所致，以此更知一向我张皇提挈之过。此后愈须从平实处淡定扩充之也。近数日心境时有闲定，苦不能持续，突有昏忘。艮庸亦较初来时好。

漱师左右

生维彻附笔

---

[1] 此信共 1 页，用“山东省立第六中学校”信笺，信尾无年月，应是随钟伯良信寄出的附笔。

伯良如弟一次与
師信成付徹閱之覺其感情激動過見張皇即附一
紙云云覓得改寫出以寧靜亦正如良庸之所謂悠
然而善矣中尚有可商討之處有機會當面奉伯
良頃見與贊堯信知甚忙少暇如無之夫此信亦不
必須中如何震天下人被吾儕激動者諒不少如何得
善博發耶不知所以悔之之道天降
之罰亦可追矣然吾卻從自家生命上自家分限
所及處痊疴忍痛而外又在何處去悔改耶　生
維徹拜筆

第二辑　书信 9

书信 9《致梁漱溟（附笔）》[1]

伯良第一次与师信成，付彻阅之，觉其感情激动，过见张皇，即附一纸，云云。竟得改写，出以宁静。亦正如艮庸之所谓悠然而喜矣，中尚有可商讨之处，有机会当面奉伯良。顷见与赞尧[2]信，知甚忙少暇，如无工夫，此信亦不必须如何覆。天下人被吾侪激动者谅不少，如何得善其后耶？尚不知所以悔之之道，天降之罚，不可逭矣。然舍却从自家生命上，自家分限所及处咬牙忍痛而外，又在何处去悔改耶？

生维彻附笔

[1] 此信共 1 页，用“山东省立第六中学校”信笺，信尾无年月，应是随钟伯良信寄出的附笔。

[2] 赞尧，即谢赞尧，湖南人。早期中共党员。毕业于国立山西大学，曾任山西省政府编译，曾参与梁漱溟团队曹州办学实践，后弃教从军，任国民革命军四十四军政治部主任，著有《哲学概论》《人生哲学》等，为熊十力、梁漱溟先生所推重。其妹谢冰莹为中国现代著名的女作家。

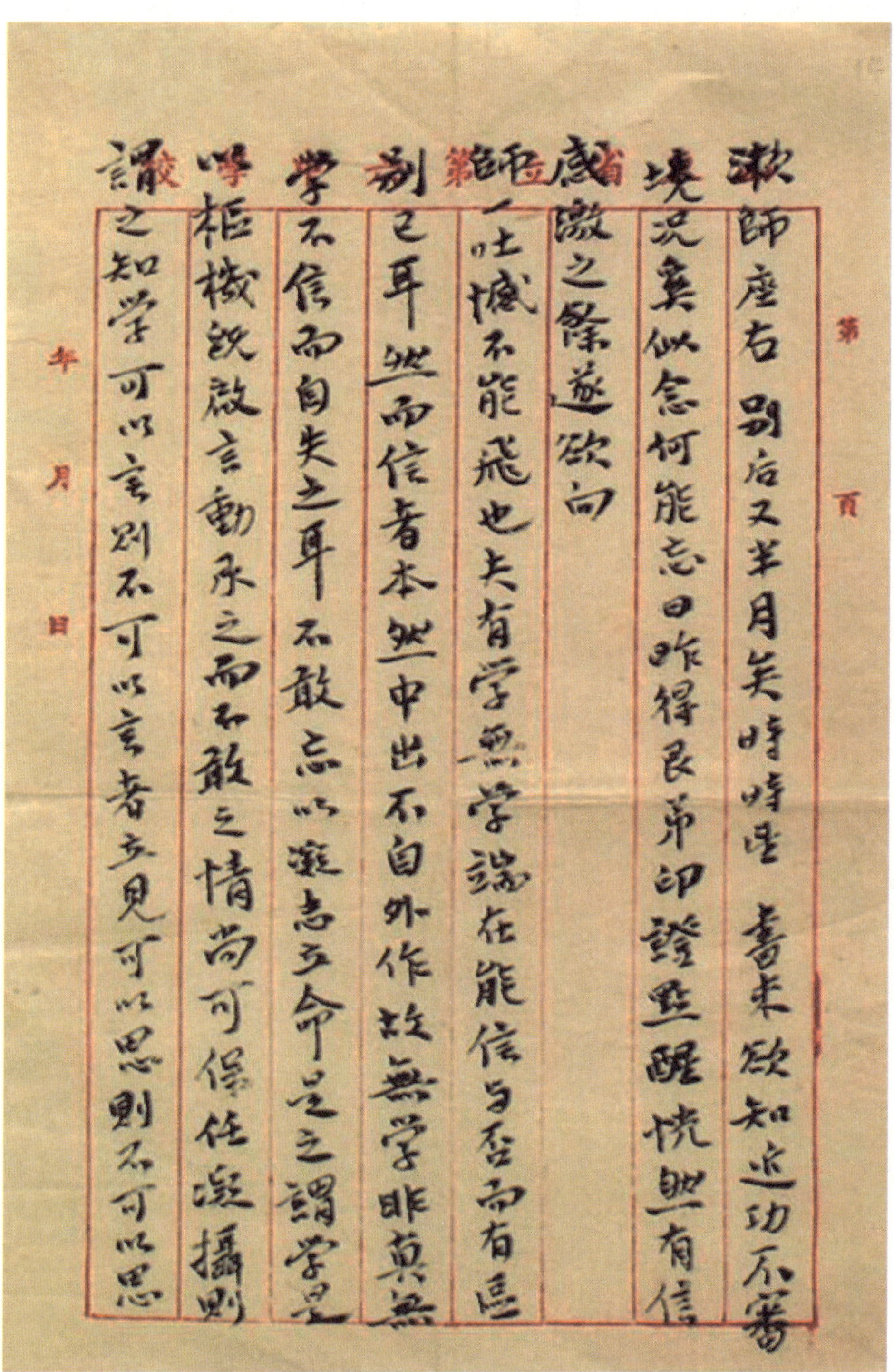

漱師座右　别后又半月矣　時時念　書来欲知近功不審境況奚似　念何能忘　日昨得良弟印證　豈醒恍然有信感激之餘　益欲向師一吐懷　不能飛也　夫有学無学　端在能信与否　而有區别之耳　然而信者本然中出　不自外作　故無学非真無学　不信而自失之耳　不敢忘以凝志立命　是之謂学　是學樞機既啟　言動承之　而不敢之情尚可保　任凝攝　則識之知学可以言　則不可以言者亦見　可以思　則不可以思

第　頁

年　月　日

第二辑　书信 10-1

者立見終日出言而不及於不可以言終日發思而不及於不

可以思如此而言則言未嘗言如此而思則思未嘗思不敢

忘以凝志立命者其此之謂歟■於何而云不敢忘耶夫

不可之動非不能動然而竟得安然不遷乃有於動者則敬

謹奉事之誠也敬謹奉事之誠恭默■是也如有所舍

惟恐有傷辭遜惻隱跬步不離此之謂不敢忘亦

即誠意之實功也如此而云主靜則靜不與動待如此而云

主寂則寂不與感對然後乃真見夫理為則事為應應

第二辑　书信 10-2

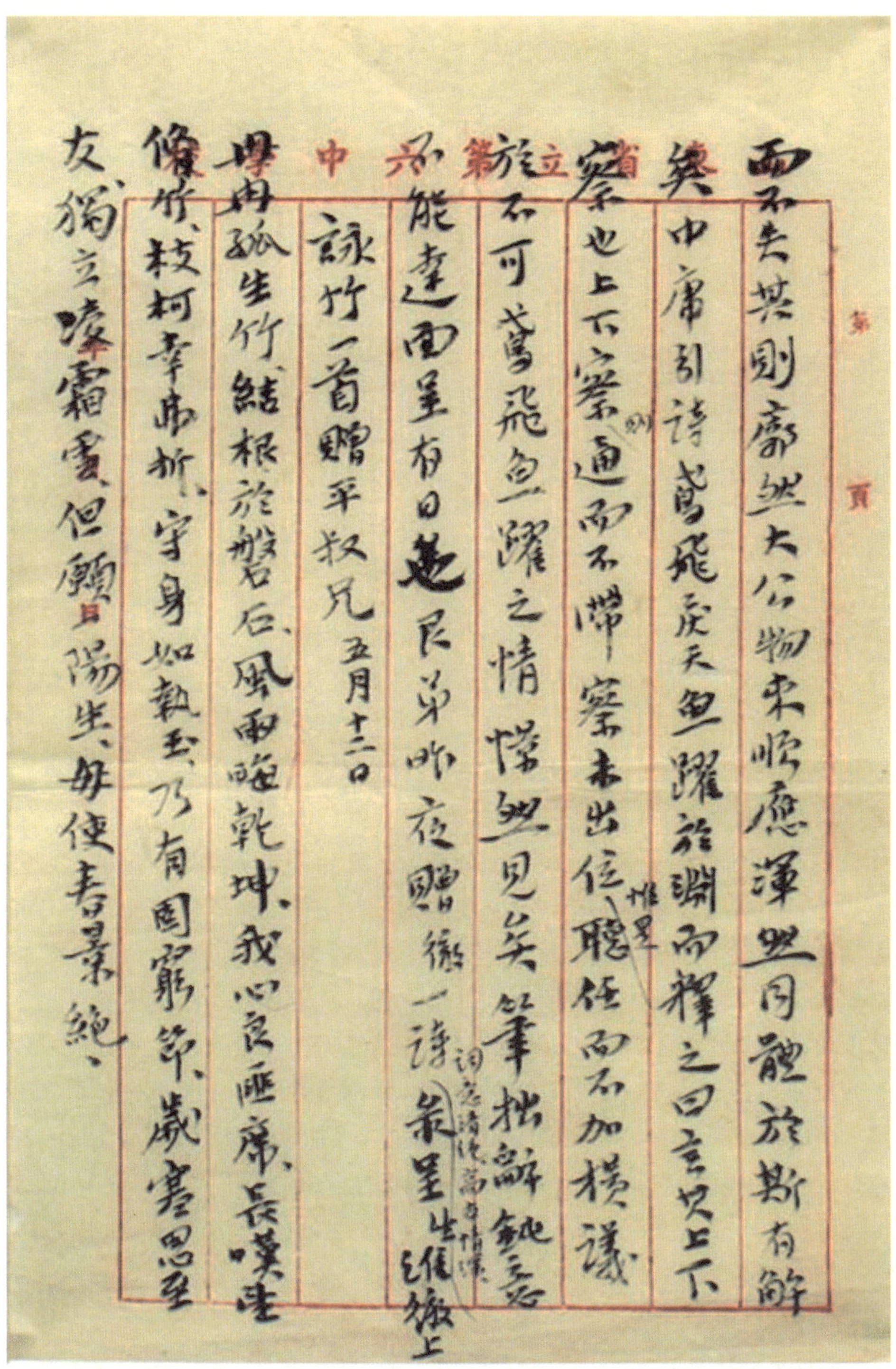

省立第六中學

第　頁

而不失其則，廓然大公，物來順應，渾然同體，於斯有餘矣。中庸引詩鳶飛戾天，魚躍於淵，而釋之曰言其上下察也。上下察，通而不滯，察未出位，聽任而不加橫議（推呈），於不可鳶飛魚躍之情，憬然見矣。筆拙辭鈍，恐不能達，而呈有日也。良弟昨夜贈徵一詩（詞意清俊高古情深），衆[象?]星先生[illegible]上

詠竹一首贈平叔兄　五月十二日

孤生竹，結根於磐石，風雨醃乾坤，我心良匪席，長嘆嗟修竹，枝柯幸未折，守身如執玉，乃有固窮節，歲寒思益友，獨立凌霜雪，但願見陽生，毋使春景絶。

第二辑　书信 10-3

书信 10《致梁漱溟》[1]

漱师座右：

别后又半月矣，时时望书来。欲知近功不审，境况奚似，念何能忘日。昨得艮弟印证点醒，恍然有信，感激之余遂欲向师一吐，憾不能飞也。夫有学无学，端在能信与否而有区别已耳。然而信者，本然中出，不自外作。故无学非真无学，不信而自失之耳，不敢忘以凝志立命，是之谓学。是以枢机既启，言动承之，而不敢之情尚可保任凝摄，则谓之知学。可以言则不可以言者立见，可以思则不可以思者立见。终日出言，而不及于不可以言；终日发思，而不及于不可以思。如此而言，则言未尝言；如此而思，则思未尝思。不敢忘以凝志立命者，其此之谓欤？于何而云不敢忘邪？夫不可之动非不能动，然而竟得安然不迁无有于动者，则敬谨奉事之诚也。敬谨奉事之诚，恭默是也。如有所舍，惟恐有伤。辞逊恻隐，跬步不离，此之谓不敢忘亦即诚意之实功也。如此而云：主静则静，不与动待。如此而云：主寂则寂，不与感对，然后乃真见夫理。为则事为应，应而不失其则，廓然大公，物来顺应，浑然同体，于斯有解矣。《中庸》引诗："鸢飞戾天，鱼跃于渊。"而释之曰："言其上下察也。"上下察则通而不滞，察未出位，惟是听任而不加横议于不可。鸢飞鱼跃之情，憬然见矣。笔拙辞钝，意不能达，

[1] 此信共 3 页，用"山东省立第六中学校"信笺，信尾无年月。从信之附件"昨夜（五月十二日）艮弟赠一诗"推断，应为 1925 年 5 月 13 日。

面呈有日也。艮弟昨夜赠彻一诗，词意清纯，高古情深。录呈。

生维彻上

咏竹一首赠平叔兄

五月十二日

冉冉孤生竹，结根于磐石。
风雨晦乾坤，我心良匪席。
长叹望修竹，枝柯幸弗折。
守身如执玉，乃有固穷节。
岁寒思至友，独立凌霜雪。
但愿上阳生，毋使春景绝。

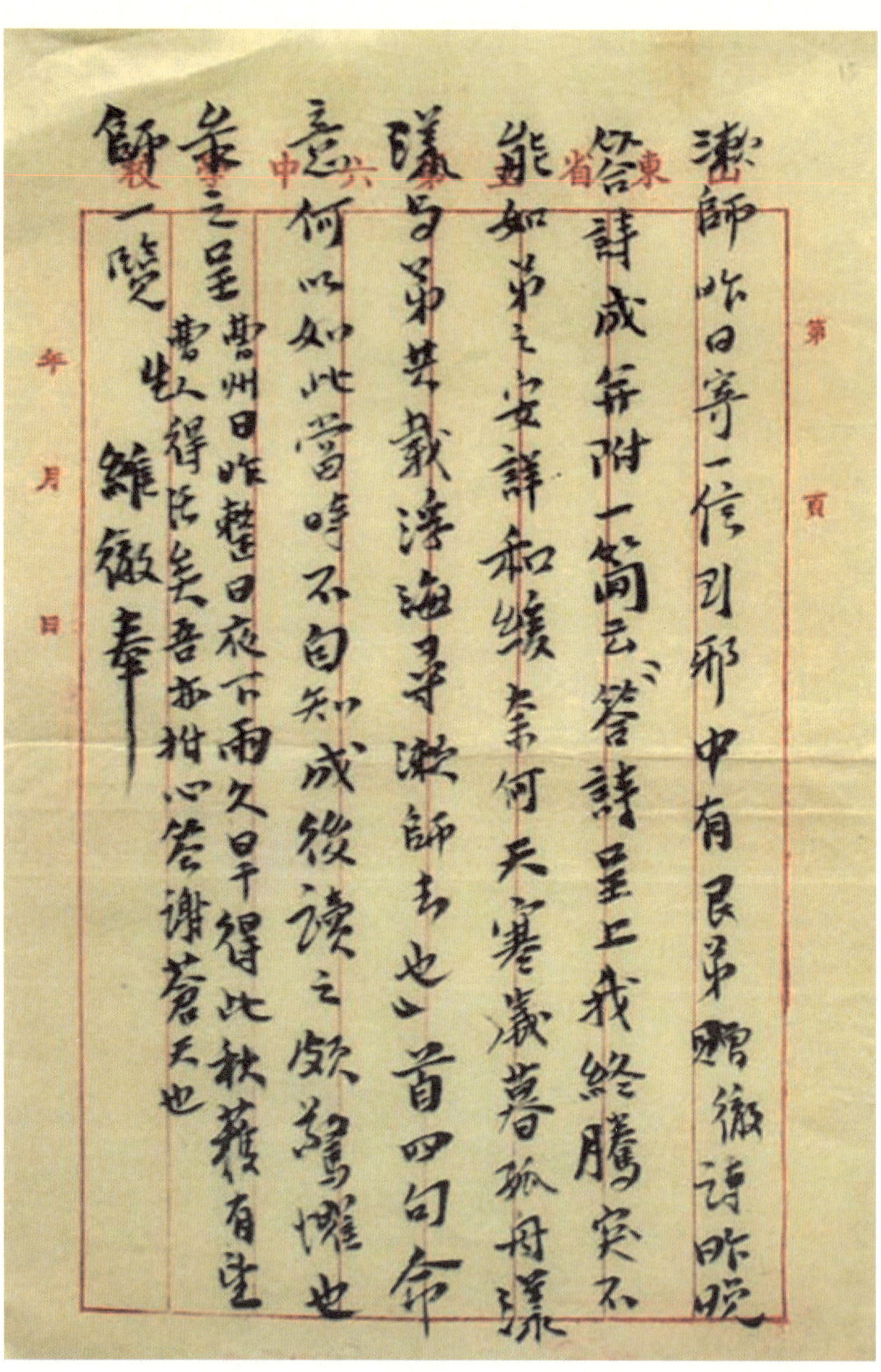

漱師昨日寄一信到邪中有艮弟贈徽詩昨晚
答詩成并附一简云、答詩呈上我終騰突不
能如弟之安詳和緩奈何天寒歲暮孤舟漾
蕩与弟其載滄海尋漱師去也　首四句命
意何以如此當時不自知成後讀之歎驚躍也
兼之呈　曹州日昨整日夜下雨久旱得此秋獲有望
曹人得所矣吾亦甘心答謝蒼天也
師一覽
生　維徽奉

第二辑　书信 11-1

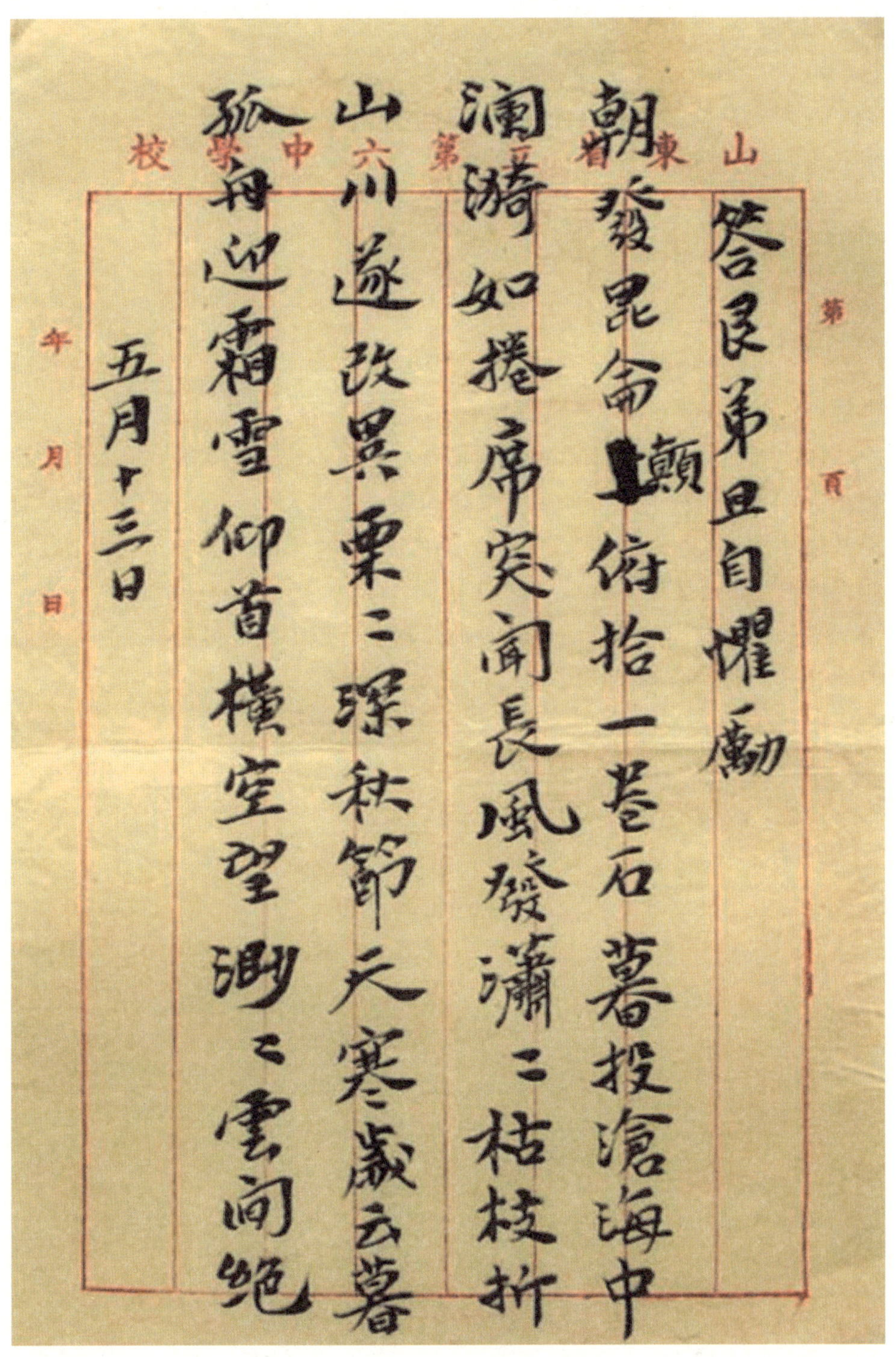
山東省立第六中學校

第　頁

答艮弟且自懼勵

朝發昆侖巔俯拾一卷石暮投滄海中

瀾濤如捲席突聞長風發瀟瀟枯枝折

山川遂改異栗栗深秋節天寒歲云暮

孤舟迎霜雪仰首横空望渺渺雲間絕

五月十三日

年　月　日

第二辑　书信 11-2

书信 11《致梁漱溟》[1]

漱师：

昨日寄一信到邪？中有艮弟赠彻诗。昨晚答诗成，并附一简云：“答诗呈上，我终腾突，不能如弟之安详和缓。奈何天寒岁暮，孤舟漾漾，与弟共载浮海寻漱师去也。”首四句命意何以如此？当时不自知，成后读之，颇惊惧也。录之呈师一览。

曹州日昨整日夜下雨，久旱得此，秋获有望，曹人得活矣。吾亦拊心答谢苍天也。

生维彻奉

答艮弟且自惧励

朝发昆仑颠，俯拾一卷石。
暮投沧海中，澜漪如卷席。
突闻长风发，潇潇枯枝折。
山川遂改异，栗栗深秋节。
天寒岁云暮，孤舟迎霜雪。
仰首横空望，渺渺云间绝。

五月十三日

---

[1] 此信共 2 页，其中附诗 1 页。用“山东省立第六中学校”信笺，信尾无年月日，参照前信时间及本信中“昨晚答诗成”等内容推断，时间应该是在 1925 年 5 月 14 日。

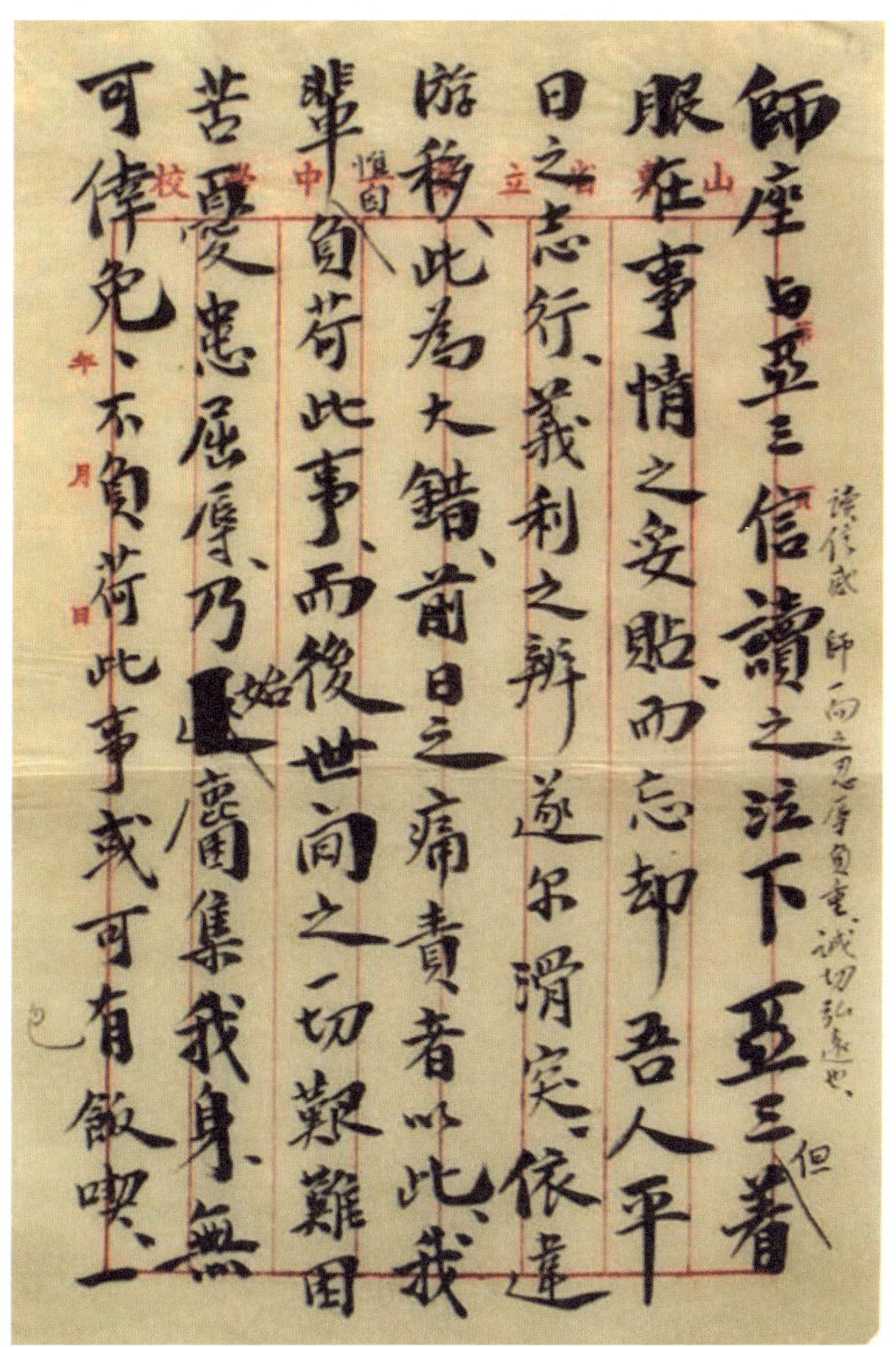
師座：白亞三信讀之泣下。亞三着眼在事情之妥貼，而忘卻吾人平日之志行、義利之辨，遂爾滑突，依違游移，此爲大錯，前日之痛責者以此。我輩自荷此事，而後世間之一切艱難困苦憂患屈辱，乃始麕集我身，無可倖免，不負荷此事或可有飯喫，一

讀信感師一向之忍辱負重，誠切弘遠也。

第二辑　书信 12-1

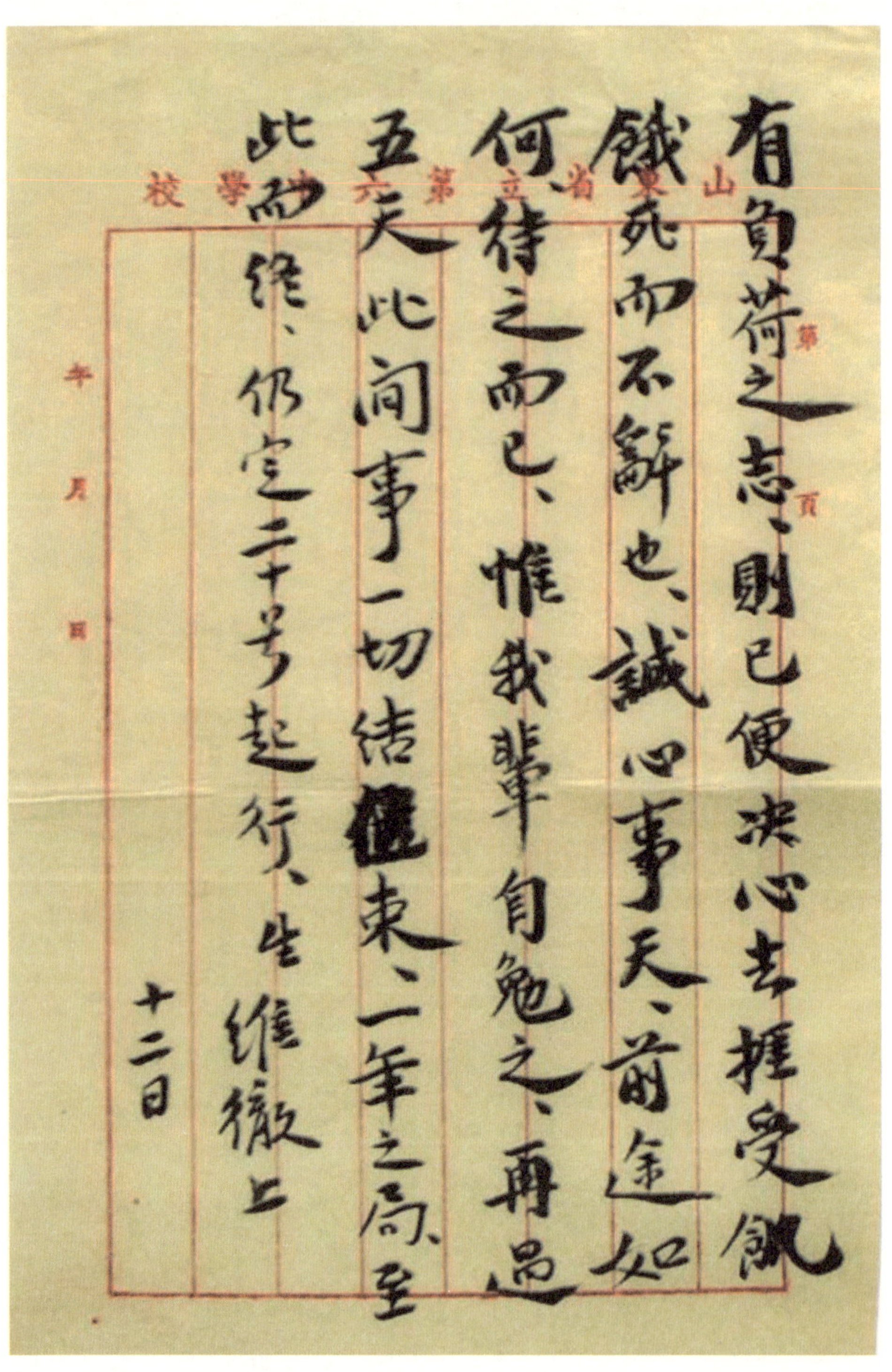

山東省立第六中學校

有負荷之志、則已便決心去捱受飢餓死而不辭也、誠心事天、前途如何、待之而已、惟我輩自勉之、再過五天、此间事一切结束、一年之局、至此而絕、仍定二十号起行、生 維徽上

十二日

第　頁

年　月　日

第二辑　书信 12-2

书信12《致梁漱溟》[1]

师座：

与亚三信，读之泣下（读信感师一向之忍辱负重，诚切弘远也）。亚三但着眼在事情之妥贴，而忘却吾人平日之志行，义利之辨遂尔滑突，依违游移，此为大错。前日之痛责者以此，我辈惟因负荷此事，而后世间之一切艰难困苦忧患屈辱，乃始麇集我身，无可幸免。不负荷此事或可有饭吃，一有负荷之志，则已便决心去捱受饥饿，死而不辞也。诚心事天，前途如何，待之而已。惟我辈自勉之。再过五天此间事一切结束，一年之局[2]，至此而终。仍定二十号起行。

生维彻上

十二日

[1] 此信共2页。用“山东省立第六中学校”信笺，信尾无年月，落款时间为“十二日”。此信刊于《梁漱溟往来书札手迹》472页，该书所标注时间为“一九二五年X月十二日”。

[2] 一年之局，系指1924年暑期梁漱溟师友团队赴曹州办学，到1925年暑期全部撤出，大约一年时间。

附录：梁漱溟曹州办学经过及致徐名鸿等人信件

1924年6月，梁漱溟辞去北大教职，前往山东任省立六中（现菏泽一中）高中部主任，并聘请熊十力为导师。参与此次办学的还有陈亚三、黄艮庸、王平叔、王星五、赵龙姓、徐名鸿、谢赞尧、钟伯良、张俶知、戴秉衡、马乾符、郭俊卿、王子愚等，其中大部分为梁漱溟的学生。

梁漱溟的这次曹州之行，与两个人有密切关系，一个是他的学生陈亚三，一个是时任山东省议会议长兼省立第一中学校长王鸿一。

梁漱溟在撰写于1962年的《略记当年师友会合之缘》中记述道："亚三为鸿一先生之得意学生。民国九年亚三在北大聆愚所为《东西文化及其哲学》之讲演，暑假返鲁为鸿一先生述之。先生大喜，谓颇能解决其思想上之问题，即来京相晤，并邀愚次年赴济南讲演（据相关资料记载，1921年夏，梁漱溟受邀赴济南做《东西文化及其哲学》的演讲，四十余日，不论风雨，王鸿一无一日迟到，两人都有相见恨晚之感，并交往过从）。《东西文化及其哲学》一书即成于此。其后民十三（1924年）为筹备曲阜大学而先办曹州中学高中部（预备学生）及重华书院（预备师资）……"

这是梁漱溟的第一次办学实践。此次办学以梁个人先期退出及师友团队于次年暑假前全部撤出而告终。编者结合相关资料——梁漱溟1942年《办学意见述略》《重华书院简章》，1971年《略述1924年在曹州办学经过》，1925年《致徐名鸿等》，梁漱溟次子梁培恕《中国最后一个大儒：记父亲梁漱溟》等考据，此次办学的"失败"，主要有两个方面的原因，一是（梁漱溟）理想与现实的矛盾；二是办学理念与人际关系的矛盾。

先说第一个方面，在梁培恕撰写的《中国最后一个大儒：记父亲梁漱溟》一书中，以“首度奔赴理想”为题，简略地记述了梁漱溟及其师友团队曹州办学的经过。

梁漱溟的理想是什么？梁培恕在文中引用了其父在1936年撰写的《乡村建设理论》中的一句话：“辟造正常形态的人类文明。”而落实到办学及教育理念上，就是与青年为友，帮着他走路。他在《办学意见述略》中写道：

我们办学的真动机……是在自己求友，又与青年为友……所谓与青年为友一句话含有两层意思：一，是帮助他走路；二，此所云走路不单是指知识技能往前走，而实指一个人的全生活。然现在学校的教育则于此两层俱说不到……教育应当是着眼一个人的全生活而领着他去走人生大路，于身体的活泼、心理的活泼两点，实为根本重要；至于知识的讲习，原自重要，然固后于此。……我们看青年学生中大概似不外两种人：一种是堕落不要强的，在学校就鬼混，毕业就谋差赚钱挥霍；一种是自知要强的而常不免因人生问题、社会环境而有许多感触，陷于烦闷痛苦。……学生社会固常不出堕落、烦闷两边，便是我们个人，何尝能免于此？……人生始终是有所未尽而要往前走的，即始终是有赖师友指点帮助的。照我的意思，一学校的校长和教职员原应当是一班同气类的，彼此互相取益的私交近友，而不应当只是一种官样职务的关系凑在一起。所谓办教育，就是把我们这一朋友团去扩大他的范围——进来一个学生即是这一朋友团内又添得一个朋友。我们自己走路，同时又引着新进的朋友走路；一学校即是一伙人彼此扶持走路的团体。故尔，我们办学实是感于亲师取友的必要，而想聚拢一班朋友同处共学；不独造就学生，还要自己造就自己。

其实，这样的理念，与他在《东西文化及其哲学》之《著者告白二》中，“再创宋明讲学之风”是一脉相承的，我们完全可以将从与学生“同处共学”到曹州办学的经历，视为梁漱溟将其教学理想由小团体推广至社会，将小范围实验推广到较大范围实践的过程。

这样的办学理想与教育理念，在当时既属“先进”，在今天看来也不“过时”。然而，“先进”的东西往往在推广的过程中会受到更多的阻碍，而在此理想与理念指导下的一些具体的措施，在执行的过程中，便引来了矛盾。其中最突出的，就是对学生的收费问题。

在展开这一问题之前，让我们再次回溯《著者告白二》中的一句话：“大家对我自由纳费，不规定数目，即不纳亦无不可。”而在《办学意见述略》有关“收费标准”中，梁漱溟依然想将此观念推而广之——

我们想打破从来学校一例征收同等全额之学费膳宿费的成例，而改为或纳费或不纳费，纳费或多或少，一视学生家境如何而自己乐输。二则也因为我们不愿采用权利义务的方式、买卖交易的方式，而想一以人情行之。这也就是不愿靠法律对待人而彻底地信任天下人！不过在预算上我们也有个标准总数，在不足数时则向各家长征补之……却要声明一句：虽然学生纳费多寡不等，而我们待遇上则没有分别，都是一律的。

他还有言在先：“这样办去，究竟办好办不好不敢知，不过我们决意要试着作，想从这里替教育界打出一条路来。”他希望用理想战胜现实。

然而，实际的情形是，现实捣碎了理想。据当年曹州中学学生王先进回忆（转引自梁培恕《中国最后一个大儒：记父亲梁漱溟》）：开学第一个月没有问题，第二个月主持伙食的人就为难了，第三个月办不下去。那些不出钱的学生“还嫌只有面食，没有大米”，并声言正是看了招生简章上说可以不交费才来投考这个学校的。

然而，导致梁漱溟“匆匆而去”的原因，还不止这一个。更深层次的原因还在于，他与王鸿一的分歧。在《略述1924年在曹州办学经过》一文中，梁漱溟这样写道——

不意开学未半年，国内政局风云突起，冯玉祥揭国民军旗帜，推倒曹（锟）吴（佩孚），鸿一颇预闻其事，授意曹州镇守使参谋长吕某（吕蕴斋——编者注）推倒其镇守使，揭出国民军第五军旗帜响应冯军（冯号第一军）。其时山东督军郑士琦似属曹吴一方，立即进兵济宁以压之。战祸将作，曹州人心惶惶，愚急入京责问鸿一，又匆匆返曹以靖人心。然就在往返奔波中，自己悔悟其与鸿一合作之非是，具如书信中所云云，兹不赘。

文中所说的“具如书信中所云云”之书信，即梁漱溟于1925年3月19日写给徐名鸿等人的信（全文附后），其中，还谈到了他与王鸿一的另一桩矛盾——

王先生在京办《中华报》，则特标盛唱，哄动朝野。一面聚集许多盲附乱谈之众，一面又到处为我吹嘘。于是我所谓东方文化，乃杂于彼所谓东方文化之中，而无从识别。将不为识者所谅，而为无识者滋其误会。东方文化苟有一线生机，岂不将以此而斩！我诚爱东方文化者，即不可不与之分家。然而我在曹州办学，不啻处彼家中。即无与之分家之理，则非离曹不可。

事已至此，梁漱溟决定离开曹州。“自己先回京，把干满一个学年的工作留给朋友们。”（梁培恕语——编者注）

为了让读者更全面地了解当时的情况及梁漱溟的心境，特将其致徐名鸿等同仁信——《梁漱溟书信集》，原标题为《致徐名鸿等》——全文转录于下：

名鸿、赞尧、伯良、俶知、秉衡、乾符、俊卿、子愚诸兄同鉴：

漱溟今负疚怀惭伏地再拜，不敢仰视，嗫嚅陈词于诸兄之前，求加罪斥；漱溟顷已正式辞去本校高级中学职务矣。

漱溟昏妄糊涂不自揣量，去年谬云办学，牵挽诸兄至于曹州。曹地僻远乾苦，百无以对诸兄。今又不能始终其事，相与有成。且复先诸兄而去。虽情非得已，而负罪总无可谢。恨不摧毁此身，无使更昂头露面于人间，犹且不知何以为补赎也。此事决定于寒假离曹州时。当时与议共决者为亚三、星五、幼龙、平叔诸君及西部葛象一先生。事后并曾向熊先生暨秦筱峰兄商谈。独未向诸位谈过。兹即照当时所商议者，据实直叙如次。更以最近意思结陈于后，唯诸兄鉴察焉。当时漱溟提出与亚三诸君商议者，要计为下列数层：此次曹州军事问题之发动（吕蕴斋举出国民军第五军旗帜）虽头绪不一，而王鸿一先生与有关系实无可逃责。王先生心事浩浩落落本非俗比，而迹其行动则不免有类时下政客之所为。漱溟之来曹办学实出彼此合作。此合作之妥否，当初亦曾蓄疑。及去冬因军事发生，入京责彼收束。又由京回曹，往返途程中深思熟省乃决认为不妥。我是如何一个人原极其简单明了。我之办学亦极其简单明了，不含何种意味。乃王先生平生所以示人者乃极复杂不清。其气魄又有包举山东囊括曹州之观。于是我所处地位乃使不得以我之简单明了者与社会相见，是大不可也。此非个人爱惜羽毛之谓。漱溟窃不自揆，觉吾一身系中国前途，言动出处为天下有心人所瞩目。苟立身不谨，使吾所倡导以号召于天下者不为人所信，则中国前途一线生机于是遂斩。故窃不敢不自爱也。此一层也。又我尝申举“东方文化”一说以倡于世。近觉此事难言，已不复愿谈说此等名号。而王先生在京办《中华报》，则特标盛唱，哄动朝野。一面聚集许多盲附乱谈之众，一面又到处为我吹嘘。于是我所谓东方文化，乃杂于彼所谓东方文化之中，而无从识别。将不为识者所谅，而为无识者滋其误会。东方文化苟有一线生机，岂不将以此而斩！我诚爱东方文化者，即不可不与之分家。然而我在曹州办学，不啻处彼家中。即无与之分家之理，则非离曹不可。此又一层也。更有一层意思为此次离曹之重要原因。特未知说出来诸兄相信否相许否：漱溟到曹以后与本地人士暨军人官吏等相周旋，颇觉此来未免自己太轻率，作事不知分寸。而尤以往返京曹途中所感受者最有启悟。往在民国初年北京大学聘请马一浮先生任讲席，马先生谢曰：礼闻来学不闻往教。当时闻之颇以为是笑话，今乃深悟古语之所谓。而我之于曹正所谓往教也。此非讲求身份。盖此学与传习知识技艺者异，只是一点极简单的意思，并无许多新奇巧妙道理可说。而要在受教者恳到诚切，郑重以听，则寻常一言半语可以受益。否则纵有好道理只成儿戏，且绝其此后领益之路也。而受教者之态度如何，又悉视讲学者之人格与态度如何而定。苟讲学者先不自郑重，则此学之根本已亡。即可以不必讲，讲亦徒为此学罪人而已。漱溟既以此学自任，而此番来曹乃竟未审斯义，颇近轻于自售。虽在我真是牺牲一切，披沥肝胆，欲以一身肩负天下事，而无奈今之社会人人都是一肚俗肠，安从识我襟怀。既不解我为什么来曹，则看我亦不过来曹就食，固其宜已。此无可责人，只可自咎。亟当谢去，闭门思过。不然，则真成此学罪人而已。此即最后一层。此外虽犹有些意思为求去之故者，然亦可以不再数。总之义当去曹，义无可留。而有一极费筹维之问题，即当以何时去曹为宜。以学校关系论，当俟暑假乃告一段落。然我之去曹本为王先生与军事问题关系而发，万无待其事已成过去而于半年后乃始言去之理。必当立时脱离乃是。顾又虑同人同学因我之去而不愿留曹者甚多。仓卒之间难得别觅栖止，进退踌躇定极痛苦，实觉对大家不过。尤难者六中方面亦仓卒无人接手，我无硬抛掉不管之理。再四筹维最后结果乃商定漱溟先行离曹回住北京，对同人同学暂不宣布去职。延至春后再向大家说明。则同人之欲别就者可得从容自谋。同学亦满一学年，易得转学他处。而前之患无人接手者，于此亦得亚三勉强允担此过渡期间之暂时维持者，俾到暑假由六中方面从容商定如何接手之事。似此办法乃于各方关系稍觉稳协。故当时决议照此安排办理。一面挽与我同事之平叔筱峰耐心维持半年，一面且谋今年开学应进行改良事项，以安众心。此即漱溟所以先诸兄而去，秘密不以相告，至今日乃向大家说明之故也。凡此所述种种，皆就去年事实据实说出，无敢诳语隐讳。至漱溟此去曹于义究合不合，临去措置之当否，则自己真不敢知。诸兄如有明诲、责言，无不恭敬愿闻。漱溟半生盖未有无一毫自信力如今日者也。

以下即以自己最近意思为诸兄敬陈之：最近我又有多少之虚悟。曰虚悟者，以悟得不深切、透实。又自悟之分数少，而旁人指点之分数多也。然回视以前心理已大不同。以前一派豪强自以为是的态度已无有。什么“一身系中国前途”，“言动出处天下观听所系”，“牺牲一切赤心赤胆以天下为己任”，真是大言不惭，一派梦话。自欺自蔽犹懵然不知。虚矫气、豪侠气，与暗中作祟之大欲望，真伪混杂。每每自言自语“我是牺牲一切的”，自命慷慨负荷，此实最谬、最自蔽处。来曹诚为有所牺牲，然念念不忘，正是牵挂甚重，不肯牺牲。且说个牺牲，正是有所图，暗中有鬼而不自知。以是明明晓得自己生活没路子，无把握，而有此一股假正气在，竟不知回头。乃至曹州失败，犹思别起炉灶于曲阜。今日定定心，擦擦眼，看自家前日所为，好似一个机器人在那里乱动。庄子所谓“意者有机缄而不得已邪？”，可以说自己未得调伏自己，而习气作怪，胥不由己。当此之时万万说不上出头作事，必须自家心里清明作得主，方才有话可讲。去曹理由核之未必全无是处，特当日云云则是迷乱梦话。今日那些一概不必提。直接了当说，自己什么都不行，不能作可也。去年决议本拟在曲阜布置一处数十人用功之所，同人同学有乐意相从者即转移到彼。现在已不作此想。二三年之间无论什么都不作。唯与平叔艮庸等觅地自修，养志戢贼。且看结果如何。此即漱溟最近意思也。缕缕奉陈，诸兄何以教我？漱溟大约不到曹州，诸兄如果暑假过京，或得相会。否则期诸异日矣。一切歉情不知何日得申报偿。临书[illegible]泪，不尽欲言。漱溟再拜。三月二十九日。

名鸿姓徐，广东人。赞尧姓谢，湖南人。伯良姓钟，四川人。俶知姓张，四川人。秉衡姓戴，福建人。乾符姓马，山西人。俊卿姓郭，山东人。子愚姓王，山东人。以上为写致此书的对象。书中所云与议者：亚三姓陈，星五姓王，幼龙姓赵，并皆山东人。平叔姓王，四川人。书中所论之事实经过，具述如另纸。原书写于 1925 年，此其存稿。1971 年检出追记。（此段为梁漱溟补注——编者注）

【第三辑】

同处共学

写信时间：

1925 年夏—1926 年初

信件数量：

书信 3 件

据梁漱溟学生李渊庭及其夫人阎秉华编撰的《梁漱溟先生年谱》显示，1925年春天，因山东政局变化，梁漱溟先生将曹州高中交陈亚三先生接办后，离曹州回北京，熊十力先生和一些学生随行，在北京什刹海东煤厂租房，师生十人共住共学。“朝会”自这个时候就开始进行。“大家互勉共进，讲求策励，极为认真。如在冬季，天将明未明时，大家起来后在月台上团坐。疏星残月，悠悬空际；山河大地，一片静寂，唯闻更鸡喔喔作啼。此情此景，最易令人兴起。特别感觉心地清明、兴奋，觉得世人都在睡梦中，我独清醒，若益感到自身责任之重大。在我们团坐时，皆静默着，一点声息都无。静默真是如何有意思呵！这样静默有时很长；亦不一定要讲话，即讲话亦讲得很少。无论说话与否，都觉得很有意义。我们就是在这时候反省自己；只要能兴奋、反省，就是我们生命中最可宝贵的一刹那。……‘朝会’必须要早，要郑重，才能有朝气；意念沉着，能进入人心者深，能引人反省之念者亦强。”

有人认为，这是梁漱溟师友团体比较“制度化”的“朝会”的滥觞。其实，在梁漱溟的教育理念里，“复兴古人讲学之风”，与师友一起同处共学的想法由来已久。当年王平叔只身北上追随梁漱溟，也是受了这一治学理念的鼓舞。

梁漱溟自己也说过，从1922年起，“就有了许多朋友跟我在一块”。“朋友们在一起相处，虽然是一种团体生活，但没有什么会章。大家只是以人生向上来共相策励，每日只是读书，讲一讲学问。民国十三年，我辞去北大教职，和一些朋友到曹州去办高中，后来又辞职回北平，高中学生即有一些随着我们到北平的。在北平师生共约十人，我们在什刹海租了一所房，共同居住。”[1]

“穷则独善其身，达则兼济天下。”这是中国传统知识分子普遍遵从的人生哲学。从1921年出版《东西文化及其哲学》到抗战爆发后参与社会政治活动之前的这一时期，梁漱溟及其师友团体一直处在这种“达穷进退”的转换之中。要么轰轰烈烈地办学，要么安安静静地读书、悟道。即使在1924年赴曹州办学期间，也“拟在曲阜布置一处数十人用功之所，同人同学有乐意相从者即转移到彼”。而到了1925年初，曹州办学失败在即，梁又改变了想法：“现在已不作此想。二三年之间无论什么都不作。唯与平叔艮庸等觅地自修，养志戢贼。”[2] 而之后也确实是这样实施的——1976年8月20日，梁漱溟在整理学生徐名鸿的旧信时回忆道：“一九二五年上半年，我与熊（十力）先生暨平叔、艮庸率少数学生退出曹州高中，赁屋什刹海东煤厂同处共学，名鸿时相过从。”[3] 而在梁漱溟1962年撰写的《略记当年师友会合之缘》一文中，还有更多的细节：“唯愚及平叔、艮庸等数人益切志于学，不谋职业，则赁屋于什刹海东煤厂以为共学聚处。此处离北大不甚远，熊先生仍同住。曹州新收学生武绍文、吕烈卿等，以平叔之启发，向学情殷，亦相从不离，虽知此间无文凭可得，也不计。”

其实，王平叔在加入梁漱溟师友团体之后，一直是处于同处共学的状态，这一辑的主题为“同处共学”，其理由有三：

一、这一辑所涉及的3封信件的内容，集中地反映了梁漱溟师友团体“同处共学”的生活状态，其中的细节很有意思。他们虽然生活在一处，但对于学术的探讨与思想的交流，却经常通过学生给老师写信（往往是长信），老师给学生留言的方式来完成。如书信14中所描述的情景：“适间读手示，感愧交集，想向师说几句话，又说不出来。所以师临行时，彻在北屋欲吐而止者再……昨晚本想写一比较详明切实的信请师看看，谁知一提笔所有

---

[1]《朝话：人生的省悟》，百花文艺出版社2005年第1版。

[2] 出自1925年3月29日梁漱溟《致徐名鸿等》，见《梁漱溟书信集》，中国文史出版社，1996年9月第1版。

[3]《梁漱溟往来书札手迹》第520页，大象出版社2009年8月第1版。

的意思忽逃逸不见……今早读师覆语，愈愧悔昨晚之偷懒矣。现在又想写了——不写心不甘。且改成白话写看，或能达出几分意思邪。”

二、关于“同处共学”的思想状态，这一点很重要。从这一组信件的内容就可以看到，当年，师生间的交流是平等的，是无高下尊卑之分的。在这些信件中，既有学生向老师在哲学思想及社会人生等方面的探讨与求教，也有学生对老师处事方法及价值取舍的批评，有的甚至是严厉的批评。这也从侧面证明了梁漱溟师友团体人际关系的透明与单纯。虽然我们现在看到的是单向度的信息，但从其一而再，再而三的批评中，完全能够感受到此团体开明的学术风气。本辑的 3 封信中的信件 15，洋洋 3600 余言，因在保存过程中残破，梁漱溟还特别安排黄艮庸重新抄录以便长期保存，可见对其内容的重视。另外，1976 年 8 月，梁漱溟在整理黄艮庸 1925 年四月初三的一封旧信时，还做出了 “平叔、艮庸从游于我，皆胜于我”的批注。

三、从这一辑的 3 封信中，也可以感受到王平叔思想与文笔的日渐成熟，此不赘言。

漱師座右　昨天因精神不足，言[illegible]然有[illegible]在我心中認為重要的一段話都忘卻了，今畧補述於此：徹數年來都在了　師恩德中度日，即今日之能有才進，亦均是了　師[illegible]與良庸為我減除環境困難之賜。苟非甚無心肝之人，寧能自己安適而於了　師之奔馳疲勞良漠然不動於心乎，然徹屢受　師與良庸之賜而不辭，於　師之奔馳終不以為然，且常懷急

第三辑　书信 13-1-1

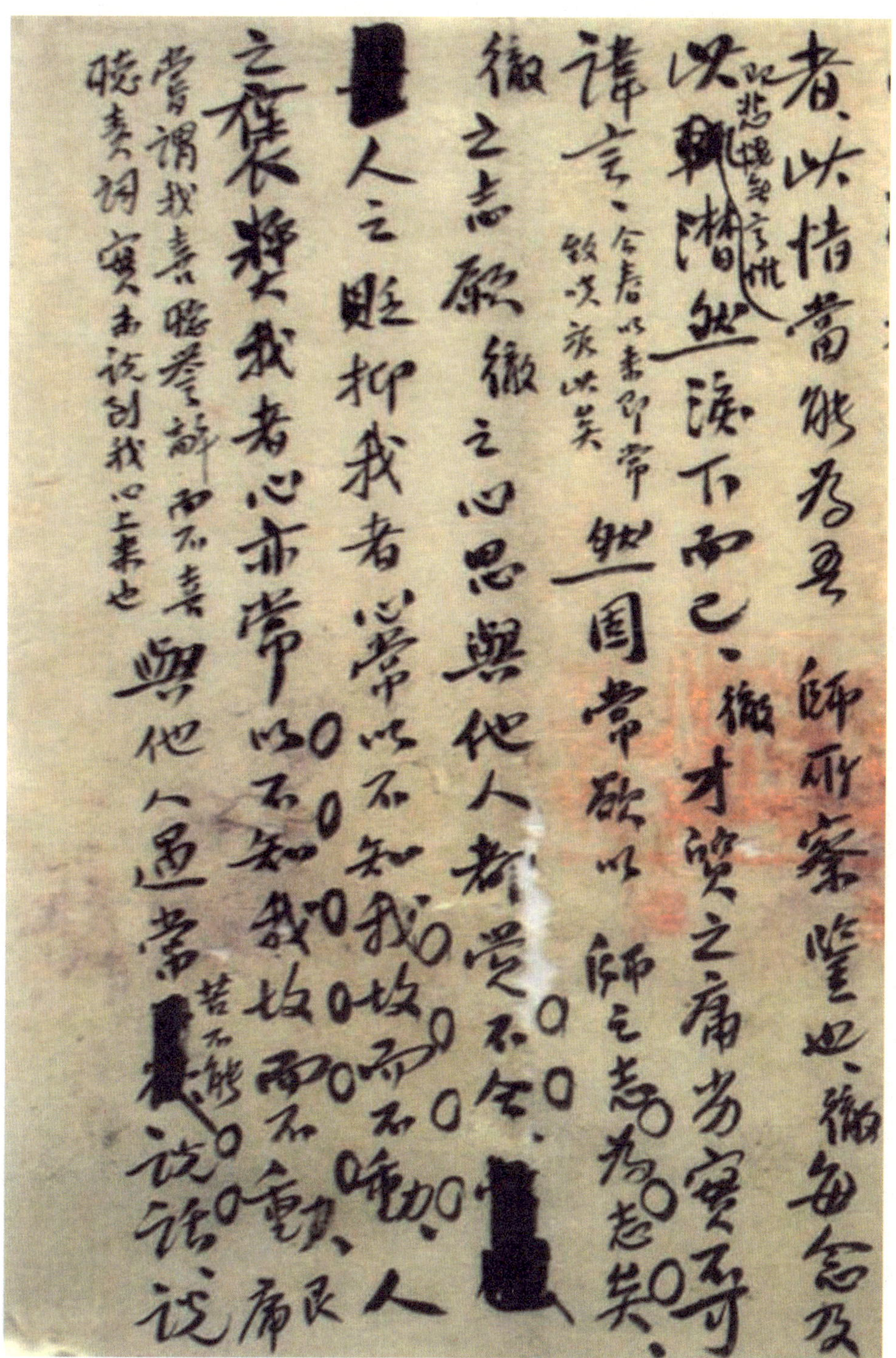

者，此情當能為忍 師所察鑒也。徹每念及此，輒潸然淚下而已。徹才質之庸劣實不可諱言，無日常敬以 師之志為志矣。徹之志歟，徹之心思與他人都覺不合。人之賤抑我者，心常以不知我故，而不嗔怒。人之痛惜我者，心亦常以不知我故，而不重視。庸良嘗謂我喜聽恭維而不喜與他人過當說話，說聰表詞實未說到我心上來也

第三辑　书信 13-1-2

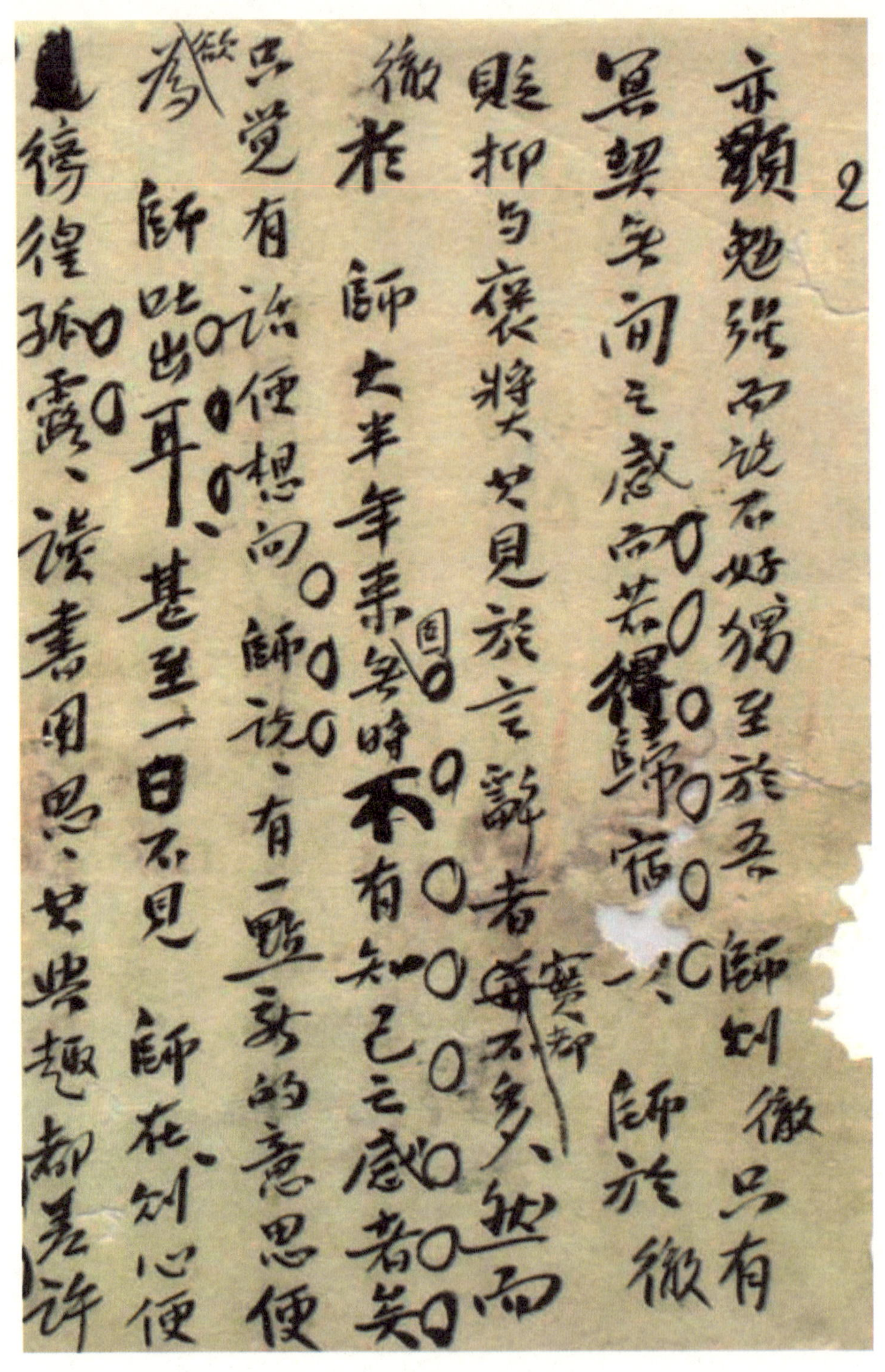
2

亦願勉強而說不好，獨至於吾師劉徽只有

冥契無間之感，而若獲歸宿。以師於徽

賤柳與裘，將大其見於言辭者寡不多人，然而

徽者，師大半年來，冬時不有知己之感者矣。

只覺有話便想問。師說，有一點新的意思便

為師吐出耳。甚至一日不見，師在劉心便

彷徨孤露，讀書因思，其興趣都差許

第三辑　书信 13-2-1

夠每見 師從外歸來，心便歡欣愉快不已，然而我最怕於不快不樂之時見 師，安慰無從安慰，談話無從談話，更說不上想向 師發表自己之所得，只是滿腹冷澀板滯之苦而已。凡在此時也不能往下讀書用思。這一天的光陰什九都糟蹋於沈悶中也。所以徹於 師之奔馳瑣務或當 師不快不樂之時，有憤急之情而無哀痛

第三辑　书信 13-2-2

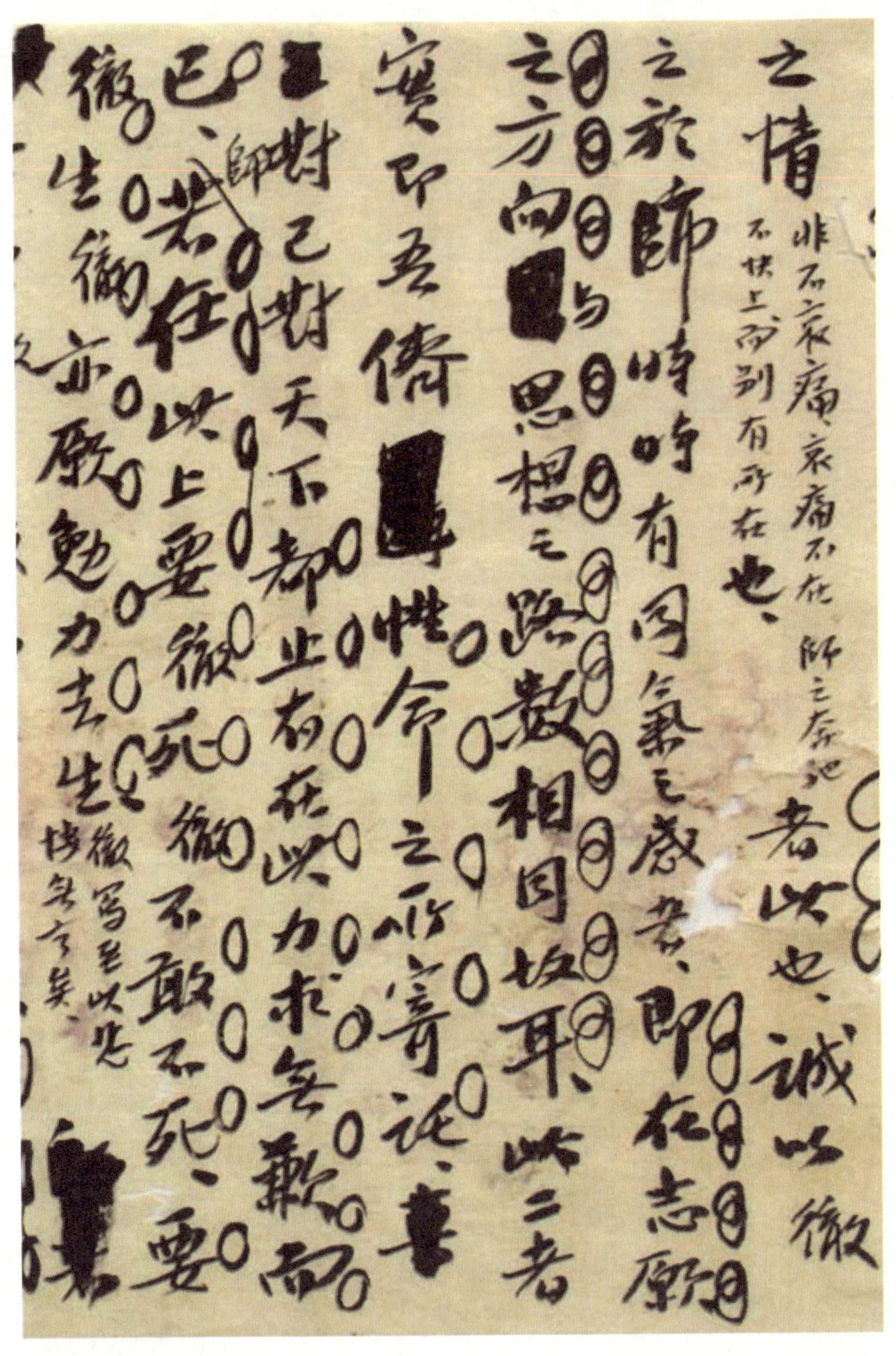

之情者此也、誠此徽之家師時時有同氣之感者、即在志願之方向[illegible]與思想之路數相同故耳、此二者實即吾儕[illegible]性命之所寄託、[illegible][illegible]對已對天下都止有在此力求無數面已、若在此上要徽死不敢不死、要徽生徽亦願勉力去生

第三辑　书信 13-3-1

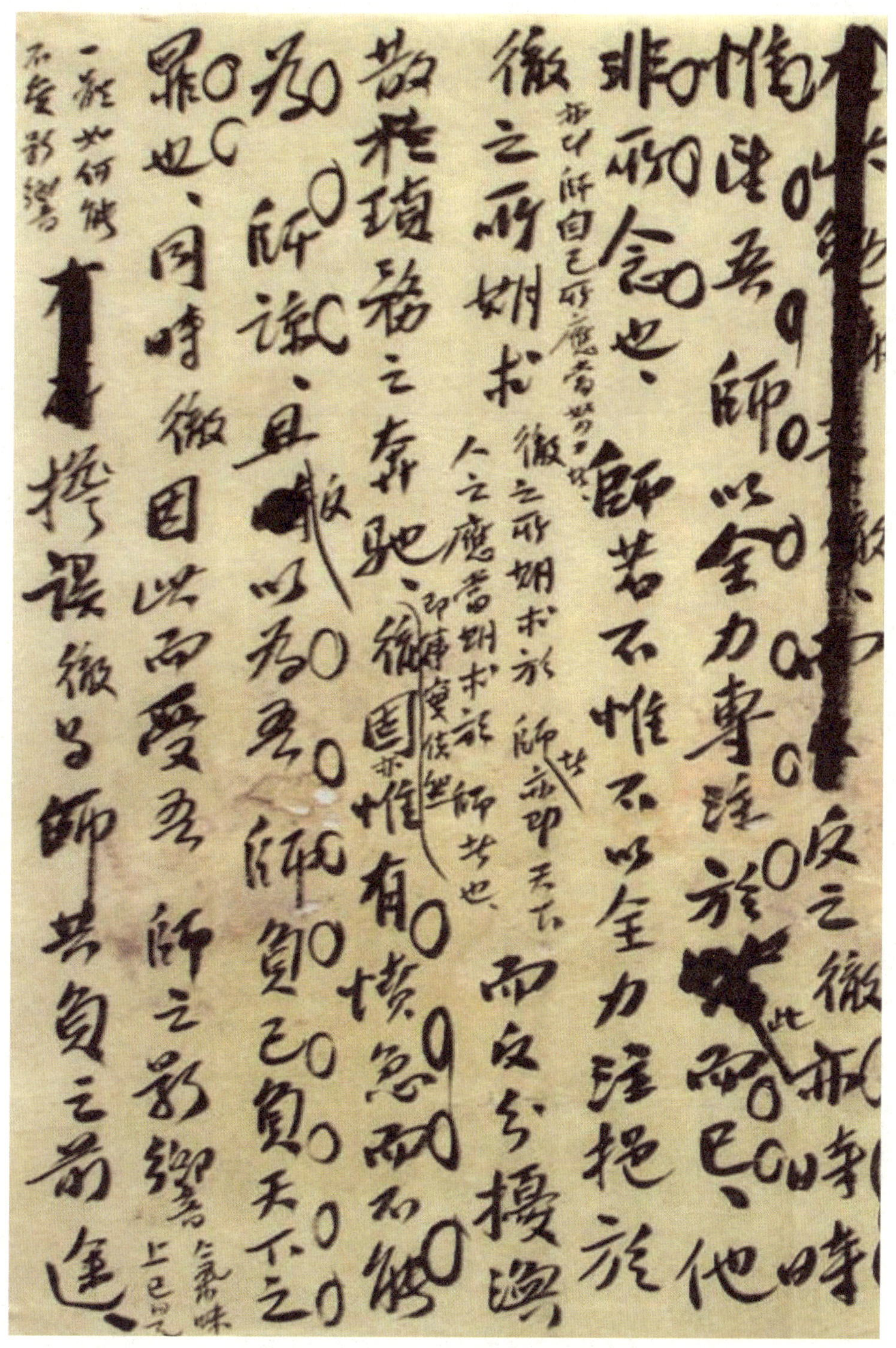

第三辑　书信 13-3-2

徽鲲感徬徨無所之之痛、此生將何以報吾師與天下人、此又所常懷心大痛而不能不懷急切也、且也徽常覺師於世事、不善排遣、喜為姪身体、恐此生將一切異倒、無振作出來專心為自己真正當努力努力努力之時、自己天才十（自己精神十之七八不能保固、）之七八不能發揮、自己志願十之七八不

第三辑　书信 13-4-1

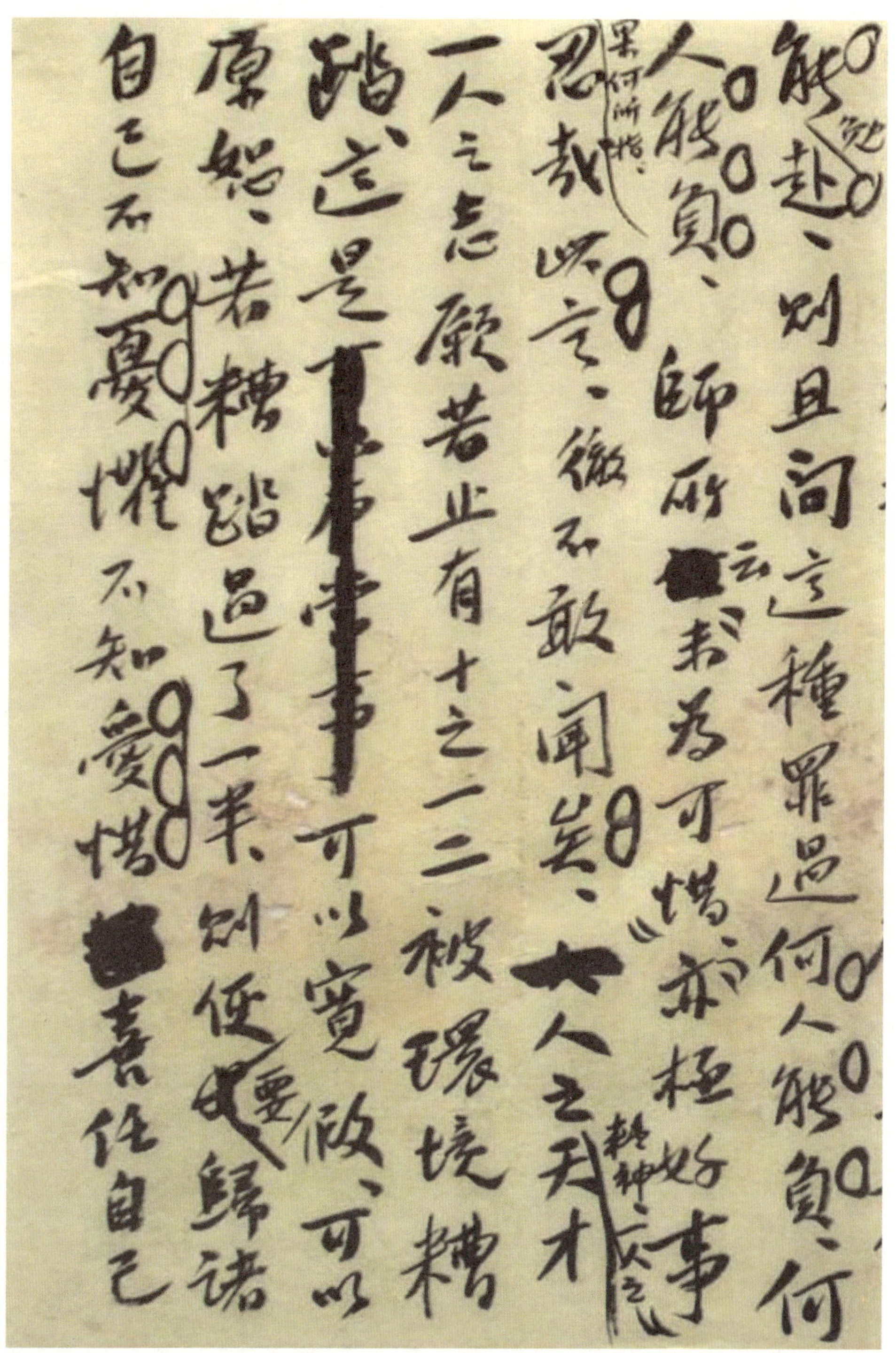

能赴、則且問這種罪過何人能負，何人能負、師所云者為可惜，亦極好事，忍哉，必之、徹不敢聞矣，大人之天才一人之志願若止有十之一二，被環境糟蹧、這是可以寬假，可以原諒、若糟蹋過了一半，則便要歸諸自己不知憂懼，不知愛惜，喜任自己

第三辑　书信 13-4-2

5

脾氣嗜欲之累、雖百死其身而不能贖、豈可諉之於事實問題、他說哉、並且大人君子之所以能成為大人君子、亦即在其始終能決心止以自己精神自己天才自己志願十分之一二去償環境之牽掣、為之糟蹋、而其十之七八固始終嚴持而渝、斯之謂大人君子、此亦所古之真

第三辑　书信 13-5-1

傑之士什九都在困苦中之由來、大要
就因為大人君子什九之境遇是困苦、所
以大人君子之精神天才志氣還能十之
七八不被糟蹋、因為他的困苦是由於
他~~[illegible]~~（不欲）的心與境遇縈遶奔馳招致[illegible]
來的、因此他~~可~~（便）思苦專心於自己之
大業也、所以瑣務之來他決不陰奉

第三辑　书信 13-5-2

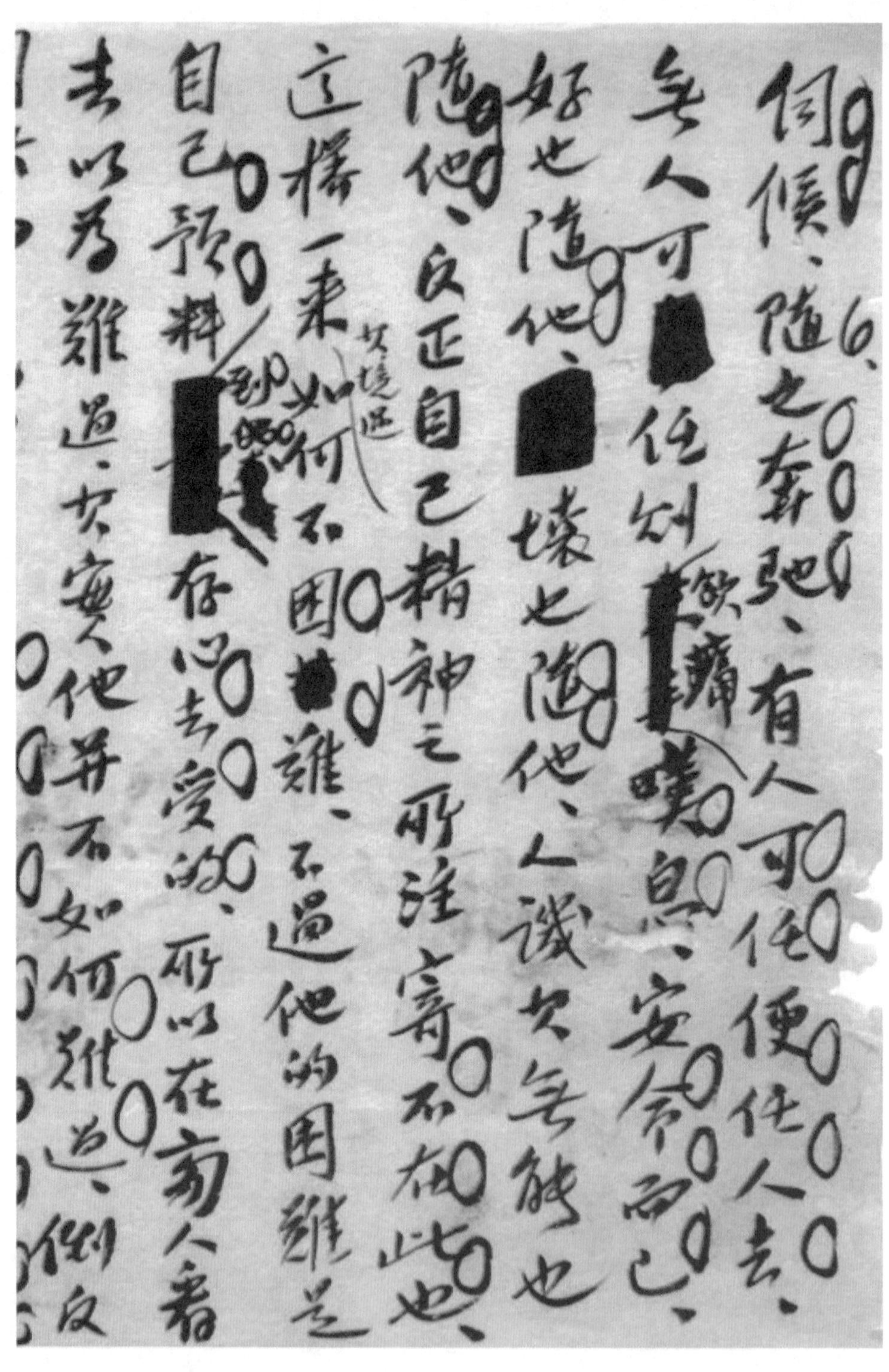

伺候、随也奔驰、有人可使便使人去、无人可任劳[illegible]欲[illegible]叹息、安命而已、好也随、随他、[illegible]坏也随、随他、人识天命能也随他、反正自己精神之所注意不在此也、这样一来（女境迁）如何不困[illegible]难、不过他的困难是自己预料[illegible]存心去受的、所以在旁人看去以为难过、其实他并不如何难过、倒反

第三辑　书信 13-6-1

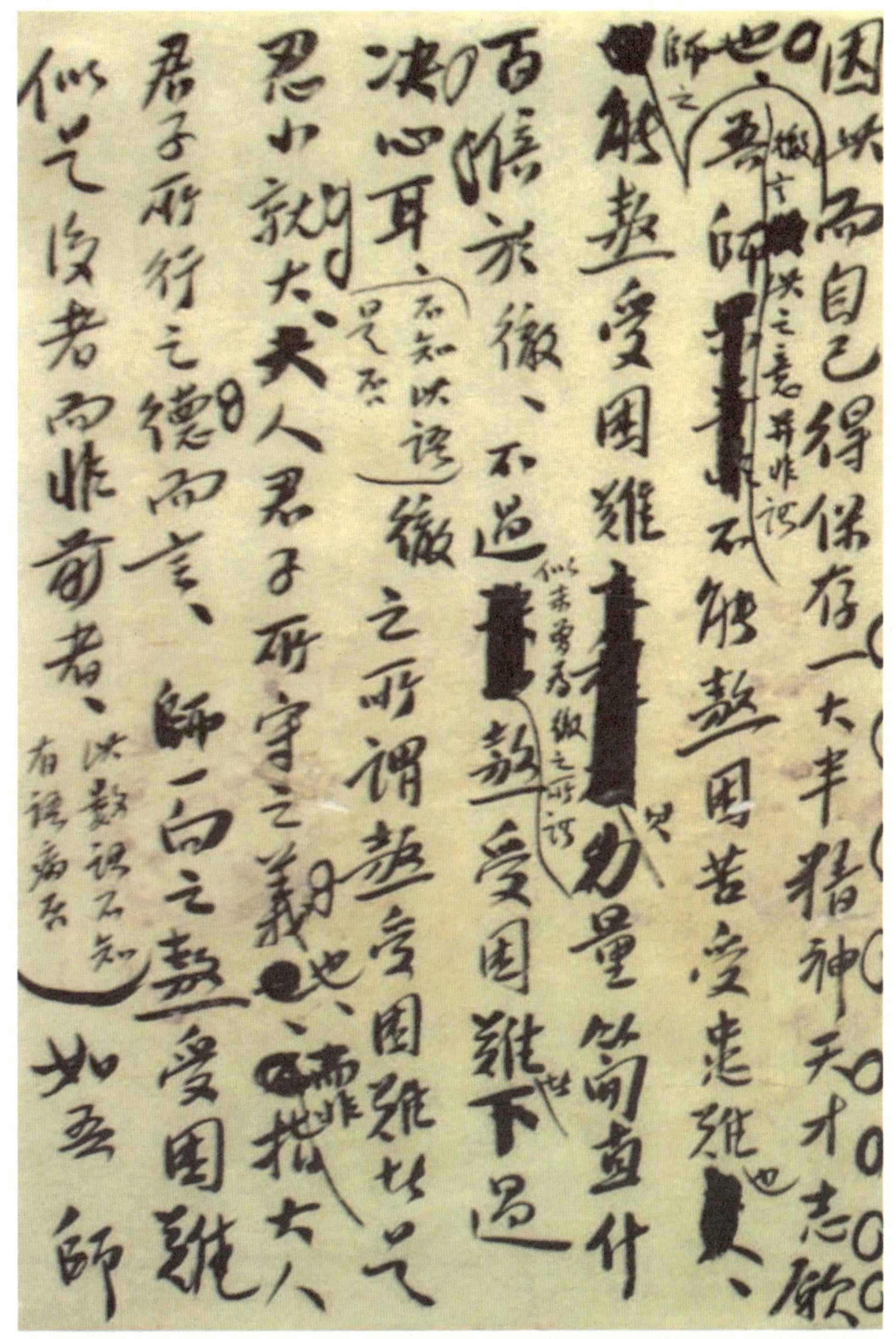

因此而自己得保存一大半精神天才志欲
也。吾師不能熬困苦受患難矣、
能熬受困難力量簡直什
百懦於徽、不道熬受困難下過
決心耳、徽之所謂熬受困難者是
恐小就大、大人君子所守之義也、而非指大人
君子所行之德而言、師之一向熬受困難
似乎後者而非前者、如吾師

第三辑　书信 13-6-2

之志歟。如吾　師之聰慧而能思想，蓋世。
尚有……太。值此學絕道
衰、澆薄遍天下之時，吾師如何不當
排去一切，唯以成就自己之思想志歟。
為性命、悲愛自己而并以悲愛中夏耶。徹
敢數言：師若能真死心一年半載用功，理
自己理想，則使不知多少天下若干人（以影響之所及）

第三辑　书信 13-7-1

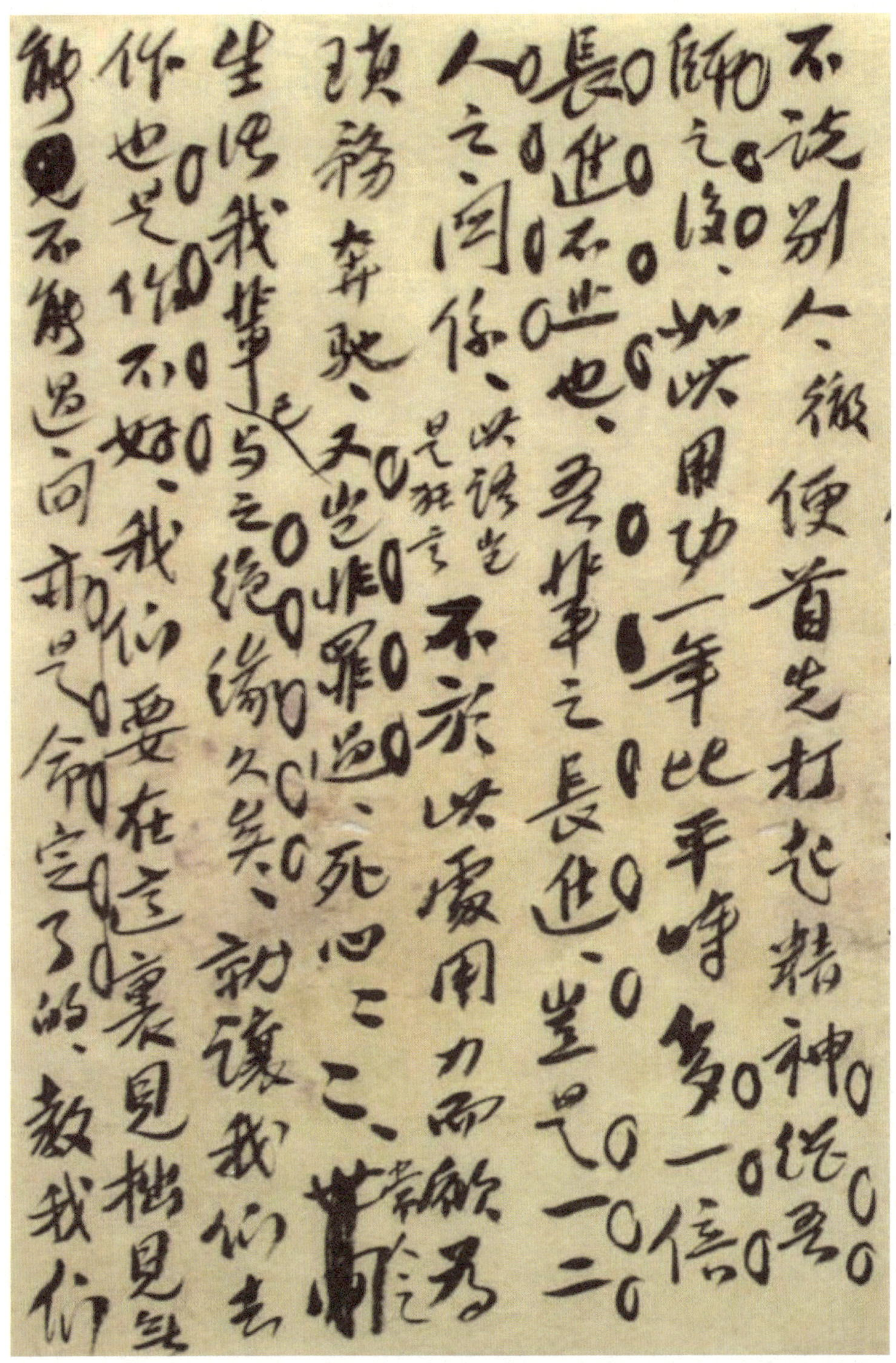

不說別人，徹便首先打起精神，從吾
師之後，如此用功一年，比平時多一倍。
長進不止些些也，要[作]半年之長進，豈是一二
人之關係。此說豈是狂言。不於此處用力而欲為[illegible]
瑣務奔馳，又豈非罪過。死心[二二]、[illegible]
生們我輩已與之絕緣久矣，就讓我們去
你也是你們不好，我們要在這裏見樹見[illegible]
能[illegible]見不能過問，亦是命定了的，教我們

第三辑　书信 13-7-2

与他嘆息痛傷是可以消散我們

甚至大禮樓[illegible]

[illegible]他奔馳伺候那便是海枯不

賬[illegible]

闌奔不能也、傲氣朝傑蓬山諸人都是

能辦事之人、且亦常甘心為師辦事、笑歎

此間諸人皆生氣時不以不能分任為師辦事

以後無論家中事及齋同舍事、凡有奔馳

如上街買物都可託之

之事是一概託他們輪流擔任、家中

照理兒女僮僕賬款等之亦以分付

其[illegible]人今[illegible]

第三辑 书信 13-8-1

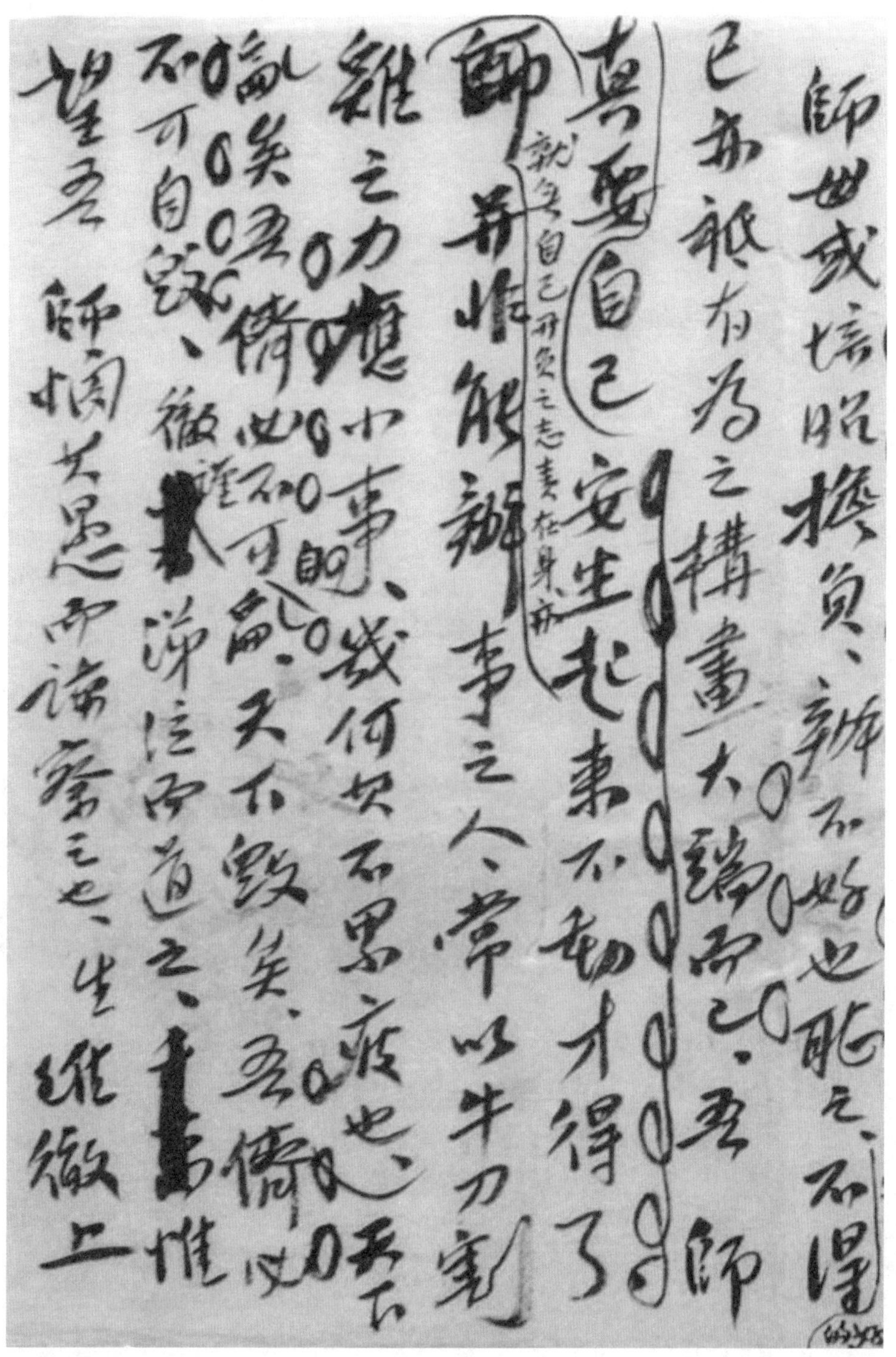

第三辑　书信 13-8-2

书信 13《致梁漱溟》[1]

漱师座右：

昨天因精神不足，□□□还有在我心中认为重要的一段话都忘却未□，今略补说于此：彻数年来都在吾师恩德中度日，即今日之能有寸进，亦均是吾师与艮庸为我减除环境困难之赐，苟非甚无心肝之人，宁能自己安适而于吾师之奔驰疲劳反漠然不动于心乎？然彻屡受师与艮庸之赐而不辞，于师之奔驰终不以为然且常愤急者，此情当能为吾师所察鉴也。彻每念及此，即悲凄无言，惟潸然泪下而已。彻才质之庸劣实不可讳言（今春以来即常致叹于此矣），然固常欲以师之志为志矣。彻之志愿、彻之心思与他人都觉不合。人之贬抑我者，心常以不知我故而不动；人之褒奖我者，心亦常以不知我故而不动（艮庸尝谓我喜听誉辞而不喜听责词，实未说到我心上来也）。与他人遇，常苦不能说话，说亦显勉强而说不好。独至于吾师，则彻只有冥契无间之感而若得归宿□。师于彻贬抑与褒奖，其见于言辞者实都不多。然而彻于师大半年来固无时不有知己之感者矣，只觉有话便想向师说，有一点新的意思便欲为师吐出耳。甚至一日不见师在，则心便彷徨孤露，读书用思，其兴趣都差许多。每见师从外归来，心便欢欣愉快不已。然而我最怕于不快不豫之时见师，安慰无从安慰，谈话无从谈话，更说不上想向师发表自己之所得，只是满腹冷涩板滞之苦而已。凡在此时必不能

---

[1] 此信刊于《梁漱溟往来书札手迹》473—480 页，此书所标注时间为“一九二五年”。此信共 8 页，信尾无时间。文中着重号为原信件加圈者。以□标识者，为原文模糊难辨者。

往下读书用思，这一天的光阴什九都糟踏于沉闷中也。所以彻于师之奔驰琐务或当师不快不豫之时，有愤急之情而无哀痛之情（非不哀痛，哀痛不在师之奔驰不快上，而别有所在也）者此也。诚以彻之于师时时有同气之感者，即在志愿之方向与思想之路数相同故耳。此二者实即吾侪性命之所寄托。对己对天下都止有在此力求无歉而已。师若在此上要彻死，彻不敢不死；要彻生，彻亦愿勉力去生（彻写至此悲凄无言矣）。反之，彻亦时时惟望吾师以全力专注于此而已，他非所念也。师若不惟不以全力注挹于彻之所期求（彻之所期求于师者，亦即天下人之应当期求于师者也，亦即师自己所应当努力者）而反分扰涣散于琐务之奔驰，即事实使然，彻固亦惟有愤急而不能为师谅，且反以为吾师负己负天下之罪也。同时，彻因此而受吾师之影响（气味上已是一体，如何能不受影响？）耽误彻与师共负之前途，彻既感彷徨无所之之痛，此生将何以报吾师与天下人？此又所常抚心大痛而不能不愤急者也。且也彻常觉师于世事，不善排遣，喜轻为身任，恐此生将一切累倒，无振脱出来专心为自己真正当努力者努力之时，自己精神十之七八不能保固，自己天才十之七八不能发挥，自己志愿十之七八不能勉赴，则且问这种罪过何人能负？何人能负？师所云“未为可惜”“亦极好事”果何所指？忍哉此言？彻不敢闻矣。一人之精神、一人之天才、一人之志愿，若止有十之一二被环境糟踏，这是可以宽假，可以原恕；若糟踏过了一半，则便要归诸自己不知忧惧不知爱惜，喜任自己脾气嗜欲之罪。维百死其身而不能赎，岂可诿之于事实问题使然哉？并且大人君子之所以能成为大人君子，亦即在其始终能决心止以自己精神、自己天才、自己志愿十分之一二去赔偿环境之牵掣，为之糟踏，而其十之七八固始终严持不渝，斯之谓大人君子，此亦即古之豪杰之士什九都在困苦中之由来。其实就因为大人君子什九之境遇是困苦，所以大人君子之精神、天才、志愿还能十之七八不被糟踏。因为他的困苦是由于他不欲分心与境遇萦虑奔驰招致来的，因此他便可忍苦专心于自己之大业也。所以琐务之来，他决不陪奉伺候，随之奔驰。有人可任便任人去，无人可任则饮痛叹息，安命而已。好也随他，坏也随他，人讥其无能也随他，反正自己精神之所注寄不在此也。这样一来，其境遇如何不困难？不过他的困难是自己预料到的，存心去受的。所以在旁人看去以为难过，其实他并不如何难过，倒反因此而自己得保存一大半精神、天才、志愿也。彻言此之意，并非谓吾师不能熬困苦受患难也，师之能熬受困难，其力量简直什百倍于彻，不过似未曾为彻之所谓熬受困难者下过决心耳（不知此语是否）。彻之所谓熬受困难者是忍小就大，大人君子所守之义也，而非指大人君子所行之德而言。师一向之熬受困难似是后者而非前者（此数语不知有语病否）。如吾师之志愿、如吾师之聪慧而能思想，并世尚有几人？值此学绝道丧浅薄遍天下之时，吾师如何不当排去一切，唯以成就自己之思想志愿为性命，悲爱自己而并以悲爱中夏邪。彻敢断言，师若能真死心一年半载，用功理自己头绪，则此影响之所及，便不知多救起天下若干人。不说别人，彻便首先打起精神继吾师之后，如此用功一年比平时多一倍长进不止也。吾辈之长进，岂是一二人之关系（此语岂是狂言）？不于此处用力而愿为琐务奔驰，又岂非罪过？死心！死心！常人之生活，我辈已与之绝缘久矣。就让我们去作也是作不好。我们要在这里见拙见无能，不能过问，亦是命定了的。教我们与他叹息痛伤甚至大体构画是可以□的，教我们陪（原文为“赔”，疑作者笔误）他奔驰伺候那便是海枯石烂亦不能也。俶知、朝杰[1]、蓬山诸人都是能办事之人，且亦常甘心为师办事（此间诸人者，且无时不以不能分任吾师劳苦为歉矣）。以后无论家中事及斋舍事，凡有奔驰之事（如上街购物等都可托之），望一概托他们轮流担任。家中照理儿女僮仆账款等等亦以分付师母[2]或培昭[3]担负，办不好也听之，其实人会慢慢学好的，不得已亦只有为之构画大端而已。吾师自己真要安坐起来不动才得了（师就无自己所负之志责在身，亦并非能办事之人，常以牛刀割鸡之力应小事，几何其不累疲也）。天下乱矣，吾侪必不可自乱；天下毁矣，吾侪必不可自毁。彻谨涕泣而道之，惟望吾师悯其愚而谅察之也。

生维彻上

---

[1] 朝杰，即席朝杰（1906—1952），四川秀山县人。1924 年至山东菏泽入省立六中高中部求学。1925 年随梁漱溟至北京相聚共学，并在北大旁听。1926 年南下参加北伐。1927 年参加南昌“八一”起义，1928 年任广东省一中教员。1933 年参加福建人民政府运动。1935—1937 年任山东乡村建设研究院导师。1939 年任四川南充省民教馆实验部主任，1946—1949 年任乡村建设学院教授。中华人民共和国成立后曾任重庆市科学馆（重庆市自然博物馆之前身）秘书。

[2] 师母，即梁漱溟发妻黄靖贤。黄 1921 年与梁结婚，1925 年生长子梁培宽，1928 年生次子梁培恕，1935 年难产身亡。

[3] 培昭，即梁漱溟侄女梁培昭，后与黄艮庸结为夫妻。

漱師座右　適间讀　手示，感愧交集，想向　師說幾句話，又說不出來，所以　師臨行時徹夜在北屋欲吐而止者再，不知為何此一次病，將我精神衰敗得十分深重，從前隨便即可寫出的■意思，現在乃費盡心思而不得，說免寫來，不是乎庸便是將自家意思脫失錯誤，看不過去，不僅文筆上有此現象，即說話亦甚費力也，若■

第三辑　书信 14-1-1

自家精神現象將来都是如此、如何得了、所晚本想寫一比較詳明切實的信請 師看看、誰知一提筆所有的意思忽逃逸不見、強勉地提、乃不勝頭昏胸鬱之苦、所以结果便寫出那樣■不中肯不明事的幾句空話、當時便已不甘心、不欲交呈 師看、今早讀 師覆諭、愈媿悔昨晚之偷懶矣、現在又想寫了、——不寫

第三辑　书信 14-1-2

心不甘，且改成白話寫看，或能達出我之意思耶！

我老實說，我自己心上之所感，吾師終日之所奔馳者，徹對此是憤急之情，而非哀痛之情，且有時憤之急，還要變成冷笑的感情。吾師已是大人，[illegible]

[illegible]萬不當再往小人隊裏鑽（此"小人"不是與君子相對之小人）。吾師已是男子，萬不能再以女人之任自任。我敢說吾

第三辑　书信 14-2-1

師所謂"立不起"的病根，并不在别處，只是未曾"死心"四字而已。所謂"死心"是指什麼，就是"一心一意"，"一心一意當大人，一心一意當男子"。吾師於此實未死心，是大人的資格，卻時時以小人之事擾之，是男子的責任，卻時時以女人職責自肩以累之。嗚呼如此大錯大誤，不知何時方得理解。此又豈吾師一人之錯誤哉。

第三辑　书信 14-2-2

孟子曰人之異於禽獸者幾希、庶民去之君子存之、為何孟子說去此幾希者要舉庶民而不舉敗德亂行之小人、小人之能去此幾希人人得而知之、不待言也、其實而必敗德亂行然後乃去此幾希也。祇終日勞心勞力於瑣瑣之中、無多餘心力之人、便是去此異於禽獸之幾希也、庶民其即是終日

第三辑　书信 14-3-1

營營於瑣瑣而無餘力之人也，如此者莫異於

禽獸之幾希！故。將。日日。消亡。不能保而勿

失。故曰庶民去之，君子存之。此言庶民即上

文與大人對待之小人也。師謂「做依我精神

之得起，則瑣務奔馳亦。是。安命。亦為。不是。

又做依我能於瑣務奔馳中勉張用精

神之得起」之功，亦。是。極好。事。亦為。可惜。

第三辑 书信 14-3-2

此是吾師實情，並且亦實在是吾師乎時用功的方法、徹則要大膽的說一句，這是大錯誤！吾師此後真欲振拔，則這個用功法非改不可！精神之得起與積務奔馳，決不能兩立！奔馳積務、精神便決動不起、精神之得起，即決不往積務奔馳。吾師永此不斬截分清、不諫非生憂、反之

第三辑　书信 14-4-1

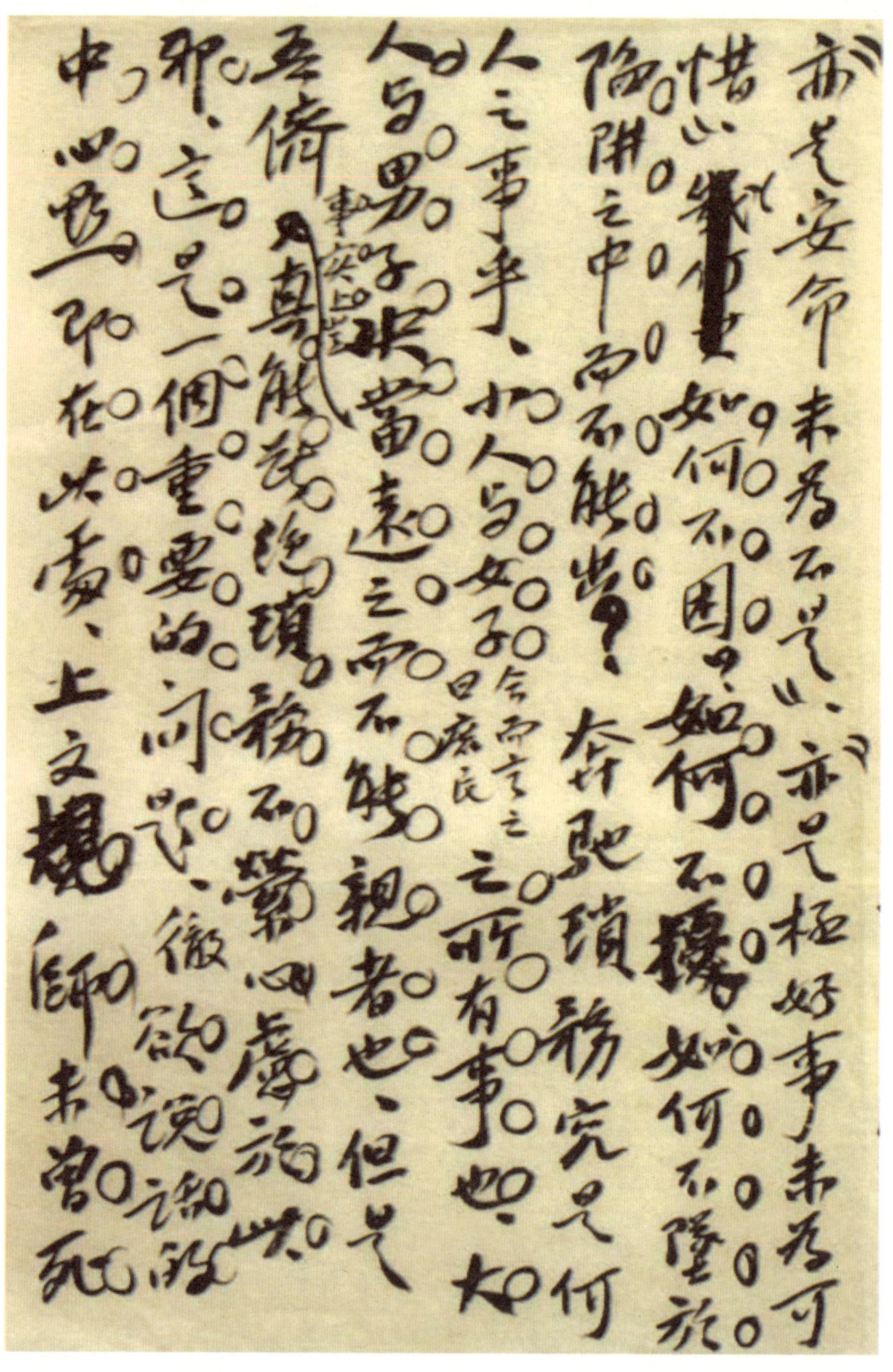

第三辑　书信 14-4-2

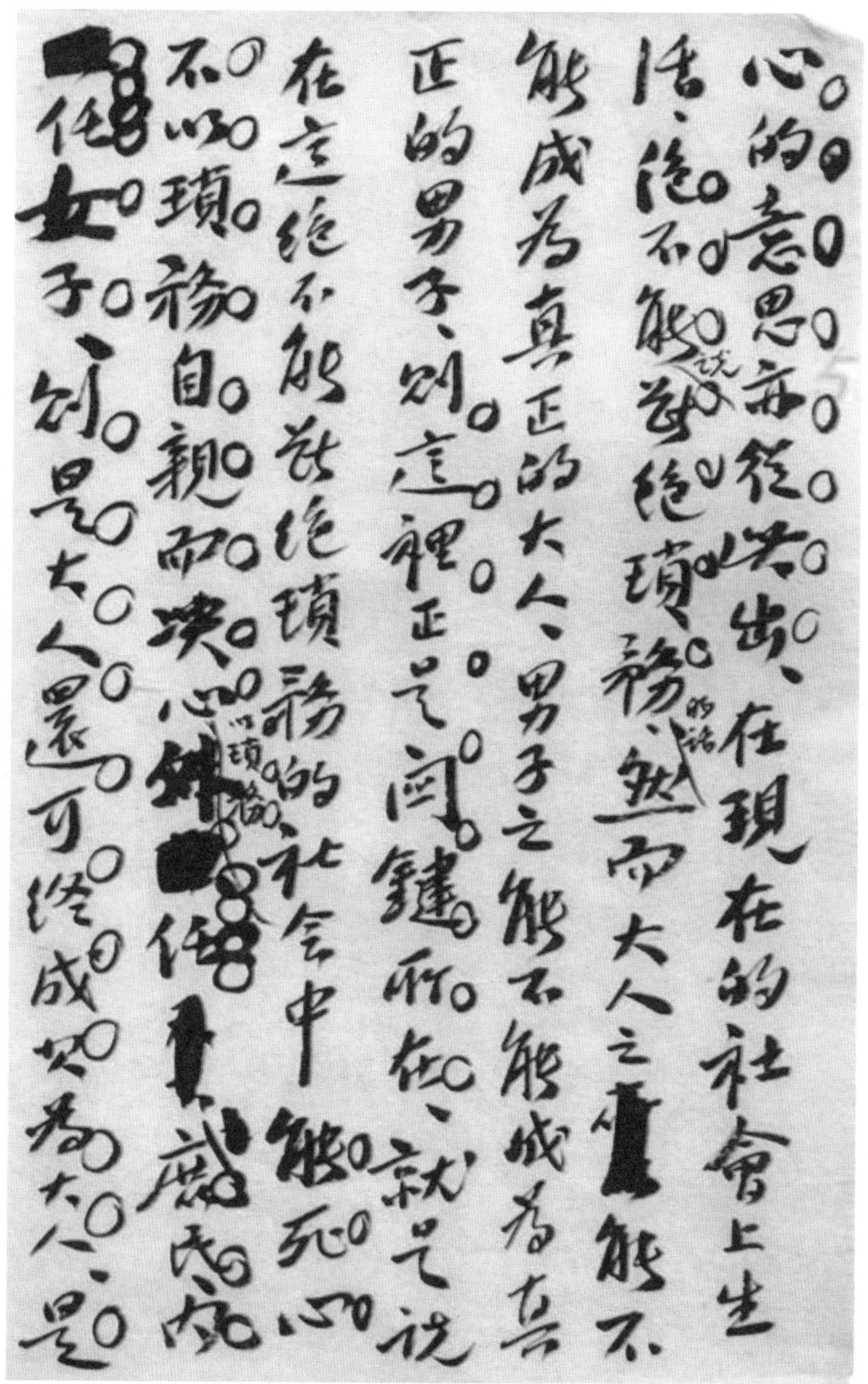

心的意思再從头出、在現在的社會上生活、絕不能談絕瑣務、然而大人之能不能成為真正的大人、男子之能不能成為真正的男子、則這裡正是関鍵所在、就是說在這絕不能談絕瑣務的社會中能死心不以瑣務自親而決心……任女子、則是大人還可終成為大人、是

第三辑　书信 14-5-1

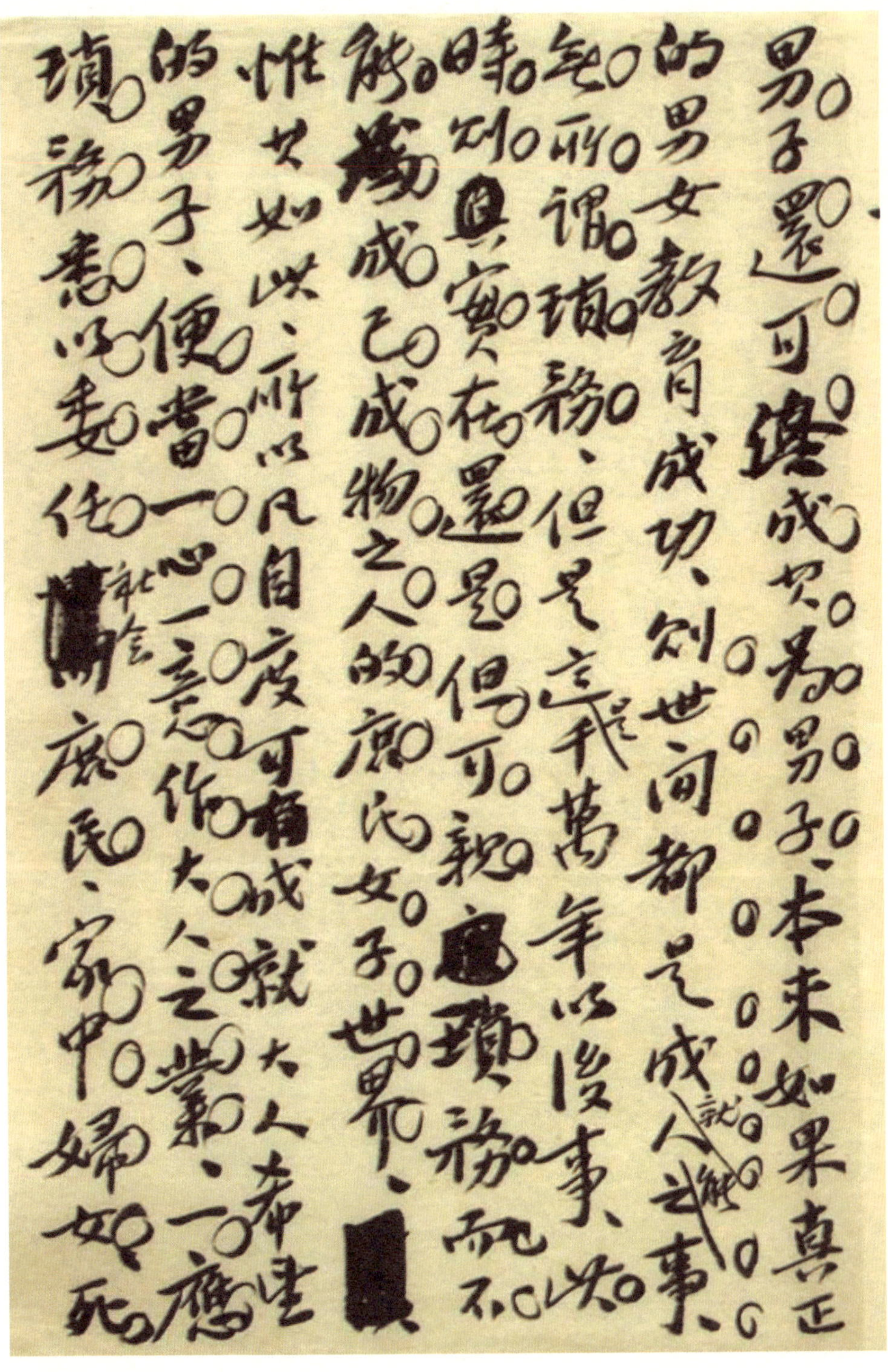
男子畢竟可以成為男子，本來如果真正的男女教育成功，則世間都是成人之事，無所謂瑣務，但是這千萬年以後事，況時刻真實在畢竟是但可親密瑣務而不能為成己成物之人的庶民女子世界、[illegible]惟其如此，所以凡自度可有成就大人希望的男子，便當一心一意作大人之業，一應瑣務悉以委任社会庶民、家中婦女死

第三辑　书信 14-5-2

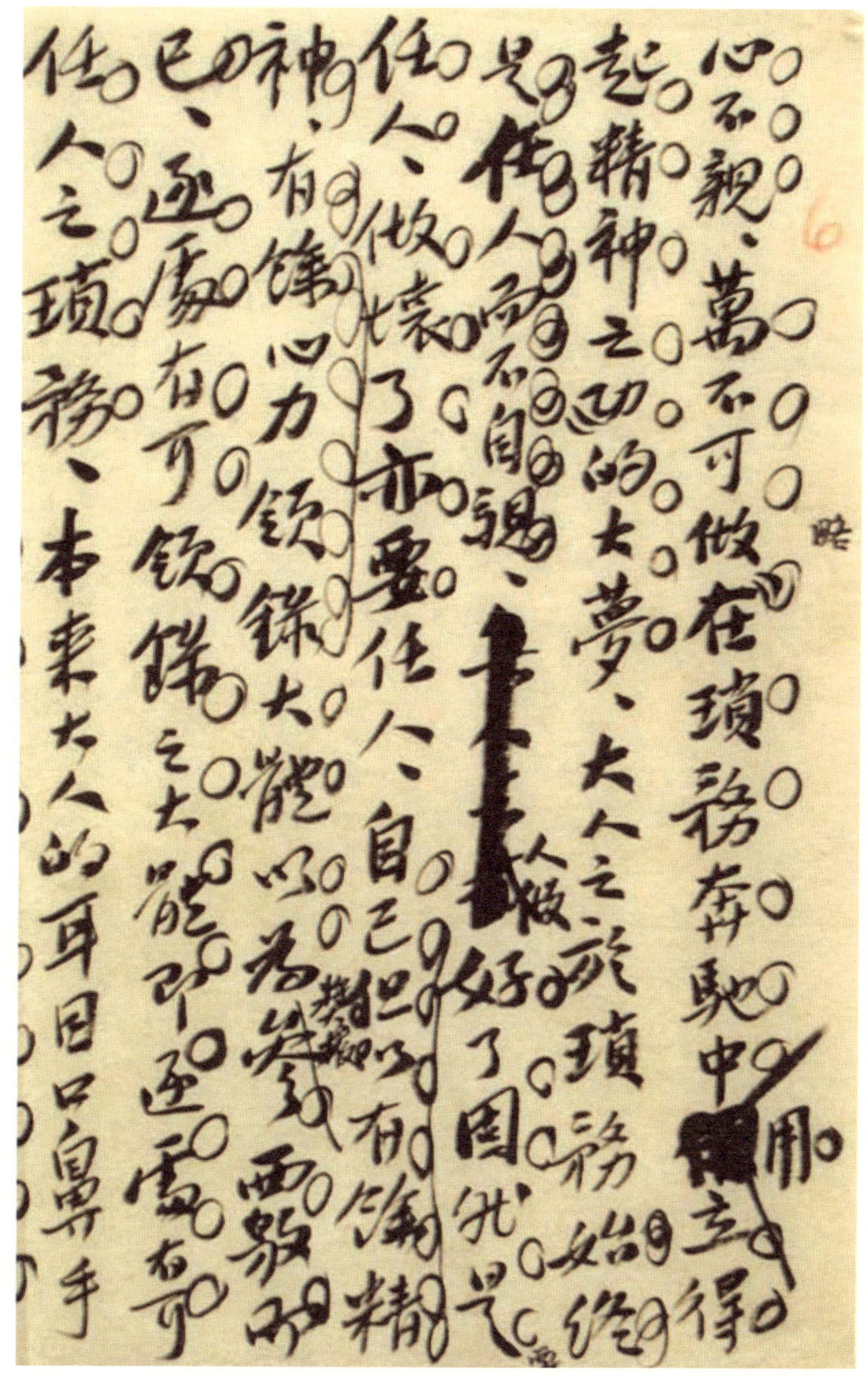
心不親、萬不可做在瑣務奔馳中，用立得
起精神之功的大夢、大人之於瑣務始終
是任人不自竭、[illegible]人做好了固然是
任人、做壞了，亦要任人、自己但以有[illegible]精
神，有[illegible]心力，總攬大體，以為[illegible]
己，逐處有可總攬之大體，可逐處有可
任人之瑣務、本來大人的耳目口鼻手

第三辑　书信 14-6-1

第三辑　书信 14-6-2

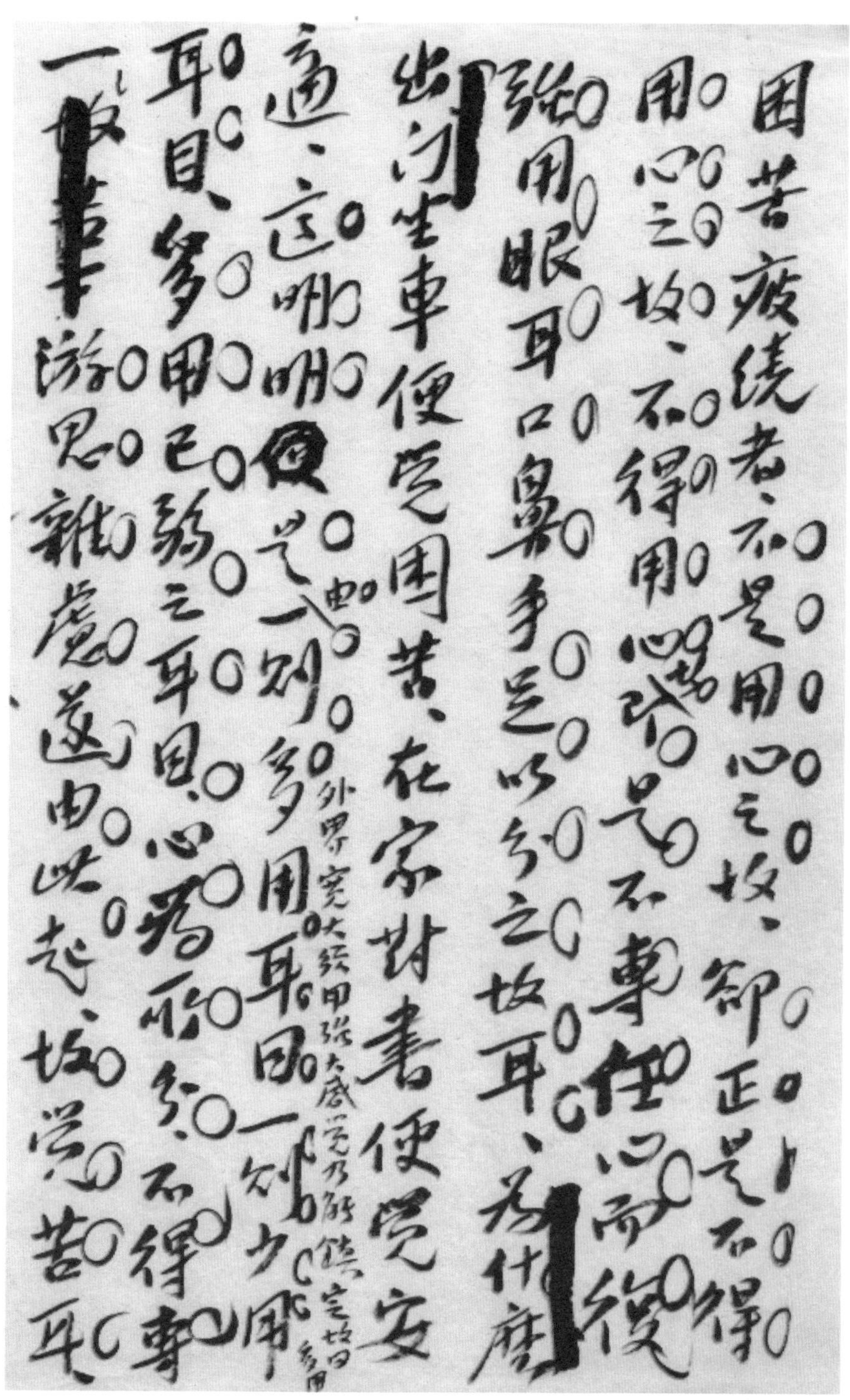
困苦疲繞者、不是用心之故、卻正是不得用心之故、不得用心、是不專、任心而役使眼耳口鼻手足以分之故耳、為什麼出門坐車便覺困苦、在家看書便覺安適、這明明便是一例、多用耳目一刻久用 外界突然大感心覺乃能鎮定故[illegible] 耳目、多用已經之耳目、心為所分、不得專 一[illegible] 游思雜慮、遂由此起、故覺苦耳

第三辑　书信 14-7-1

第三辑　书信 14-7-2

就的一些事業志歎、也不能[illegible]、真二点
能日敗表欠聰明神志而成流俗之人也耳。
以有餘的精神心力往不能役使的瑣碎
中鑽，如何有了而、師家中真無可任之
人而也歎之邪、社會中又真無可任之人
而也歎之邪、何如北城修[illegible]之著工
及附帶等事獨不可委假知朝傑

第三辑　书信 14-8-1

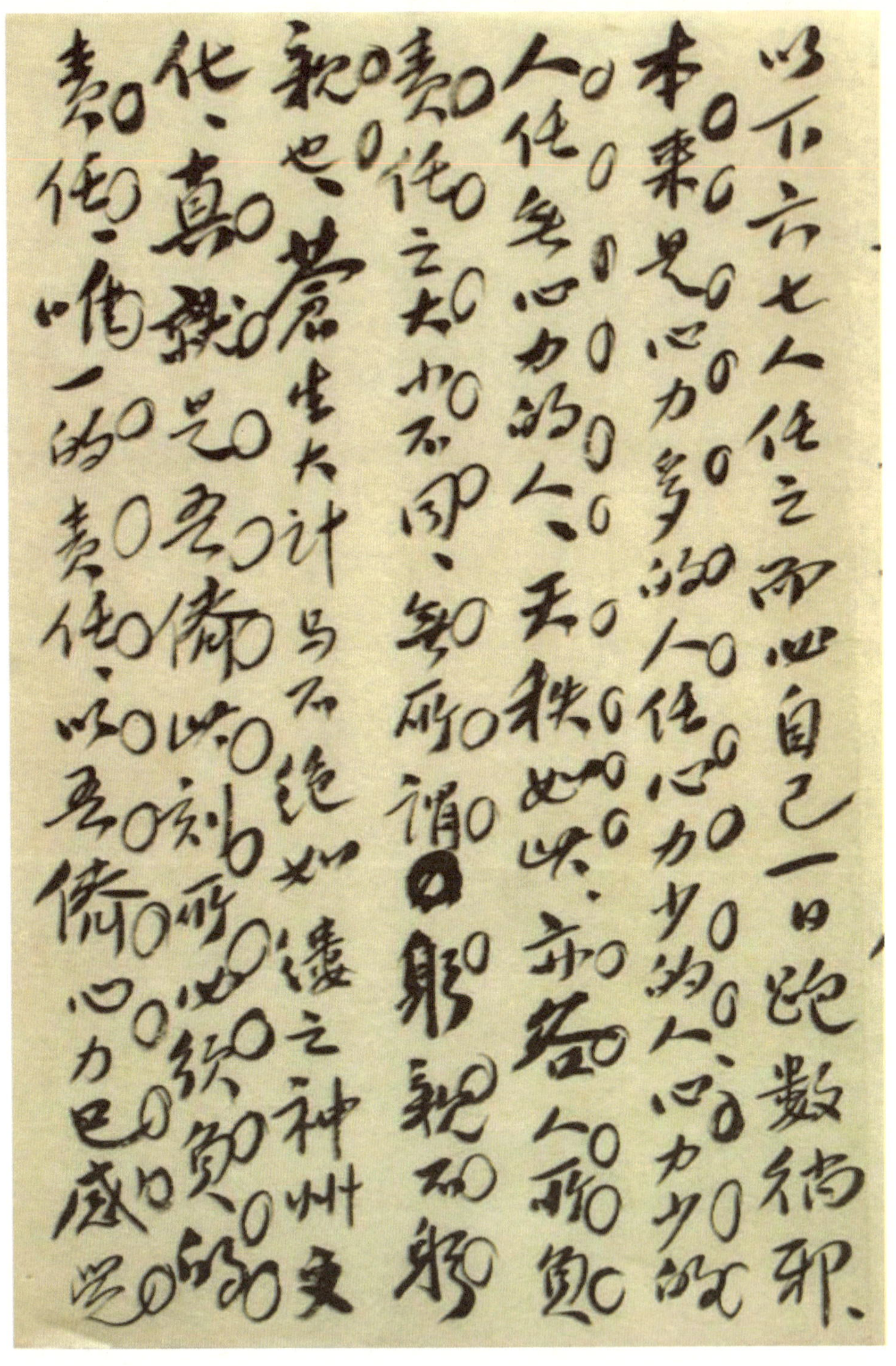
以下六七人任之而已、自己一日跑數衙門、本來是心力多的人任心力少的人、心力少的人任無心力的人、天秩如此、亦各人能負責任之大小不同、無所謂躲懶推躲懶也、替眾生大計、與不絕如縷之神州更化、真躲懶是覺悟、此刻所以欲負的責任、唯一的責任、以吾儕心力已盛的

第三辑　书信 14-8-2

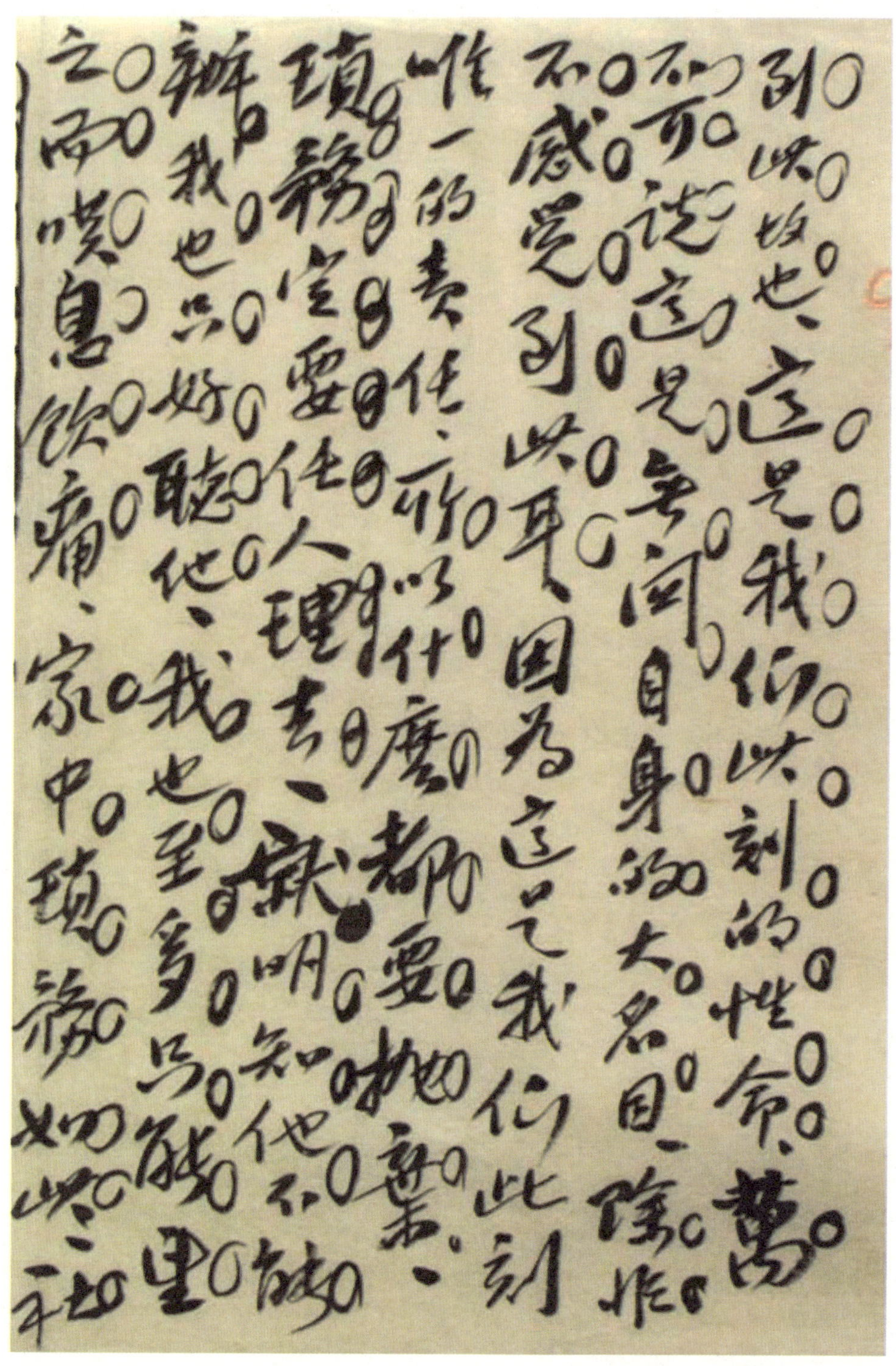
到此地也。這是我們此刻的性命，[illegible]。不可說這是無關自身的大名目，除非不感覺到此耳，因為這乃我們此刻唯一的責任，所以什麼都要她[illegible]、瑣務它要你人理去，就明知他不能辦，我也只好聽他，我也至多只能置之而嘆息悲痛，家中瑣務如此，一切

第三辑　书信 14-9-1

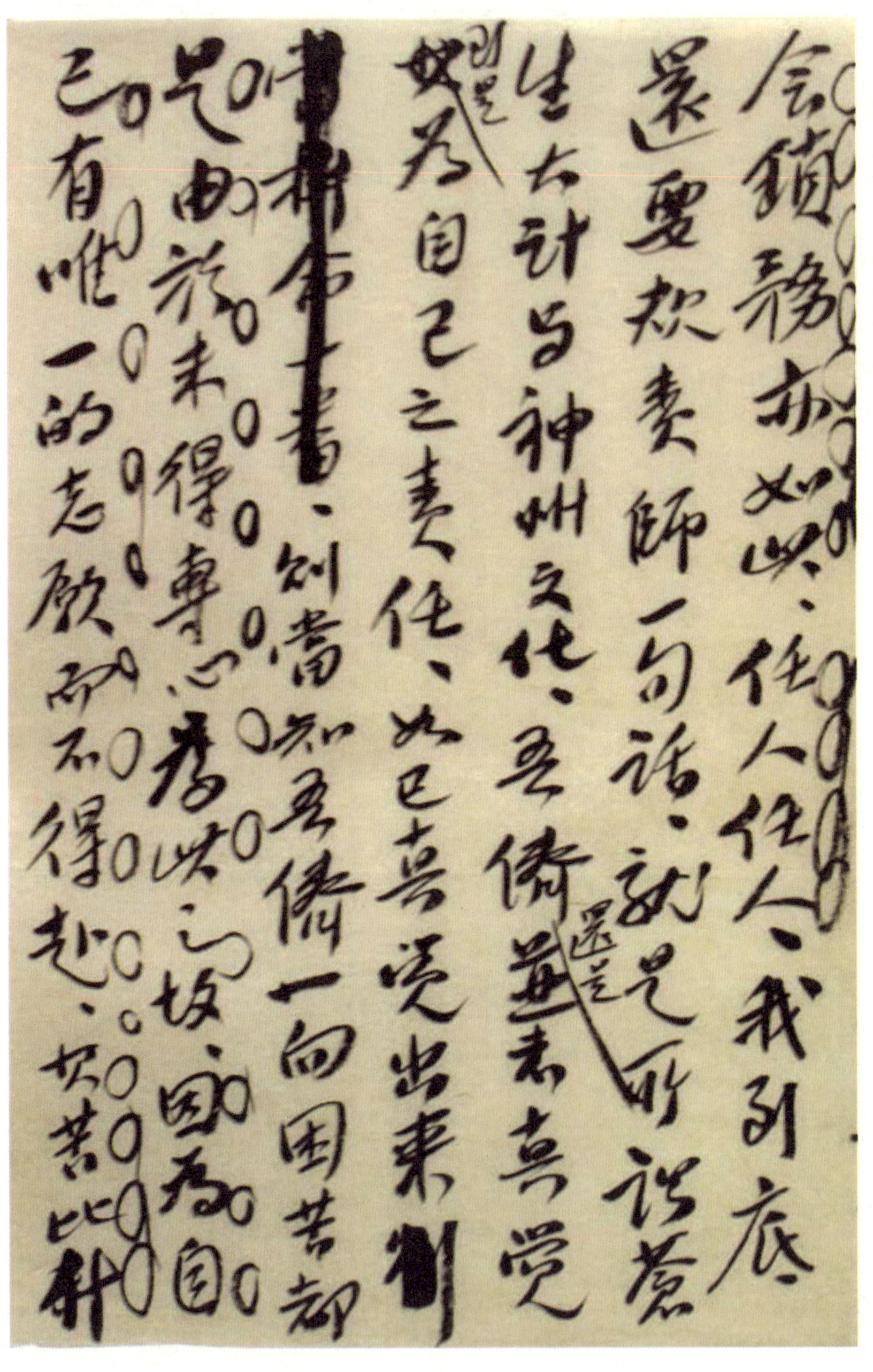

第三辑　书信 14-9-2

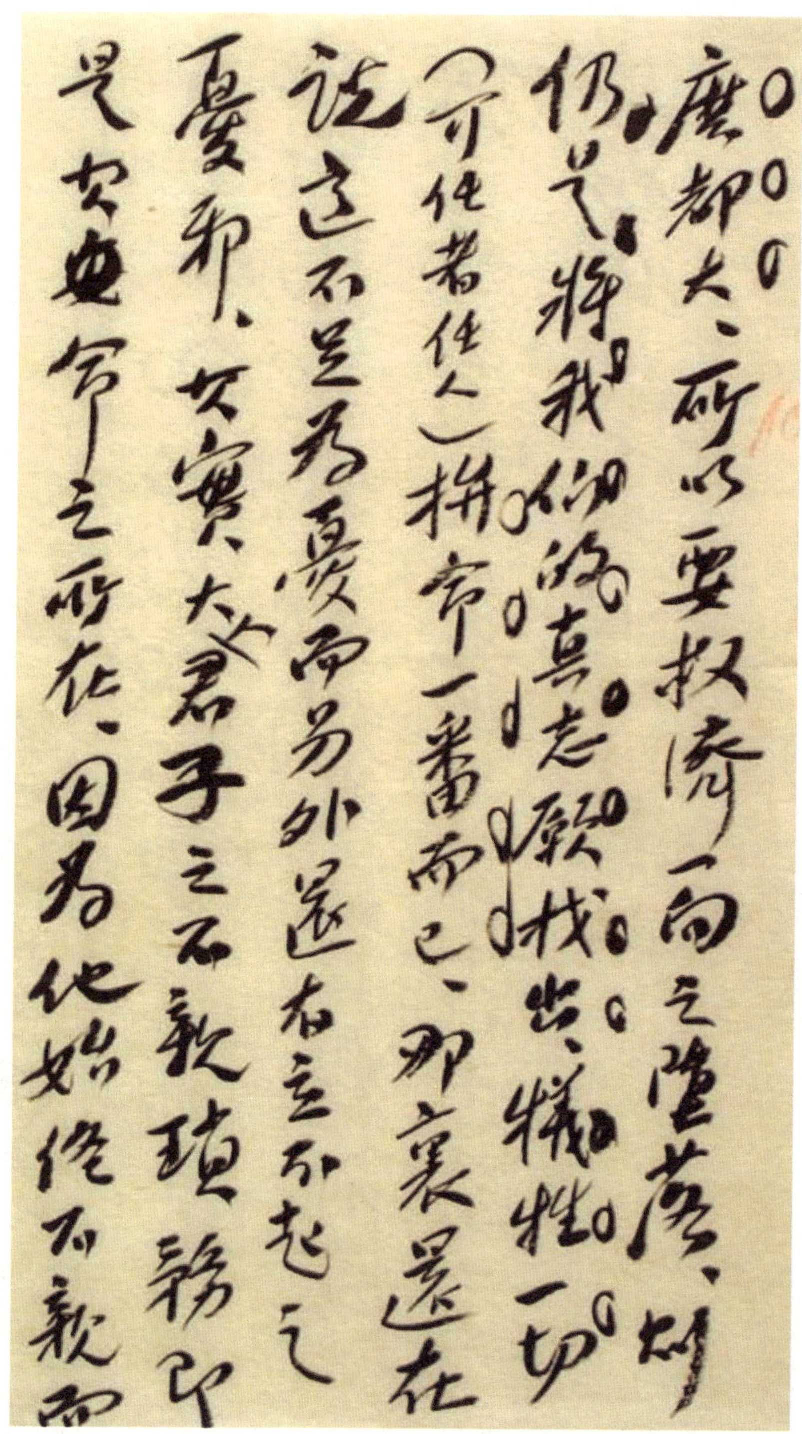

○○○
庸都大、所以要救济一向之堕落、烂
仍是将我们的真悲毅然找出牺牲一切
（可任者任之）拚命一番而已、那里还在
说这不足为真爱而另外还有这不起之
真爱耶、其实大君子之不能积极即
是其要命之所在、因为他始终不能而

第三辑　书信 14-10-1

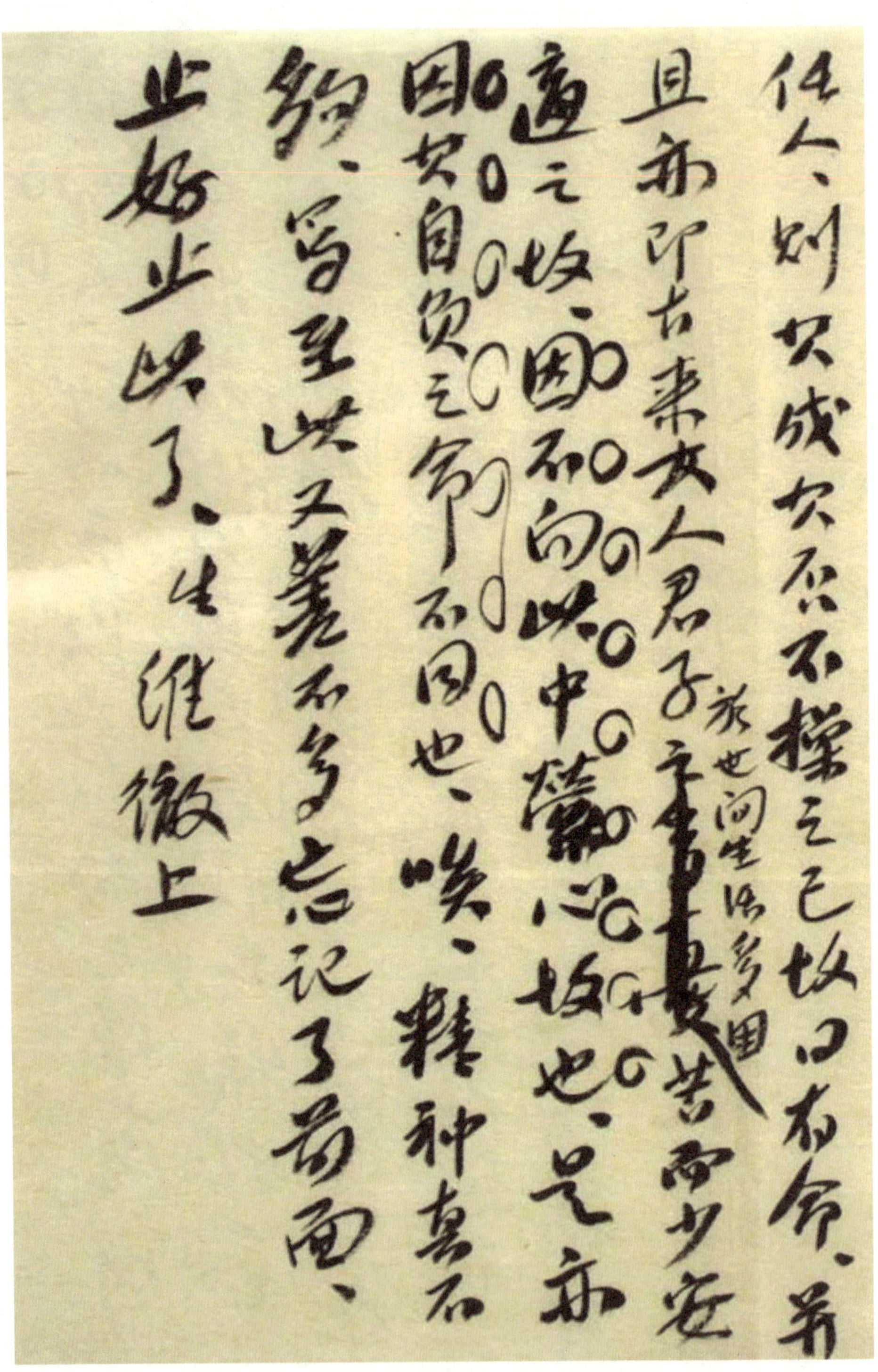
任人、刘某成某恐不撰之已故日本命、并
且亦即古来女人君子於世间生活多困苦而少安
适之故、固不向此中藩心故也、是亦
因其自负之鄙不同也、唉、精神甚不
够、写至此又着不禁忘记了前面、
此好此此了、生
维微上

第三辑　书信 14-10-2

书信14《致梁漱溟》[1]

漱师座右：

适间读手示，感愧交集，想向师说几句话，又说不出来。所以师临行时，彻在北屋欲吐而止者再。不知为何，此一次病，将我精神亏败得十分深重，从前随便即可写出的意思，现在乃费尽心思而不得。强勉写来，不是平庸便是将自家意思脱失错误，看不过去。不仅文笔上有此现象，即说话亦甚吃力也。若自家精神现象将来都是如此，如何得了？昨晚本想写一比较详明切实的信请师看看，谁知一提笔所有的意思忽逃逸不见，强勉搜提，乃不胜头昏胸颤之苦，所以结果便写出那样不中肯不明事的几句空话。当时便已不甘心，不欲交呈师看。今早读师覆语，愈愧悔昨晚之偷懒矣。现在又想写了——不写心不甘。且改成白话写看，或能达出几分意思邪。

我老实说我自己心上之所感：吾师终日之所奔驰者，彻对此是愤急之情，而非哀痛之情。且有时愤之急还要变成冷笑的感情。吾师已是大人，万不当再往小人队里钻（此小人不是与君子相对之小人）。吾师已是男子，万不能再以女人之任自任。我敢说吾师所谓“立不起”的病根，并不在旁处，只是“未曾死心”四字而已。所谓死心是指什么？就是一心一意当大人，一心一意当男子。吾师于此实未死心，是大人的资格，却时时以小人之事扰之；是男子的责任，却时时以女人之职责自肩以分累之。呜呼！如此大错大误，不

[1] 此信刊于《梁漱溟往来书札手迹》481—490页，此书所标注时间为“一九二五年”。此信共10页，信尾无时间。梁培宽先生曾注释曰：此信似亦写于1925年下半年起，师生在京西大有庄同处共学之时，同处却写信，盖以补口述之不足。

知何时方得醒解，此又岂吾师一人之错误哉？孟子曰：“人之异于禽兽者几希，庶民去之，君子存之。”为何孟子说去此“几希”者，要举庶民而不举败德乱行之小人？小人之能去此几希，人人得而知之，不待言也。其实不必败德乱行，然后乃去此几希也，只终日营劳于琐琐之中，无多余心力之人，便足去此异于禽兽之几希也。庶民者，即是终日营劳于琐琐而无余力之人也。如此者其异于禽兽之几希，必将日日牿亡不能保而勿失。故曰：“庶民去之，君子存之。”此处之庶民即彻上文与大人对待之小人也。师谓“假使我精神立得起，则琐务奔驰亦是安命，未为不是。又假使我能于琐务奔驰中勉强用‘精神立得起’之功，亦是极好事未为可惜”。此是吾师实情，并且亦实在是吾师平时用功的方法。彻则要大胆的说一句，这是大错误！吾师此后真欲振拔，则这个用功法非立改不可！精神立得起与琐务奔驰，决不能两立！奔驰琐务，精神便决立不起，精神立得起即决不往琐务奔驰。吾师于此不斩截分清，不竦然生惧，反云“亦是安命，未为不是”“亦是极好事，未为可惜”，如何不困？如何不扰？如何不坠于陷阱之中而不能出？奔驰琐务究是何人之事乎？小人与女子（合而言之曰庶民）之所有事也，大人与男子决当远之而不能亲者也。但是吾侪事实上岂真能断绝琐务不萦心虑于此邪？这是一个重要的问题。彻欲说话的中心点即在此处，上文规师未曾死心的意思亦从此出。在现在的社会上生活，绝不能说断绝琐务的话，然而大人之能不能成为真正的大人，男子之能不能成为真正的男子，则这里正是关键所在。就是说在这绝不能断绝琐务的社会中能死心，不以琐务自亲，而决心以琐务外任庶民，内任女子，则是大人还可终成其为大人，是男子还可终成其为男子。本来如果真正的男女教育成功，则世间都是成就人能之事，无所谓琐务。但是这是千万年以后事。此时则实在还是但可亲琐务而不能为成己成物之人的庶民女子世界。惟其如此，所以凡自度可有成就大人希望的男子，便当一心一意作大人之业，一应琐务悉以委任社会庶民、家中妇女，死心不亲。万不可做在琐务奔驰中用“立得起精神之功”的大梦。大人之于琐务始终是任人而不自亲，人做好了固然是要任人，做坏了亦要任人。自己但以有余精神，有余心力领录大体以为奖振参覈而已。逐处有可领录之大体，即逐处有可任人之琐务。本来大人的耳目口鼻手足几乎是多余赘疣，不须如何用的，他所用的是他已经开辟出的心力精神，以琐务自亲，则是不任当用之心而任不须用之耳目口鼻手足，如此者必困必累必败。以大人（已开辟出心来之人）之耳目口鼻本已甚弱而强欲用之，如何能胜任邪？师云非是脚劳实是心累，彻则必改之云正是脚劳而非心累也。师之感觉困苦疲绕者，不是用心之故，却正是不得用心之故。不得用心者，即是不专任心而复强用眼耳口鼻手足以分之故耳。为什么出门坐车便觉困苦，在家对书便觉安适？这明明是由一则多用耳目（外界宽大须用强大感觉乃能镇定，故曰多用）；一则少用耳目。多用已弱之耳目，心为所分，不得专一，游思杂虑遂由此起，故觉苦耳。师顾反云不是脚劳而是心累，何也？吾师实无决心任人的勇气，而且时时悬心吊胆虑他人之有失，甚至常欲躬亲琐务以自适怡。师如承认，则彻当从此而决然毅然下一断语曰：吾师若不改此脾气，此身无论如何终是在无谓困苦中度日，绝无了日（以为何时琐务可了，何时又能较为安闲，止做梦耳）。自家所可成就的一点事业志愿，必不能举，真真只能曰败丧其聪明神志而成流俗之人止耳。以有余的精神心力往不能役任的琐碎中钻，如何有了局？师家中真无可任之人而必亲之邪？社会中又真无可任之人而必亲之邪？即如北城修房之看工及附带等事独不可委俶知、朝杰以下六七人任之而必自己一日跑数趟（原文为“倘”，疑作者笔误）邪？本来是心力多的人任心力少的人；心力少的人任无心力的人。天秩如此，亦各人所负责任之大小不同，无所谓躬亲不躬亲也。苍生大计与不绝如缕之神州文化，真就是吾侪此刻所必须负的责任，唯一的责任。以吾侪心力已感觉到此故也。这是我们此刻的性命，万不可说这是无关自身的大名目，除非不感觉到此耳。因为这是我们此刻唯一的责任，所以什么都要抛弃。琐务定要任人理去，就明知他不能办我也只好听他，我也至多只能望之而叹息饮痛。家中琐务如此，社会琐务亦如此，任人任人。我到底还要规责师一句话，就是所谓苍生大计与神州文化，吾侪还是并未真觉到是为自己之责任，如已真觉出来，则当知吾侪一向困苦都是由于未得专心为此之故。因为自己有唯一的志愿而不得赴，其苦比什么都大，所以要救济一向之堕落，则仍是将我们的真志愿找出，牺牲一切（可任者任人）拼命一番而已，那里还在说这不足为忧，而另外还有立不起之忧邪？其实大人君子之不亲琐务即是其安命之所在，因为他始终不亲而任人，则其成其否不操之己故曰有命，并且亦即古来大人君子于世间生活多困苦而少安适之故，因不向此中萦心故也，是亦因其自负之命不同也。唉，精神真不够，写至此又差不多忘记了前面，止好止此了。

生维彻上

漱師：十三日手示奉悉，此生進，便止當歸功於吾
師友之栽成而已，別紙謙退，獎過重，生有不敢受
者矣。師未離此間時，頗欲得其衷曲，因無暇
時，亦且紛亂不曾有頭緒，雜於陳故終默焉耳。其去
後若有所失，嘗靜思兩日，欲箋緘以聞，一執筆則所
明不遠於腦，愈寫愈滯澀，於是又急欲面陳而不可得
矣。今謹撮其什一爲師陳之。
生默思吾儕兩三年來，於此事不能有深摯之進
二
益，而且時見衰歇退阻之故，因緣纏續，糾紛複
雜，不可以一端指數，然而就其著言之，則或止有一

第三辑　书信15（局部）

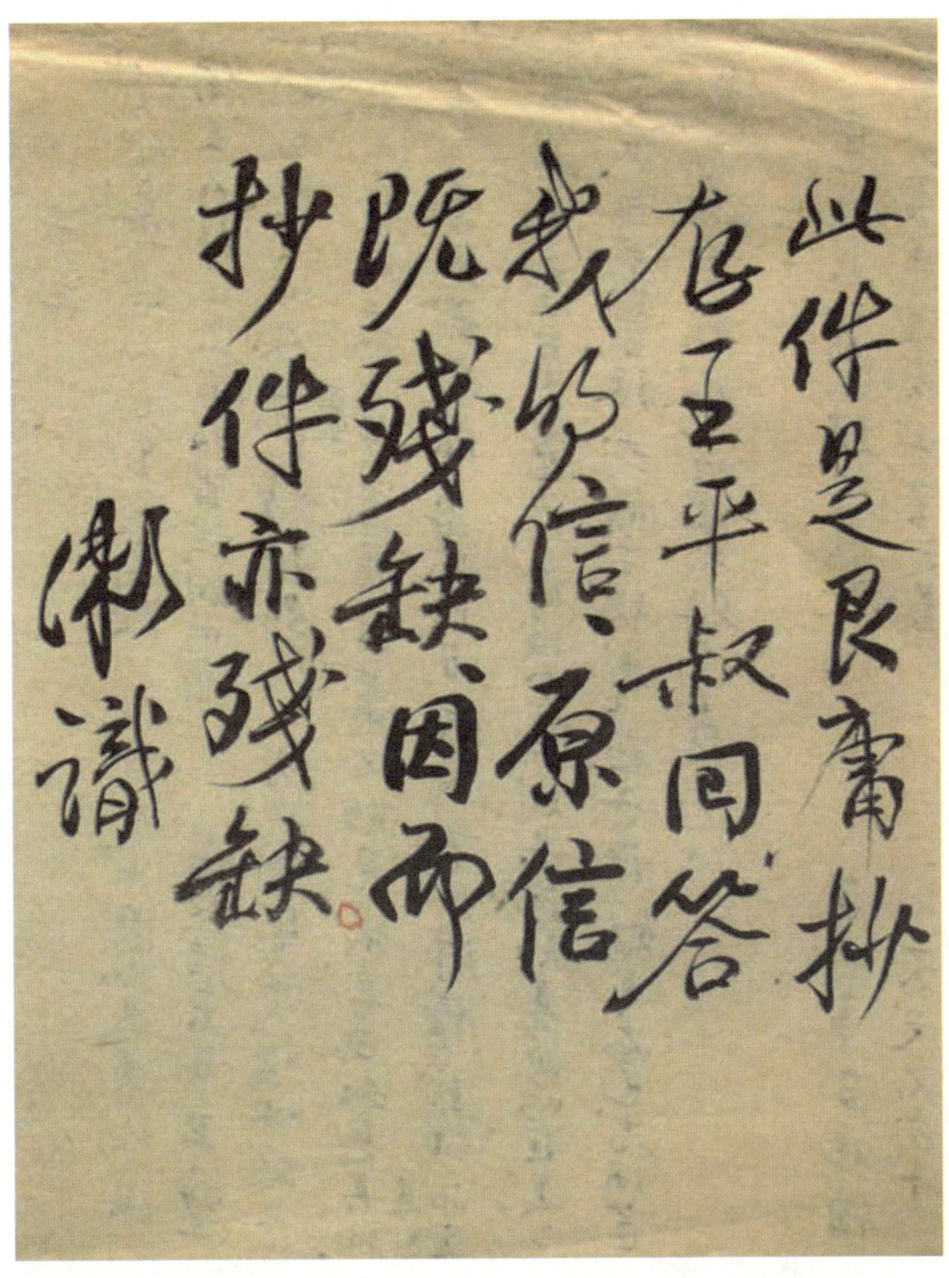
此件是良庸抄存于平叔回答我的信，原信既殘缺，因而抄件亦殘缺。

漱識

第三辑　书信 15（局部）

书信 15《致梁漱溟》[1]

漱师：

十三日手示奉得。此生……进，便止当归功于吾师友之栽成而已。别

低谦退，奖……过重，生有不敢受者矣。师未离此间时，颇欲得……其衷曲。固无暇时，亦且纷乱不曾有头绪，难于陈……故终默焉耳矣。去后若有所失，尝静思两日，欲奉缄以阅。一执笔则所明不逮所晦，愈写愈滞涩，于是又急欲面陈而不可得矣。今谨撮其什一为师陈之。

生默思吾侪两三年来，于此事不能有深挚之进益，而且时见衰歇退阻之故，……因缘缠渍，纠纷复杂，不可以一端指数。然而就其著……言之，则或止有一最根本之大事吾人未曾认清……以致陷于错误，既深且重，然后起振作超拔之念。则……己已堕入深渊，虽有挣扎，亦不过才举起半足，而此全身则固仍在渊中，不曾出脱，拖泥带水，不自知泥水之何以上身，而且归咎于不甚相干之来历，则志气多浪费于虚罔之地，而真正著眼处且反付之盖阙，于是抓不着要害，裹拳于俄空，则不时而见衰歇退阻，固其

[1] 此信落款时间为 1 月 21 日；原信似共 20 页，本书只选印首页。由黄艮庸用钢笔抄录于 7 页纸上。文中“……”系原信残缺，抄录者空缺者。

最后一页背面有梁漱溟毛笔注——“此件是艮庸抄存王平叔回答我的信，原信既残缺，因而抄件亦残缺。漱识。”从梁之字体看，应是其晚年整理旧信时所注。

梁培宽先生注：原信残，7 页系黄艮庸据残件抄录者。

此信似写于 1926 年，即由曹州返京后数月，在京西大有庄园处共学之时，信中提出建立一宗教的主张。信末说：“外人不足观，望师置之。”自知是极不成熟的主张。

所也……驯是以往，矜忿之极，即一旦而大起翻案，尽弃前功……寻路径，亦都止应有之事而已。如艮庸弟便是受……苦不过，徘徊无所适从，而欲另觅道路之端倪，盖已萌芽矣。呜呼，殆哉！此盖非吾师友三数人之前途而已，直是我全中国在所负人类责任之生死关头一点生机，苟不幸一旦而斩绝于提出者未曾认清之手，则吾侪之弥天大罪，诚哉其百死而不可赎者矣。呜呼，殆哉，痛哉！

顷所谓吾人未曾认清认明……机大事，究何所指？此事生前此盖毫不知觉，而一年来……而不曾明白识得者。最近半年，生活每感困苦时，即……思理。究厥根株，则都止见逼集一所，久之乃稍有所启悟。然尤苦未得澄澈也。直至此一两月中，读倭铿太戈尔书，乃敢自信所见不诬。然后知吾侪之当着力而不容躲闪推移者之果何所在也。吾侪一向只知道自己负有责任而已，盖未尝知此责任之为太重太大太多切太困难，不可以轻心掉之，不可以虚矫夺之，不可以矜胜临之，不可以愤……不可以张皇持之。但当放下放下，收回此满腔欣厌之……真诚恻怛，然后孤臣孽子，其操心也危，其虑患也深。……疢疾，则庶几赖天之灵而有昭假之一日欤。呜呼！吾侪固未能知此信，此也仅有一腔矜胜虚矫愤急张皇之轻心，盘旋展转，陷入错杂纠纷而不自知解脱之道，终亦必亡而已矣。嗟乎，痛哉！

重大急切困难之意，当以二义陈之。重大急切为一义；困难为一义。重大急切指全人类对于此事所负之责任而言；困难则专指吾中国人之有心于此急……也。重大急切之意，虑为师所知悉，生此时尚不能评……以道，然亦为师大略言之。此事盖惟赖人类之开创……而始有。开创辟发者，无现成可以享受，岂特无现成可以享受？一有享受现成之意，则此事便立即毁亡而不可见。开创辟发者，不能以此时无有而他时当至之念存于胸中。岂特不能存此念于胸中？一有此念，则此事亦便立即毁亡而不可见。开创辟发者，惟是刹那刹那开创辟发而已，不能有圆满究极之念存于胸中。岂特不能……于胸中？一有此念，则此事亦便立即毁亡，而不可……开创辟发者，始终是遁世无闷，超绝千古。一念万……有时间比较之念存于胸中。岂特不能存此念于胸中？一有计较岁月之念，则此事亦便立即毁亡而不可见。开创辟发者始终只低头信受，不能有丝毫“此未必便是”之疑念存于胸中。岂特不能存此念于胸中？一有此念，则此事亦便立即毁亡而不可见。要之，努力则有，坐待则亡。斯所谓急切之义也。人类……于此一大事，此一大事惟因人类而能干办……无可诿。全副责任都临头上，斯所谓重大之义。……知此身有如是重大急切之责任在，则其心于何而躲闪？于何而推移？始终有干办自家重大急切之事在，则于何而可分心，于何而可摇夺，于何而可虚矫矜胜愤急张皇，轻心以掉之邪？再不收回欣厌之私于真诚恻怛，则更何所待也邪？以上略陈重大急切之义竞。次当为师陈所谓困难……生执笔至此，诚哉而有所感痛兴起，不敢稍存……自怠之念，而涕泗滂沱矣。辞之辑矣，民之洽矣，……民之莫矣。我心罄碎，我力疲竭。“池之竭矣，不云自涉。泉之竭也，不云自中。” “天之降罔，维其优矣。人之云亡，心之忧矣。天之降罔，维其几矣。人之云亡，心之悲矣。觱沸槛泉，维其深矣。心之忧矣，宁自今矣。不自我先，不自我后。藐藐昊天，无不克巩。无忝皇祖，式救尔后。”

此事惟独立超脱于一切，然……始终存其神圣清真，纯粹精一。而吾人归依……诚于是乃起。若胸中只时时蓄着忿恨矜矫张皇……之意，则此精纯之体即时退隐，历万劫而不临，昭格无日矣。然而此时之吾中国人无心于此事者，斯已而已矣。其凡有心于此事而要求较诚切，所见较深细者，则又几乎绝难免于忿憾矜矫张皇轻薄之为怀也。何则？盖此事自吾孔子以来，即已堕坠为附庸而不能独立者二千余年矣。堕坠于何所？即此沉重难举之人世。然……本自绝对浑整，自堕坠以后，则零碎琐细，无可收拾……是神圣无为。自堕坠以后，则即时而成卑污下贱、蹂躏……举所谓孝悌忠信礼义廉耻之成为社会呆板训条，而参赞化育之诚敬性命等等，亦悉成为社会之格言。虽有圣者无以起其隆重深厚之尊信，此无论反驳者如是，即吾侪亦盖莫不如是，不过较人多一矫激之念而已。然而所以令吾侪时生衰竭退沮，其困难亦即正从此起。盖时至今日，即前此所谓堕坠之物者亦且无有，而普遍于齐……死仪型，其愈涸竭卑贱鄙劣更不待言。然则吾侪……出头倡说，有何可以依据而激励资助者？一方吾侪……如此时代之中国，自家全身血脉都为数千年来堕负精神所渗透，而一方则复丁此困厄之运。内里既已枯竭万分，而西洋风气又来以排山倒海之力倾注于我，其不能支撑而时见衰竭退沮，固亦其所。此时若不即于是处看明用力，而乃仅归咎于个人之脾气习惯，则立时坠入迷雾，愈钻愈暗，愈暗愈急。终且至于束手待毙而已。盖主力之……所以避而辟之而徒委心于崎岖小径，是之谓自遁。不真……从兹起矣。两三千年来，此事既已为“人气”所包蔽缠……蹂躏，已至不堪矣。一言一行盖无不以此而评断论定之。自责责人举不外是愈走愈远，愈出愈外，积重不返，仅有浅浮外形，而内核早已枯死。所赖以生存者，则止此相倚相恃煦煦濡沫之俗情。自此则适所谓人类所负之责任，其重大急切者乃毫不能举任。不惟不能举任，且亦无心看出人类曾有此责任也。享受之局成，于是努力变为坐待……发之义。虽圣人复起亦难兴起此已死之僵尸……能有所警醒于人。自己既亦同处此最大势力最……中，久之则安于其所习，而全身血脉亦遂立时渗透此种堕负精神矣。然后乃起而作振拔之念，是诚生所谓自己既已堕入深渊，虽有挣扎，亦不过才举起半足，而此全身则固仍在渊中，未曾出脱也。

然则吾侪此时所负责任之困难不大可见也邪？尚可不即于此看清用力，顾乃推诿……待证悟之自至耶。然则吾侪究当如何而后可邪？……超脱于一切，然后乃能存其神圣清真纯粹精一……侪干办此事者固无他道，亦止有仍还之于独立超脱而已矣。吾中国古先哲人援此事入人间而使之堕负，亦正与西洋之古先哲人援此事入自然而使之堕负同一错误。彼着眼于物，愈走愈远，愈出愈外。卒之为破碎支离之理智所苦乱。而我着眼于人，愈走愈远，愈出愈外，卒之而为干枯无实之人伦所训条缠渍，亦正相同。同为堕负实……而以今日之困难情况言之，则我之徘徊无所适从，且……什倍于彼者也。还此事于独立超脱，究由何道？以生……信者则舍建立宗教外末由矣。然生之所谓宗教或不期而仅有倭铿能与之同耳。（倭铿如何论宗教，其详未尝闻知，然照其根本意思推去，或亦与生所想象者相同欤）外此则殆都难于承认也。生心目中所欲建立之宗教，盖止专指看守此独立超脱不为一切所援引负堕者言之耳。此意藏之颇久，然一时尚不能有此举说，引端而已。吾中国从古……尚纯真之宗教，非我中国之福，实大不幸事。有心……深忧深痛之不置也。东西两方人生之最有造诣可……者，当首推印度。而最干枯而无内容者则吾中国是也。其故无他，亦止因既降独立为附庸，而又无举任此独立之宗教耳。然则吾侪此时之所当努力者，不大可见也邪。不将此事从堕坠偏侧中划出还归，则吾侪真无前途耳。必欲为此前去，则虚矫矜胜忿急张皇之为怀，不期而至，万难幸免。恻隐之实，于是亡。开创辟发者不可见，则岂……此生无所获得而已耶？即仅用力于消极方面之挣扎避……精疲力竭，遑云其他。呜呼，殆哉！吾侪数年来之衰……固在此而不在彼。如尚不悟，则吾侪真无前途矣。殆哉，痛哉！

呜呼！汉魏两晋六朝李唐，诚哉其未能举任此事也。而两宋与明，亦何尝可以相许。按实看去，盖亦不过只赢得一腔矫激矜胜之戾气而已。生非故为此刻薄之言，诚以方向未换，虽圣者重生，亦止束手而无可如何耳。

吁，此正吾侪今日生死关头……矣。中国如无看守此独立不堕之宗教出世，则中国……当退堕不举耳。望师勿急急以人生色彩特别……为中国赞也。呜呼！数年来吾侪志气之虚费罔用者，盖不知凡几。易曰，知几其神乎，君子见几而作不俟终日。退，则百川沸腾，潮涌而至；进，则冈岭重叠，葛山当前。前后交逼则吾不知其所以驻足之道也。“无忝皇祖，式救尔后。”是在吾侪勉之而已，尚何言哉？以上陈困难之义竞。

重大急切困难，二义既陈。……举数事与师相商，然精神短浅，此信之最……意。文不成文，盖已倦疲极矣。惟请俟之……而已。此信曾寄艮庸，外人不足观。望师置之。

生维彻上

一月廿一日

【第四辑】

参加北伐

写信时间：

1926 年 2 月—1926 年底

信件数量：

书信 10 件

此一辑信件所涉及的时间跨度虽然不长（1926年2月至年底），但从目前保存下来的王平叔与梁漱溟（包括熊十力、黄艮庸等）的通信看，无论件数与内容，都是最多的。而此辑所涵盖的史料价值还在于，作者以自己的亲身经历见证了中国近代史上的重要事件之一——国民革命军北伐战争。

梁漱溟先生在《略记当年师友会合之缘》一文中曾有过这样的记述："是年（1925年）年尾，平叔、艮庸、名鸿偕同去广州，旋即随陈真如（铭枢）参加国民革命军北伐之役。"而此行的动因，"盖由于其时李任潮、陈真如、张难先三公迭次来信劝我暨熊先生南下（共事革命，勿闭户讲学），而我等则推平叔等先往。"

对于梁漱溟而言，派出弟子打前站，是为以后能否投身其中问路；而作为弟子的王平叔，则是自加入梁漱溟师友团体以来，继曹州办学之后的又一次社会实践。而与前一次相比较，此次社会实践所介入的社会层面更复杂也更接近当时中国政治生活的中心。王在此期间作为弟子向先生汇报的前方信息（第一次国共合作时期的广东革命政府情况），就有了丰富的史料价值。尤其可贵的是，这些叙述都因为作者身处一线、相伴于事件当事人左右而显得生动而真实。

关于这一辑信件的内容，有以下几点值得特别指出。

一、从一介书生投身革命洪流

如前文所述，王平叔从四川高师毕业后，担任过中学教员，加入梁漱溟师友团体后也参与过曹州办学等社会实践，但总的来讲，还是在知识分子的圈子里谋职业，讨生活；在以师友关系为主的人际圈子里探讨学问，交流思想。而“投笔从戎”，进入军队直至参加北伐战争，从书斋进入官场、战场，从小圈子进入大社会，社会身份的转换与信息空间的跨度可谓大矣。细读此一辑信件的内容，读者即能够体会到作者从一介书生融入时代洪流的心路历程——有初出茅庐的迷茫与怅惘，有面对纷繁复杂的社会现象的独立判断，而更多的是对国家、民族乃至自身前途命运的忧虑与思考。熟悉中国近代史的人都知道，20 世纪 20 年代中叶即北伐战争前后的中国，既是一个风云激荡、英雄辈出的时代，也是中国各阶层、各派系势力竭力争夺话语权与控制权的时代。身处这样一个时代最前沿的作者，以一个年轻知识分子的眼光对当时事件、人物的评判以及对各种政治势力的观察与预测，就有了相当的史料价值。而这种观察与评判的特殊价值还在于，它是出自当事人亲历的、个人观察与感受的，既未受到后世价值观、历史观的影响，也不是后来的研究者们根据史料选择性归纳而得出的结论，故更显其真实、生动与可信。

二、对当时政要名流的评价

关于王平叔等 3 人到达广州后的情况，梁漱溟曾在 1944 年撰写的一篇题为《追记广州往事》的文章中谈道：“任潮爱重艮庸，真如推厚平叔。民鸿则蔡贤初（廷锴）始有欲杀之心，后乃甚相得。”故在此一辑信件中，还涉及对当时活跃在中国政坛与军界，特别是广东革命政府的政要、名将的评判，如蒋介石、李济深、唐生智、陈铭枢、张难先、刘文岛等。读者在阅读的过程中自有体会与收获，此不赘言。

三、师友之间的批评与自我批评

关于这一点，从王平叔写给梁漱溟（包括熊十力）信的第二辑与第三辑中即可看出。而与前两辑不同的是，这种批评与自我批评的范畴已由原来的治学观念、生活态度、具体工作的探讨，上升到了人生观与社会价值观、个人修为与入世救国等层面的交流。

关于这一方面的内容，本辑的“书信 20”中表现得尤为突出与集中。在这封 2000 多字的长信中，既有对自我缺点的剖析，也有对师长（特别是熊十力先生）对待人事做法与态度的直言劝谏。

先看第一个层面：“思想不踏实，好游于玄虚。真师屡言之而屡诫之。殆已成膏肓痼疾，不可救药。惟望师终教之而已矣。彻虽一向乖张，时时令吾师隐痛在心。然固欲悔艾而不承心掩护，只有时因原来器量狭小之故而致文过喜誉者，亦所常有。此在吾师愤其屡责不悛，固宜有严重之词以督促之故。终其世不相知可也之语，在彻虽有过重之感。然因此而得反省较深则亦吾师之赐矣。惟彻务空不实之病，其来源盖甚深远，匪一朝一夕之故。一则天资使然，一则彻少遭人伦之变，凄怆之感无时去怀。因此遇事辄先感慨系之。感慨当前，便恒抑没事实不顾。好发为空疏高远之论，以抒泻其一时之所领受。恒有过重过轻之弊，文学气味特多也。……固亟望两师时时教督之也。”

关于对熊十力先生的劝谏，此信中也颇为直率：“真师竟有作关于时事书两部之意。师固无工夫为此，而彻也实不甚赞同师为此也。救时之论与垂远之言殊科。……谓真师已然将吾中国此时所走入之情势明审擒握，无有错移，彻已不甚点头。而谓真师更已将如何渡出此情势之方，明白规划，恰切当症，无有主观迂远、客观错看之弊，彻亦不肯点头也。若二者之把握不如彻之所期望，则所立论固仍只是垂远之言，于救时无与也。”而接下来的内容，读来令人莞尔：“真师与真如一切信，彼一向态度于师勉砺个人者尚肯虚心领受，而凡关于时局政治上之说话，则漠然不注意耳。彻亦望师以后关于彼个人方面无妨慎重多说；关于时局方面，则以少说为宜。不然则彼于师感得隔膜之时太多，恐并昔之虚心领受者而一齐忽略之耳。”而在另外一封信（书信 17）中，还对熊十力先生的性格提出了恳切的批评，“……此不尽是人过，师遽痛骂之，何其不谅人之甚也。师平日在此等处所不知错怪了多少人，不知错疑了多少人矣。”熊十力先生的自负与暴躁脾气是出了名的，而在其学生辈中，能像作者这样直言不讳的，恐怕少有其人。

四、人生的感悟与收获

关于安排弟子参与北伐的收获，梁漱溟先生在一篇题为《自白》的文章中做出了如下的评价：“正有不待切磋而各自觉悟者。……于一向之所怀疑而未能遽然否认者，现在断然地否认它了；于一向之有所见而未敢遽然自信者，现在断然地相信它了！否认了什么？否认了一切的西洋把戏，更不沾恋！相信了什么？相信了我们自有立国之道，更不虚怯！天下事，有时非敢于有所舍，必不能有所取，亦不敢有所舍。不能断然有所取舍，便是最大苦闷。于所舍者断然看破了，于所取者断然不予放过了，便有天清地宁，万事得理之观。”

对于作者而言，更多的收获是从书斋走向社会参加革命，并经过对现实的观察与思考之后形成的特立独行的价值观与自我觉醒。本书中虽然只收录了王平叔给梁漱溟的信件（时间跨度为从1922年追随梁漱溟先生到他1940年去世的近20年时间），且各时间节点上信息的详略程度不一，甚至有较大的信息缺失（比如参加山东乡村建设运动和参加福建人民革命政府、组建南泉乡村实验区等），但仔细阅读，我们还是能够看到作者从一介书生成长为对生活有见识、有担当的“觉悟者”，而在其人生历程中的几个重要节点（或曰转折点）——北上投师、参与办学、同学共处、参加北伐、筹备勉仁中学等的信息以及作者当时的思想与感悟，都在这些信件中有鲜明和深刻的反映；对北伐前夕广州革命形势的观察分析也颇为深刻，为今人了解那段历史提供了另一个视角。而他当时从参加革命中获得的感悟，即使对于今天的年轻人而言，也不无启发——

“作事真不能在成功失败上著眼，此盖道理极深阅历极多之言。始终只问自己精神立得起顶得住否耳。换言之，只问自己之态度是否始终曾在光明正大处表示出来过耳。若是在一切关节处均有态度可见，即使失败，此乃外人旁观者之所谓失败，在自己固仍是成功，无所谓失败也。必也一切均仅出于被动。成功不自知其何以成功，失败不自知其何以失败，一切模糊倒塌，始终在牵就调协波靡风从之局中，而不容有自己甘心之态度表示，斯则真所谓失败耳。彻等前途如何，盖有命在，无可强致。事业之成就恐无其分，即求一光明正大之失败，亦正恐昊昊上天靳不我与。”（见信件17）

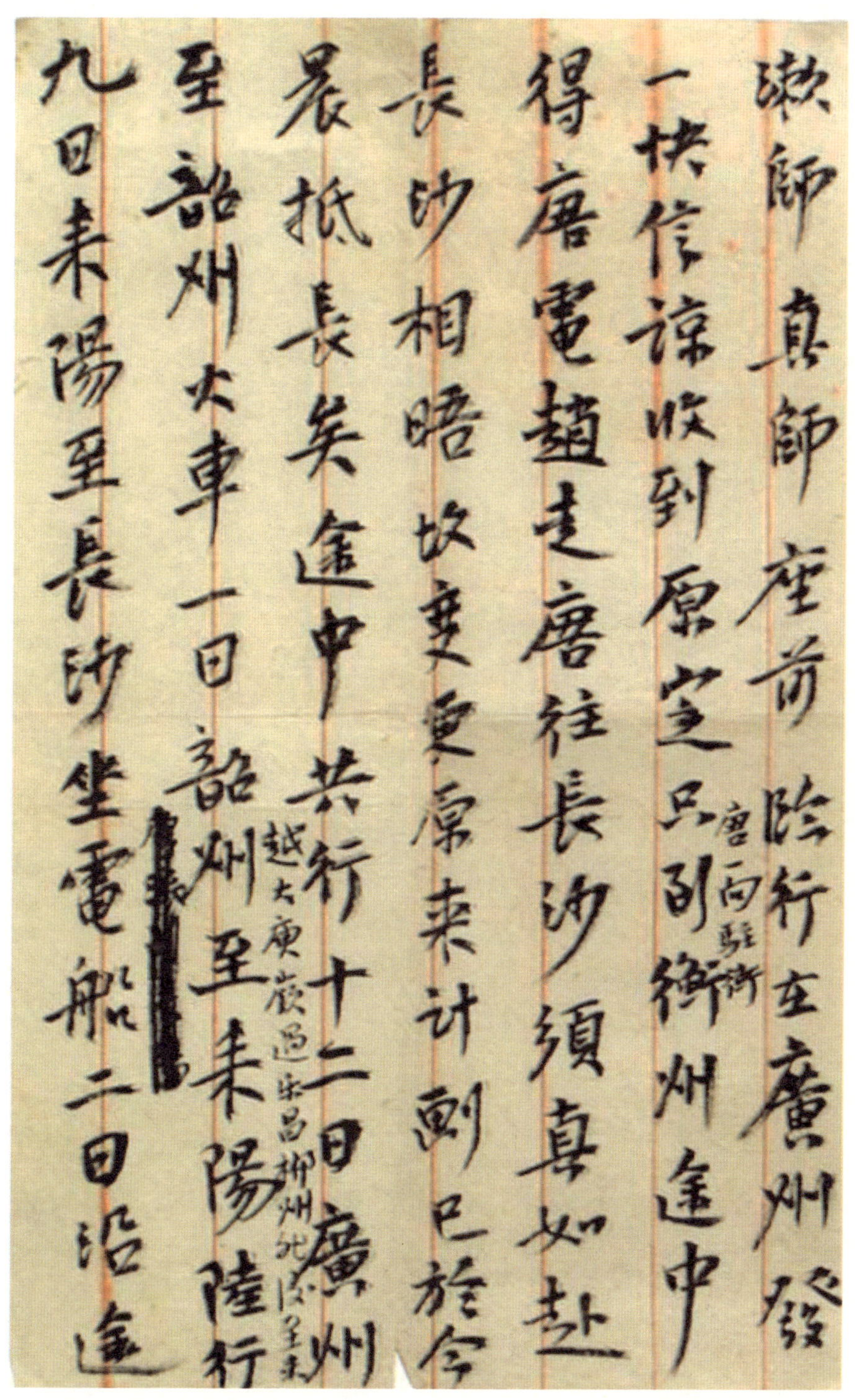
嫩師真師座前：臨行在廣州發
一快信諒收到原定只到（唐向駐衡）衡州途中
得唐電趙走唐往長沙須專如赴
長沙相晤故變更原來計劃已於今
晨抵長矣途中共行十二日廣州
至韶州火車一日韶州至耒陽陸行（越大庾嶺過樂昌郴州沿途至耒）
九日耒陽至長沙坐電船二日沿途

第四辑　书信 16-1

雖不更風雨之苦然山川景物極佳到
處都堪留念亦旅行中之一樂也同行
此次國民政府之派真如与白来湘及唐有傾向粵中之意都由此君從中斡
除劉文島夫婦外尚有國民政府派
旋来也
與真如同來与廣接洽之白崇禧
字健生
白廣西桂林人黃紹雄參謀長頗精
幹老練廣西■驅鋤陸沈數役及此
廣西已隸屬於國民政府本省但設省政府軍事財政未實受國民政
次与廣东實行合作彼与有大力焉今
府指揮

第四辑　书信 16-2

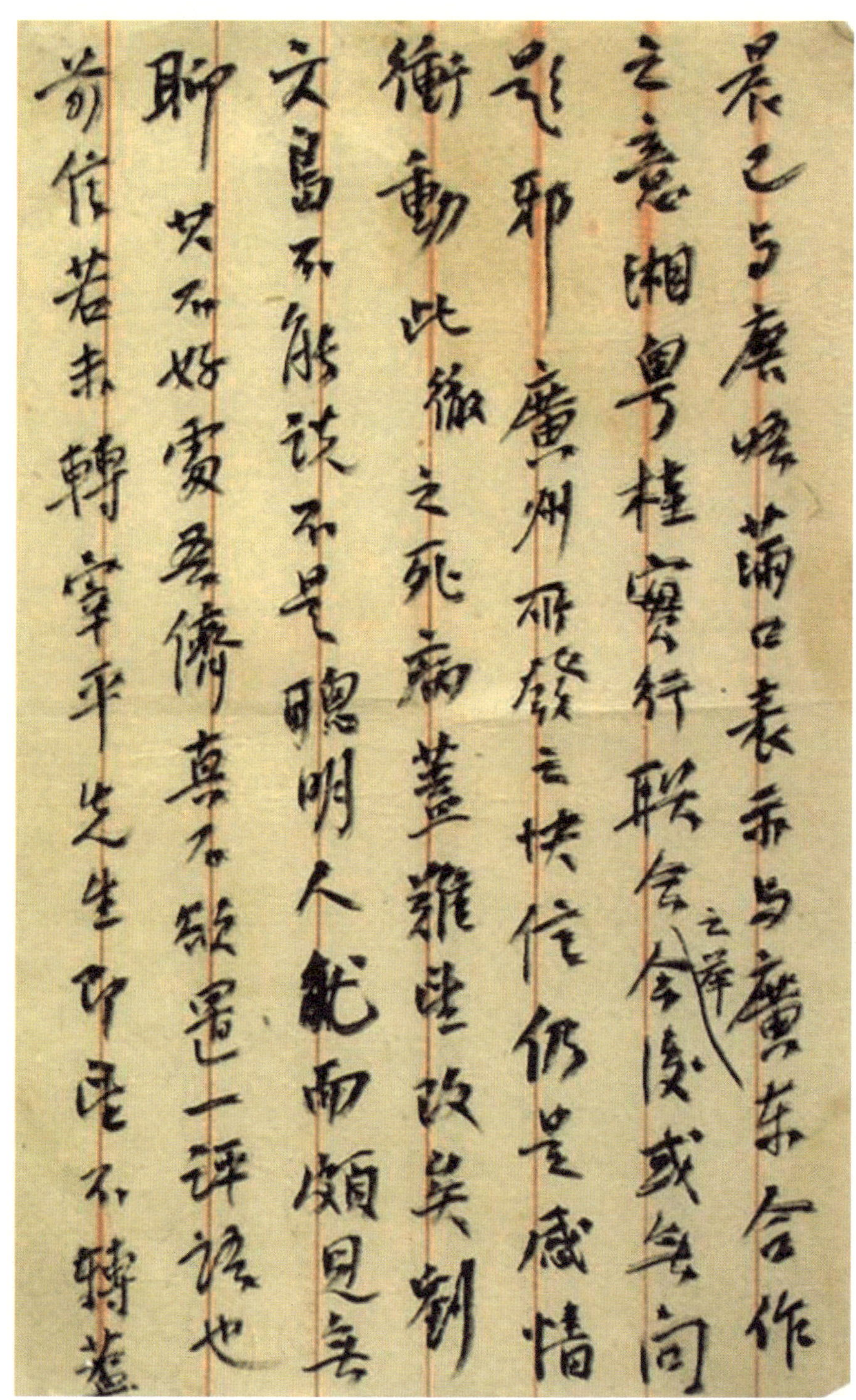

最近与唐孟瀟口表示亦与廣東合作
之意湘粤桂實行聯合之舉今後或無向
背耶廣州所發之快信仍是感情
衝動此徹之死病蓋難改矣劉
文島不能說不是聰明人能而頗見無
聊其所好處吾儕真不敢置一評語也
前信若未轉寧平先生即乞不轉蓋

第四辑　书信 16-3

吾輩等不有遠懷則已若有遠懷則欲
道（一真寸）村心堅頸之人談何容易耶縈竞
或在長沙（擬）明日往瞧不知見得着（余等現與真如及白等同住唐宅）
留齋中諸弟功課進來進行如何望
以日記寄廣州得一閱也　二月十三日
旅行十二日途中與真如間讀彼對余二人感為
真摯亦是令人氣壯切望余等加入國民黨其

第四辑　书信 16-4

同努力語〻不離宗旨等〻將已見諸出版〻
免也相左依繫更何情況或不免要下井救
人視為我在井口徘徊未嘗許之耳吾知本
來是性直接勝人不事修飾性態度近不免
有矜喜之色實前途一大危機渠入湖南境
後觀湘兵精神亦能自發想此行亦必有
益也山行十餘日人馬皆疲素此需一星期左
右將來或取道上海返粵

敝分武始從未聞過真
如霞不知張老先生從何得
來此消息也

第四辑　书信 16-5

书信 16《致梁漱溟、熊十力》[1]

漱师、真师座前：

临行在广州发一快信，谅收到。原定只到衡州（唐[2]一向驻衡），途中得唐电。赵[3]走，唐往长沙，须真如[4]赴长沙相晤。故变更原来计划，已于今晨抵长矣。途中共行十二日：广州至韶州，火车一日；韶州至耒阳（越大庾岭，过乐昌、郴州，然后至耒）陆行九日；耒阳至长沙坐电船二日。沿途虽不免风雨之苦，然山川景物极佳，到处都堪留念，亦旅行中之一乐也。同行除刘文岛[5]（此次国民政府之派真如与白来湘及唐有倾向粤中之意，都由此君从中穿逗来也）夫妇外，尚有国民政府派与真如同来与唐接洽之白崇禧[6]（字健生）。白广西桂林人。黄绍雄[7]参谋长，颇精干老练。广

---

[1] 此信共 5 页（含附言），落款为 2 月 13 日。

梁培宽先生注：陈铭枢赴长沙，争取唐生智参加北伐，王平叔、黄艮庸随行，此信写于方抵长沙之时。

[2] 唐，即唐生智（1889—1970），字孟潇，信佛后法名法智，号曼德。湖南东安人， 1912 年入保定陆军军官学校，毕业后进湖南陆军。曾参加辛亥革命和讨袁、护法战争。北伐时任国民革命军第八军军长、前敌总指挥、第四集团军总司令、湖南省主席等职。

中华人民共和国成立后，曾任湖南省人民政府副主席、副省长，中南军政委员会委员、中华人民共和国国防委员会委员等职。1970 年 4 月 6 日，在长沙病逝，享年 81 岁。

[3] 赵，即赵恒惕（1880—1971），号炎午。汉族，衡山（今衡阳市衡山县）白果镇棠兴村人。日本士官学校炮科毕业，同盟会会员。参加过辛亥革命和二次革命。武昌起义后历任新军旅长、军长等职。二次革命失败后被袁世凯判刑，获释后任湘军师长、湘军总司令、湖南省省长等职。

1926 年，反对孙中山任非常大总统及北伐军入湘作战，被唐生智逼迫下台，隐居上海 10 年，学佛诵经。

1939 年回湖南任湖南临时参议会议长，国民政府军事委员会上将军事参议官。1945 年后，任湖南省参议会议长。1946 年当选为国民大会代表。1949 年去香港，后去台湾，任“总统府”国策顾问、资政。

晚年从事佛教活动，曾任台湾佛教会会长。

[4] 真如，即陈铭枢（1889—1965)，字真如，证如。广东合浦曲樟（今属广西）客家人，民主革命家、北伐将领。1906 年加入中国同盟会。毕业于保定陆军军官学校第三期，带兵参加北伐。国民革命军陆军二级上将衔。

1925 年 8 月，陈任国民革命军第四军十师师长。1926 年 7 月率第十师北伐，与叶挺率领的独立团一道攻占汀泗桥、贺胜桥，参加攻打武昌战役，因战功被称为“铁军”。攻克武汉后第十师扩编为第十一军，任军长兼武汉卫戍司令。1927 年 4 月任国民革命军总政治部副主任。1927 年 3 月，由武汉去南京。5 月任国民革命军总司令部政治部副主任。1928 年 11 月任广东省政府主席。1931 年 9 月任京沪卫戍总司令官兼代淞沪警备司令。12 月任行政院副院长兼交通部部长。1932 年一・二八事变时，陈铭枢命令第十九路军抗击日本军队，反对妥协政策，受到蒋、汪排斥。10 月毅然辞职赴法国。

1933 年回国，与李济深等成立抗日反蒋的中华共和国人民革命政府，即福建人民政府，担任政府委员及文化委员会主席并兼军事委员会政治部主任。此举失败后去香港，继续从事反蒋爱国活动。抗日战争期间，任国民政府军事委员会高级参议等职，在武汉、重庆等地从事抗日民主运动，　1948 年 1 月在香港与李济深等建立中国国民党革命委员会，团结各派民主人士，反对蒋介石独裁、内战政策。

1949 年 9 月出席中国人民政治协商会议。中华人民共和国成立后，历任政务院政法委员会副主任，法制委员会主任，中南行政委员会副主席，农业部部长等职。1965 年 5 月 15 日因病在北京逝世，终年 76 岁，著有《佛学总论》等。

陈铭枢与梁漱溟于 1923 年相识，“经熊十力先生介绍，来北平与梁漱溟谈佛学。二人数十年交往自此开始……北伐时，梁漱溟学生徐名鸿、王平叔、黄艮庸三人随陈铭枢作战部队自广东至武汉，并在军中任职。”（转引自《梁漱溟往来书札手迹》第 594 页）1933 年成立福建人民政府之际，徐、王、黄三人也追随其左右，徐名鸿任军事委员会政治部副主任、文化委员会委员；黄艮庸任文化委员会委员。失败后，徐名鸿因叛徒出卖，于 1934 年 2 月被国民党当局杀害，时年三十七岁。

[5] 刘文岛（1893—1967），国民党高级军政官员。湖北省广济县（今武穴市）人。

北伐前夕，刘文岛应陈铭枢之邀，南游百粤，交游甚广。1926 年赴广州，被蒋介石留在广州做幕僚，并介绍加入国民党。后参加北伐，顺利进入武汉，去长沙、衡阳说服湖南省长赵恒惕欢迎北伐军，推动唐生智参加国民革命军。唐部被编为国民革命军第八军，唐生智任前敌总指挥，刘任该军党代表兼前敌总指挥部政治部主任，授中将军衔。1928 年，刘受任第一任汉口特别市市长兼湖北省民政厅厅长。

历任国民政府驻德、奥、意公使、大使，国民党中央执行委员、立法院立法委员。

抗战期间，刘因经常当面批评蒋介石的消极抗日政策，遭蒋怨恨。为此，刘文岛萌生退意，隐居重庆著书立说。1949 年刘文岛赴台湾，但拒绝出任任何官职，也不与高层人士往来。1967 年 6 月 11 日，刘文岛在台北病逝。

[6] 白崇禧（1893—1966），字健生，广西临桂县人，回族。中华民国国民革命军一级上将，军事家，有“小诸葛”之称。属国民党“桂系”，地位仅次于李宗仁，人称李宗仁和白崇禧为“李白”。此二人是国民党内最具实力的地方军事势力“桂系”的中心，多年来一直合作无间。最初二人一同加入孙中山在广州的革命阵营，又联合驱赶广西的旧军阀。北伐时，率广西军队攻至山海关。北伐成功后，和蒋介石及其他地方势力多次开战；抗战爆发后，二人动员广西的军队抗击日军，合作指挥多场大战，并屡有胜果。

战后白崇禧担任国防部长，1949 年前往台湾，却未能担任要职，抑郁而终。

[7] 黄绍雄（1895—1966），即桂系中的二号人物黄绍竑之别名，字季宽，广西容县人。辛亥革命时参加广西学生军北伐敢死队。1916 年保定陆军军官学校第三期步兵科毕业。曾任桂军模范营排长、讨陆（荣廷）西路军总指挥、国民革命军第七军国民党代表。1927 年后历任广西省政府主席兼留桂军军长、国民政府内政部长、浙江省主席、湖北省主席。抗日战争期间，历任军事委员会作战部长、第二战区副司令长官。1947 年任国民政府监察院副院长、立法委员。1949 年作为国民政府和平谈判代表团成员赴北平参加国共谈判。谈判破裂后去香港，发表声明脱离国民党，旋出席中国人民政治协商会议第一届全体会议。中华人民共和国成立后，历任政务院政务委员、全国人大常委会委员、政协全国委员会委员、民革中央常委等职。

西驱锄陆沈数役[1]及此次与广东实行合作（广西已隶属于国民政府，本省但设省政府，军事财政亦实受国民政府指挥）彼与有大力焉。今晨已与唐晤，满口表示与广东合作之意。湘粤桂实行联合之举，今后或无问题邪。广州所发之快信，仍是感情冲动。此彻之死病，盖难望改矣。刘文岛不能说不是聪明人，然而颇见无聊。其不好处吾侪真不欲置一评语也。前信若未转宰平先生，即望不转。盖吾辈不有远怀则已，若有远怀，则欲遇一真可甘心点头之人，谈何容易邪？赞尧或在长沙，拟明日往晤（余等现与真如及白等同住唐宅），不知见得着否。斋中诸弟功课近来进行如何，望以日记寄广州得一阅也。

二月十三日

旅行十二日途中，与真如闲谈，彼对余三人[2]颇为真挚，亦无客气。惟切望余等加入国民党，共同努力，语语不离宗。余等亦将己见说出，彼亦无甚相左。体察粤局情况，或不免要下井救人，现尚在井口徘徊，未尝许之耳。真如本来是性直热肠人，不事修饰，惟态度近不免有矜喜之色，实前途一大危机。渠入湖南境后，观湘兵精神，亦能自警。想此行亦甚有益也。山行十余日，人马皆疲，来此需一星期左右。将来或取道上海返粤。殷公武[3]始终未到过真如处。不知张老先生[4]从何得来此消息也。

---

[1] 广西驱锄陆沈数役，即 1921 年，“第二次粤桂战争”爆发，粤军攻入广西，摧毁了旧桂系的政权。1924 年初，陆荣廷与沈鸿英发生激战，李宗仁趁机发兵攻打陆荣廷，将陆荣廷的势力消灭。随后，李宗仁与沈鸿英争夺广西的控制权，同时击退了企图进入广西的滇军唐继尧部。战斗至 1925 年，李宗仁消灭沈鸿英的势力，统一广西。此后，以李宗仁、白崇禧为代表的桂系势力控制了广西全境，其势力又被史学界称为“新桂系”，以区别于陆荣廷的“旧桂系”。新桂系统一广西后，与广东的孙中山先生的国民政府联合，桂军改编为国民革命军第七军。

[2] 余三人，即徐名鸿、王平叔、黄艮庸。

[3] 殷公武，生卒及生平待考，曾任国民革命军十九路军军官。

[4] 张老先生，所指何人待考。

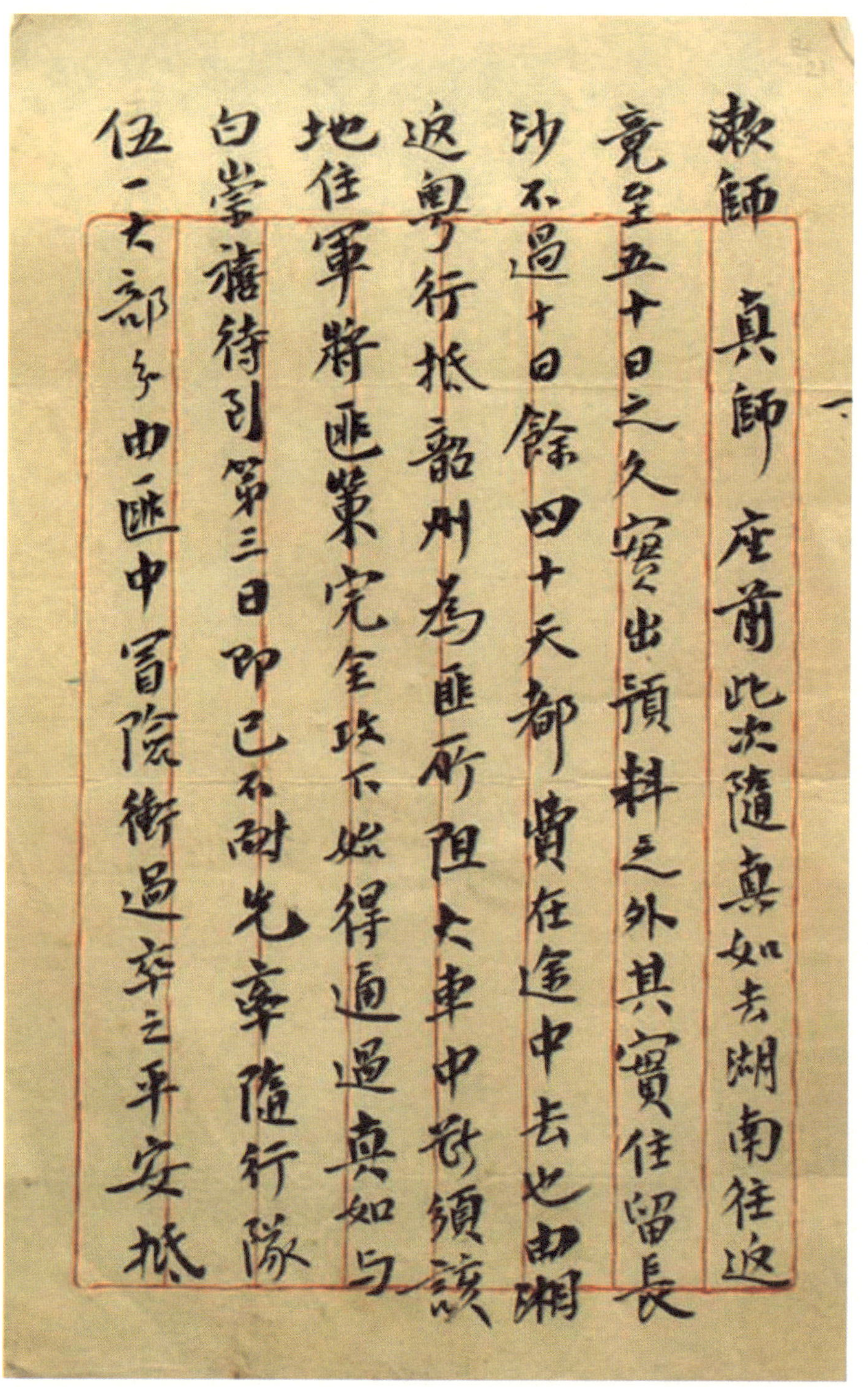

漱師
真師　座前　此次隨真如去湖南往返竟至五十日之久實出預料之外其實住留長沙不過十日餘四十天都費在途中去也由湘返粵行抵韶州為匪所阻火車中斷須該地住軍將匪巢完全攻下始得通過真如與白崇禧待到第三日即已不耐先率隨行隊伍一大部分由匪中冒險衝過幸之平安抵

第四辑　书信 17-1

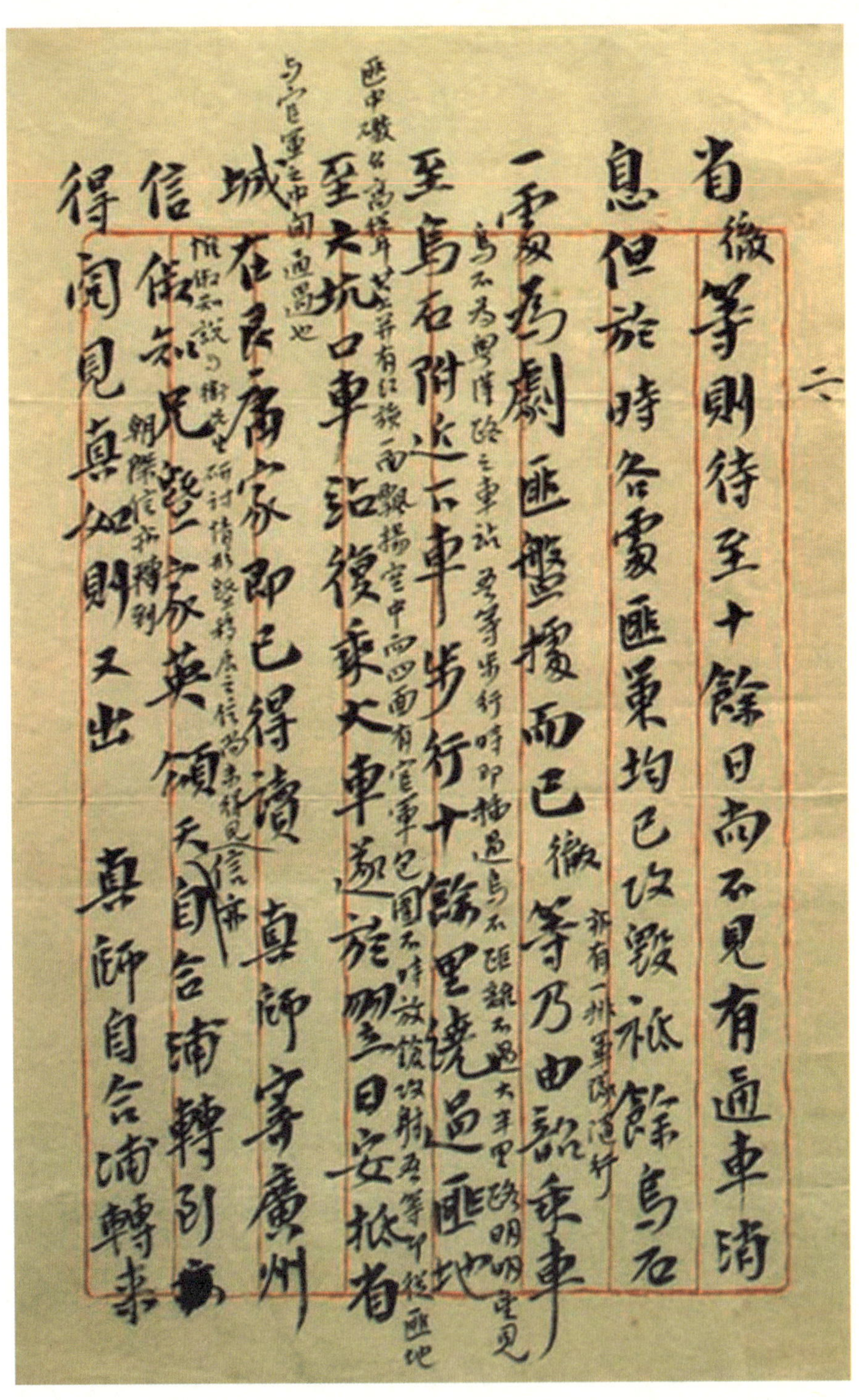

二

省徹等則待至十餘日尚不見有通車消
息但於時各處匪巢均已攻毀祇餘烏石
（祈有一排軍隊護行）
一處為劇匪盤據而已徹等乃由韶乘車
至烏石附近下車步行十餘里繞道匪地
（烏石為粵漢路之車站徹等步行時即抽過烏石匪巢不過大半里路明明可見）
至大坑口車站復乘火車返於翌日安抵省
（匪中繳去高槍并其他槍并有[illegible]將兩鄉揚空中向四面有官軍包圍不時放槍攻射徹等即從匪地與官軍之中間通過也）
城在良廣家即已得讀真師寄廣州
信徹知兄暨家英須天台浦轉到[illegible]
得閱見真如則又出　真師自台浦轉來

第四辑　书信 17-2

三、手書七紙均一一誦悉不禁大喜惟始終不
得睹徽師一字三四月之懸望竟爾落空
不禁惘然耳　真師所說諸事今約
畧覆述如下
一　真師請做專著唯識極好所須錢　真
如已於[illegible]徽等未返廣州之前寄五百元至京
與兩師同用寄百元至漢口周之欽君霞
當時未寫信與霞一電然地址則仍是東

真如

寄錢綢電

第四辑　书信 17-3

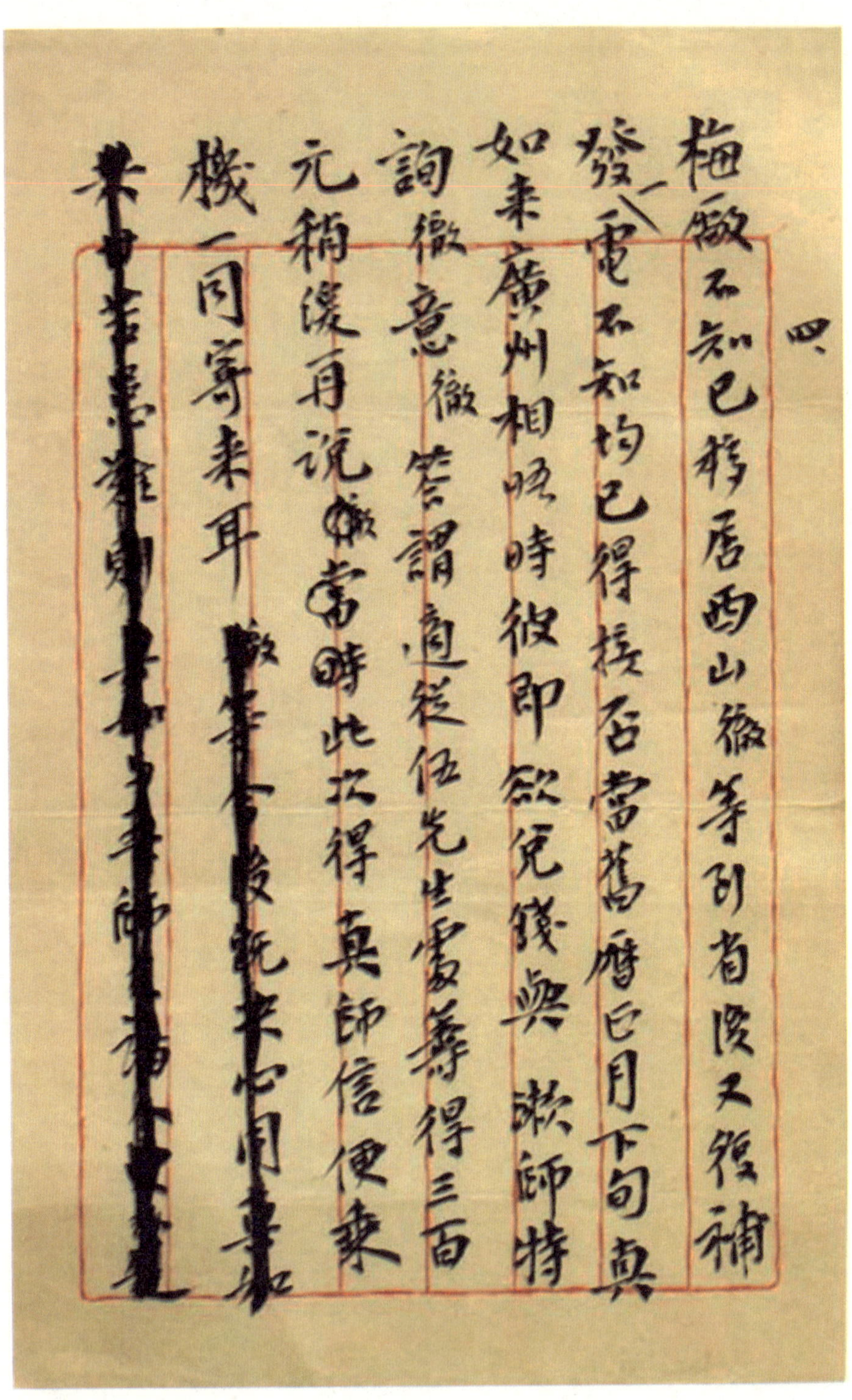

四

梅徽不知已移居西山。徽等到省後又續補發一電，不知均已得接否。當舊曆正月下旬，真如來廣州相晤時，彼即欲兌錢與徽師，特詢徽意。徽答謂適從伍先生處籌得三百元，稍後再説。徽當時此次得真師信，便乘機一同寄來耳。

第四辑　书信 17-4

五、

徵等今後既決心与 真如同共患難則彼以知吾師友困苦之故而相助徵以為竟坦然受之可也 真如與吾師信說除月薪之外尚定有辦公費若干彼云不足為累蓋是實情 不過個人用度或須撙節 不甚寬裕耳 真師前寄還之百元為居素收用 真如嫌 師過於瑣屑故不願信閱之欽君以為收錢人自有信說及彼一向又有隨便不肯經心之病故亦無信

第四辑　书信 17-5

六

告師此不盡是人過 師處痛罵之何其不諒人之甚也 師平日在此等處所不知錯怪了多多少人不知錯疑了多多少人矣

二燕天冥兄事如真如所覆信 許錫晴為人儕如微未見過無從悉知 艮庸与之相識云其人甚好天冥兄若與之共事必能心氣相投鍾喜賡在北合浦成績頗好聲譽日隆努力作地方事業亦甚好事天冥兄決

第四辑 书信 17-6

七、

心南来所切望者也真如軍中此時尚用不着人一月後又須移隊隊北上住地無定天冥兄此時似以不入真如軍中為宜非式徽等正奔馳為生如何可帶自是交天冥兄管帶為最好作事不作事都無関係真如亦此等每月須大宗零用錢十餘元之事尚成问題哉　以上略答真師二事　以下徵復敬陳數事

一、衡等三人此時實不可作艱難而負責之事

第四辑　书信 17-7

八

一方面因經驗太幼稚太缺乏，一方面則因粵局之現狀及其前途，弟此時均尚隔閡，無甚深之覺察了悉，遽作一有把握之判斷，則在此一年半載中，最好是旁觀靜察，而一面則幫助真如使之穩定前進。真如本意或不欲徵等離開作事，但彼軍中此時又難需置適委備，而彼所屬之欽廉數縣又亟須有人整理，故此次先回廣州，即薦徵廉江縣長，徵與見面

第四辑　书信 17-8

九、

時又同時之欲徽作彼之祕書吾等三人最後始商定決意辭去縣長以徽佐祕書名義而良甫名鳴則間散優游於軍中并助徽也並以此意告真如彼同贊同無異詞也又欲名鳴作師部政治訓練部事從此以後吾三人蓋當真隨真如奔馳去矣

二、作事真不能在成功失敗上着眼此蓋道理極深閱歷極多之言始終只有問自己精神立得起頂得住否耳總言之只問自己之態度

第四辑　书信 17-9

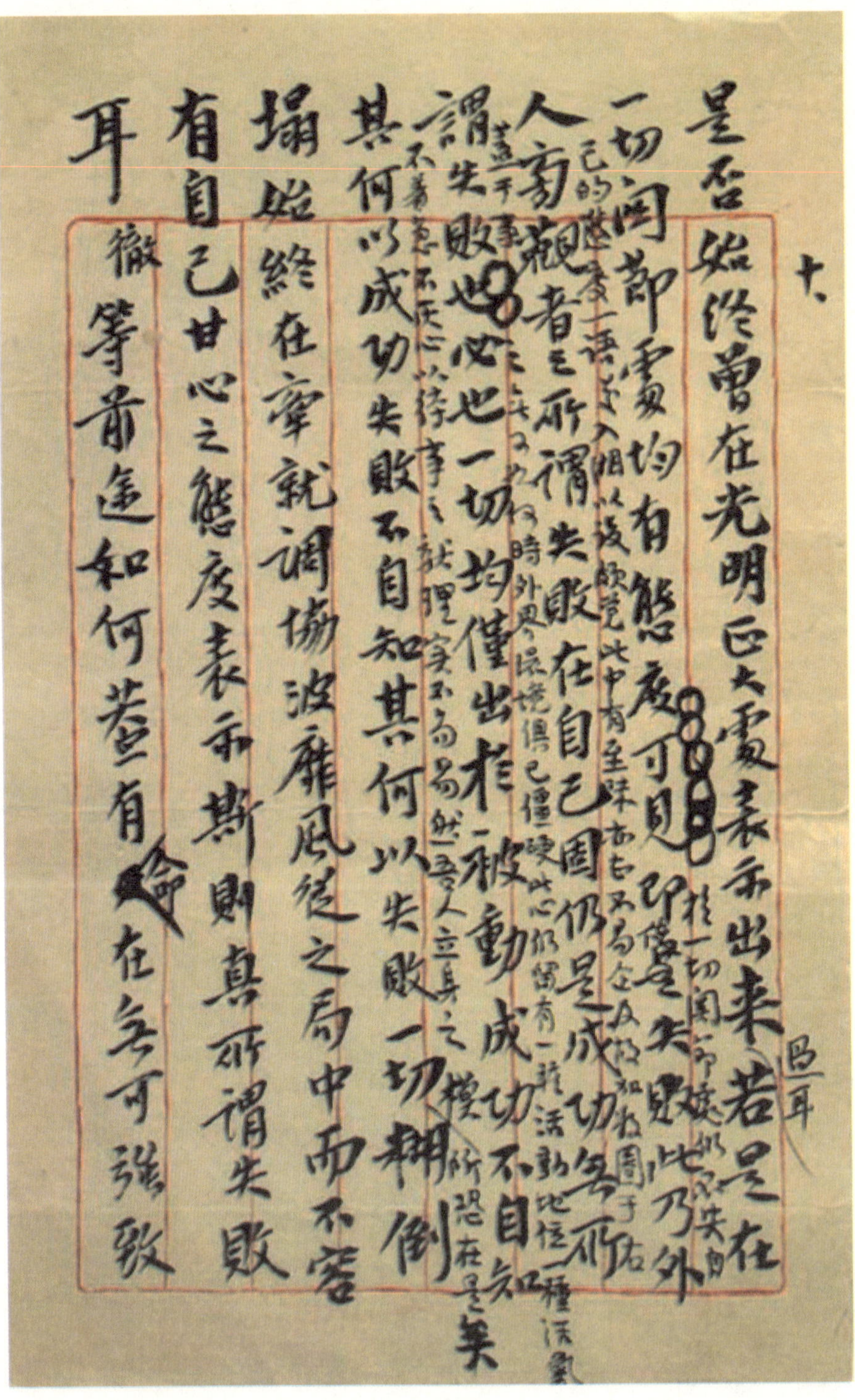

十、

是否始终曾在光明正大处表示出来若是在一切关节处均有态度可见即当是失败也乃外人旁观者之所谓失败在自己固仍是成功无所谓失败也必也一切均仅出于一般动成功不自知其何以成功失败不自知其何以失败一切颠倒塌始终在牵就调协波靡风从之局中而不容有自己甘心之态度表示斯则真所谓失败耳

彻等前途知何若无有命在无可强致

第四辑　书信 17-10

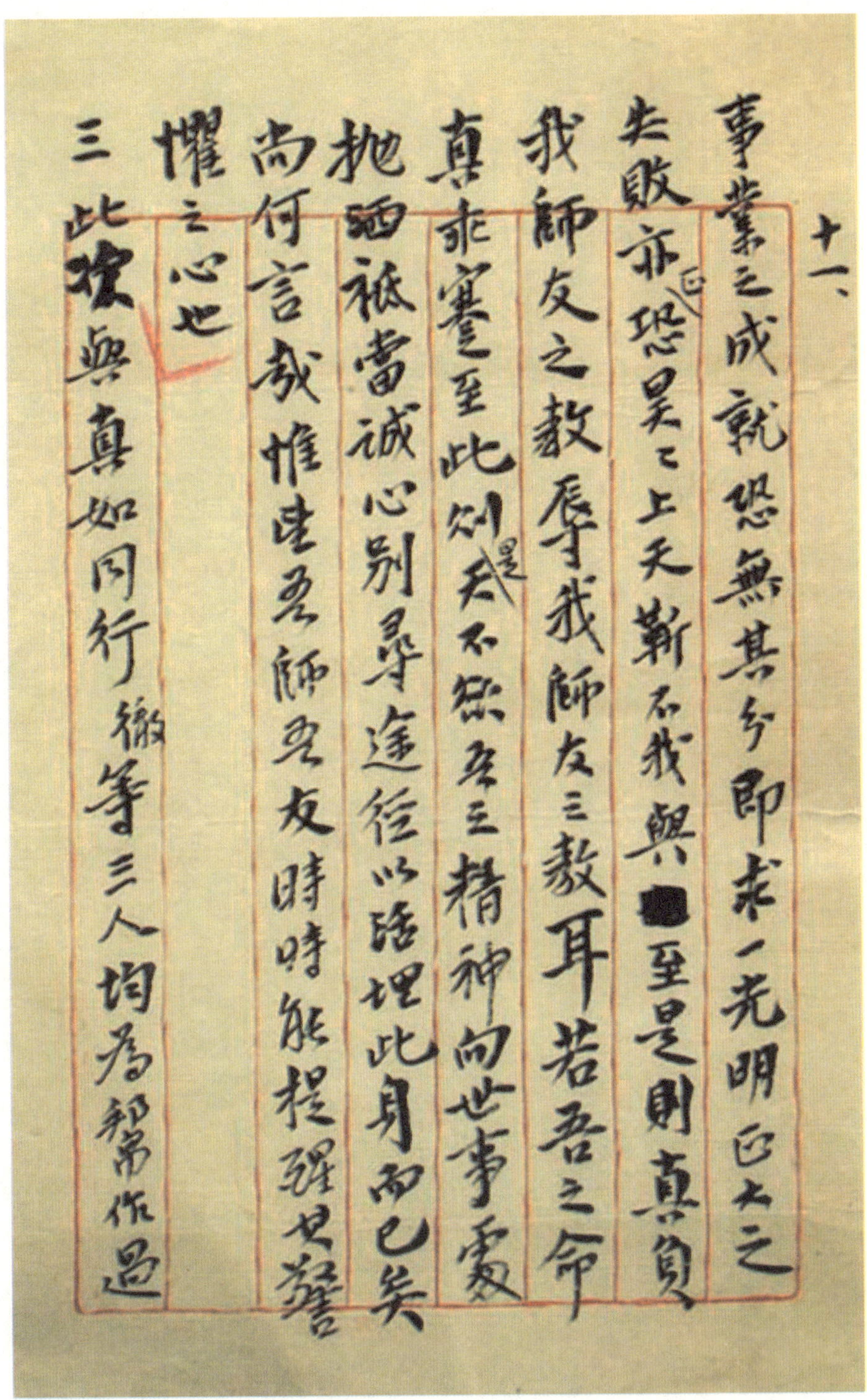

十一、

事業之成就恐無其分即求一光明正大之失敗亦正恐是上天靳不我與[illegible]至是則真負我師友之教辱我師友之教耳若吾之命真乖蹇至此則是天不欲吾之精神向世事發抛洒祇當誠心別尋途徑以語理此身而已矣尚何言哉惟望吾師吾友時時能提醒其警懼之心也

三

此後與真如同行徽等三人均為郵帶作過

第四辑　书信 17-11

十二、

一些事徽引詢問時為真如白崇禧擬謝
湘中民眾電一通原是不稱意之作（一則因代人立言非自己
意一則（因文）體氣甚平庸也）而真如頗贊許此間亦甚
注意及之不知京中報紙有轉載者否恭抄
呈一閱可以（略）見此行在湘中之情勢也
徽~~當作有兩小時者好半~~
四頌夫諸弟信閱後無可為語者移西山
後頌夫當更須養（自）養（病）也家英回家省親慮
無不可者還須與諸師商請也列卿德陽

第四辑　书信 17-12

书信 17《致梁漱溟、熊十力》[1]

漱师、真师座前：

此次随真如去湖南，往返竟至五十日之久，实出意料之外。其实住留长沙不过十日余，四十天都费在途中去也。由湘返粤，行抵韶州[2]为匪所阻，火车中断。须该地住军将匪巢完全攻下，始得通过。真如与白崇禧待到第三日即已不耐，先率随行队伍一大部分，由匪中冒险冲过。卒之平安抵省[3]。

彻等则待至十余日，尚不见有通车消息。但于时各处匪巢均已攻毁，只余乌石[4]一处为剧匪盘踞而已。彻等（亦有一排军队随行）乃由韶乘车至乌石附近，下车步行十余里，绕过匪地至大坑口[5]车站。复乘火车，遂于翌日安抵省城。（乌石为粤汉路之车站，吾等步行时即插过乌石，距离不过大半里路。明明望见匪中礮台高耸，其上并有红旗一面，飘扬空中，而四面有官军包围，不时放枪攻射。吾等即从匪地与官军之中间通过也）

---

[1] 此信共 12 页，未完。第 10 页左下角有铅笔标注之“下缺？”字样，应为梁培宽所记。梁培宽先生注：此信因缺信末页，故无日期。但可据 16 号信（2 月 13 日）推出此信写就大致日期。16 号信说“途中共行十二日”，则自广州出发时应为 2 月 2 日。而此信说“往返竟至五十日之久”，则可推知此信写于 3 月 24 日前后。

[2] 韶州，即韶关，位于广东省北部，北界湖南，东邻江西，东南面、南面和西面分别与本省河源、惠州、广州及清远等市接壤，素有“三省通衢”之称，粤汉铁路 1916 年 6 月完成广州至韶关段，韶关即是广东之北大门，也是粤汉铁路的一个大站。

[3] 省，及广东省会广州。

[4] 乌石，地名，位于韶关市曲江区南部。

[5] 地名，位于乌石以南，原为粤汉铁路上的一个车站。

在艮庸家[1]即已得读真师寄广州信（惟俶知说与卫先生[2]研讨情形暨移居之信尚未得见）。俶知兄暨家英、颂天[3]信亦自合浦[4]转到，得阅（朝杰信亦转到）。见真如，则又出真师自合浦转来手书七缄，均一一诵悉，不禁大喜，惟始终不得睹漱师一字。三四月之悬望竟尔落空，不禁惘然耳。

真师所说诸事今约略覆述如下：

一、真师请假，专著唯识，极好。所须钱真如已于彻等未返广州之前寄五百元至京，与两师同用。寄百元至汉口周文钦[5]君处。真如当时未写信，只覆一电。然寄钱发电地址则仍是东梅厂，不知已移居西山[6]。彻等到省后又复补发一电，不知均已得接否。当旧历正月下旬，真如来广州相晤时，彼即欲兑钱与漱师，特询彻意。彻答谓适从伍先生[7]处筹得三百元，稍后再说。此次得真师信，便乘机一同寄来耳。

彻等今后既决心与真如同共患难，则彼以知吾师友困苦之故而相助，彻以为竟坦然受之可也。真如除月薪之外，尚定有办公费若干，彼云不足为累（与真师信语），盖是实情。不过个人用度，或须撙节，不甚宽裕耳。

---

[1] 艮庸家，即黄艮庸老家，在广东番禺化龙镇塘头村。

[2] 卫先生，即卫西琴。

[3] 颂天，即云颂天（1901—1983）。海南省文昌县人。1924 年从学于梁漱溟，后毕生追随其左右。1928 年任广东省立一中教员。1931—1934 年在杭州问学于马一浮先生。1934—1937 年任山东乡村建设研究院讲师。1940—1965 年任勉仁中学教师、校长，并曾兼任勉仁文学院讲师。

[4] 合浦，今广西合浦县，陈铭枢老家，民国时期曾属广东省管辖。

[5] 周文钦，人名，生平待考。

[6]“东梅厂……移居西山”，指梁漱溟师友团体先于 1925 年夏在北京什刹海东煤厂租房（信中为“东梅厂”，系书者笔误，还是彼此之间约定的雅称，待考）同处共学，至 1926 年春迁至西山大有庄之事。

[7] 伍先生，即伍观淇（1886—1952），字庸伯，广东番禺人，清末以优异成绩毕业于广东将弁学堂，被任命为管带（相当于营长）。后就读于保定军官学校（陆军大学之前身）并留校任教。曾任国民革命军总司令部办公厅主任兼总参议，抗战时，他率领广东省第二游击区四支队 7000 多人，曾一次毙伤日军 200 多人，战绩辉煌，有抗战儒将之誉。伍庸伯一生除从戎生涯外，将大部分精力投入对人生的探求，最后落实到儒家，从而开始他传道授业的讲学经历。伍庸伯于 1919 年与梁漱溟先生相识，其后成为生活与学问上的知己。1921 年，经伍庸伯介绍，梁漱溟与其妻妹黄婧蜷（婚后改名为黄靖贤）结婚。1950 年伍庸伯闲居北京期间，应梁漱溟、黄艮庸诸友请求，讲解《大学》《论语》《孟子》各书。后梁漱溟编纂出版的《礼记大学篇・伍严两家解说》中关于伍氏的部分，均是由这时候几位友人的笔录整理而成。梁漱溟认为，中国古人在世界学术上最大的贡献无疑就是儒家孔门那种学问，而伍先生在儒学的贡献则有足以补宋儒、明儒之所未及者。另，梁漱溟曾于 1977 年定稿《伍庸伯先生传略》，见《梁漱溟全集》第四卷。

真师前寄还之百元，为居素[1]收用。真如嫌师过于琐屑，故不覆信。周文钦君以为收钱人自有信说及，彼一向又有随便不肯经心之病，故亦无信告师。

此不尽是人过，师[2]遽痛骂之。何其不谅人之甚也。师平日在此等处所不知错怪了多少人，不知错疑了多少人矣。

二、燕天冥兄[3]事，如真如所覆信，许锡清[4]为人何如，彻未见过，无从悉知。艮庸与之相识，云其人甚好。天冥兄若与之共事，必能心气相投。钟喜赓[5]在合浦，成绩颇好，声誉日隆。努力作地方事业，亦甚好事。天冥兄决心南来，所切望者也。真如军中此时尚用不着人。一月后又须移队北上，住地无定。天冥兄此时似以不入真如军中为宜。非武[6]、彻等正奔驰为生，如何可带？自是交天冥兄管带为最好。作事不作事，都无关系。真如云：此等每月须火食零用钱十余元之事，尚成问题哉！

以上略答真师二事。以下彻复敬陈数事。

一、彻等三人此时实不可作繁难而单独负责之事。一方面因经验太幼稚、太缺乏；一方面则因粤局之现状及其前途，吾等此时均尚隔阂，无甚深之觉察了悉，足以作一有把握之判断。则在此一年半载中最好是旁观静察，

---

[1] 居素，即黄居素（1897—1986），祖籍广东嘉应州（今广东梅州市嘉应新区），生于中山。1925 年由廖仲恺推举出任香山县（现中山市）县长，兼任广州农民部长、中华民国首届立法委员、广东省政府委员。1930 年再任中山“模范”县长，成立了模范县民众实业公司，兼第一任总经理。1955 年到北京，被聘为中央文史馆馆员、国画研究会会员。1927—1928 年间，黄居素随近代中国名画家黄宾虹学习山水画。1928 年陈铭枢出资盘下由黄宾虹、邓秋枚创办于上海的神州国光社，聘黄居素任经理，并在北京、南京、汉口、广州等地设立分支机构。

[2] 师者，此处专指熊十力。

[3] 燕天冥，人名，生平待考。

[4] 许锡清（1899—1978），字澄区，广东合浦南康圩镇人。1924 年加入国民党，任广州市区党务指导员，1925 年冬，陈铭枢率国民革命军第十师驻北海，许锡清到该师任职。翌年春任钦县县长至 1927 年春。1928 年冬任第十一军（军长陈铭枢）监务处长。次年，时任广东省主席的陈铭枢委任许为广东省铸币厂厂长。1933 年 7 月任福建省政府委员兼财政厅长，1933 年冬，参加福建事变，福建成立“中华共和国人民革命政府”，任经济委员会副主任委员。次年 2 月，福建人民政府失败，被通缉，后随蔡廷锴赴欧考察。移居香港。1948 年冬在香港参加中国国民党革命委员会，在香港参加民革活动。1950 年由香港回广州，1965 年春当选广州市政协常委。

[5] 钟喜赓，生卒年不详。1925 年曾任广东合浦县（今广西北海市）县长，深受陈铭枢赏识；1928 年陈任广东省主席时，钟喜赓为秘书。

[6] 非武，人名，姓氏、生平待考。

而一面则帮助真如，使之稳定前进。真如本意或不欲彻等离开作事，但彼军中此时又难处置吾侪，而彼所属之钦廉数县，又亟须有人整理，故此次先回广州即荐彻廉江[1]县长。彻与见面时，又云欲彻作彼之秘书。吾等三人最后始商定，决意辞去县长。以彻任秘书名义，而艮庸、名鸿则闲散优游于军中，并助彻也。遂以此意告真如，彼固赞同无异词也。又欲名鸿作师部政治训练部事。从此以后吾三人盖当真随真如奔驰去矣。

二、作事真不能在成功失败上著眼，此盖道理极深阅历极多之言。始终只问自己精神立得起顶得住否耳。换言之，只问自己之态度是否始终曾在光明正大处表示出来过耳。若是在一切关节处均有态度可见（于一切关节处仍不失自己的态度一语，是入湘以后颇觉此中有至味，亦甚不易企及，故加数圈于右），即使失败，此乃外人旁观者之所谓失败，在自己固仍是成功，无所谓失败也（盖于事之无可如何时外界环境俱已僵硬，此心仍留有一种活动地位、一种活气，不着急，不灰心，以待事之就理实不而易，然吾人立身之所恐在是矣）。必也一切均仅出于被动。成功不自知其何以成功，失败不自知其何以失败，一切模糊倒塌，始终在牵就调协波靡风从之局中，而不容有自己甘心之态度表示，斯则真所谓失败耳。彻等前途如何，盖有命在，无可强致。事业之成就恐无其分，即求一光明正大之失败，亦正恐昊昊上天靳不我与。至是则真负我师友之教，辱我师友之教耳。若吾之命真乖蹇至此，则是天不欲吾之精神向世事处抛洒。只当诚心别寻途径，以活埋此身而已矣，尚何言哉？惟望吾师吾友时时能提醒其警惧之心也。

三、此次与真如同行。彻等三人均为帮作过一些事。彻到韶关时，为真如、白崇禧拟《谢湘中民众电》一通。原是不称意之作（一则因代人立言，非自己意；一则因文气甚平庸也），而真如颇赞许。此间亦甚注意及之。不知京中报纸有转载者否？兹抄呈一阅，可以略见此行在湘中之情势也。

---

[1] 廉江，即今广东廉江市。位于广东省西南部，雷州半岛北部，与广西接壤，濒临北部湾，1914 年设廉江县。1993 年撤县设市，属湛江市代管之县级市。

四、颂天诸弟信阅后，无可为语者。移西山后颂天当更须善自养病也。家英回家省亲，虑无不可者，还须与诸师商请也。烈卿德阳[1]……

[1] 德阳，即文德阳，生卒年不详。梁漱溟学生，重庆人。渝中名宿文伯鲁之子，1950年代初期曾任西南博物馆秘书。

桓等此次奉命使湘，我湘中各界人士所加被於桓等之热忱盛意，至为隆重。桓等個人何敢当此，謹为我国民政府致感激之意於诸君而已。湘省民众[illegible]富革命精神，往事具在，一一可稽，無俟縷舉。桓等此次更目擊市内欣之美，我先總理所創造之國民革命，端賴我全民众之继續努力始得完成，此非二三偉人之所能举办，是则我国民政府所切望於夙富革命精神之湘省民众，共誠切之意。桓等敢为代達於诸君者也。前途甚遠且大，桓等不敏，願与我湘中民众共勉之。桓等此行与唐省長晤洽結果，殆与我湘中民众所切望者根本一致。唐省長忠誠剛果，可稱为我革命事業上之中堅人物，桓等所不及，從更得我湘省民众發奮之精神，互相助進，則湘人士在國民革命程途上之努力，其成功寧有涯涘。桓等謹以至誠之意为湘省革命前途

中華民國　年　月　日

頁

第四辑　附 -1

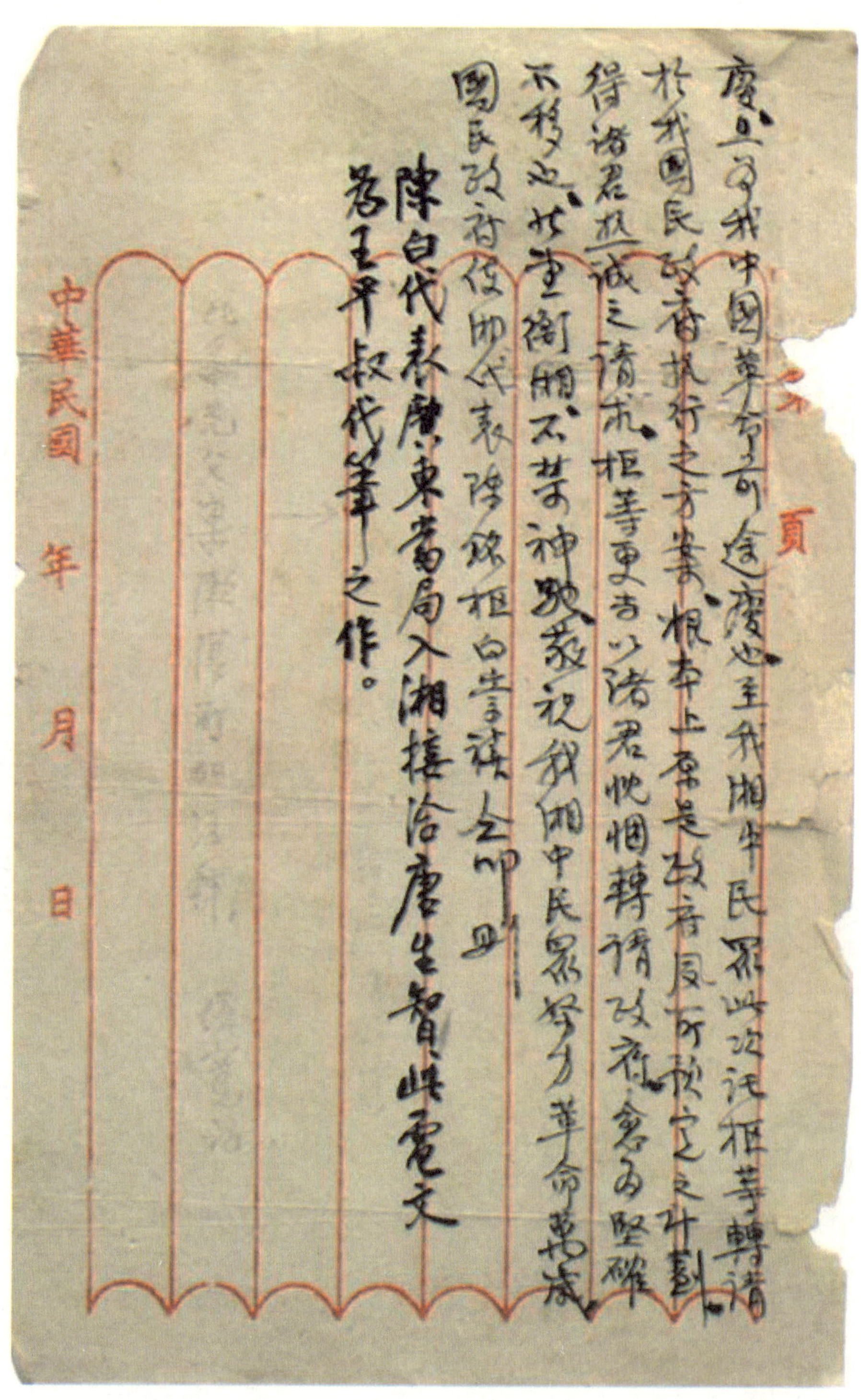

廢。且可予我中國革命前途遂廢也。至我湘中民眾此次託桓等轉請於我國民政府執行之方案，根本上原是政府反所決定之計劃，得諸君極誠之請求，桓等更本以諸君快悃轉請政府，意在堅確不移也。於重衛湘，不期神聖裁，視我湘中民眾努力革命萬歲。

國民政府從卿代表陳銘樞、白崇禧全叩

中華民國　年　月　日

陳白代表廣東當局入湘接洽唐生智此電文為王平叔代筆之作。

第四辑　附 -2

附《谢湘中民众电》[1]

枢等[2]此次奉命使湘，我湘中各界人士所加被于枢等之热忱盛意，至为隆重。枢等个人何敢当此，谨为我国民政府致感激之意于诸君而已。湘省民众夙富革命精神，往事具在，一一可堪覆按，枢等此次更目击而心领之矣。我先总理所创遗之国民革命，端赖我全民众之继续努力，始得完成。决非一二伟人之所能举办。是则我国民政府所期望于夙富革命精神之湘省民众，其诚切之意，枢等敢为代达于诸君者也。前途甚远且大。枢等不敏，愿与我湘中民众共勉之。枢等此行与唐省长[3]接洽结果，殆与我湘中民众所期望者根本一致。唐省长忠诚刚果，可期为我革命事业上之中坚人物，枢等远所不及。况更得我湘省民众以友爱之精神，交相助进，则湘人士在国民革命程途上之努力，其成功甯有涯涘。枢等谨以至诚之意为湘省革命前途庆，且为我中国革命前途庆也。至我湘中民众此次托枢等转请于我国民政府执行之方案，根本上原是政府夙所预定之计划。得诸君热诚之请求，枢等更当以诸君忱悃转请政府，愈为坚确不移也。北望衡湘，不禁神驰。敬祝我湘中民众努力革命万岁。

国民政府使湘代表

陈铭枢　白崇禧　同叩

---

[1] 此附件共 2 页。用八行红线仿竹简信笺。信笺右印“第□页”字样；左印“中华民国□年□月□日”字样。文尾有梁漱溟毛笔注曰：“陈白代表广东当局入湘接洽唐生智。此电文为王平叔代笔之作。”后有梁培宽先生铅笔注：“此系先父梁漱溟所加注释。培宽记。”在梁培宽转重庆图书馆的资料中，编号为附件 1。标题为梁培宽先生所拟。

[2] 指陈铭枢、白崇禧等人。

[3] 唐省长，即唐生智，时任湖南省省长。

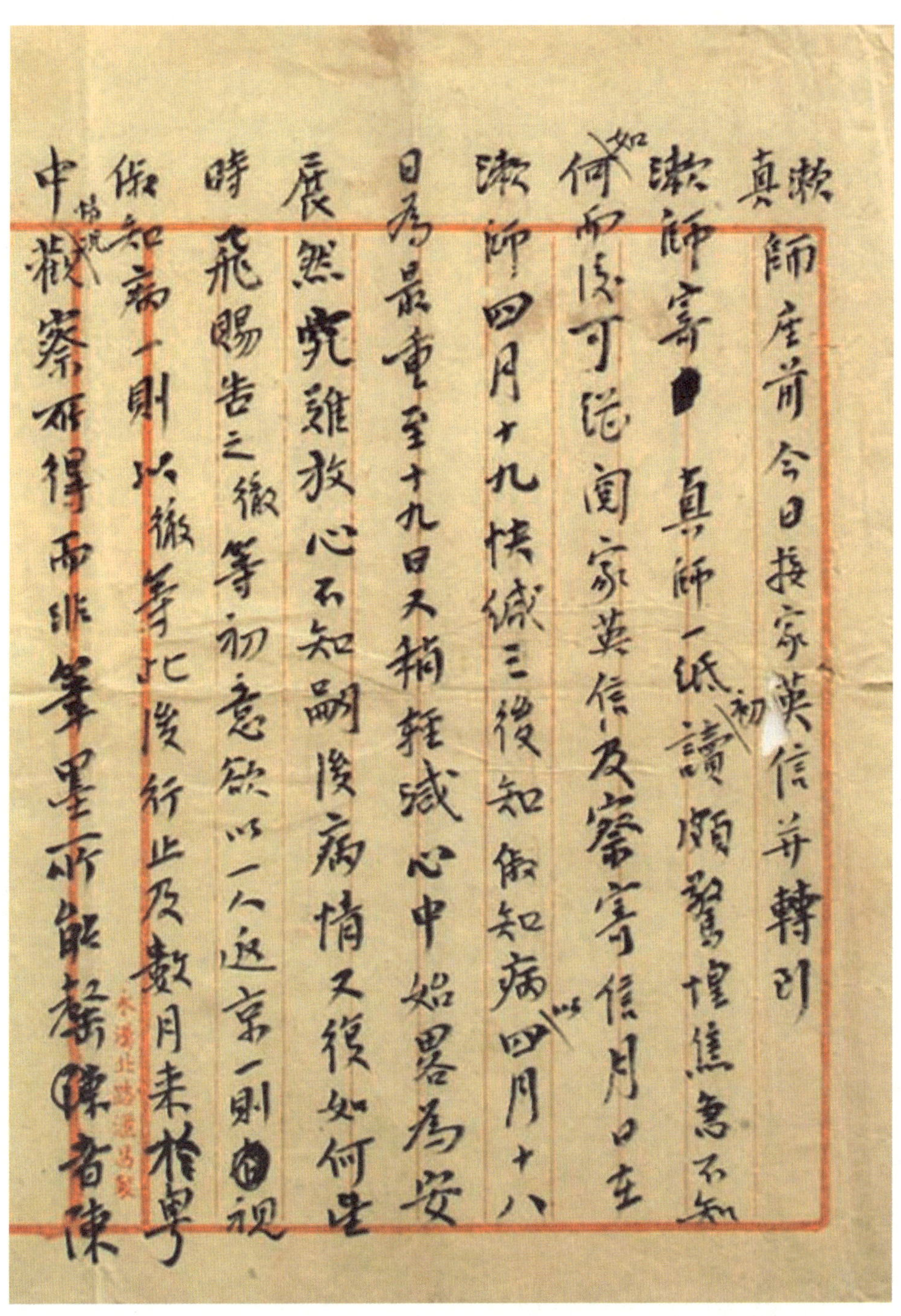

漱
真師座前今日接家英信并轉到
漱師寄●真師一紙初讀頗驚惶焦急不知
如何而後可從閱家英信及寄信月日在
漱師四月十九快緘之後知儆知病以四月十八
日為最重至十九日又稍輕減心中始略為安
然究難放心不知嗣後病情又復如何望
時飛賜告之儆等初意欲以一人返京一則視
儆知病一則以儆等此後行止及數月來於學
中藏察所得而非筆墨所能盡陳者陳

第四辑　书信 18-1-1

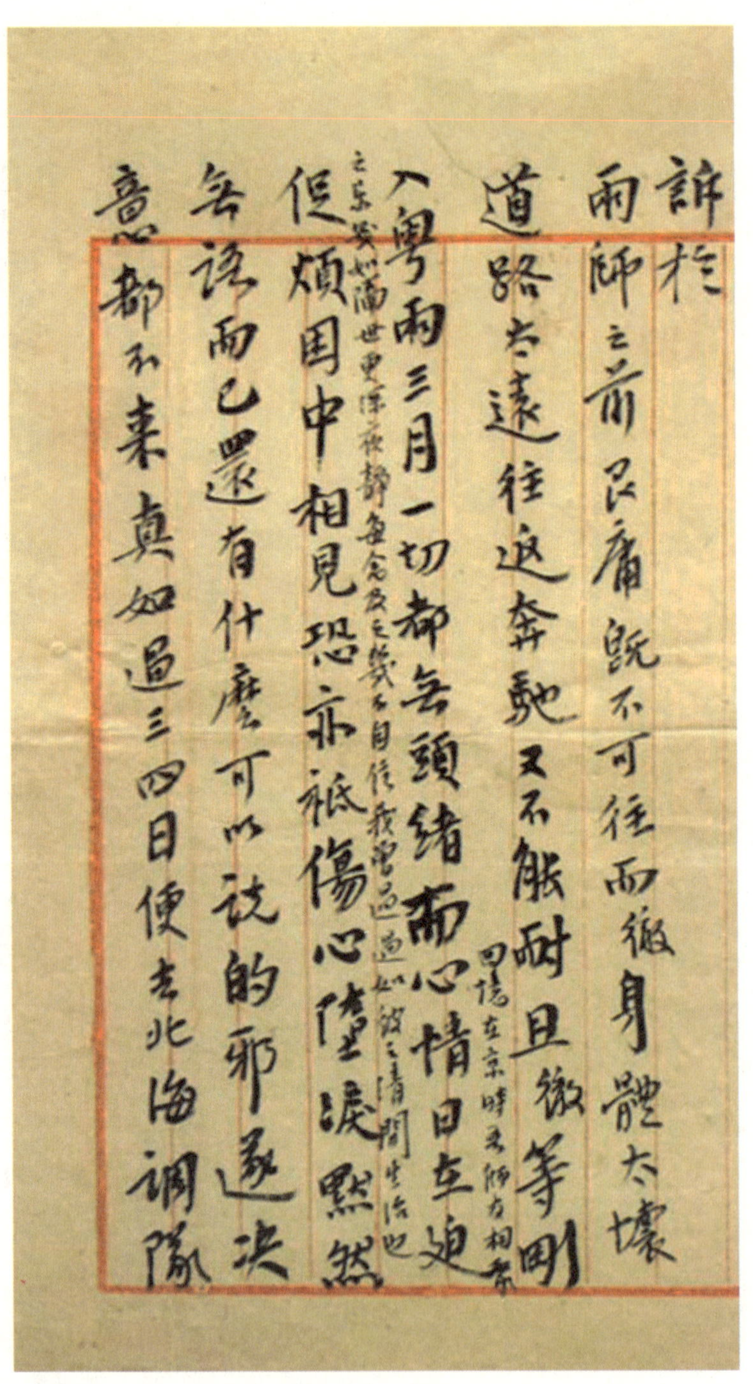
許於
兩師之前只痛既不可往而徹身體太壞
道路太遠往返奔馳又不能耐且徽等剛
回憶在京時兩師方相聚
入粵兩三月一切都無頭緒而心情日在迫
之樂實如滿世界俱夜靜每念及之幾不自信我曾過過如彼之清閒生活也
促煩困中相見恐亦祇傷心墮淚默然
無語而已還有什麼可以談的耶遂決
意都不來真如過三四日便去北海調隊

第四辑　书信 18-1-2

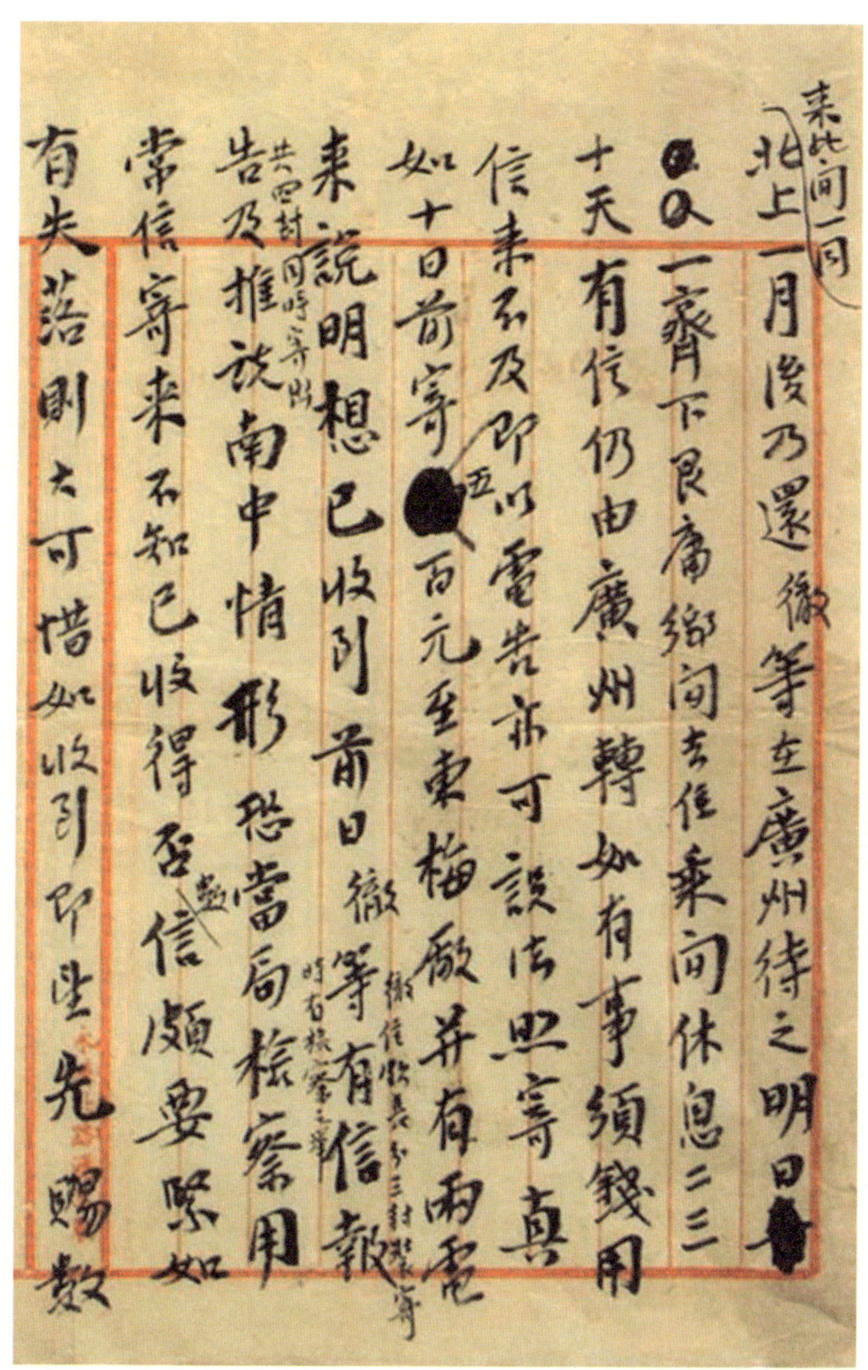
来此间一同北上一月後乃還徽等在廣州待之明日
[illegible]及一齊下良庙鄉間去住乘間休息二三
十天有信仍由廣州轉如有事須錢用
信来不及即以電告亦可設法匯寄真
如十日前寄五百元至東梅廠并有兩電
来說明想已收到前日徽等有信報（徽信牍長分三封裝寄）（時有檢察之虞）
告及推說南中情形恐當局檢察用（共四封同時寄出）
常信寄来不知已收得否信頗要緊如
有失落則太可惜如收到即望先賜數

第四辑　书信 18-2-1

字告之使放心也

漱師兮　真師信有我運氣太壞之語

徹此次來粵雖祗兩三月然中间已得經驗

出從前模糊不明瞭者數事就中如運氣

之說舊稱以為運氣由天[illegible]所謂大運者是大

運不好[illegible]亦存轉

移之念但有數天悲人之心天和未失或可免

大山如時之機械一以我作主特欲轉移之

激之氣一張則舉天下破壞雖化之成氣

注於一身終生受其擠壓乘張不祥之事

時自我發而我尚不知其所自來也此意生近來

頗信之不知　兩師以為然否　生

維徹上　五月五日

第四辑　书信 18-2-2

书信18《致梁漱溟、熊十力》[1]

漱、真师座前：

今日接家英信，并转到漱师寄真师一纸。初读颇惊惶焦急，不知如何而后可。继阅家英信及察寄信月日，在漱师四月十九快缄之后，知俶知病以四月十八日为最重，至十九日又稍轻减，心中始略为安展。然究难放心，不知嗣后病情又复如何，望时飞赐告之。彻等初意欲以一人返京，一则视俶知病，一则以彻等此后行止及数月来于粤中情况观察所得而非笔墨所能罄者陈诉于两师之前。

艮庸既不可往，而彻身体太坏，道路太远，往返奔驰又不能耐。且彻等刚入粤两三月，一切都无头绪，而心情日在迫促烦困中，相见恐亦只伤心堕泪，默然无语而已，还有什么可以说的邪（回忆在京时，吾师友相聚之乐，几如隔世。更深夜静，每念及之，几不自信我曾过过如彼之清闲生活也）？遂决意都不来。真如过三四日便去北海[2]，调队来此间一同北上，一月后乃还。彻等在广州，待之明日一齐下艮庸乡间去住，乘闲休息二三十天。有信仍由广州转。如有事须钱用，信来不及，即以电告亦可设法照寄。真如十日前寄五百元至东梅厂，并有两电来说明，想已收到。前日彻等有信报告（彻信颇长，分三封装寄，共四封同时寄出），及推说南中情形，

[1] 此信共2（大）页，用“永汉北路汇昌制”信笺，信尾落款时间为5月5日。梁培宽先生注：信中说“刚入粤两三月，一切都无头绪，……”据此可知此信写于1926年至广东不久。

[2] 北海，即今广西北海市，民国时期曾属广东省合浦县管辖。

恐当局检察（时有检察之举），用常信寄来，不知已收得否？数信颇要紧，如有失落，则大可惜。如收到，即望先赐数字告之，使放心也。

漱师与真师信，有我运气太坏之语。彻此次来粤，虽只两三月，然中间已得经验出。从前模糊不明了者数事，就中如运气之说，窃以为运气在天下，所谓大运者是。大运不好，不先存转移之念，但有敬天悲人之心。天和未失，或可免于大凶（古来大人物，自其成功观之，好似运气特由彼转移。其实彼入世时心中固无转移之念，唯有悲天悯人之念存于中耳。故盛世之人，最易激昂□□而伤天和。如此者固亦庸人。庸人强任天下事笑必迷乎身□成诸君子是也。乱世之人和气极少，而又以矫激出之，更无和气可言矣）。如时时横梗一以我作主，特欲转移之心于胸中，矫激之气一张，则举天下硬重难化之戾气遂暗暗集注于一身，终生受其榨压，乖张不祥之事时自我发，而我尚不知其所自来也。此意生近来颇信之，不知两师以为然否？

生维彻上

五月五日

歎雨師座前敬知病全霍遠人聞之得大解慰
真矣
真師與真如信得讀生於四月廿八九日內曾發
一電至京轉述真如兌款事此信未談及豈此
向之京電一星期多尚不能到耶真如亦曾
有一電
真師是由電抑由信得知兌款請息彼兌百
元至漢口周文欽需五百元則寄兌京備
雨師使用都未談及耶果彼之電信但有
兌錢之語而不明言其究竟則誠世為疏落
而不勤小物者矣前信寄有國共兩黨聯席

第四辑　书信 19-1-1

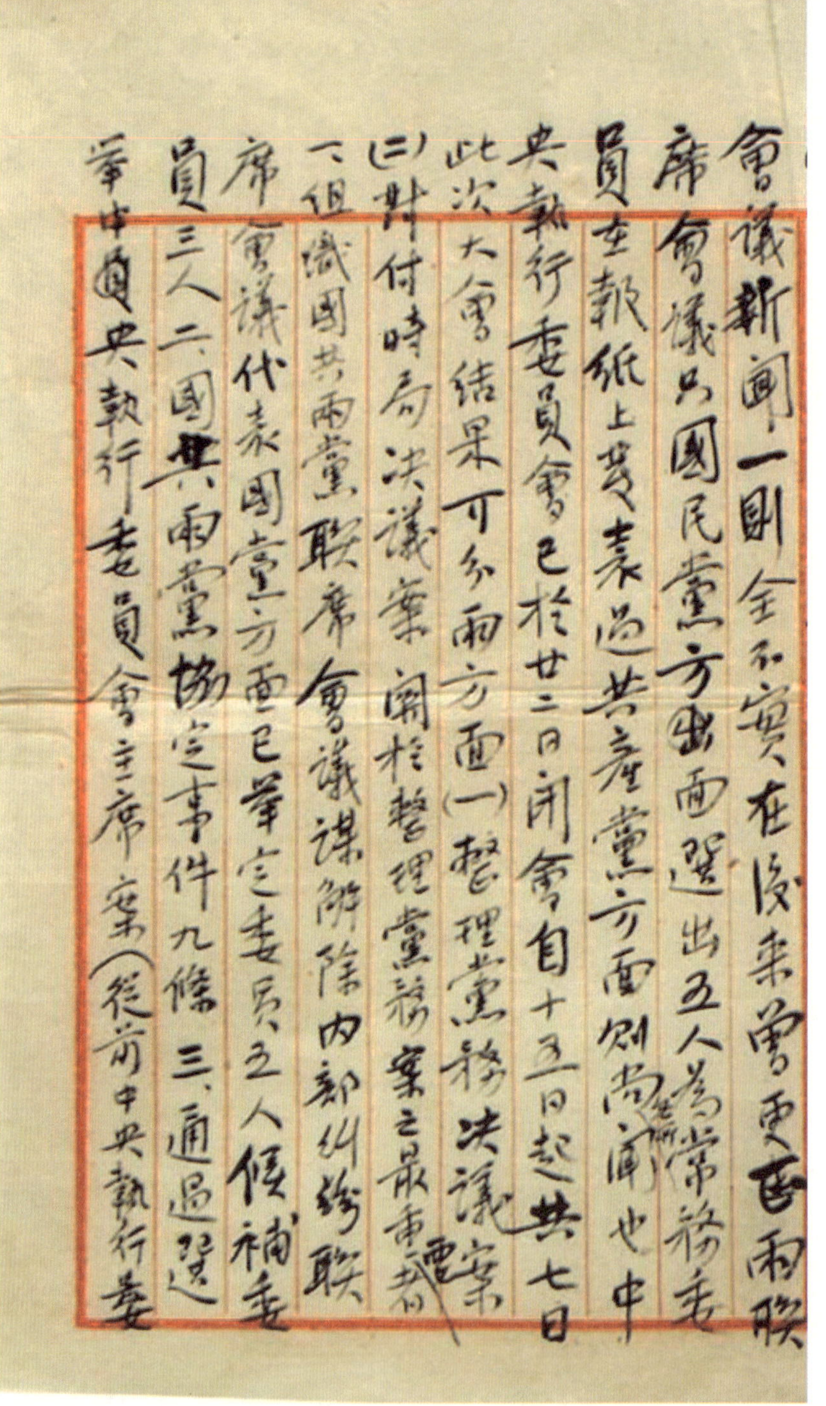
會議新聞一則全不實在後来曾要求兩聯席會議即國民黨方面選出五人為常務委員在報紙上發表過共產黨方面則尚[illegible]也中央執行委員會已於廿二日閉會自十五日起共七日此次大會結果可分兩方面(一)整理黨務決議案(二)對付時局決議案 關於整理黨務案之最重要者一、組織國共兩黨聯席會議謀解除內部糾紛聯席會議代表國民黨方面已舉定委員五人候補委員三人 二、國共兩黨協定事件九條 三、通過選舉中央執行委員會主席案(從前中央執行委

第四辑　书信 19-1-2

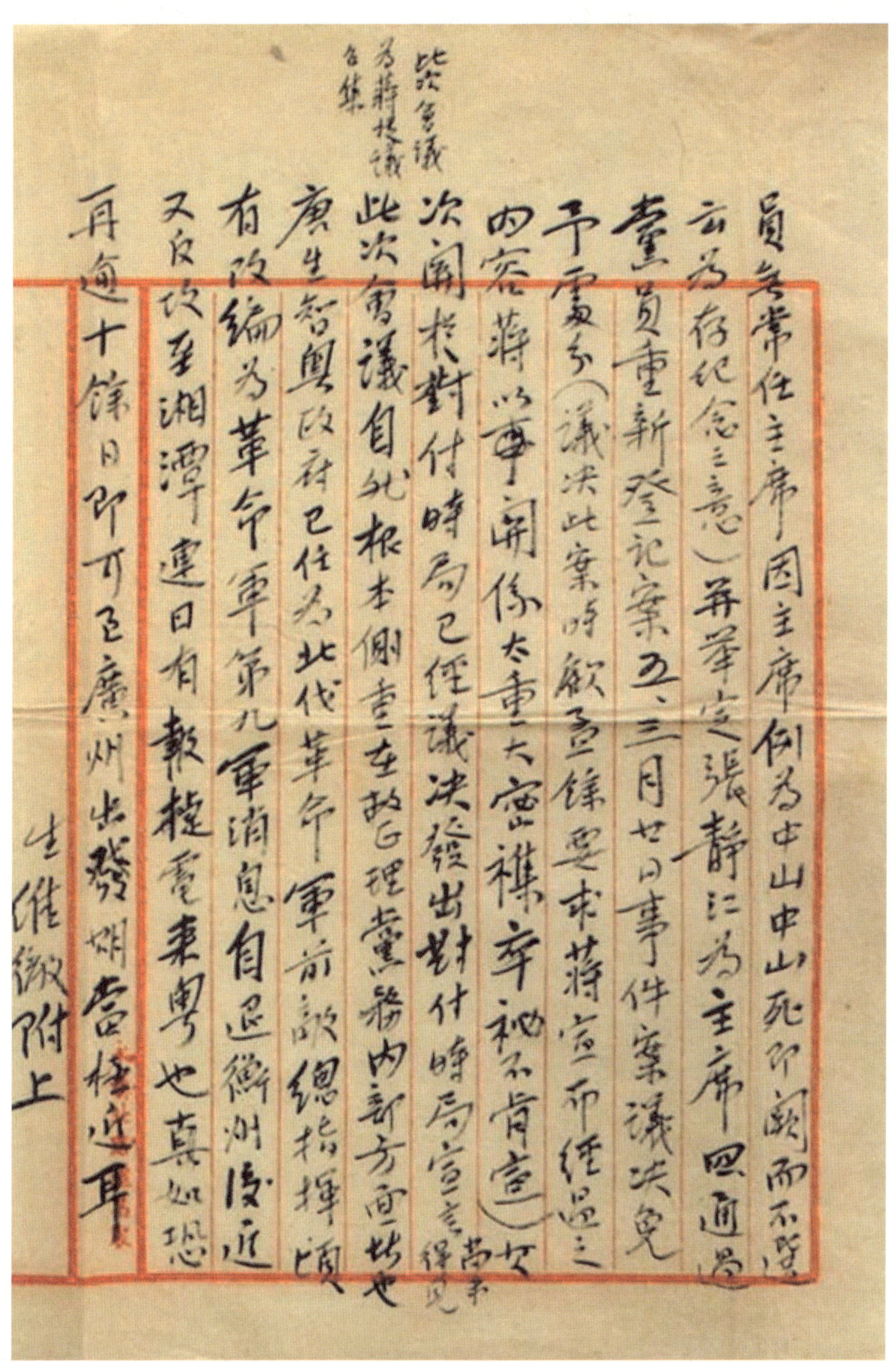

此次會議為蔣提議召集

員為常任主席因主席例為中山中山死即闕而不選云為存紀念之意）並革去張靜江為主席（四通過）黨員重新登記案五、三月廿日事件案議決免予處分（議決此案時敘述餘要求蔣宣布經過之內容蔣以事關係太重大密襍辛祕不肯宣）又次關於對付時局已經議決發出對付時局宣言（尚未得見）此次會議自兆根本側重在整理黨務內部方面也

廣生智與政府已任為北伐革命軍前敵總指揮頃有改編為革命軍第九軍消息自退衡州後近又反攻至湘潭連日有數捷電來粵也真如恐再過十餘日即可由廣州出發姍姍甚遲耳

生維徽附上

第四辑　书信 19-2-1

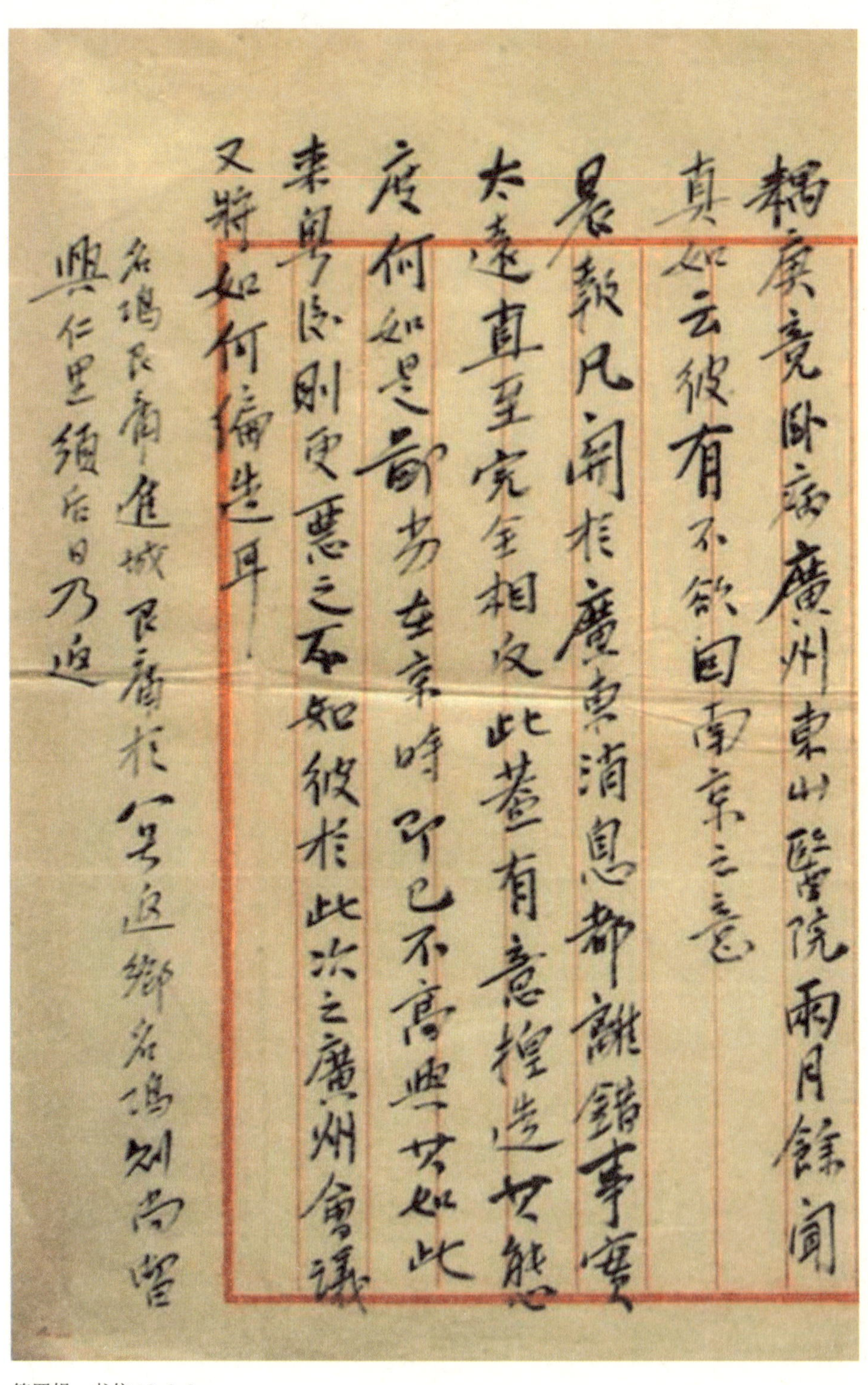

穉庚竟卧病廣州東山醫院兩月餘聞真如云彼有不欲回南京之意晨報凡關於廣東消息都離錯事實太遠直至完全相反此蓋有意捏造其態度何如是前者在京時即已不高興其如此來粵後則更惡之不如彼於此次之廣州會議又將如何編造耳

名鴻兄前進城見齊於一号返鄉名鴻則尚留與仁里須后日乃返

第四辑　书信 19-2-2

书信19《致梁漱溟、熊十力》[1]

漱、真两师座前：

俶知病全霍，远人闻之得大解慰矣。

真师与真如信得读。生于四月廿八九日内曾发一电至京，转述真如兑款事，此信未说及。岂此间至京电，一星期多尚不能到邪？真如亦曾有一电。

真师是由电抑由信得知兑款消息？彼兑百元至汉口周文钦[2]处，五百元则专兑京备两师使用，都未说及邪？果彼之电信但有兑钱之语而不明言其究里，则诚哉其为疏落而不勤小物者矣。前信寄有国共两党联席会议新闻一则，全不实在，后来曾更正。两联席会议只国民党方面选出五人为常务委员在报纸上发表过，共产党方面则尚无所闻也。中央执行委员会已于廿二日闭会，自十五日起共七日。此次大会结果可分两方面：（一）整理党务决议案。（二）对付时局决议案。关于整理党务案之最重要者：一、组织国共两党联席会议，谋解除内部纠纷。联席会议代表国党方面已举定委员五人，候补委员三人。二、国共两党协定事件九条。三、通过选举中央执行委员会主席案（从前中央执行委员无常任主席，因主席例为中山，

[1] 此信共2（大）页，用“永汉北路汇昌制”笺。落款无日期。梁培宽先生注：国民党中央执委会于5月15—22日召开，则此信应写于5月末。

[2] 周文钦，生平待考。

中山死即阙而不选，云为存纪念之意），并举定张静江[1]为主席。四、通过党员重新登记案。五、三月廿日事件案[2]。议决免予处分（议决此案时，顾孟余[3]要求蒋宣布经过之内容，蒋以关系太重大密杂卒秘不肯宣）。其次，关于对付时局，已经议决发出对付时局宣言（尚未得见）。此次会议（此次会议为蒋提议召集）自然根本侧重在整理党务内部方面者也。唐生智粤政府已任为北伐革命军前敌总指挥，顷有改编为革命军第九军消息。自退衡州后近又反攻至湘潭。连日有报捷电来粤也。真如恐再逾十余日即可至广州。出发期当极近耳。

生维彻附上

耦庚[4]竟卧病广州东山医院两月余。闻真如云彼有不欲回南京之意。

晨报凡关于广东消息都离错事实太远，直至完全相反。此盖有意捏造，其态度何如是鄙劣。在京时，即已不高兴其如此，来粤后则更恶之。不知彼于此次之广州会议，又将如何编造耳。

名鸿、艮庸进城，艮庸于八号返乡，名鸿则尚留兴仁里[5]，须后日乃返。

---

[1] 张静江（1877—1950），名增澄，字静江。浙江吴兴人，出身江南丝商巨贾之家。1902 年随驻法公使孙宝琦出国任驻法商务参赞一职并开始在国外经商，赴欧途中，结识孙中山，提供白银 3 万两为反清革命活动经费，之后便开始从经济上支持孙中山的革命活动。中华民国成立后，曾经任财政部长、国民党中央执行委员、中央监察委员等职，被称为“国民党四大元老”之一，孙中山称之为“革命圣人”，而蒋介石则称之为革命“导师”。

[2] 三月廿日事件，即著名的中山舰事件。

[3] 顾孟余（1888—1972），原名兆熊，生于河北宛平（今北京市），原籍浙江。幼读译学馆，后留学德国，毕业于柏林大学。1926 年 1 月当选中国国民党中央执行委员，5 月被指定为整理党务审查委员。1927 年 3 月任中央执行委员会常务委员、宣传部长，1928 年夏，他与汪精卫、陈公博等在上海集会，成立国民党改组同志会，史称“改组派”。

抗战期间，汪精卫、陈公博投敌叛变，顾孟余力劝无效即由香港回重庆与之分道扬镳。1941 年 7 月被任命为（重庆）国立中央大学校长。抗战胜利后，被任命为国民政府行政院副院长，顾拒不就职。

[4] 耦庚，人名，生平待考。

[5] 兴仁里，在广州越秀区。

漱
真兩師座前　連奉　手示數緘（真師寄長一緘霞
徵一緘　漱師亦前後三緘）最後一緘霞徵等五
月四日所發之信知　漱師於徵等畧為放心徵
亦稍得喜慰矣缺最末一緘諒收到五月十日鄉
人進城曾託發一較長之快信其後十七八等日
亦寄有數緘並封新聞數事想至今都一一
收到矣思想不踏實好游於玄虛　真師屢
言之而屢誡之殆已成膏肓痼疾不可救藥
惟望　師終教之而已矣　徵雖一向乖張時時
令兩　師隱痛在心我固欲悔艾而不存心撿
護祇有時因原來器量狹小之故而致有過舉

第四辑　书信 20-1-1

譽者亦所常有此在吾　師憤其屢責不悛固
宜有嚴重之詞以督促之故終其世不相知可也
之語在徹雖有過重之感我因此而得反省較深
則亦吾　師之賜矣惟徹務實不實之病其
來源甚深遠匪一朝一夕之故一則天資使我一
則徹少遺人倫之變自七歲以來至於今日蓋已二十三年不得承吾父母之歡兄弟之愛嗚乎痛矣
悽愴之感無時去懷此次由閩返滬舟至福州附其民船泊於九峰三人坐一小舟夜泊一孤壇滿江黑壓萬籟無聲風雨凄凄迷乎天際獨愴晚時以來一派飄搖悽愴之景遥望之前哀民訴之辛酸擾鼻後凄凄之下因此遇事輒先
感慨繫之感慨當前便恒抑沒事實不顧好譽為
空疏高遠之論以抒寫其一時之所領受恒有過重

第四辑　书信 20-1-2

過疑之獘文学氣味特多也今猶如此但不知此後能由磨練經歷以漸納於平實之域否從有感慨之空泛迂遠議論今亦稍稍知感而且引以為耻矣固亟望兩師時時教督之也真師請漱師進有主張黨之意不知是否仍是前年冬問之意查曹州得漱師信說過根本大計與嚴緊強固之組織二者俱備所謂黨者於以成焉但有根本而無組織而根本大計不立固不成其為黨但持根本大計而無組織或者組織散漫亦終此物若二者具缺但以氣類情感相結合者此固離黨之事實太遠即使有根本大計若不以嚴強之組織舉辦而仍以情感集

第四辑　书信 20-2-1

類為中心恐亦難弄好識者法情感氣類若人風
氣腐敗人心衰萎而世事迫促緊急之秋依法不依
人弊固難免然猶庶幾可以集事若必欲此腐敗之
風氣衰萎之人心相仍而依人不依法者則不僅弊矣
直是會弄得寸步難行糊塗自潰而後已耳
集才聚人百年大計求三年之艾也然急卒可辦
而環境之緊促急迫則又一日三秋安能容我
以從容者當之彼之但在組織上加緊用功而於集
才聚人之道則不免疏忽而視為第二着者殆無
故甚亦真有事實上之困難在也雖云主持此組
織與順違此組織者其間亦自有人之問題在然而

第四辑　书信 20-2-2

（三

吾且只著眼 不在乎究問

彼心理上之倚仗進行上之着眼固有先後輕重之殊不能混為一談也今日之中國無現成綱領可以提挈可以歸宿不能不重新起手則以黨集事我亦一適然而黨之為事不難於進行而難於黨之根本大計與眼光經驗之未能宏深穩定只得後一步再說耳　真師竟有作開於時事書兩部之意　師固無工夫為此而徹亦實不甚贊同　師為此也救時之論與垂遠之言殊科救時者明情審勢而矣不在究問此情勢之合理與否而適恒在此不合理之情勢如何得一出路之方也此不合理之情勢為之衛護固不可然若置之不管

第四辑　书信 20-3-1

但以抹煞毁責之心理界之亦不可也今之人根本
既未能明審情勢而彼惟被[illegible]捲旋轉於此已
成情勢之漩渦中時向之衛護時向之毁責已
耳謂 真師已能將吾中國此時所走入之情勢
明審揣摩無[illegible]錯移 徽已不甚堅頑（因太[illegible]）
（中国此時已有一大半不是自己國家内之局面矣）而謂 真師更已擬[illegible]出此情勢之方
明白規劃恰切當應無有主觀迂遠寡歡[illegible]看
之弊。徽亦不肯堅頑也若二者之把握不如徽之所
期望則所立論固仍祇是垂遠之言於救時無
与也此段話 真師或不以為然 徽但言之備 師

第四辑　书信 20-3-2

参政[illegible]年此间事局外人诚难置想朝日皆二
乱动者国难向之说上半句话即稳沈而有心
肝之人吾之言若稍隔膜不当情实顿然而又
带批评讥刺之意於其间搔不着痛处被国
不动心且徒供嘲笑或则曰子之所说吾何尝不[illegible]
如是然今於其时则成何不食肉糜之见矣　敬师
与任潮信不知如何措说恐亦难当情实耳　真
师与[illegible]真如一切信彼一向态度於　师勉矫个人
者则灵心领受而凡关於时局政治上之说话则
漠然不[illegible]注意[illegible]微妄望　师以后关於彼
个人方面无妨慎重多说关於时局方面则以少

第四辑　书信 20-4-1

殊為宜，不然則彼苦。師感得隔膜之時太多，

恐并昔之盡心領受者而一齊忽畧之耳。廣東

地方事，外省人不悉粵情者，固難下手去作，即其

悉熟，亦不甚好弄。若其人與粵政府此時之氣味

不投，則三日必去，然彼政府去之，乃自己真耐受不

住也。即與之甚投，然而此時中央之限制地方其甚

緊，最亦難放手本着自己才力作一件事耳。而

各軍、各師亦為中央攬得極死，不能以一人之力集作法

人事也。真師此後舊人亦宜注意及此。天冥終

當在一處，此時不來亦善。袁子羣君或以決心不

來為好耶。伯良事仍如　漱師意決定為好，不第能助　師且亦所以成就彼自己之道也。能有一年半載之間靜工夫，一方面彼之心氣得稍沈定，一方面彼一向最勤學，不過亦可藉此多讀書打些基礎。然　師之賜也。廣州有人見着　漱師清華講演，云將回北大，此時之北大有回去之道耶？微不甚信之，恐是看錯耳。衛西琴先生此後究作如何打算？請希　示之。五月四日及十日兩信乞　漱師、喬家英、炳權等影象一通，還寄。微尚有愛惜欲存之意耳。存之再過五六日即返京來廣東後僅同住過兩三日，有兩三月不相見

第四辑　书信 20-5-1

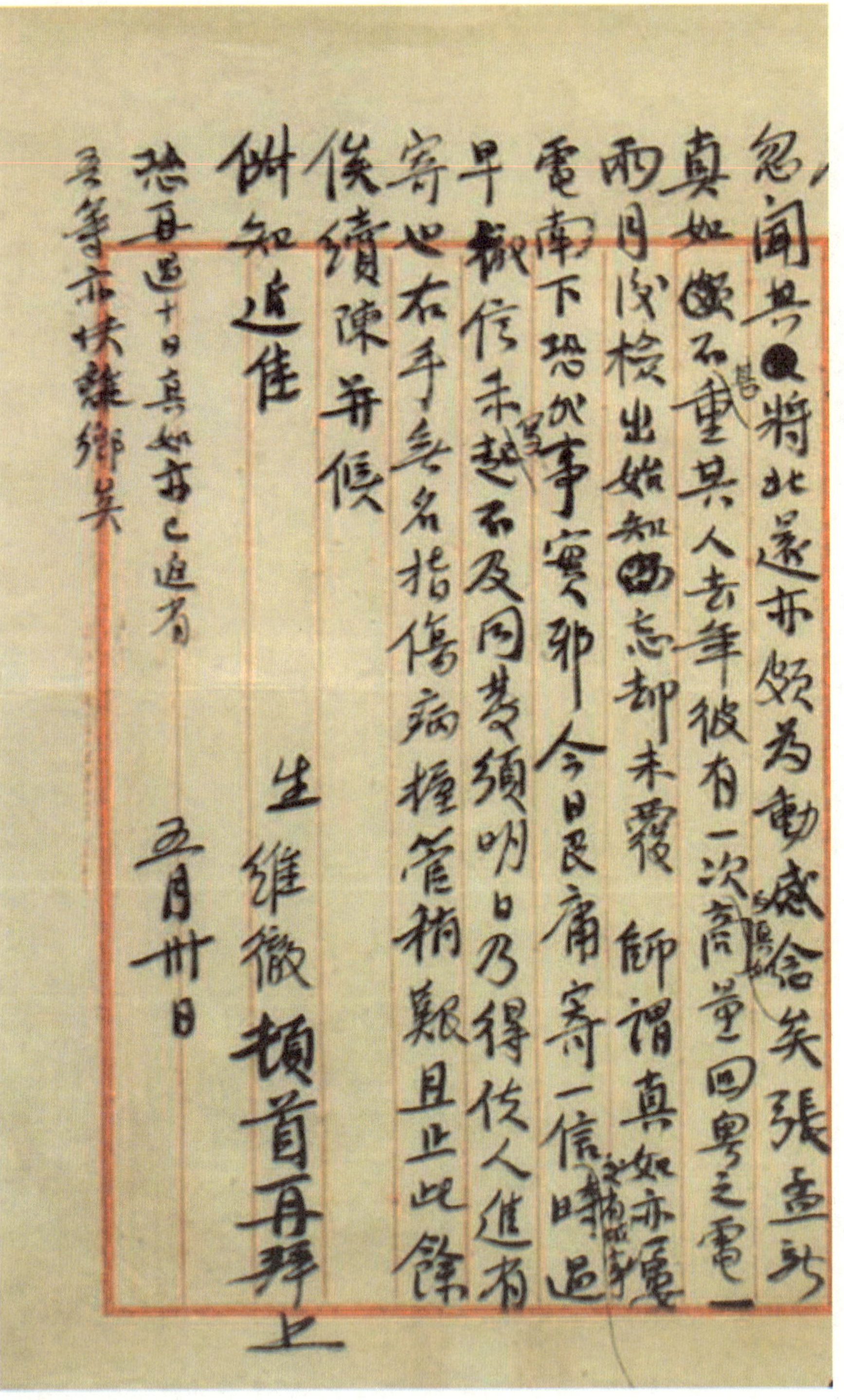

忽聞其●將北遊亦頗為動感矣張孟劬
真如●不重其人去年彼有一次寄回粵之電一
兩月後檢出始知●忘卻未發 師謂真如亦[illegible]
電南下恐於事實邪今日已[illegible]寄一信時過
早職信未趕不及同發須明日乃得從人進省
寄也右手無名指傷病種管稍艱且止此餘
俟續陳并候
衎知進佳
生維徵頓首再拜上
恐再逾十日真如亦已返省
五月卅日
吾等亦快離鄉矣

第四辑 书信 20-5-2

书信 20《致梁漱溟、熊十力》[1]

漱、真两师座前：

连奉手示数缄（真师覆艮一缄，覆彻二缄，漱师亦前后三缄）。最后一缄覆彻等五月四日所发之信，知漱师于彻等略为放心，彻亦稍得喜慰矣。缺最末一缄，谅收到。五月十日乡人进城，曾托发一较长之快信。其后十七八等日亦寄有数缄，并封新闻数事，想至今都一一收到矣。

思想不踏实，好游于玄虚，真师屡言之而屡诫之，殆已成膏肓痼疾，不可救药，惟望师终教之而已矣。彻虽一向乖张，时时令吾师隐痛在心，然固欲悔艾而不存心掩护，只有时因原来器量狭小之故而致文过喜誉者亦所常有。此在吾师愤其屡责不悛，固宜有严重之词以督促之，故终其世不相知可也之语，在彻虽有过重之感，然因此而得反省较深，则亦吾师之赐矣。惟彻务空不实之病其来源盖甚深远，匪一朝一夕之故。一则天资使然，一则彻少遭人伦之变（自七岁以来至于今日盖已二十三年不得承吾父母之欢、兄弟之爱。呜呼，痛矣！），凄怆之感无时去怀（此次由湘返粤，坪石至韶关[2]，共艮庸、名鸿三人坐一小舟，夜泊一孤墟，满江黑压，万籁无声，

---

[1] 此信共 5（大）页，用“永汉北路汇昌制”笺。落款为 5 月 30 日。梁培宽先生注：信中说，“恐再过十日真如亦已返省，吾等亦快离乡矣”，“乡”指艮庸之家乡番禺细墟。“快离乡矣”，似指北伐出师将不在远。

[2] 坪石至韶关，坪石镇，位于广东省韶关市最北部，南岭山脉的南麓，武江的上游，素有岭南第一镇、广东北大门之称，是广东与内地联系的中转站，历史上曾被誉为广东八大重镇之一，曾依凭武江与下游的韶关舟楫相通。

风雨凄凄，游子天涯，顿忆儿时以来，一派飘浮凄怆之景，遂历历为名、艮诉之。辛酸拥鼻，泪涔涔下）。因此遇事辄先感慨系之。感慨当前，便恒抑没事实不顾，好发为空疏高远之论，以抒泻其一时之所领受。恒有过重过轻之弊，文学气味特多也。今犹如此，但不知此后能由磨练经历以渐纳于平实之域否（徒有感慨之空疏迂远议论，今亦稍稍知厌而且引以为耻矣）。固亟望两师时时教督之也。

真师谓漱师近有主张党之意。不知是否仍是前年冬间之意（在曹州[1]得漱师信说过）。根本大计与严紧强固之组织二者俱备，所谓党者于以成焉。但有组织而根本大计不立，固不成其为党，但持根本大计而无组织或者组织散漫亦非此物。若二者俱（原文为“具”，疑笔误）缺，但以气类情感相结合者，此固离党之事实太远。即使有根本大计，若不以严强之组织举办，而仍以情感气类为中心，恐亦难弄好组织者法。情感气类者，人风气窳败（此时根本无人也）人心衰萎而世事迫促，紧急之秋，依法不依人，弊固难免，然犹庶几可以集事。而依人不依法者，则不仅弊矣，直是会弄到寸步难行，糊涂自溃而后已耳。集才养人，百年大计。求三年之艾也非仓卒可办。而环境之紧促煎迫，则又一日三秋，安能容我以从容者当之？彼之但在组织上加紧用功，而于集才养人之道则不免疏忽，而视为第二着者，非尽无故，盖亦真有事实上来不及之困难使然也。虽云主持此组织与顺违此组织者，其间亦自有人之问题在。然而彼心理上之倚仗与进行上之着眼，固有先后轻重之殊，不能混为一谈也。今日之中国，无现成纲领可以提挈，可以归宿，不能不重新起手，则以党集事或亦一道。然而党之为事不难于进行，而难于吾之根本大计与眼光经验之未能宏深稳定。只得缓一步再说耳。

真师竟有作关于时事书两部之意。师固无工夫为此，而彻也实不甚赞同师为此也。救时之论与垂远之言殊科。救时者，明情审势尚矣。甚且其着眼点不在先究问此情势之合理与否，而恒在此不合理之情势如何得一出路之方也。此不合理之情势为之卫护固不可；然若置之不管，但以抹煞毁

---

[1] 指 1924 年暑假，梁漱溟辞去北京大学教席，带领师友团体赴山东曹州办学事。详细经过参见本书第二辑：参与办学。

责之心理界之亦不可也。今之人根本既未能明审情势，而彼惟被滚卷旋转于此，已成情势之漩涡中。时向之卫护，时向之毁责已耳。谓真师已然将吾中国此时所走入之情势明审擒握，无有错移，彻已不甚点头（因太复杂，太复杂，故盖中国此时已有一大半不是起自国内之问题矣）。而谓真师更已将如何渡出此情势之方，明白规划，恰切当症，无有主观迂远、客观错看之弊，彻亦不肯点头也。若二者之把握不如彻之所期望，则所立论固仍只是垂远之言，于救时无与也。

此段话，真师或不以为然，彻但言之，备师参考耳。

此间事，局外人诚难置想。朝日昏昏乱动者，固难向之说上半句话，即稳沉而有心肝之人，吾之言若稍隔膜不当情实，而又带批评斟酌之意，于其间搔不着痒处，彼固不动心，且徒供姗笑。或则曰：子之所说，吾何尝不虑到，亦何尝不愿如是。然今非其时，则成何不食肉糜之见矣。

漱师与任潮信不知如何措说，恐亦难当情实耳。真师与真如一切信，彼一向态度于师勉砺个人者尚肯虚心领受，而凡关于时局政治上之说话，则漠然不注意耳。彻亦望师以后关于彼个人方面无妨慎重多说；关于时局方面，则以少说为宜。不然则彼于师感得隔膜之时太多，恐并昔之虚心领受者而一齐忽略之耳（况萦虑于时局之时太多，则正犯师伤心伤神之戒，亦非所以节省精神之道也）。广东地方事，外省人不悉粤情者，故难下手去作，即甚悉熟亦不好弄。若其人与粤政府此时之气味不投，则三日必去。非彼政府去之，乃自己真耐受不住也。即与之甚投，然而此时中央之限制地方甚綦紧严，亦难放手本着自己才力作一件事。而各军各师亦为中央掐得极死，不能以一人之力作集人事也。

真师此后荐人亦宜注意。及此。天冥[1]恐终当在一处，此时不来亦善。袁子辉[2]君或以决心不来为好邪。伯良事仍如漱师意决定为好，不第能助师且亦所以成就彼自己之道也。能有一年半载之闲静工夫，一方面彼之心气得稍沉定，一方面彼一向最勤学不过，亦可借此多读书，打点基础，亦

[1] 天冥，即燕天冥，生平待考。
[2] 袁子辉，人名，生平待考。

师之赐也。广州有人见着漱师清华讲演云将回北大，此时之北大有回去之道邪？彻不甚信之，恐是看错耳。卫西琴先生此后究作如何打算，诸希示之。五月四日及十日两信，乞漱师属家英、炳权[1]等钞录一通还寄。彻尚有爱惜欲存之意耳。存之[2]再过五六日即返京。来广东后仅同住过两三日，今又有两三月不相见。忽闻其将北还，亦颇为动感念矣。张孟新[3]，真如不甚重其人。去年彼有一次与真如商量回粤之电，一两月后检出，始知忘却未覆。师谓真如亦屡电南下，恐非事实邪。今日艮庸寄一信交省城事，时过早，彻信未写起，不及同发。须明日乃得使人进省寄也。右手无名指伤病，握管稍艰。且止此，余俟续陈并候。

俶知近佳

恐再过十日真如亦已返省。吾等亦快离乡矣。

生维彻顿首再拜上

五月卅日

[1] 炳权，梁漱溟学生，姓氏、生平待考。

[2] 存之，即黄存之，生卒年不详，梁漱溟之妻弟。熊十力有“存之，北平人，笃实好学，惜年事不永”（见《十力语要》，岳麓书社出版社，2011 年 7 月第 1 版第 381 页《与黄存之》）之语。

[3] 张孟新，人名，生平待考。

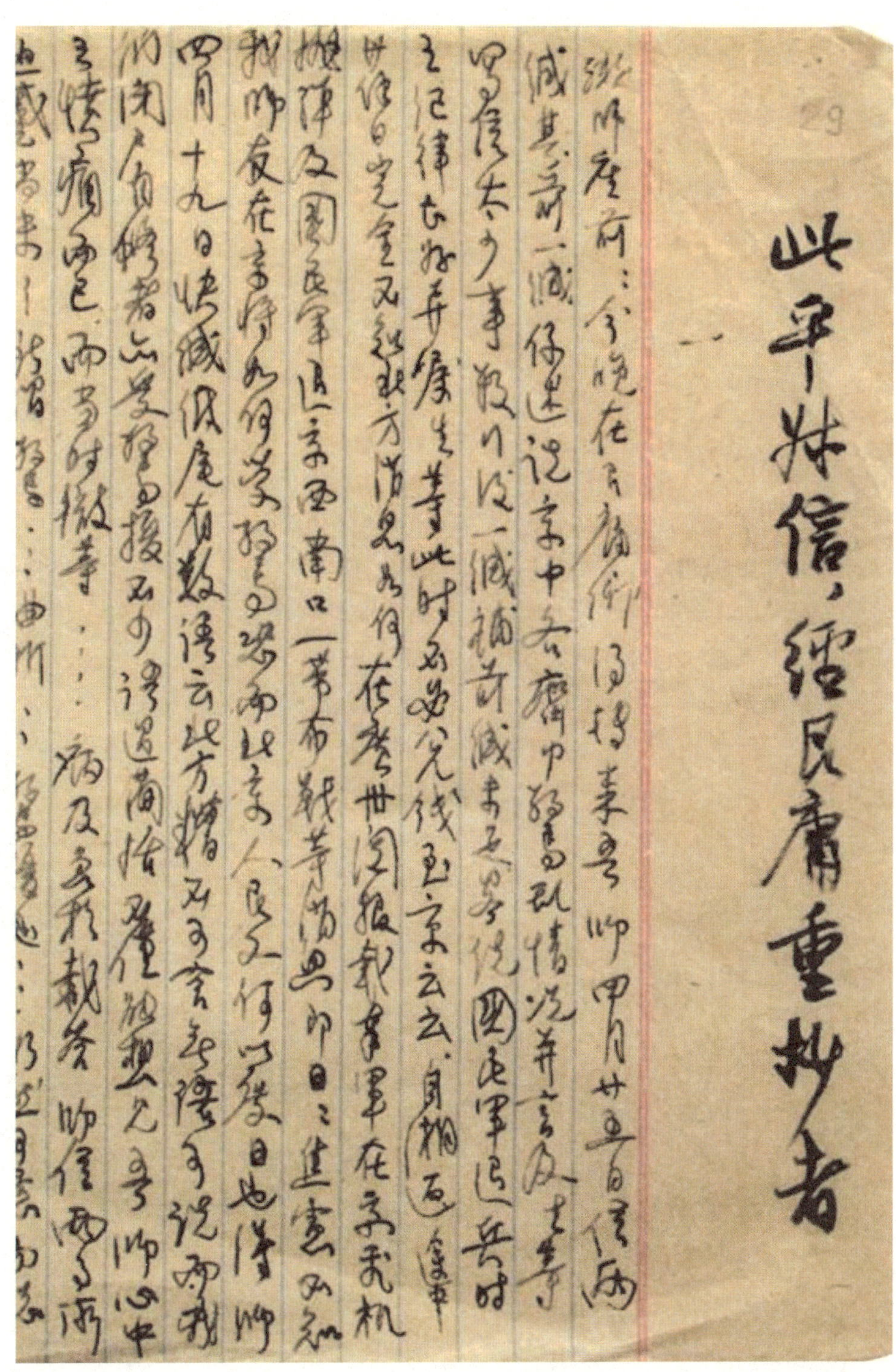

此平林信，经民庸重抄者

第四辑　书信 21（局部）

书信21《致梁漱溟》[1]

漱师座前：

今晚在艮庸乡，得转来吾师四月廿五日信两缄。其前一缄系述说京中各斋中惊乱情况，并言及生等写信太少事数行。后一缄补前缄未足，略说国民军退兵时之纪律甚好，并嘱生等此时不必兑钱至京云云。自湘返途中廿余日，完全不知北方消息如何。在广州阅报，载奉军在京飞机抛弹及国民军退京西南口一带布战等消息[2]，即日日焦虑，不知我师友在京将如何受惊恐，而北京人民又何以度日也。得师四月十九日快缄，纸尾有数语云：北方糟不可言，无语可说，而我们闭户自修者亦受惊扰不少。语过简括，不仅能想见吾师心中之愤痛而已。而当时彻等……病及急于截答师信。两事所迫蹙尚未……所谓惊……曲折……惊扰也……仍然可虑。而总……

来信谓真师有拟……此时城居与乡居，究如何者为安全……则是大动。想师等必能审慎出之……就平复……师信及家英转来师及真师批……数语……虑不已。一晚见……及京有……甚危急……吾为之不怿。真如遂云，如此必更须钱用。不知前日寄……尚够用。待返粤州后，我们可否再兑一两百块钱……谅够。如有危急事则不可知当时……信后再说而已。第二日

---

[1] 此信共5（大）页。信尾无日期（本书只选印首页）。首页前有梁漱溟毛笔注：“此平叔信，经艮庸重抄者。”梁培宽先生注：1926年段祺瑞勾结奉系军阀，企图将北京的国民军赶走。同年4月9日国民军将领鹿钟麟率兵包围了段祺瑞执政府，段被赶下执政宝座。但因奉系军阀干预，4月15日国民军由北京撤出，退往南口。（见《民国军阀史》）此信所述“国民军退兵”等情况与上述相吻合。因此可推知此信写于是年5月间。

[2] 指1926年4月15日国民军由北京撤出，退往南口。

及发一电言之，并告彻等留广州不赴北海，以便师等寄信。此电系托十师[1]办事处代发，不审收到未。师谓将来有机会拟筹一较大之款（一二千元）。彻等之意一二千元之款或不难筹得，但不知有一次筹足之机会否耳。彻以为目前困难问题尚不在款之难筹（因吾侪此时之局面并不须有多大款子也），而还在何处方可安居下去之难决定也。在北在南，此时均万不可作断定之语。北方因是大患万般，而南方局面亦实极难乐观。艮庸乡下，本一天然吾侪讲学授徒之所，其家成院空房又复正多，吾等能来自是全无问题，不过此时则说不上作此打算也。彻意广东政府此次北伐之结果，无论是好是坏，都必然有一番变化发见出来，届时吾等方议南来不南来之问题不迟也。万一粤中彼时局面果真较为安稳，彻等即将此间安排请……来此作长住计。彻等仍奔驰于外，又有进者……当因广……来，则将来为……东局面……去也。惟者或……心力而为之之机会。吾侪既不……毫而反为此鬼污。世界此滚卷流转莫能自主……天地闭贤人隐之时，吾侪尚还有脸混迹其中而不逃走之理耶？天意茫茫，如何可说世界不会有这一天。果真如此，则吾侪却是退出来的时候。天下何处可安居，恐已不容吾侪之选择，但求一活埋七尺之地足矣。有能如艮庸之家乡者固可处，即使无之，吾侪固亦必须找一地方，大家团结共处硬扎。自己分头去鰓理安全；自己分头去捍蔽患难。歌于斯，哭于斯，聚……恒于斯。亡国恒于斯。一切问题通通搁下不提，是种子不是种子全部不管他，一惟天之安排驱遣而已矣。此意在此时言之，虽不免太嫌轻易，且实亦彻之所不欲言，但固不妨为吾师言之也。最近之一年半载，苟尚能勉强设法居住，不必随大众转徙流动，则仍以暂住北方为宜。用度一层师尽可放心不问（真师自是更尚放心不管）。吾师欲作之书，今后恐只能偷出工夫去作，不会有整个闲工夫让师去动笔矣。不审师曾看出此层否（恐终吾师之生都不会有整个闲工夫让师占住矣）。暑期后留伯良住斋中是一好办法，彻甚赞同，无作不到之理也。开风气成就等问题，不知为何，彻近来甚怕提说及得，一面固由觉出自己根本无能，离此问题太远，而一面则或亦因觉得天不欲在此时放风气，天不欲在此时生人才，徒煮空铛不为无得，且有险厉随之之故邪。然则吾侪之所谓开所谓成就者，

---

[1] 十师，即北伐初期陈铭枢任师长的第 4 军第 10 师。

非风气非人才，殆只天欲抑闭。此时之风气，天……人才。而吾呼颔莫闻之一点悲痛心耳。若吾侪……大哭不痛……吾侪之所云……积压滞塞。但梗吾胸……胥天下之所受者求其均等……躬自省而知者也。因吾师信中有“开风气成人才，则宜在北”之语，彻遂不觉将数月来之所感念者謰谴，诉其有晦涩不明，则望师指正者也。

师数次来信，均责彻等写信太少及叙说粤情不详不多。彻前覆四月十九快缄已略言其故。忆初到广州，住艮庸家之一月，彻先后计寄过四次信。间有说到粤事者，以彼时彻等所得知之粤中情况程度言之，盖亦只能著为单简零碎之笔耳。来信稀少，时当在由粤入湘由湘返粤之五十日中。此五十日者，除因在韶关阻匪留两星期外，余二十余日则二十天走路，四五天坐船，两三天坐火车。在车在船自是较为安定，然固不能作事。至若此廿天之陆路，其情况则真难描写。趣味不能不说是有趣味，而糟杂则亦不能不说是不糟杂。此次旅行亦颇尝着行军风味（有一连人随行）。入湘中时自韶关至耒阳[1]之九天（二月初二至初十），几无日不雨。骑马雨淋，坐轿（轿虽有顶，固不中用也）雨淋，上山时下马下轿步行雨淋。自乐昌[2]至郴州[3]，彻则坐无顶光轿一乘（人皆有顶而我独无）。大雨倾盆，壁立直往，于是身无不湿之肤矣。中途，真如命一护兵买草编蓑衣轿，直到郴州。记得入郴州城时，我坐在蓑衣轿中昂然不动，还引得沿街人哄然大笑也。至于晚上住宿……就地上开铺，亦恒有事耳。在此种行程中，本……特多。而终……无字者，实减兴不少也。在韶关……艇上（韶关不能住旅馆）……极闲静无事……已断，不如到广州再写……数日便可通过。讵知一日延一日，直至十四五天……无眉目。终须冒险一行（步绕匪巢至前方通车处搭车也）邪。以吾侪平日如彼之相互关切，而师等又急欲知粤情之究里如何，□在劳扰无慰之环境中，更足以想念到吾侪身上来。吾等偏写信若彼其少、若彼其略，师若有责，安敢有辞？惟若谓不解何以置应作之工作不作？及一离东煤厂，辄忘吾侪平日谈论悬系之殷之言，则彻等殊觉过望与吾师有

[1] 耒阳，即今耒阳市，位于湖南省东南部。

[2] 乐昌，位于广东省韶关市北部，粤北边陲，毗邻湖南，素有“广东北大门”之称。

[3] 郴州，即今湖南郴州市，位于湖南省东南部，地处南岭山脉与罗霄山脉交错、长江水系与珠江水系分流的地带。自古以来为中原通往华南沿海的“咽喉”，素称湖南的“南大门”。

情急词易之感矣。若吾侪已置应作者不作矣，已将吾侪平日谈论悬系者辄忘之矣，则已是不成模样了，还有什么话可以说邪。虽然彻此行于吾师，固时时觉有大歉于心之事在也。彻初去原只打算送艮庸入粤，不久仍作北还之计。到天津时，此念则又稍稍变动。彻欲发奋自效，愿即从此毁弃此生，为我师友之先驱。然此念既与初衷殊异，即甚悔未得向师明白陈商。当时颇愿返京痛切说定后再行也（当时胸中颇有一些意思今则甚难说矣）。来粤后默察各方情势，始则以为天下事断非像这样（指粤局）所能举办，必然坍塌偾事无疑，终必易以吾侪所期望之局面而后已。故甚觉吾侪之前途与责任远极大极。无话可说，惟有默默忍定悲悯自葆而已。此是初到广州前十几天以内之心境也。其后渐觉粤政府一切举动设施虽不免轻易浅躁，然而平心静气细细理会去，其中固仍有一段足以动人真意在内运布。如发纵指使之此全盘局面者之蒋其器局固是可议，然无论如何总算是除恶务尽。自问无大愧□……因此彻等……虽始终虑断粤中局面之不会稳定，然……与之合作以……近走一点意思……者接……局面……此可以接头之真意，往下变局面中有许多此时全赖……不得提出……张，但许在每次大会中陈献等等。吾等不特亦愿为之钳束，且亦愿诚心拥护之。此又到广州后十几天之心思也（吾侪所持之根本态度自仍无可变者）。此意大家固至今仍是如此，无有改变。惟彻在粤湘往返道中，心理上因观察经验而起之变化亦复不少。颇虑天下之乱无有已时，盖觉无论任何方面之气势都短促异常，都复杂异常。短促而复杂则只容乱动，决不会条理就绪。换言之，既是不特吾侪所期望之局面，在今世似觉失望（无论举办此局面之远大宏厚气势，远大宏厚气势由大人物而生，此大人物者何处去寻耶），即小小苟偷局面恐都不容有耳。容乱不容治，今其时矣（此种乱的样子其时期之长短如何孰能侧之）。于是彻无形中遂觉吾侪若作于世事有益之想，与之合作，恐终无一分之期望可达耳意者。其惟有准备寻找抛洒精神之机会，以得一较为光明之失败，求不负吾等之初意而已耶。然而彻又颇觉抛洒精神，以表示个人人格之途径，舍此之外并非完全绝路（指学问一路），因此不时又作逃逸之想。□以身体太坏不耐奔驰酬酢，而深以或将从此痿痹挫败百无一是，□负吾师夙昔之期望为忧为惧。心是恒有辗转躇踌，不知究当如何是好之时，师所谓精神不能凝进者，惟彻足以当之。彻所谓大歉于吾师者此也。然而此时一切都无头绪，什么都说不上，固无论如何要耐住不能说走的话也。吾师于此将何以教之，亟盼有所指示也。此行在经验上彻不能说没有一些长进。一向虚骄不实处亦颇有察见矣，于艮庸有令彻折服处，然亦有足以忧……莫释在也。关节处不肯放松（然亦有非关节处而亦娇持之时）。彻实不……论世之见……态度则……彻又多有不敢苟同而艮……事之虑……大家都是阅世太浅……都不成……真如前途如何，此时难断定……个人终有站得住之一点在。能不随大众及其部队失败，则看彼之运气何如，亦不尽关乎人力。此事吾等亦固与有查焉者也，尚未得机会与之痛谈过，彼此尚有许多未通透之见解。在彻拟在此一月中作一书致之也。伍庸伯先生之态度（指其不出）彻无能为评，或彼已真觉出世事无可为，但在乡间作极小范围事以自了亦未可知。顷见艮庸信有粤局平靖必赖此人之语，彻则以为未免说得太过一点。广东局面今后恐总是复杂难理，不会有简单时候，总是虚张空远，问题不会有缩小自理时候。私心窃以为，如有一人能平靖广东，则其人便可平靖中国耳，伍先生似难如此期望之也。《晨报》第二张所载，全是虚谎不实。粤中在蒋未倒之前，无人敢明目张胆说与北方及国民党右派勾结联合的话。大家在公共问题上终信服蒋之真意，此时尚有不可完全抹杀。难先翁[1]此次……彻等终未得一见，实对不起他。前日有信与存之，仍是骂我们之中……夭……又以为我们裹足不前矣。斋中诸弟都有进益，闻之喜慰莫名。家英长进甚猛；颂天经一次变化究是如何，何无一字与我邪？烈卿、德阳竟无只字，不知何故。欲看诸弟日记，已两次写信言之，无一应我者。或因我等行止不定，不知寄何处方好之故邪？今仍望寄我一阅耳。

生维彻

---

[1] 难先翁（1874—1968），即张难先，谱名辉澧。湖北沔阳（今仙桃市）人。1911 年与梁漱溟相识。1904 年赴武昌，参加革命团体科学补习所，从事反清活动。为运动新兵起义，投湖北陆军第八镇工程营当兵。1923 年 9 月，应李济深函约赴粤，任西江善后督办公署参议兼西江讲武堂教官。后历任梧州善后处参议、琼崖行政委员、监察院监察委员、广东省政府委员兼土地厅长。1928 年任国民党湖北省政府委员兼财政厅长，后任国民党政府考试院铨叙部部长、浙江省政府委员、鄂豫皖三省“剿匪”总司令部党政军监察委员会主任。“九·一八”事变后，电请蒋介石通电实行全国总动员，抗击日寇。抗日战争期间任国民党湖北省政府委员兼民政厅厅长、国民参政员。从 1943 年起，开始访求辛亥首义史料，撰写首义人物传记，两年后写成《湖北革命知之录》。抗日战争末期，在中国共产党的统一战线的影响下，逐渐转向支持民主运动。1949 年出席中国人民政治协商会议第一届全体会议。中华人民共和国成立后，历任中南军政委员会副主席，全国人民代表大会，第一、二、三届代表及常务委员会委员。著有《义痴六十自述》、《六十以后续记》等。

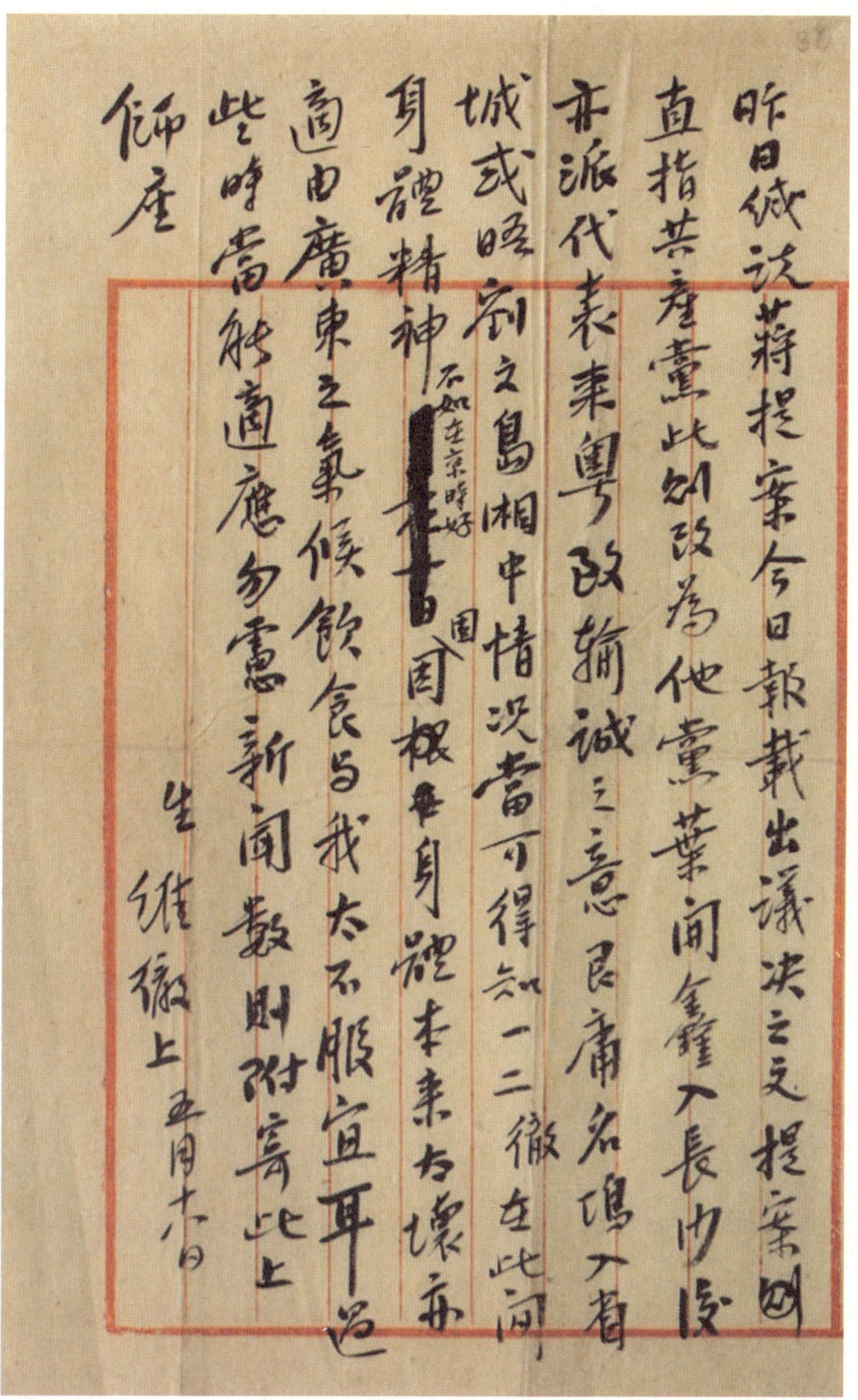

昨日俄談蒋提案今日報載出議決之文提案則直指共產黨此刻改為他黨葉開鑫入長沙後亦派代表來粵致輸誠之意民庸名鴻人者城武晤劉文島湘中情況當可得知一二徽在此間身體精神不如在京時好因根本身體本來太壞亦適由廣東之氣候飲食與我太不服宜耳過些時當能適應多需新聞數則附寄此上

師座

生　維徽上　五月十六日

第四辑　书信 22

书信 22《致梁漱溟》[1]

昨日缄说蒋提案[2]，今日报载出议决之文。提案直指共产党。此则改为他党。叶开鑫[3]入长沙后，亦派代表来粤致输诚之意。艮庸、名鸿入省城，或晤刘文岛。湘中情况当可得知一二。彻在此间身体精神不如在京时好。固因身体本来太坏，亦适由广东之气候饮食与我太不服宜耳。过些时当能适应，勿虑。新闻数则附寄此上师座。

生维彻上

五月十八日

---

[1] 此信无抬头。共 1 页。落款为 5 月 18 日。

[2] 1926 年 5 月，中国国民党二届二中全会通过谭延闿、蒋介石等 9 人联名向全会提出排斥共产党的《整理党务决议案》，意图把共产党人排挤出国民党中央领导机关，打击国民党左派，夺取国民党最高领导权。其内容包括：加入国民党的共产党员在国民党中央、省、特别市党部中担任执行委员，其数额不得超过各该党部委员数额的三分之一；共产党员不得担任国民党中央各部部长；国民党员不得加入共产党；共产党须将加入国民党的共产党员名单交国民党中央主席保存；共产党对参加国民党的共产党员的指示，须事先提交国共两党联席会议通过方能下达等。

[3] 叶开鑫（1885—1937），字竞秋，湖南宁乡偕乐桥镇东务山（清七都东务山乡八石村叶家滩）人。中国同盟会会员。国民党高级将领。北伐期间任第三路军一纵队司令。1937 年 12 月 15 日，因病返乡在宁乡病逝。1947 年，国民政府追授叶开鑫为陆军二级上将。

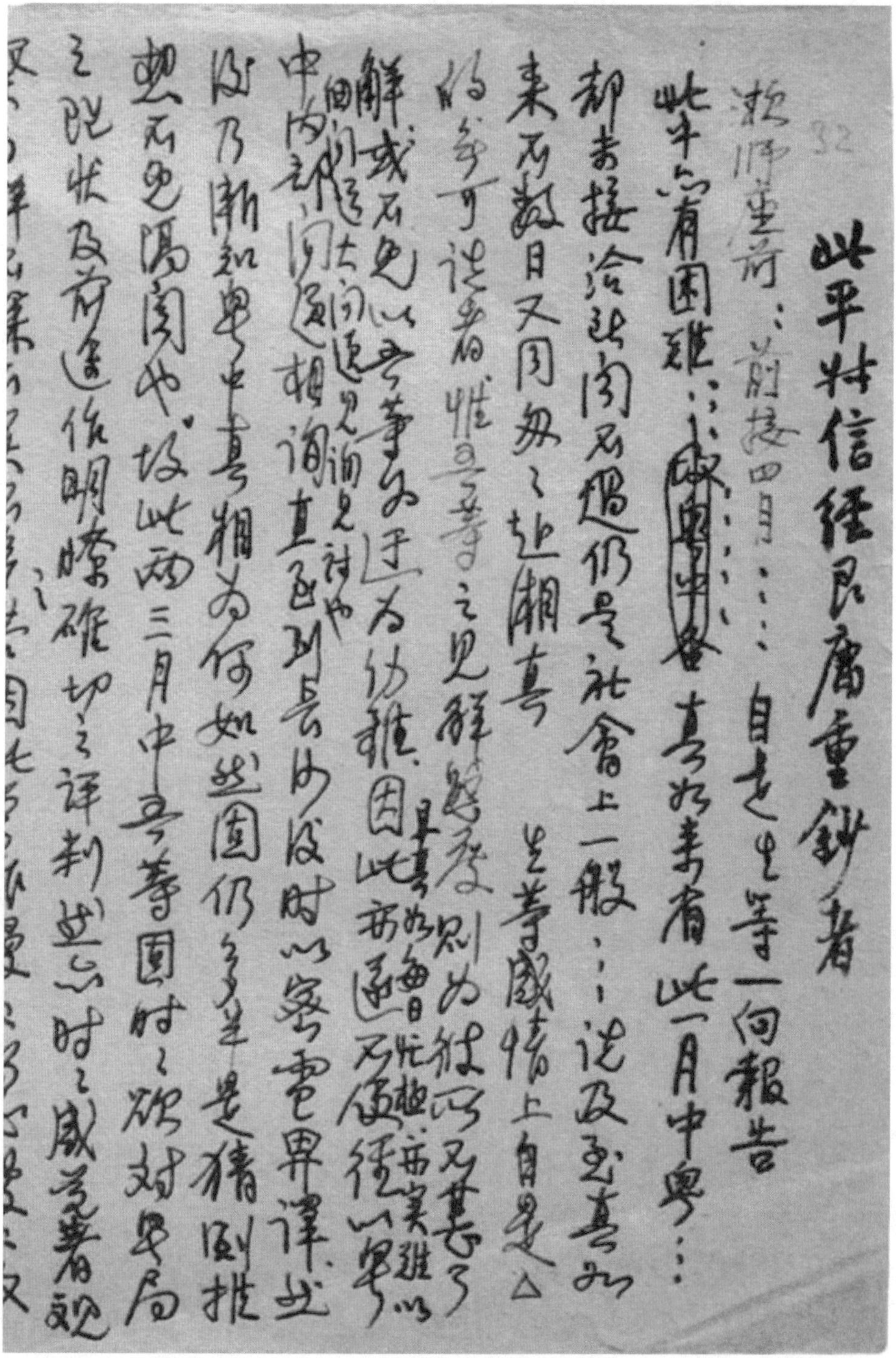

第四辑　书信 23（局部）

书信23《致梁漱溟》[1]

漱师座前：

前接四月……自是生等一向报告……此中亦有困难……真如来省。此一月中粤……都未接洽。所阅不过仍是社会上一般……说，及至真如来，不数日又同匆匆赴湘。真……生等感情上自是口的，无可说者。惟吾等之见解态度，则为彼不甚了解。或不免以吾等为迂，为幼稚。因此亦遂不便径以粤中内部问题相询（且真如每日忙极，亦实难以细问题、大问题见询见讨也）。直至到长沙后，时以密电畀译，然后乃渐知粤中真相为何如。然固仍多半是猜测推想，不免隔阂也。故此两三月中，吾等固时时欲对粤局之现状及前途作明了确切之评判，然亦时时感觉着观察了解不深不实不多之苦，因此常作慢慢留心慢慢考核，待至稍有把握然后乃举以相告之想。至吾等个人确实之工作，则本定由湘向粤后乃说也。兹姑就彻个人意思陈覆师座，如有错误则待异日再为改正。

粤政府盖始终是著……扩张方案，几乎可以说始终没有留……顿内部问题之举。亦是……发。故粤中各方面所呈现出来之气……“务外忘内”四字上。在这种气势之下的民……安能有自主自动的余地？以是如学校学生，则朝日开会，朝日巡行，课程学业一概废弛。甚至军队亦几成有名无实之态，

---

[1] 此信共3页（本书只选印首页），系黄艮庸据原信之5页（有残缺）抄录而成。用纸与前抄录（黄抄王信）者相同。信未完，故缺日期。信前有梁漱溟（毛笔）注“此平叔信经艮庸重钞者”10字，似为其晚年笔迹。

训练技术都说不上的（此次赴湘真如则实有此感矣）。民政则务在激闹民众知道迫切之问题，地方事业则几忘之。问题挑得大大，而实际则腐败稚弱，空虚异常。此粤中一切情形之评语也。因此若在此种情形之下要作整顿内部之举，则实在不能在半路上所可为力者，而实是全系统的变换也。

换言之，粤中现在情势，只有三个路可走：一、顺着此各方面均一致向外之紧促虚张狂热之气势急激向外冲放发泄；二、将此种气势转移内部间切实整顿内部；三、既不向外冲发，又不向内整顿，只是停滞起来，走迂就调和弥缝各方面破绽之路，以苟延岁月。若使现在国民党之左派当政，其必……疑义。若使其右派当政，则必……义。惟转移各方气势，于第……则断非此时之粤政……无论大家此时无如此之眼光见识，且亦实……移之力量在此。六军二十师日日吆喊打倒帝国主义打倒军阀之军队及日日吆喊打倒帝国主义打倒军阀之数百千万的工人学生民众的狂热气势中的政府，能有自动余地以言整顿内部乎？不使之急激向外发泄扩散，抑使郁而内向，绝大风波必然从此掀起，无有疑义。盖今兹之党政府，只能激进民众之气势，绝不能修正民众之气势。大家已然迸往出口之气势，拉之使反，则“右派”“反革命”之嫌疑暗示立至，党政府一向所得之狂热同情即因而立失。无论此时之党政府尚是委员制，彼此均在牵制中，无能变此大方向。即使是独裁制，彼之一切局面既已走入无可动摇之形势中，则彼固亦未如之何也……政府其一举一动均失掉自主之……伐，即其适例。不惟湘赣为……入危险状态，则粤非立时出兵……之以自存，即湘赣无事。而彼亦将此六军二十师移一部分入湘入赣，而扬其名曰“北伐”以应粤桂湘赣吆喊之气势，以减少内部“停顿则生变”之危险。是以明知此时军队不精、军实不足、内部不宁、万无向外扩张之道，而仍必无论如何非立时说北伐不可者，一言以蔽之：为各方面狂奔之气势所驱促，无能自主，停不住，被动而已矣。是以，蒋介石前日有一宣言中有数语谓“一切均可牺牲一己之意见”，惟此北伐问题，无论如何非求立时贯彻不可。彼所持之理由，表面上但说是为贯彻革命宗旨，而实际上则或亦因觉出彻上文所指出之危险之故，亦正未可知耳。

师反对粤政府此时说“北伐盖由将北伐看成自动的名词之故”，……其实在他……的所谓北伐者完全是放……（气已导集口边，不能不放）……反动……足可怜。还有什么……次之北伐……以彻看去应……的结果。却不可轻忽过去根本既……作用。则其结果如何，当以其所蓄之气势如何定之。

粤中此时所蓄之气自然是浅浮狂躁不实，但无论如何广东一省是容不下的。其力尚有远射一二省。所以第一个结果便是或者一到湘赣其气势即尽，而北方军队亦不能冲破径直南下。彼时粤桂湘赣转取守势，或者即此觉悟北进之非策，乘间以此数省之能力横收西南数省（如云贵湘闽浙苏）自成形势。暂时的偏安之局（西南不与广东一致，广东万无单独能存之理。然而但有表面上联络，而兵力未及，仍是各自为谋。或者因北伐不遂之故，而兵队则已移往湘赣。反是一搏控西南之机也）。但世事实难逆料。此狂躁之气实已遍满国中，飘风骤雨不可过抑。不仅吾中国然也，抑全世界皆如此矣。而粤政府一向……

師座久不得信日日懸望矣五月十日徹左細埋託人進城寄
發之快信迄今已月餘日不見覆示豈為被檢察失去耶此
信寫時頗費心血私心甚惜之也真師四月廿六日信接得
轉託信因政軍事長政府中人或有此期望一班人亦有此揣測
國化實情至於為不為則更說不上真師處以此而發議論未免
太快者去似覺不好遂未轉託也唐氏從前為人糟亂國家
口一詞無待北京之湘人言之也自去前年學佛以後竟大改往
直是前後兩人見真如云彼此生惟幸得佛教救起不然必淪
無疑徹等察其言行亦實無十分大出入不相符合處也如今是何
世界那裡去尋真正乾淨好人只其人有血性肝膽可資鼓
勵欲而不從斯便難得徹於唐氏始終作如是觀至於其心
思志意之粗疏知人用人之不能明審庸何待言徹固有治軍
之特長 此觀主持大計者之善任使用
不違才則彼之短不害其長也來日方長用之者如何

第四辑　书信 24-1

是一向想而彼之自用者如何又是一向想其結果此時雜判些耳。軀長官而奪之又不能順守，都是局外人隔閡之誤，徹且怪。真師隨便下些語的脾氣未免太過一點矣。徹來廣東後心中最笑自家從前之隨便者，莫若平日據報紙或傳聞便發議論評些，且動無謂之感情，皆自苦惱。一事以外間傳佈之許多消息不惟與事實離得太遠，且直是常常相反矣。吾儕方且據以為真材實料，而陪奉許多自傷自惱之感情，錢自家精神常在煩向中，覺得世事偲無辦法，不亦可笑乎。其實真投身局中，始知彼自有綫索，而此綫索不惟局外人無從知道，即從是局中人矣，若其人一向粗忽成性，亦且從知此綫索之為索者究何如也。真師之語之無當情實，試來諸長亦不好從信上述說上語內容複雜，且不談下語，謹畧答數語：方吾儕離長沙不過三十十日而吳遂派之大軍已壓境，以一萬餘人之家而敵則數近十萬之兵，如何順守耶？退衡州為

第四辑　书信 24-2

記等在長與唐既定之軍略後方救援未至而彼能守住
衡州卒能以少敵衆且能反攻得勝利進取湘潭以窺長沙能
支撐至數月之久其真難得而相信彼之軍隊實有不
可輕視之點在矣在此種情勢之下而吳以不能順守
謂為風起雲擁之徒則真不得不說是下甚語太隨
便耳
記部隊已到齊記準備後日先出發徹與民庸即同行名鳴
因是任政治部秘書易成一部分或緩幾月出發不與徹
等同徹與民庸暫受師部秘書名義民到湘後或在
軍中作一與民間交涉之事徹則常在真左右有餘力則
幫忙名鳴政治部忙政治部在粵中革命軍本負極大
責任作得好真可以使軍隊有特別力量並且若要取
得民間大多數同情只在此處著力不可吾等須在此方面
用些工夫以此安救自己之精神心力並以此而報記

第四辑　书信 24-3

也
敝師信云大平病今竟何如殊用憂念 師心理学及
真師唯識進行何如能屬諸生時時鈔示否 徹等此
後行止恐雖有定自當時時奉告有信仍只好從
廣州轉耳 春之於五月初三由此間啓行此信到時
諒已至京數日矣伯良四川啓行否京西近又在擾亂中
師等得無受影響耶
雛先先生昨日来一掛号信要我等到瓊幫忙亦有
信致詬言之此信若在十日前到或可同真商量今
則名鳴已視事數日而徹與良亦早定與真隨行
今還去殊無以對之且此心亦始終以未得與詬作過一事
為歉也 已去信辭之 徹等今日已正式入黨此事本已
早不成問題在出發前辦妥亦好 生維徹拜上 六月十九日
楚瑩留後方住廣州不同去

第四辑 书信 24-4

书信 24《致梁漱溟》[1]

师座：

久不得信，日日悬望矣。五月十日，彻在细墟托人进城寄发之快缄迄今已月余，日不见覆示，岂为被检察失去邪？此信写时，颇费心血，私心甚惜之也。真师四月廿六日信接得。转证信，因改军长事，政府中人或有此期望，一班人亦有此揣测，固非实情。至于为不为，则更说不上。真师遽以此而发议论，未免太快，看去似觉不好，遂未转证也。唐氏从前为人糟乱，固众口一词（亦是事实），无待北京之湘人言之也。自去前年学佛以后，竟大改行径，直是前后两人。见真如云，彼此生惟幸得佛教救起，不然必沉沦无疑。彻等察其言行，亦实无十分大出入不相符合处也。如今是何世界，那里去寻真正干净好人？只其人有血性肝胆可资鼓励，欲而不纵，斯便难得。彻于唐氏始终作如是观而已。至于其心思志意之粗疏，知人用人之不能明审，庸何待言？彼固有治军之特长（治军之才南方恐难得其敌手。彼之军队真正可敬爱，彻等固目击之矣）。此视主持大计者之能善任使否耳，用不违才则彼之短不害其长也。然来日方长，用之者如何是一问题，而彼之自用

[1] 此信共4页（两页双面书写），刊于《梁漱溟往来书札手迹》491—464页，此书所标注时间为“一九二六年六月十九日”。据信内容显示，此信写于北伐即将出发之时。（1926年7月4日，国民党中央在广州召开临时全体会议，通过并发布《国民革命军北伐宣言》）从信中内容看（五月十日……寄发之快缄迄今已月余，日不见覆示。岂为被检察失去邪），当时的形势已有些敏感，故信中一些人名多用一个字表示，比如真、证即为陈铭枢（字真如，也字证如）；唐氏为唐生智；吴为吴佩孚；艮为黄艮庸。

者如何又是一问题。其结果此时都难判断耳。“驱长官而夺之又不能顺守”都是局外人隔阂之谈，彻且怪真师随便下断语的脾气未免太过一点矣。彻来广东后，心中最笑自家从前之随便者，莫若平日据报纸或传闻便发议论评断，且动无谓之感情以自苦恼一事。以外间传布之许多消息不惟与事实离得太远，且直是常常相反。吾侪方且据以为真材实料，而陪奉许多自伤自恼之感情，使自家精神常在烦闷中。觉得世事总无办法，不亦可笑乎！其实真投身局中，始知彼自有线索。而此线索不惟局外人无从知道，即纵是局中人矣，若其人一向粗忽成性，亦且正不知此线索之为线索者究何如也。真师二语之无当情实说来话长，亦不好从信上述说。上语内容复杂且不谈，下语谨略答数语。方吾侪离长沙不过十日，而吴[1]遣派之大军已压境矣。以一万余人之众而敌数近十万（三十团）之兵，如何顺守邪？退衡州，为证等在长与唐既定之军略。后方救援未至而彼能守住衡州，卒能以少敌众，且能反攻而时得胜利，进取湘潭以窥长沙。能支撑至数月之久，吾侪方正叹其真难得，而相信彼之军队实有不可轻视之点在矣。在此种情势之下，而责以不能顺守，谓为风起云拥之徒，则真不得不说是下断语太随便耳。

证部队已到齐。证准备后日（廿一日）先出发，彻与艮庸即同行。名鸿因是任政治部秘书，另成一部分或缓几日出发（今晚亦决定同时出发），不与彻等同。彻与艮庸暂受师部秘书名义。艮到湘后或在军中作一与民间交涉之事，彻则常在真左右，有余力则帮名鸿政治部忙。政治部在粤中革命军本负极大责任（凡革命军之一切要义及其根本观念之指导训练都属之），作得好真可以使军队有一种特别力量。并且若要军队取得民间大多数同情，非在此处着力不可。吾等须在此方面用点工夫，以此而安放自己之精神心力，并以此而报证也。

漱师信云大平[2]病。今竟何如，颇用忧念。师心理学及真师唯识进行

---

[1] 吴，即吴佩孚（1874—1939），字子玉，山东蓬莱人，民国时期著名的军事家。1926 年夏北伐战争起，吴从北方赶赴前方督战，在鄂南汀泗桥、贺胜桥连遭惨败。10 月北伐军攻占武汉三镇，吴部主力被歼，从此一蹶不振。1932 年回到北平（今北京），曾通电声讨溥仪充当伪满傀儡，拒任伪职。1939 年病逝，后被国民党政府追认为陆军一级上将。有《循分新书》《正一道诠》《明德讲义》《春秋正义证释》等著述传世。

[2] 大平，人名，姓氏、生平待考。

何如？能属诸生时时钞示否？彻等此后行止恐难有定，自当时时奉告。有信仍只好从广州转耳。存之于五月初三由此间启行。此信到时谅已至京数日矣。伯良回四川启行否？京西近又在扰乱中，师等得无受影响邪？

难先先生昨日来一挂号信，要我等到琼帮忙[1]。并亦有信致证言之。此信若在十日前到，或可同真商量。今则名鸿已视事数日，而彻与艮亦早定与真随行。今遽去，殊无以对之。且此心亦实始终以未得与证作过一事为歉也。已去信辞之。彻等今日已正式入党。此事本已早不成问题，在出发前办妥亦好。

楚碧[2]留后方，住广州不同去。

生维彻拜上

六月十九日

[1] 难先先生，即张难先，时任琼崖（今海南省）行政委员、监察院委员之职。

[2] 楚碧，人名，姓氏、生平待考。

第十七号　此川後從前寄信編號在本失落，故中間幾封信未列号數，大約是寄至十六号止。師查出補記之。

徵師座前：得信拜讀，悽愴感慨，潸然欲哭。生之不見諒於真師，全由平日對真師之妄誕及自己態度之模糊游移，時時轉變，因以激起嫌厭之感所致。一切當自責自省，於真師何有哉。惟在倖友、燕大、明两君事前，師之於生，其怒斥之情尚未甚厲。（在最近之两信前，師信尚内激烈否）今則竟嚴絕峻拒，幾同仇讎，則師意蓋以两君事純由生之忽略，或且於正前間阻之故，因此而推及生有輕薄師之成見在胸也。嗚呼！若師誠以此事之故，始加重其怒斥之情，則事亦易明矣。生自七月初離湘以後，凡

第四辑　书信 25-1-1

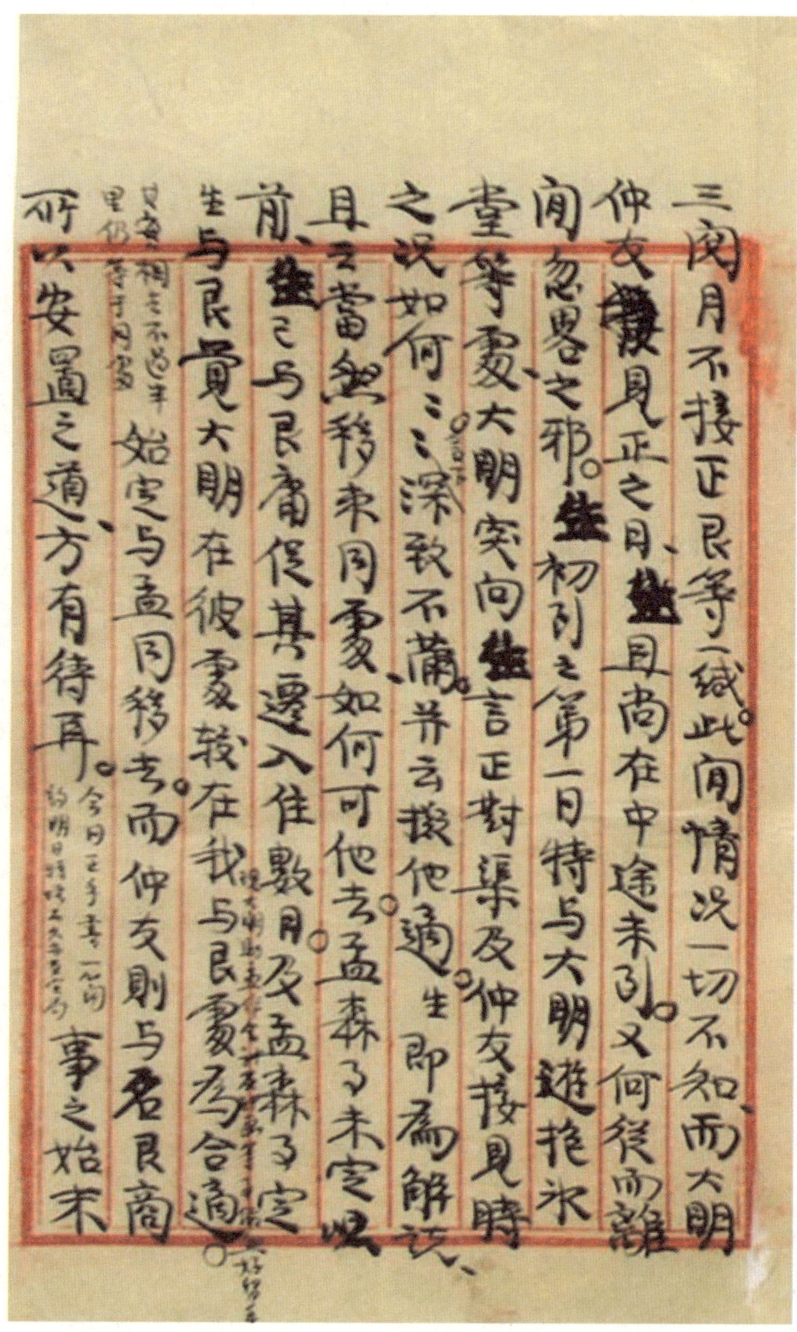
三阅月不接正民等一纸。此间情况一切不知，而大明
仲友见正之日，且尚在中途未到。又何从而离
间忽思之邪。初到之第一日，特与大明游抱冰
堂等处，大明突向言正对渠及仲友接见时
之况如何如何，深致不满，并云拨他适生即为解说、
且云当无务来同处，如何可他去。孟森乃未定
前、之与民甫促其迁入住数月。及孟森乃定
生与民觅大明在彼处，较在我与民处为合适。
始定与孟同务去。而仲友则与君民商
所以安置之道、方有待耳。事之始末

第四辑　书信 25-1-2

（二）

如是。至真師为他之介紹來者則我已以之办我未必办特良为生未二霞作說之耳真師若誠於明白真

像之後始加怒於生、則生惟有隱忍受之、不當

以事實之遷陳。今則師之誤會推牽既已日甚

於盛怒之餘不惟大有礙於用功著述、即身

體精神亦必虧傷不淺。生之罪將更增重，如何

可以無辭。或大明書有信告師部 然又不敢直寫信於真師之

前、 師若可以轉述則一為生轉述之而已。嗚呼。

真師之不顧予怨諒於生、除自責者之外、生仍

以為是乎常心境。與未嘗覓得与真師有若

何隔閡者。在惟生今既顧離 師等往前向撞

第四辑　书信 25-2-1

自家主見已未拿穩、而世事變化太快、經歷力量又甚稚弱。不知此生終能得一主見與之拚持。因國長途漫漫、其終與　師等離合之度究是若何、此方是大問題。此方是吾儕致謹之點。吾師生之當彼此靈心承受者在此。吾師生之當彼此平心靜論致核者在此。從今後決不敢於是之處阿隨、亦甚不些。　師等先遠以許定之見隱伏胸中。而忽沒天所以逼予此代不可規避而又不能不忍心痛相從之傷心情勢。遂以不合吾之條理為無辦法。而厭斥之也。不見則隱隱

第四辑　书信 25-2-2

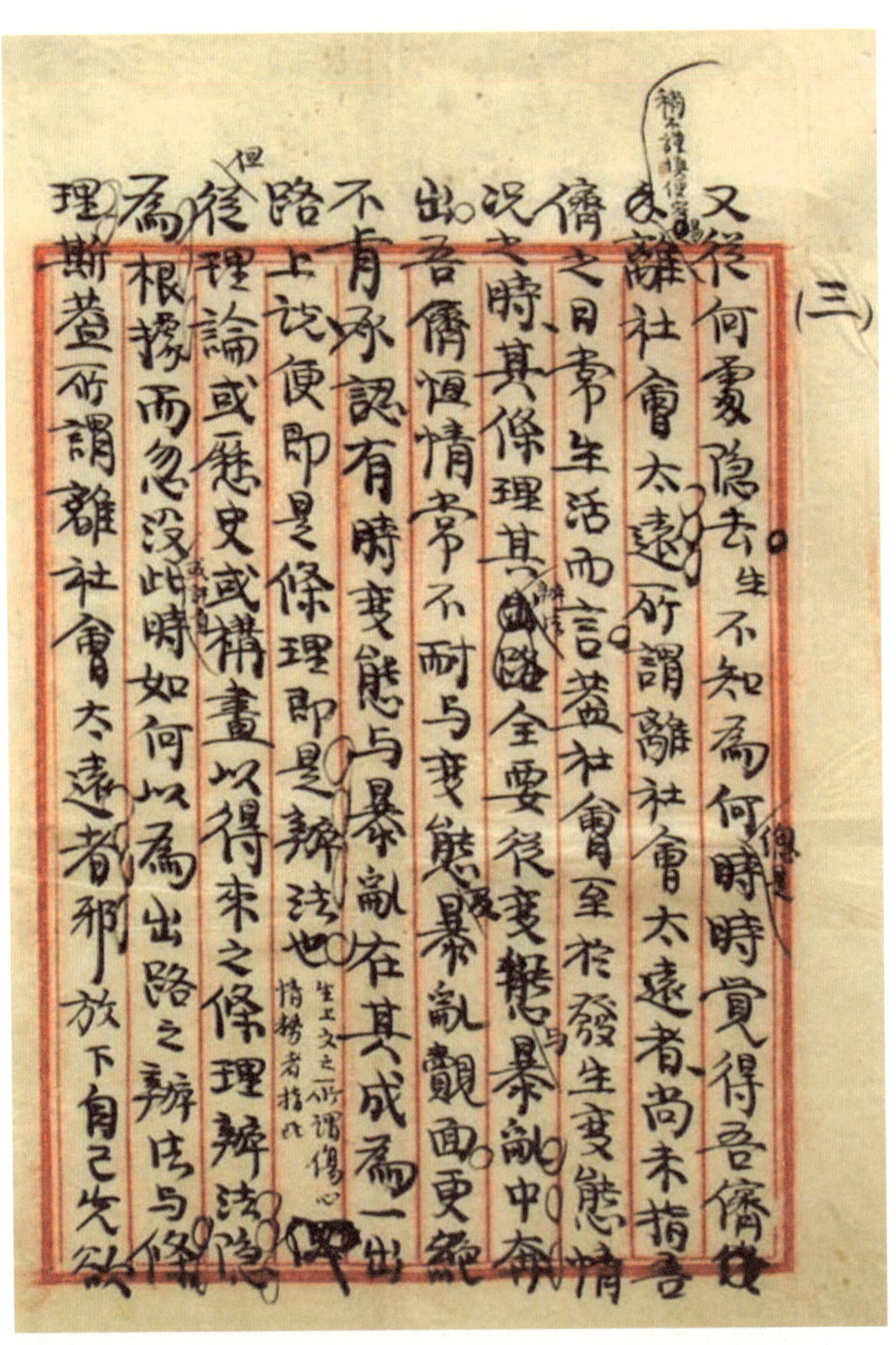
(三)
又從何處隱去。生不知為何時時覺得吾儕[illegible]
離社會太遠。所謂離社會太遠者，尚未指吾
儕之日常生活而言。蓋社會至於發生变態情
況之時，其條理其出路全要從变態暴亂中奮
出。吾儕恒情常不耐与变態暴亂覿面，更絕
不肯承認有時变態与暴亂在其成為一出
路上說便即是條理即是辦法也。生上文之所謂傷心情摻者指此。
從理論或歷史或構畫以得來之條理辦法
為根據而忽没此時如何以為出路之辦法与條
理，斷並所謂離社會太遠者邪。放下自己先[illegible]

第四辑　书信 25-3-1

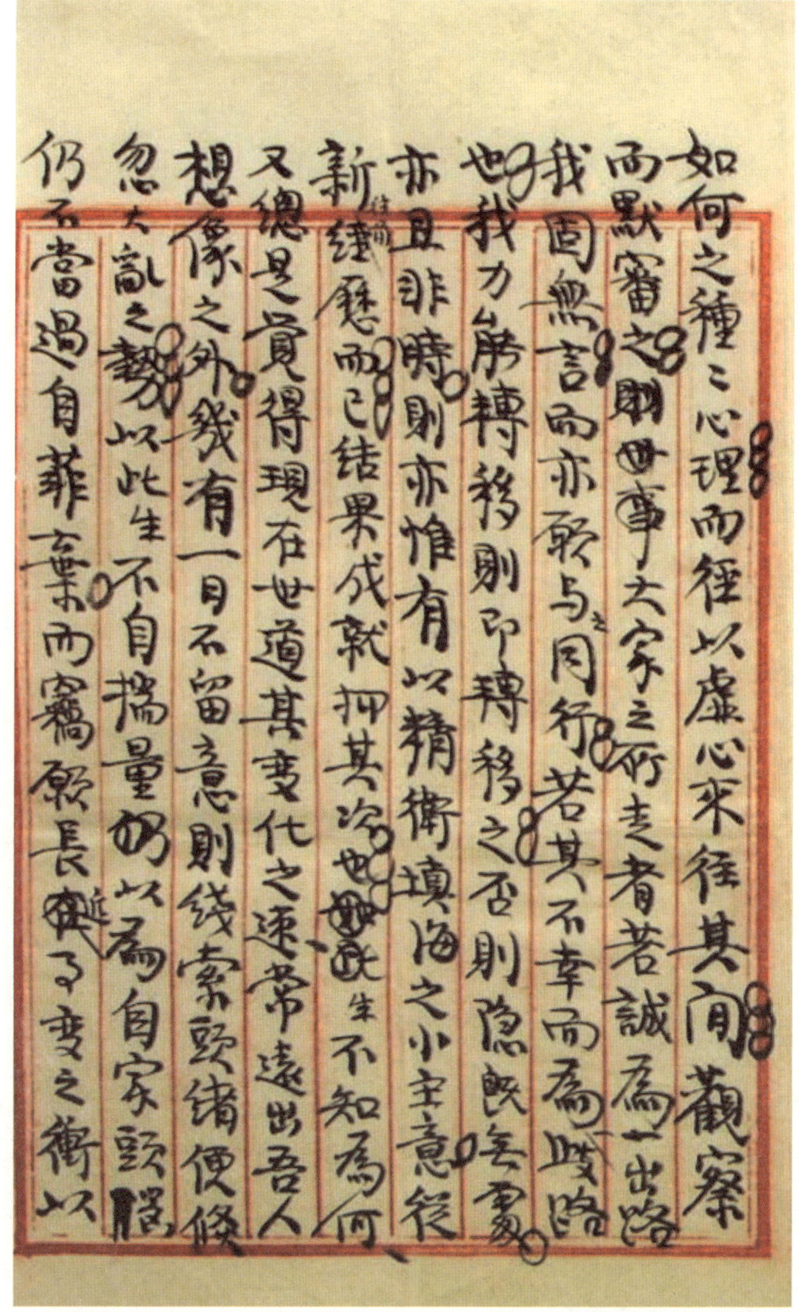
如何之種種心理而往以虛心來往其間觀察
而默審之則事大家之所走者若誠為一出路
我固無言而亦願與之同行若其不幸而為歧路
也我力能轉移則即轉移之否則隱然含處
亦且非時則亦惟有以精衛填海之小主意從
新往前縫懸而已結果成就抑其次也此生不知為何
又總是覺得現在世道其變化之速常遠出吾人
想像之外幾有一月不留意則幾索頭緒便條
忽大亂之勢以此生不自揣量以為自家頭腦
仍不當過自菲薄而竊願長近于變之衝以

第四辑　书信 25-3-2

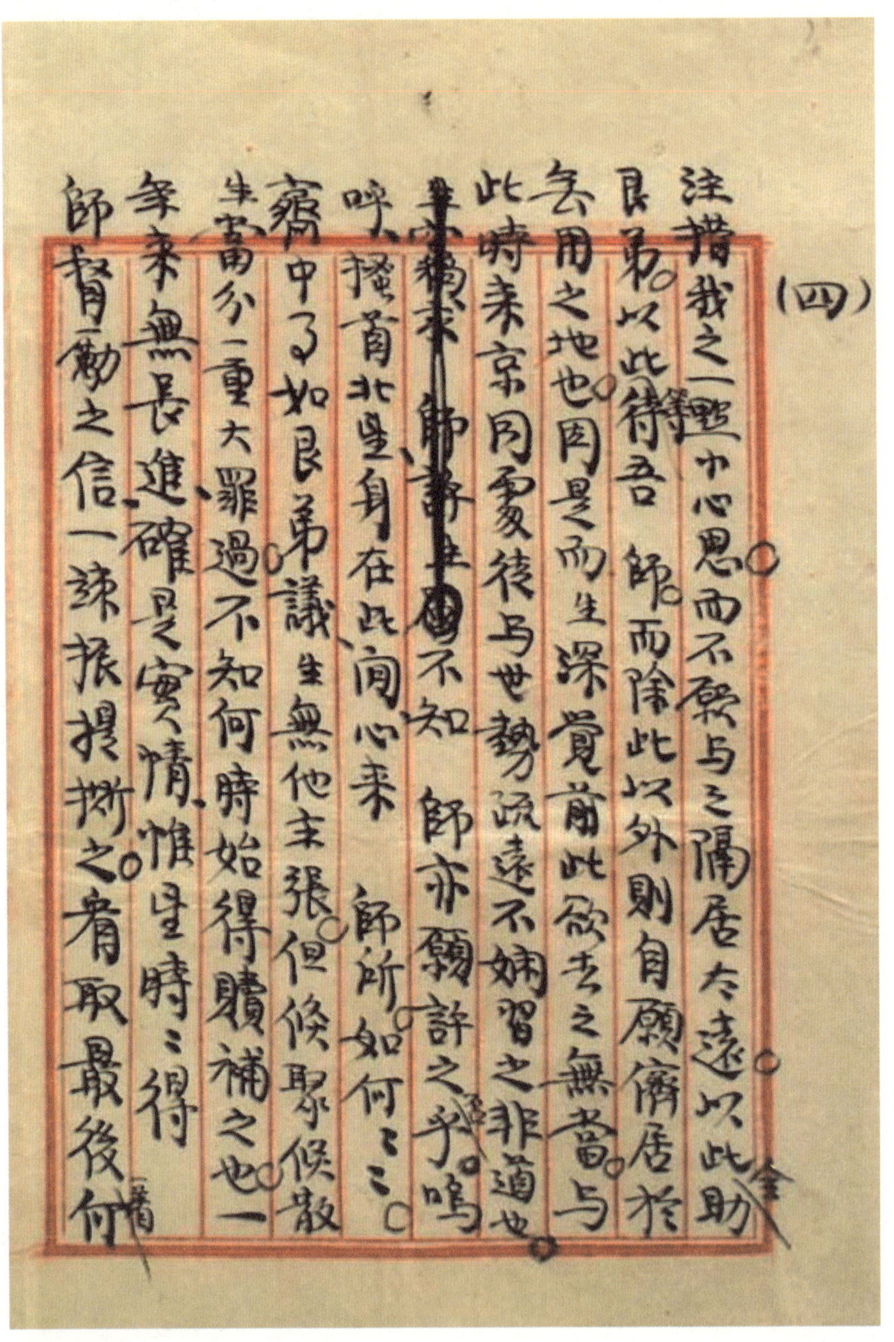

（四）

注措我之一點中心思而不顧与之隔居太遠以此助
良弟以此待吾　師而除此以外則自願僻居於
無用之地也因是而生深覺前此欲去之無當与
此時来京同處後与世勢疏遠不嫻習之非道也
不知　師亦願許之乎嗚
呼攜首北望身在此間心来　師所如何如何
窮中了如良弟議生無他求張但候聚候散
生當分之重大罪過不知何時始得贖補之也一
年来無長進確是實情惟望時時得
師督勵之信一誅振提撕之看取最後何

第四辑　书信 25-4-1

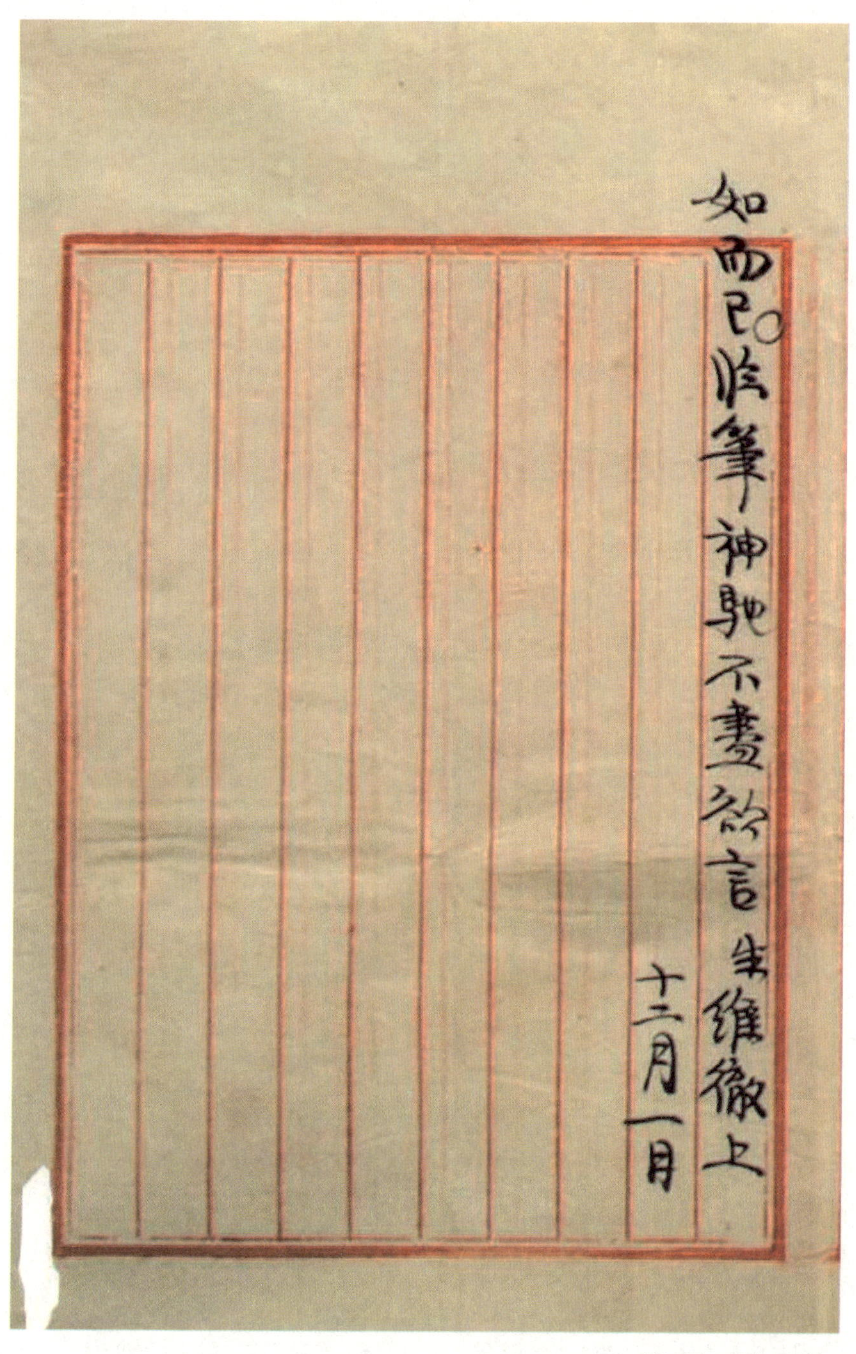

如而已。临笔神驰不尽欲言 朱维徽上

十二月一日

第四辑　书信 25-4-2

书信 25《致梁漱溟》[1]

漱师座前：

得信捧读凄怆感慨潸然欲哭。生之不见谅于真师，全由平日对真师之妄诞及自己态度之模糊游移、时时转变，因以激起嫌厌之感所致。一切当自责自省，于真师何有哉。惟在王仲友[2]、燕大明[3]两君事前，师之于生其怒斥之情尚未甚厉（在最近之两信前师信尚问彻到否）。今则竟严绝峻拒，几同仇雠。则师意盖以两君事，纯由生之忽略或且于正前间阻之故。因此而推及或生先有鄙薄师之成见在胸也。呜呼，若师诚以此事之故，始加重其怒斥之情，则事亦易明矣。生自七月初离湘以后，凡三阅月不接正、艮等一缄。此间情况一切不知，而大明、仲友见正之日，生且尚在中途未到，又何从而离间忽略之邪？生初到之第一日，特与大明游抱冰堂[4]等处，大明突向生言正对渠及仲友接见时之况如何如何。言下深致不满，并云拟他适。

[1] 此信共 4（大）页。落款日期为 12 月 1 日。据信中“生自七月初离湘”等内容推断，该信的写信日期应该在 1926 年末。信前有“第十七号”及“出川后从前寄信编号底本失落，故中间有几封信未列号数。大约是寄至十六号。望师查出补记之”的说明。

[2] 王仲友，熊十力学生，生平待考。

[3] 燕大明，熊十力学生，曾于 1937 年主持由熊十力创办于湖南郴县的“十力中学”，《十力语要》中有《与燕大明》条。具体生平待考。

[4] 抱冰堂建于 1909 年，是清末名臣张之洞的生祠，今为张之洞纪念馆。位于武汉市武昌蛇山南腰首义公园内。

生即为解说，且云当然移来同处，如何可他去。孟森[1]事未定以前，生已与艮庸促其迁入住数月。及孟森事定，生与艮觉大明在彼处较在我与艮处为合适（现大明助孟任会计及印画等事，俨然好帮手。其实相去不过半里，仍等于同处），始定与孟同移去。而仲友则与名、艮商所以安置之道，方有待耳（今日正手书一简，约明日特晤。不久亦当定局）。事之始末如是（至真师其他之介绍来者，则或已照办或未照办，特艮与生未一一覆信说之耳）。真师若诚于明白真像之后，始加怒于生，则生惟有隐忍受之（或竟是外人生亦可以不说），不当以事实缕陈。今则师之误会推牵既已日甚，盛怒之余不惟大有碍于用功著述，即身体精神亦必亏伤不浅，则生之罪将更增重，如何可以无辞（或大明当亦有信告师邪）？然又不敢直写信于真师之前。师若可以转述，则一为生转述之而已。呜呼！真师之不愿予恕谅于生，除自责省之外，生固仍是平常心境，未尝觉得与真师有若何隔阂者在。惟生与艮弟今既愿离师等往前闯撞，自家主见已未拿稳，而世事变化太快，经历、力量又甚稚弱，复不知此生究于何时始得一稳定之主见与之拼持。则长途漫漫，其终与师等离合之度究是若何，此方是大问题，此方是吾侪致谨之点。吾师生之当彼此虚心承受者在此。吾师生之当彼此平心诤论严核者亦在此。生从今后决不敢于是处阿随，亦甚不望师等先遽以断定之见隐伏胸中，而忽没天所以逼予与此时代不可规避。而又不能不忍痛相从之伤心情势，遂以不合吾之条理为无办法，而厌斥之也。不见则隐，隐又从何处隐去？生不知为何总是时时觉得吾侪稍不谨慎便容易离社会太远。所谓离社会太远者，尚未指吾侪之日常生活而言。盖社会至于发生变态情况之时，其条理、其办法全要从变态与暴乱中奔出。吾侪恒情常不耐与变态及暴乱觌面，更绝不肯承认有时变态与暴乱在其成为一出路上说，便即是条理即是办法也（生上文之所谓伤心情势者指此）。但从理论或历史或构画以得来之条理办法隐为根据，而忽没或评责此时如何以为出路之办法与条理，斯盖所谓离社会太远者邪。放下自己先欲如何之种种心理，而径以虚心来往其间观察而默审之。大家之所走者，若诚为一出路，我固无言，而亦愿与之同行。若其不幸而为一歧路也，我力能转移则即转移之。否则隐既无处，亦且非

[1] 孟森，人名，姓氏、生平待考。

时，则亦惟有以精卫填海之小主意，从新往前经历而已。结果成就抑其次也。生不知为何，又总是觉得现在世道，其变化之速，常远出吾人想像之外。几有一日不留意，则线索头绪便倏忽大乱之势。以此生不自揣量，以为自家头脑仍不当过自菲弃，而窃愿长近事变之冲以注措我之一点小心思。而不愿与之隔居太远，以此全助艮弟，以此等待吾师。而除此以外则自愿侪居于无用之地也。因是而生深觉前此欲去之无当，与此时来京同处，徒与世势疏远不娴习之非道也。不知师亦愿许之否乎？呜呼，搔首北望，身在此间，心来师所。如何如何。斋中事如艮弟议，生无他主张。但倏聚倏散，生当分一重大罪过，不知何时始得赎补之也。一年来无长进，确是实情。惟望时时得师督励之信，一竦振提撕之，看取最后一着何如而已。临笔神驰，不尽欲言。

生维彻上

十二月一日

【第五辑】

师生之谊

写信时间：

1927—1938 年

信件数量：

共 2 件

这是两封时间相隔 11 年且相互没有关联的信件。归为一辑，一是避免结构过于零散，二是可列于师生生活类通信，读者在轻松阅读的同时，也可从多方面了解师生交往的细节。

漱師足庸弟　昨日已到重慶自北京來前后十七日火車輪船振盪鼓動精神不免稍見疲困兩三日當然還復不足慮也三峽風景重看一過峯峯特立儼如虎蹲動心駭目剛勁之氣為之一振自此以上青山綠水俊秀近初春矣特與赤地千里寂寞蕭條之北方相較無可比例也在此尚有兩三日之留家居二三

第五辑　书信 26-1

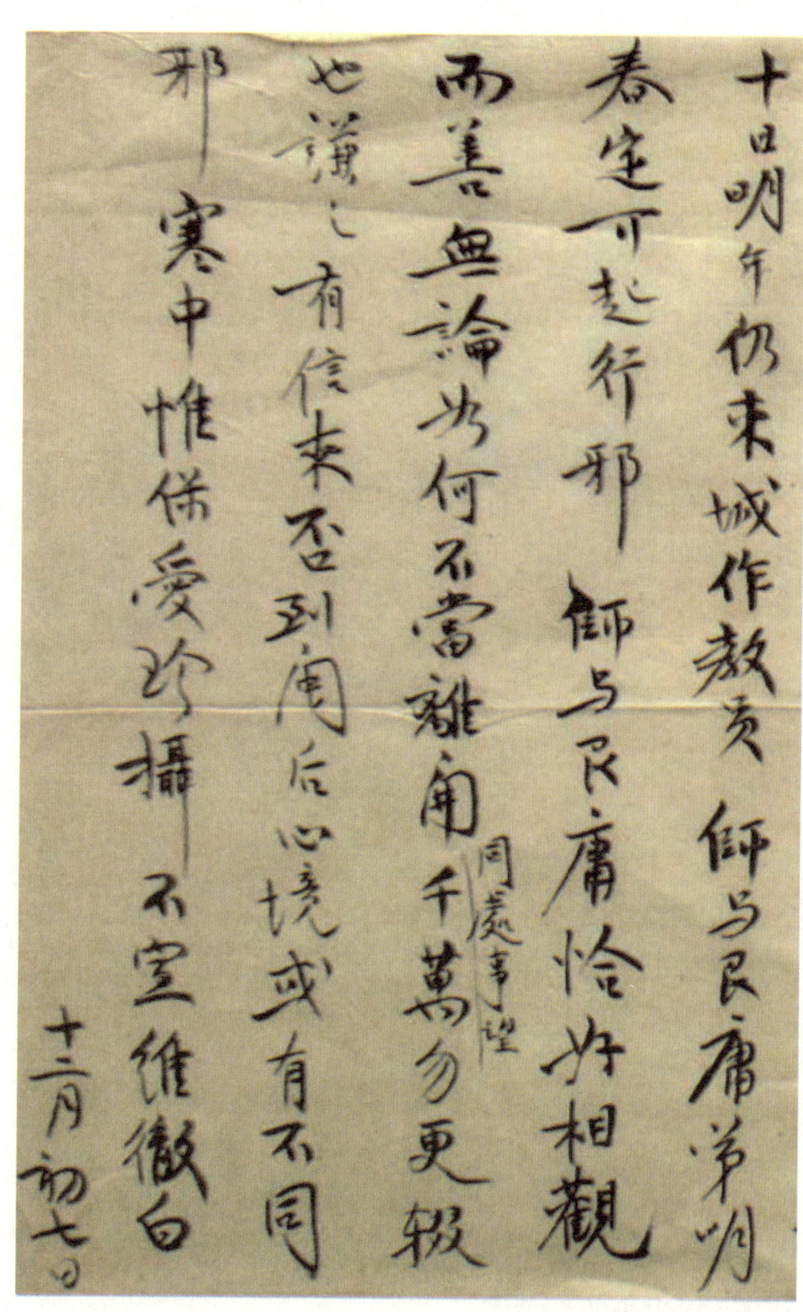

十日明午仍來城作教員　師與艮庸弟明
春定可起行邪　師與艮庸恰好相觀
而善無論如何不當離開千萬勿更輟
（同處事望）
也謙之有信來否到閩後心境或有不同
邪　寒中惟保愛珍攝　不宣　維徵白
十二月初七日

第五辑　书信 26-2

书信 26《致梁漱溟、黄艮庸》[1]

漱师、艮庸弟：

昨日已到重庆。自北京来前后十七日。火车轮船振荡簸动，精神不免稍见疲困，两三日当能还复，不足虑也。

三峡风景重看一过。峰峰特立，俨如虎蹲，动心骇目。刚劲之气，为之一振。自此以上，青山绿水俊秀，近初春矣。持与赤地千里寂寞萧条之北方相较，无可比例者。

在此尚有两三日之留。家居二三十日，明年仍来城作教员。师与艮庸弟明春定可起行邪。师与艮庸恰好相观而善，无论如何不当离开，同处事望千万勿更辍也。谦之[2]有信来否？到闽后心境或有不同邪。寒中，惟保爱珍摄。不宣。

维彻白

十二月初七日

---

[1] 此信 1 页，用普通白宣纸。落款为“十二月初七日”。刊于《梁漱溟往来书札手迹》495 页，该书所标注时间为“一九二七年十二月初七”，亦为该书收录王信之最后一件。

据梁漱溟 1987 年 10 月所撰《读〈李济深先生略历〉书后》一文记述：“我是 1927 年旧历五月偕同王平叔、黄艮庸到广州，而在 1929 年旧历正月离去广州的。”据资料（1. 李渊庭、阎秉华《梁漱溟先生年谱》；2. 广州广雅中学（其前身为广州第一中学）官网）显示，梁漱溟于 1928 年 6 月至 1929 年 7 月任广州第一中学校长，之后由黄庆（艮庸）接任至 1931 年 7 月。由此推断，王平叔是参与了广州第一中学办学工作的，信中所说“明年仍来城作教员”可理解为回广州任教。另据梁培宽先生 2004 年撰写的《关于王维彻先生早年所写的一批书信》显示：王平叔“1927 年初—1928 年，在由武汉回北平后不久，又随梁漱溟赴广东。梁漱溟任广东省立一中校长，王先生又任教于一中”。

[2] 谦之，即朱谦之（1899—1972），字情牵，福州市人。1917 年入北大法学预科及哲学系。1920 年因反对北洋军阀，散发传单被捕。1924 年任厦门大学讲师。1929 年游学日本。1931 年任上海暨南大学教授。1932—1952 年任中山大学教授，先后兼历史系、哲学系主任及文学院院长等职。1952 年后任北大哲学系教授。1963 年起任中科院世界宗教研究所研究员。著述甚丰，有《中国思想对于欧洲文化之影响》《扶桑国考证》《日本的朱子学》等。

朱在北大期间即与梁漱溟师友团队有交往，对梁漱溟执弟子之礼，与王平叔、黄艮庸等过从甚密。

漱師座前：奉八月卅日誨諭，感徹肺肝。愛護之德，天高地厚，生其何以自礪上報耶。藥（中醫方）已於師發信日（卅日）完全斷去，不服。惟病苦則反較前加劇（念佛早晚更隨僧衆上殿行佛事也，自九月一日起），十日來夜夜失眠，最近且（苦極時仍只長聲）泄利頻頻，神氣萎弱，然仍常持大死大活、不死不活之念，志不敢退，心不敢怯，不忍忘卻我之大事一件，與夫圍繞我心神上之許多師友盛情也。自審情勢，大約已近平復時期，起死回生，當在此際

第五辑　书信 27-1

生現仍住陽城四十里之方山寺中慧卿同在不成一個完全好人誓不下山至少亦有十日之留

謝肩重責自周校長從成都回校即屢懇辭謝周曾來山面談一次竟堅不見許十餘日來亦常寫信談及然都不諒允今得

師信如此主張或有解除之望即以師信轉去矣惟功課則難辭脫擬只任國文其他雜課概行推去根本退出當在寒假期間良庸有人來信從理先生謂已返粵接眷屬啟行否

師在渝有幾多時日住居兩世弟現在何處疾苦中不克多及惟候德陳 九日

敬叩

起居安勝 慧卿同叩

生維徽敬拜

第五辑　书信 27-2

附鈔今日與奥游、從理信

奥游、從理兄：午後方交一信與何役帶校。頃間傍晚又得兄等一緘並大洋捨之感慰萬狀，不能即時返校之情已於適緣信上說及。弟來山四五十日，僅不能以一個完全的好人下山，將以何者對吾師吾友，周不特關係弟個人之前途已

第五辑　书信 27- 附钞 -1-1

也是以此時縱在極痛極苦之際而仍念念不忘我之太多一件與夫圍繞我心神上之許多師友盛情也明知校中此時只等獨勞之苦與要我回校之切然總覺我在此忍一死求生之際不當含糊懵懂遽下山假告奮勇自誤誤人嗚呼大死大活不死不活其為此時之謂

第五辑　书信 27- 附钞 -1-2

乎兄等其亦哀憐之耶前
後大約已有二十晚不得睡眠日来
瀉利更增飲食遽减然自審
或正是翻眠時期……今日得
漱師手諭更教弟感徹肺肝受（師信印附上請閱之後寄還）
我之德天高地厚所云萬不可行
者弟想来想去實是真知灼見
日来病中更覺重責之不能弛負
自誤猶小誤校子其將何以哉請
吾兄仍體此真情實意千萬另想
替人弟至多只任教國文功課也……

第五辑　书信 27- 附钞 -2

书信 27《致梁漱溟及附件》[1]

漱师座前：

奉八月卅日诲谕，感彻肺肝。爱护之德天高地厚，生其何以自砺上报邪。药（中医方）已于师发信日（卅日）完全断去不服。惟病苦则反较前加剧（苦极时仍只长声念佛，早晚更随僧众上殿行佛事也）。十日来（自九月一日起）夜夜失眠。最近且泄利频频，神气痿弱，然仍常持大死大活不死不活之念。志不敢退，心不敢怯。不忍忘却我之大事一件与夫围绕我心神上之许多师友盛情也。自审情势大约已近平复时期，起死回生当在此际。生现仍住隔城四十里之方山寺[2]中（慧卿[3]同在），不成一个完全好人誓不下山。至

[1] 此信共 4 页（其中与梁信 2 页，另有 2 页为转录与泸县（今泸州）川南师范同僚信之节选）。落款为 9 日，从信之内容考察，应为 9 月 9 日；另根据梁培宽先生提供之王维彻简历显示，1938 年，任川南师范训育主任，故此信的具体日期应为 1938 年 9 月 9 日。信纸为普通之夹江宣纸，附件尺寸不一，可见其在山中养病之时，一切从简。

[2] 方山，位于四川泸州市江阳区境内，距县城 25 公里，离泸州市区 16 公里，其兴于唐，重建于宋的云峰寺，是蜀东南佛教的发祥地，也是我国为数不多的千年古刹之一。

[3] 慧卿，即陈慧卿（1897—1981）。王平叔之妻，广东南海县人，1914—1920 年在广州某纱厂当工人，1921—1931 年在广州中法韬美医院担任护士工作期间，于 1930 年认识在韬美医院住院治疗的王平叔，1931 年赴山东邹平与王平叔结婚。1932 年 6 月于山东济南生长子王复。1932 年 11 月随王平叔从山东邹平回四川巴县，并于 1933 年生长女王治宽，1934 年生次子王治焘，1936 年生幼子王治森。1941 年勉仁中学（1952 年改名为重庆第 22 中学）搬迁至重庆北碚金刚碑，陈任校医至 1958 年退休。1972 年 7 月移居安徽合肥，1981 年 3 月 12 日于合肥病逝，享年 84 岁。

少亦有十日之留。训育重责，自周校长[1]从成都回校，即屡恳辞谢。周曾来山面谈一次，竟坚不见许。十余日来亦常写信说及，然都不谅允。今得师信如此主张，或有解除之望（即以师信转去矣）。惟功课则难辞脱（拟只任国文，其他杂课概行推去）。根本退出当在寒假期间。艮庸有人来信（从理[2]告生），谓已返粤接眷属。启行否？

师在渝有几多时日住居？两世弟[3]现在何处？疾苦中不克多及。惟俟续陈。

敬叩

起居安胜

慧卿同叩

生维彻顿拜

九日

附钞今日与奂游[4]、从理信

奂游、从理兄：

午后方交一信与何役[5]带校，顷间傍晚又得兄等一缄并大洋拾元，感

---

[1] 周校长，应为当时（1938年前后）川南师范学校校长，生平待考。川南师范之前身为创建于1901年之川南经纬学堂，1902年改名川南师范学堂，辛亥革命后，遵当时教育部的规定，于1913年正名为“川南联合县立师范学校”，1957年改名为“四川省泸州师范学校”，2002年4月，泸州教育学院、泸州师范学校和四川省水利机电学校合并组建泸州职业技术学院。

[2] 从理，即潘从理（1899—1950），名远燮，字崇礼，读大学时改名从理。出生于古蔺县马厂头一小业主之家，自幼天资聪颖，1923年考入北京大学哲学系，得教于梁漱溟、熊十力、陈独秀、李大钊等著名学者。

1928年秋随梁漱溟执教于广东省立第一中学（即今广雅中学），潘从理任学校训育主任。1932年出任广东番禺县政府督学，并创办番禺县新造乡乡民学校，被推荐为校董兼第一实验小学校长。1933年回四川任巴县南泉乡村建设实验区总务主任（王平叔曾任实验区区长）兼巴县第一小学校长。1934年前往山东邹平县从教于山东邹平县乡村建设研究院训练部任班主任。抗战爆发后，山东沦陷，回乡执教于川南师范学校任训育主任并办分师班。

1938年在家乡创办“勉仁学社”，1942年更名为“古蔺私立勉仁小学”，附设初中班。后拟办古蔺乡村建设学校，欲请熊十力、黄艮庸、王平叔等前往执教未果。对古蔺1949年和平解放做出极大贡献，曾任古蔺县第一届政协委员。1950年秋，因诬告被害，1987年得以平反昭雪。

[3] 两世弟，即梁漱溟之子梁培宽、梁培恕。

[4] 奂游，作者在川南师范之同事，姓氏、生平待考。

[5] 何役，川南师范学校何姓校工，生平待考。

慰万状。不能即时返校之情已于适才信上说及。弟来山四五十日，傥不能以一个完全的好人下山，将以何者对吾师吾友？固不特关系弟个人之前途已，也是以此时纵在极痛极苦之际，而仍念念不忘我之大事一件，与夫围绕我心神上之许多师友盛情也。明知校中此时兄等独劳之苦与望我回校之切，然总觉我在此忍死求生之际，不当含糊懵懂，遽下山假告奋勇，自误误人。呜呼，大死大活不死不活，其弟此时之谓乎？兄等其亦哀怜之邪。前后大约已有二十晚不得睡眠。日来泻利更增，饮食遽减，然自审或正是翻眠时期……今日得漱师手谕（师信即附上，请阅。阅后寄还），更教弟感彻肺肝。爱我之德，天高地厚。所云万不可行者，弟想来想去，实是真知灼见。日来病中更觉重责之不能强负，自误犹小，误校事其将何以哉？请奂兄仍体此真情实意，千万另想替人，弟至多只任教国文功课也……

【第六辑】

创办勉仁

写信时间：

1940 年

信件数量：

信件 1 件

从 1931 年起，梁漱溟在山东邹平创办山东乡村建设研究院，继续倡导乡村建设运动。直到抗战爆发，其乡村建设的理论与实践都得到了较为全面的推进。之后的 1933 年 2 月，教育部召开民众教育家会议，推选梁漱溟等五人起草关于民众教育在教育系统中地位的文件，由梁负责执笔，写成《社会本位的教育系统草案》。同时，梁被教育部聘为民众教育委员会委员。1937 年 3 月，《乡村建设理论》出版。是年，“七七事变”爆发，日军攻陷山东，乡村建设研究院被迫解散。

之后，梁漱溟为鼓动各方力量积极抗战，曾于 1938 年访问延安，并辗转徐州、武汉、重庆等地；1939 年巡视华北游击区，与黄炎培等人发起“统一建国同志会”；1940 年夏，参加发起“中国民主同盟”，任中央常务委员。同年夏季，在璧山来凤驿创办勉仁中学。“勉仁”，即勉励成仁的意思，是根据孔孟之道取义成仁等教诲而来，集中体现了梁的办学思想，教人成仁，以仁为己任。

关于创办“勉仁”之初衷，梁漱溟在其《创办私立勉仁中学校缘起暨办学意见述略》一文中有较为详尽的陈述——

一国教育制度之根本改造，有其时，有其势；客观因素不至，吾不能急切以求之也。理想制度之实施，既且有待；现行学校教育之补偏救弊，夫何能已。若中学教育盖尤为人所关切者。青年期（12 岁至 18 岁，亦曰成丁期）为人一生关键，其心理生理之发育开展在是，而易受贼害，亦在乎是。中等教育适当此期，于此而不得其当，心窃伤痛之也。

民国十三年，愚尝辞北京大学讲席，而主办高级中学于曹州；十七年，又尝应粤教育厅聘而长广东省立第一中学。于其草创，务矫时弊而树学风，各有精心规划……而萃合及门诸友之力，以共成之。……20 年来，吾侪朋友所致力者，乡村工作而外，唯于此二事实不无一段心力萃乎其间。

迩者，愚既自华北巡历战地归来，顾念大局艰难，无可尽力，将退而聚徒讲学。适在川从游诸子以兴学为请，时则中等教育之有待改善不异畴昔，而教育当局今实示其改善之机（如新颁导师制）。吾与诸友夙尝着力于是，顾不可及今之时，本其经验，并力以图，稍抒其疾痛难已之怀耶？

该文所陈述的，既有梁漱溟的办学思想与经历，也有当时的客观环境。1937 年底，国民政府由南京迁都重庆之后，当年梁漱溟师友团体的大多数骨干力量都陆续迁移到以陪都重庆为中心的西南大后方，可谓办学人才济济。同时，随着抗战进入相持阶段，教育救国日益成为广大教育工作者与知识分子的共识并付诸行动，与梁漱溟齐名的平民教育家陶行知于 1939 年 7 月在重庆创办了育才中学，晏阳初于 1940 年创办中国乡村建设育才院（后名乡村建设学院）。由此考证，创办勉仁中学的人才条件（“适在川从游诸子以兴学为请……吾与诸友夙尝着力于是”）与外部环境（“教育当局今实示其改善之机”）均已成熟。

本辑所收录的这封信件，正是写于 1940 年初勉仁中学筹备期间。据《梁漱溟先生年谱》记载，勉仁中学由“（梁漱溟）先生为董事长，并推定陈亚三、黄艮庸两位先生偕同王平叔、云颂天先生发起筹备”。据梁培宽先生回忆：“1940 年初，在川师友有兴学之议，首先由平叔先生起草《办学意见述略》，由先父修改定稿（见本书序言）。”当时，还在省立南充中学及南充民众教育馆任教的王平叔，在这封长信中就办学的细节（缘起、意见及负责人等）向梁漱溟先生表述了个人（及部分同仁）的意见。由信中内容看，当初梁先生不愿出面担任负责人，而希望由陈亚三、黄艮庸、王平叔、云颂天等出面。而王在此信中则极力恳请梁先生担纲办学，以利学校之名望与发展。从之后的情况看，梁漱溟采纳了王及师友同仁的意见，并以自己名义发表了《创办私立勉仁中学校缘起暨办学意见述略》。

在洋洋三千言的长信中，除交流办学事宜外，王平叔还就“四川人心理”与办学的人才结构等问题，针对梁起草的《创办私立勉仁中学校缘起》提出了许多恳切的意见。特别是“吾人能办中学之朋友，不必尽与吾人曾有关系。若先已暗示办此中学者即是谁何关系之人，恐将阻来者之望而示人以不广”的观点，得到了梁漱溟采纳。在《缘起》文尾，即有“凡兹事体，非同仁薄力能举，要以赖当世贤达、川中父老提挈而玉成之”的表述。

此信的信息量较广，除上述内容外，还涉及梁漱溟师生入川后的社会交往，如信中所提及的马一浮、孙廉泉、叶石荪、卢廷栋、陶闿士等，均为当时的文化名人。

这是梁漱溟保存的最后一件王平叔的信件。王在发出此信不久，便辞去南充中学及民众教育馆之教职，赴璧山全身心参与勉仁中学的筹办工作，因积劳成疾，于 1940 年夏天勉仁中学即将开学之际，病故于璧山来凤驿，时年 42 岁。

四川省立民衆教育館牋

此信共十六頁

37

1、閻、閻士先生亦於客歲去世（化中前日來談方知）
開弔閻已過期、師如寫輓聯、前作第二聯似尚可用。
（望能之望改年）並乞將生名附上 徹加誌

漱師尊前 朝杰今日到充、吾 師意旨
一一領悉、大約後日朝杰即去大竹促成亞
三赴蓉、並商定大竹儻無替人、廉泉不肯
放行、朝杰說他在重慶臨行時曾露此意 而如仍可須徹往換、
徹亦不惜病軀、願去替作三兩月、因前次
亞三在此間曾說所任工作以批看公文一類之
工作為多、廉泉於外人殊不置信、故前次
有要徹赴竹之議、此事在徹尚可勉力為

地址：南充鶴鳴山白塔寺

第六辑 书信 28-1

四川省立南充民眾教育館用牋

2.

之。又亞三曾与徹及俳知當面商談，彼於陰
曆三月初间决定離竹，到時如未覓得相
當替人，康泉仍須徹去，亞三謂述康泉相約之意頗真切動人，則即
一往代換，總以亞三能動為原則也。不過徹
去之作必須一定，以能任者為範圍，時间只可到中学
成之為止。惟聞朝杰說教部有重編中学
教本之事，賴彥于公司又有暑假後印刷
全川中学教本之計劃，儻能於此期间

地址：南充鵝鳴山白塔寺

第六辑　书信 28-2

四川省立南充民衆敎育館用牋

3

將中学國文教科書編成、（徹自信能比一般教本好些）而
可設法取得教部允准付印、於吾中学剏
係亦甚重要、因此徹頗又希望能不必須再（部頒訂底稿亦得以讀）
作他事為最好也、（病中作遂得完成以個人言之實甚快慰）緣起不改、辦学意見由
郎中名已可解決一部分問題、惟徹總覺
緣起原文、其措辭意味、及擺露徹等名
字以為發起人、於心終是不安、謹再陳述懇
師俯察指示、徹自始有一意念、即自家歷

地址：南充鶴鳴山白塔寺

第六辑　书信 28-3

四川省立南充民眾教育館用牋

4.

史，由自己有密切關切係之人緬懷追述其性質為感慨思慕，則此被述者必須全然立於第三者地位，而此見述之意旨，又必須使人覺其純淨真切，全無作用，今吾 師於此中学之事，根本不能外立旁處，而緣（即在）起之字裡行間，亦實未能外立旁處，況今茲辦学意見，又多明以吾 師一人之名行之，則人實易以不誠責我，標榜譏我也，又大家請

館址：南充鶴鳴山白塔寺

第六辑　书信 28-4

5.

四川省立南充民眾教育館用牋

師辦学。師允而集議進行，在徹終覺此是不老實態度，並是自家內部問題，似無須對外人表述，徹等於師二而一之了家，自知之人知之，他人可說請師辦学如何〻〻，而徹等要辦学，對外人再說請師辦学如何云〻，則人將以無須說評論於我，此中多數学生並非泛常学生，一二十年之相聚，一二十年之共力一事，知之

地址：南充鶴鳴山白塔寺

第六辑　书信 28-5

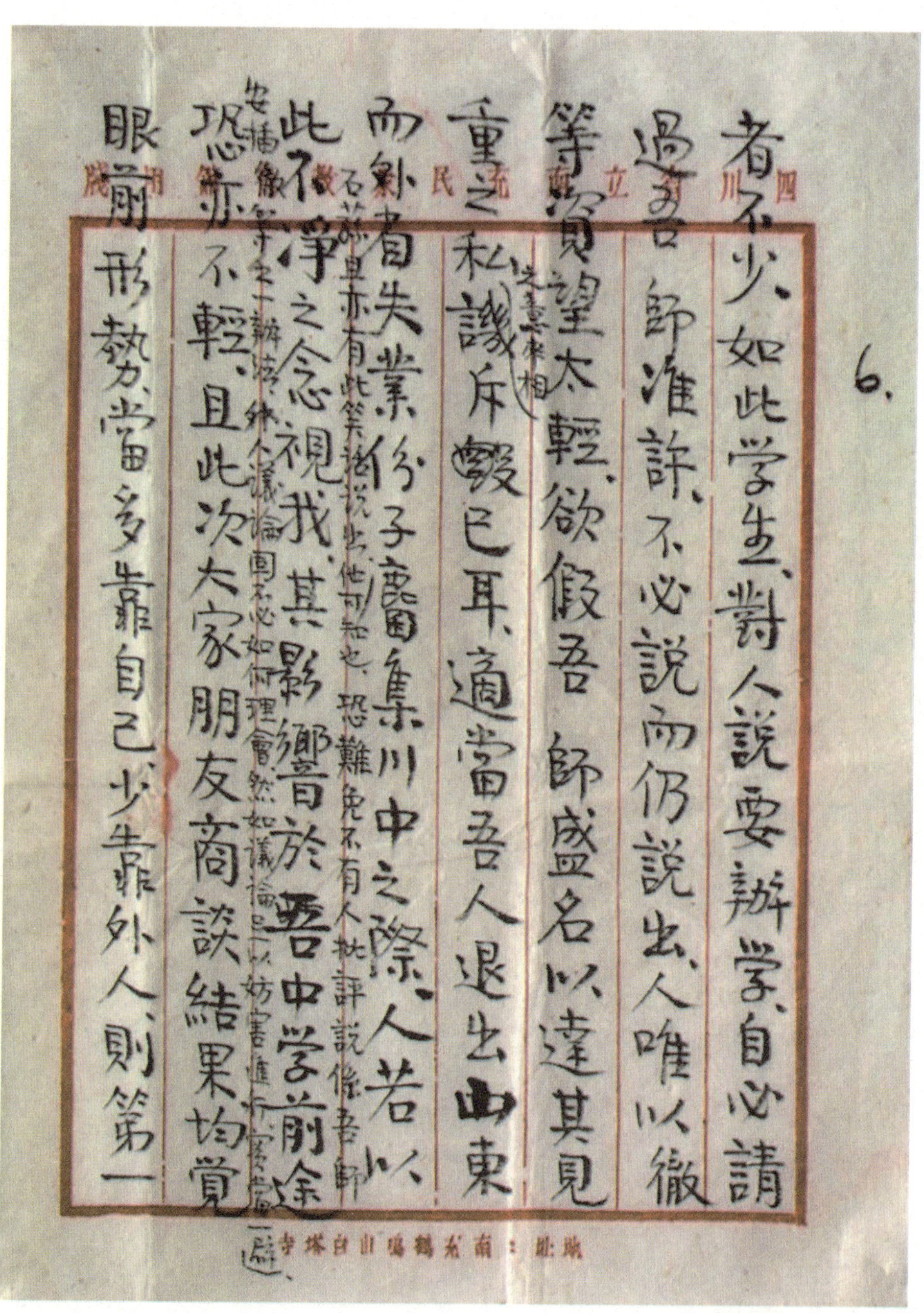
6.

四川省立南充民教館用箋

者不少，如此学生，對人說要辦学，自必請
過吾師准許，不必說而仍說出，人唯以微
等資望太輕，欲假吾師盛名以達其見
重之私（先意本相）識斥毀已耳，適當吾人退出由東
而缺者首失業份子麕集川中之際，人若以
石蒸且亦有此笑謝校出他可知也，恐難免不有人批評說係吾師
此不淨之念視我，其影響於吾中学前途
安插徽等之一辦法，外人議論固不必如何理會，然如議論足以妨害進行，實當一避，
恐亦不輕，且此次大家朋友商談結果均覺
眼前形勢，當多靠自己，少靠外人，則第一

地址：南充鶴鳴山白塔寺

第六辑　书信 28-6

7.

四川省立南充民眾教育館用箋

篇文字必须以直捷爽快真诚不飾之態
度示人，作者乃有力量，儻如此刻自家都歉
勇氣拿出人看之情態，（緣起在微等至今未以示人。）即不啻
在心理上自生障礙也，更有言者，如此一篇緣
起文字，將來在吾 師全集中及吾中学全
部歷史上，必係一篇重要文件無疑，是不僅
將以告之於社会人士，且將以之啟示於吾之
千萬中学〻生，則緣起原文似當愈見真诚

地址：南充鶴鳴山白塔寺

第六辑　书信 28-7

惻怛之情、乃為無所歉負、如有假借不實之
措辭、應付社會之方便性太重、非惟吾人
失悳未真、亦將留一不好教育影響也、康
濟月前与艮庸朝杰一書、於　師緣起態
度、本分非難、所談雖未盡當、大家都未敢轉
二月二十三申酉刻在綿出世，康濟先生尚能自持，[illegible]師書閱，恐後難[illegible]
反感於子、然康濟發書未逾兩旬、遂以逝世、
無益、此最後遺書、無論
師心有間、（徒以傷風起病、聞係自出主見
聞方誤服藥物遂致不治、傷哉）
所言如何、都乞　師視為將死之言、有以矜

曾憶　師在此間、一晚曾向生等、問及康濟之生命如何、擬以其書
法告局長、乃為慮、幾何時而　師所慮者竟不幸而中也、哀哉、

8

地址：南充鶴鳴山白塔寺

第六辑　书信 28-8

四川省立南充民衆教育館用牋

9.

鑒察納之也、又發起人用生等名字亦覺有數多未妥、在四川辦学、須顧四川人心理、此中四十左右之人、川中人知者不少、然總是於学於事兩無所見、且或已有不好之議論貽人指談、未來之成績不可知、過去之庸碌則紛紛有辭（如吾民教館將作退出打算不辦者也）以此（許多說話）第一即表示吾川中成見甚深之人、又、成妨礙難辨矣、雖有多人為外省朋友、川中知者較少、然即以名不顯著之故、又適資中

館址：南充鶴鳴山白塔寺

第六辑　书信 28-9

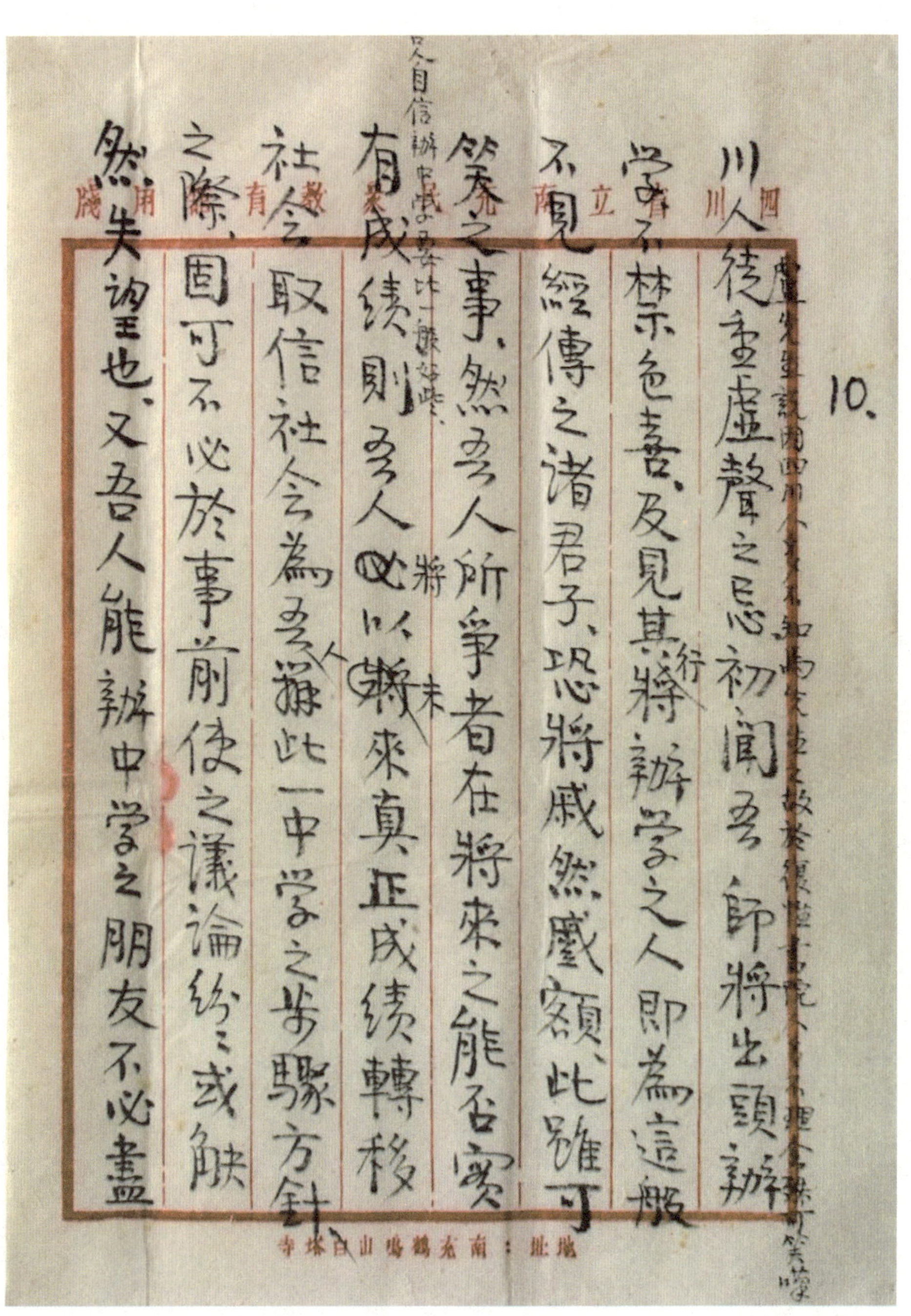

10.

川人徒重虛聲之忌，初聞吾師將出頭辦學，不禁色喜，及見其將辦學之人即為這般不見經傳之諸君子，恐將戚然蹙額，此雖可笑之事，然吾人所爭者在將來之能否實有成績，則吾人必以將來真正成績轉移社會，取信社會，為吾籌此一中學之步驟方針之際，固可不必於事前使之議論紛紛或缺然失望也。又吾人能辦中學之朋友不必盡

地址：南充鶴鳴山白塔寺

第六辑　书信 28-10

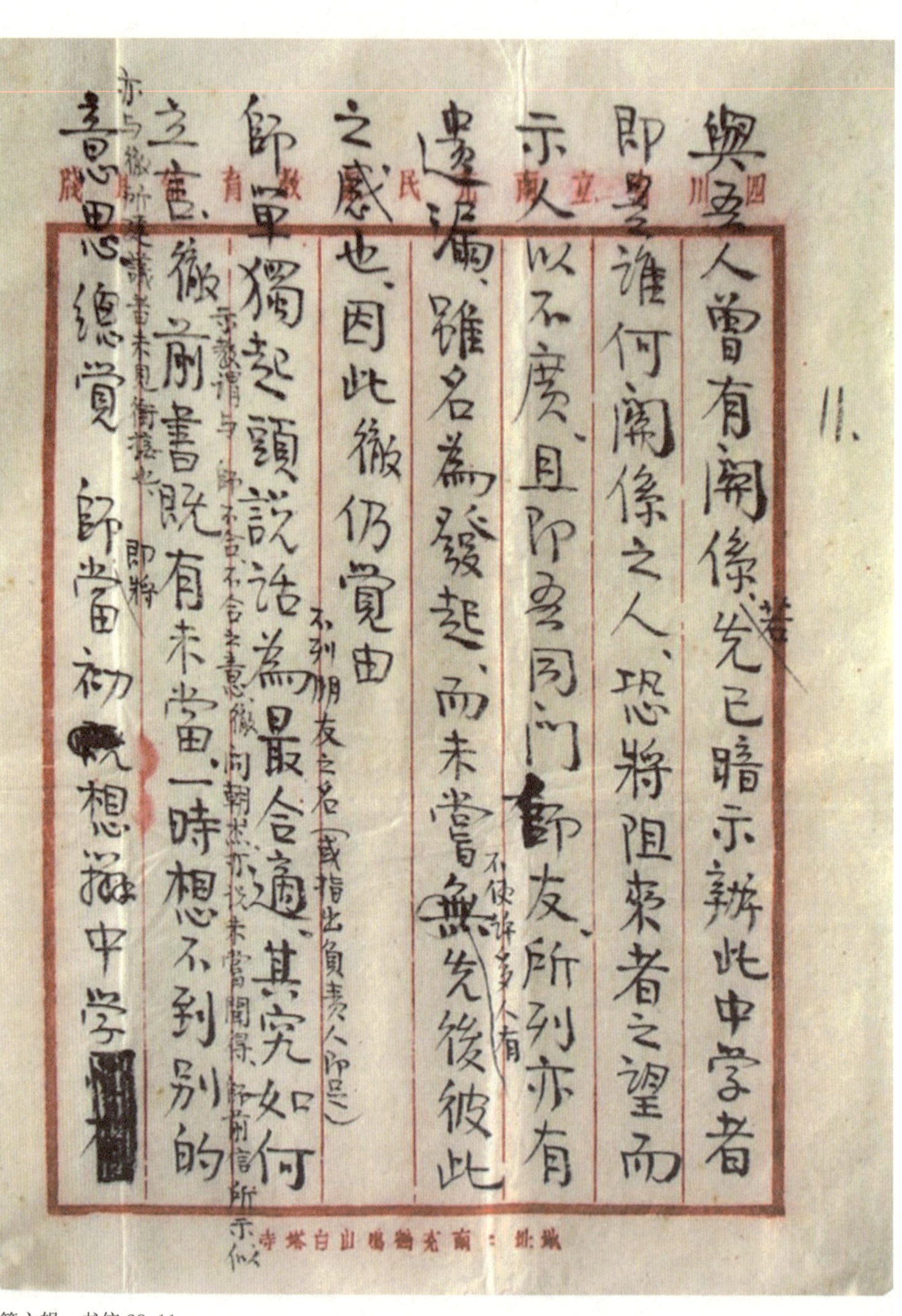

四川省立南充民眾教育館

11.

與吾人曾有關係若先已暗示辦此中学者
即吾誰何關係之人、恐將阻來者之望而
示人以不廣、且即吾同门師友、所列亦有
遺漏、雖名為發起、而未嘗無先後彼此
不便許多人有
之感也、因此徽仍覺由
師單獨起頭說話為最合適、其究如何
不列朋友之名（或指出負責人即足）
亦教請与師不合不合之意，徽向朝然亦找未嘗關係，師前信所示似
立意、徽前書既有未當、一時想不到別的
亦与徽所建議者未見衝接也、即將
意思總覺師當初想擬中学

館址：南充鶴鳴山白塔寺

第六辑　书信 28-11

之動機，誠切言之，必能起頑立懦，有辦學者之不見緣起，或只數行即足之，都無不可耳。

仍須有以辦中學之必要似亦可中

徹立於此，不能再有所言，即不贅陳。

師年來動時較多，閒暇至少，此為生等至覺歉痛之事，忙中安能苛望於師，惟每誦讀吾　師曾與諸友示諭，往往言簡辭重，不快之情多，剴示之義少，受者之心理如何，即可不論，然如以此而更見

甚至説明在　師全部教育理論及設施中並無中學教育，然

地址：南充鷄鳴山白塔寺

第六辑　书信 28-12

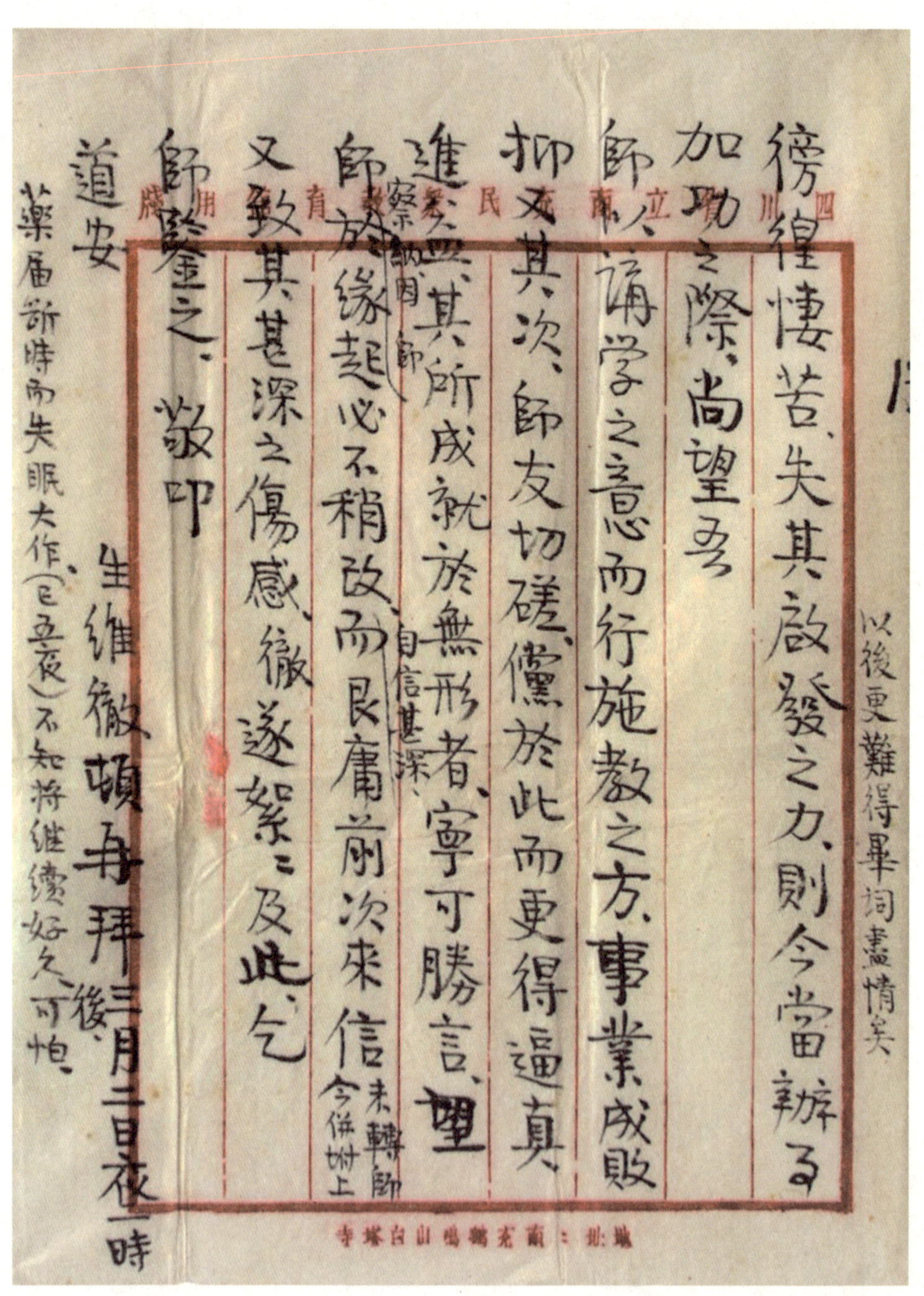
四川省立南充民衆教育館用箋

以後更難得畢詞盡情矣

徬徨悽苦、失其啟發之力、則今當辦了
加功之際、尚望吾
師以讀学之意而行施教之方、事業成敗
抑又其次、師友切磋、儻於此而更得逼真
進益、其所成就於無形者、寧可勝言、望（察之納用師）
師於緣起必不稍改、（自信甚深、）而良庸前次來信（未轉師今併附上）
又致其甚深之傷感、微遂槃槃及此、乞
師鑒之、 敬叩
道安
生維微頓首拜 三月二日夜一時
藥屆該時而失眠大作、（已五夜）不知將繼續好久、可怕、

館址：南充鶴鳴山白塔寺

第六辑 书信 28-13

四川人心理徹知之甚諗，第一個印象如能打到深處，則以後所須於人之助力，且彼輩且將以比賽式与我相与，到時反可轉客為主（就助力言，非就主張言）。此頜先生所以有"說易真易"之言也。但若第一個印象受其輕侮譏評，則便是本可助我者（盧部諸者今未必不如此也）亦且襄足旁觀，外此則更一以其冷酷擊斥之態度造成無可進行之殭局而後已。此又卻先生"談難真難"之意也。緣契原文意味在徹

地址：南充鶴鳴山白塔寺

14.

第六辑　书信 28-14

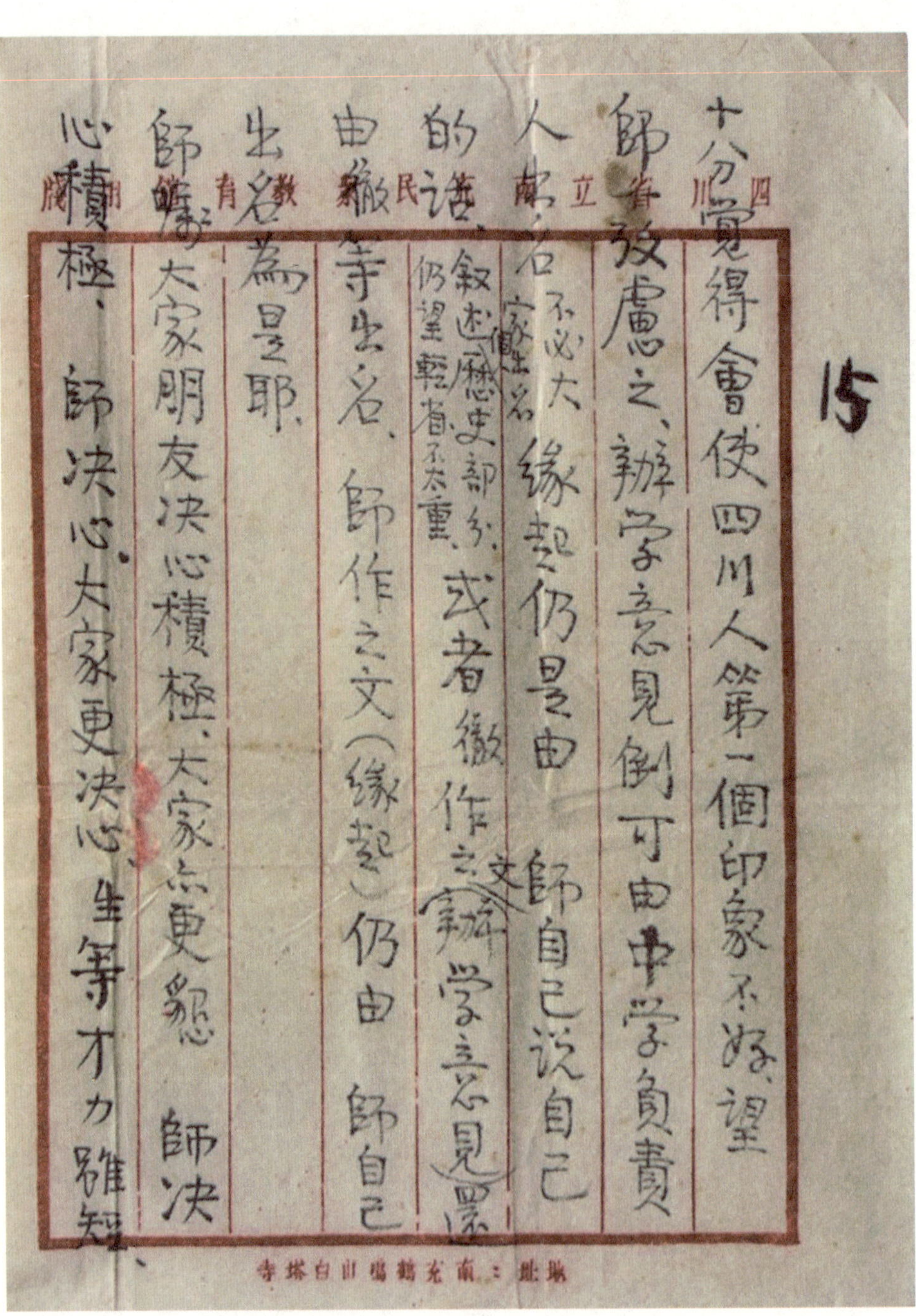

十分覺得會使四川人第一個印象不好，望
師後慮之。辦学意見例可由中学負責
人出名，不必大家出名。緣起仍是由 師自己說自己
的話，敘述歷史部分，仍望輕省（不太重）。或者徵作之文（辦学意見）還
由徵等出名。師作之文（緣起）仍由 師自己
出名為是耶。
師[illegible]大家朋友決心積極，大家亦更懇 師決
心積極。師決心，大家更決心。生等才力雖短，

四川省立南充民眾教育館

址：南充鶴鳴山白塔寺

第六辑　书信 28-15

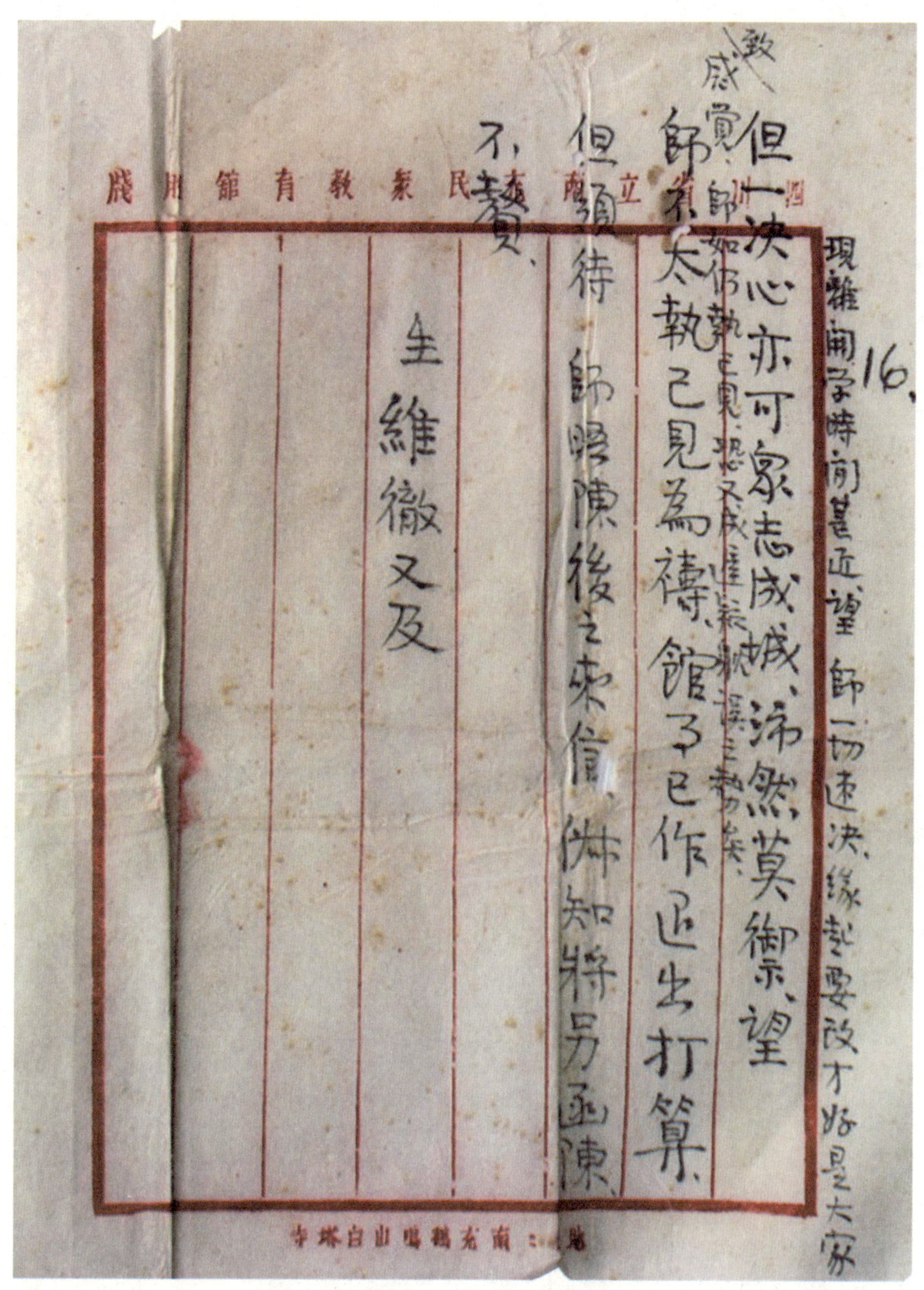

省立南京民衆教育館用牋

16.

現離開學時間甚近，望 師一切速決，緣若要改才好，是大家但一決心亦可衆志成城，沛然莫禦，望 師勿太執己見為禱（感覺 師如仍執己見，恐又成進退維谷之勢矣），館子已作退出打算，但須待 師明陳後之來信，俾知將另函陳，不，贅。

生 維徹又及

址：南京鷄鳴山白塔寺

第六辑 书信 28-16

书信 28《致梁漱溟》[1]

漱师尊前：

朝杰今日到充[2]。吾师意旨一一领悉。大约后日，朝杰即去大竹[3]促成亚三赴蓉[4]，并商定大竹倘无替人，廉泉[5]不肯放行（朝杰说他在重庆临行时曾露此意），而如仍可须彻往换，彻亦不惜病躯，愿去替作三两月。因前次亚三在此间曾说，所任工作以批看公文一类之工作为多，廉泉于外人殊不置信，故前次有要彻赴竹之议。此事在彻尚可勉力（原文为砺）为之。又亚三曾与彻及俶知当面商谈，彼于阴历三月初间决定离竹，到时如未觅得相当替人，廉泉仍须彻去（亚三述廉泉相约之意颇真切动人），则即一

---

[1] 此信用“四川省立南充民众教育馆用笺”，首页有“此信共十六页”之眉批，每页有编号。信正文 13 页，“又及” 3 页。首页右下方有附言为“闻闾士先生亦于客岁去世（化中前日来谈方知）。开吊闻已过期。师如写挽联，前作第二联似尚可用（望能之，望改幸）。并乞将生名附上。”文中所言“闾士先生”应为辛亥元老陶闾士（1886—1940）。据资料显示，陶闾士卒于 1940 年 1 月，文中所言“于客岁去世”当为阴历纪年。由此可考，此信写于 1940 年 3 月 2 日。

梁培宽先生注：抗战起后，1931 年原相聚于山东邹平之师友，此时大部分又聚会于南充，创办省立南充民众教育馆。王先生此时也在南充，任教于省立南充中学。此信主要讨论师友同创办一中学事。此中学即此后 1940 年夏创办于璧山县来凤驿之勉仁中学（1941 年夏迁重庆北碚）。此信应写成于 1940 年。

[2] 充，即四川南充，王时任南充民众教育馆教员，并在省立南充中学兼任国文教员。

[3] 大竹，即四川大竹县。

[4] 蓉，成都之别称。

[5] 廉泉，即孙则让，字廉泉。生卒年不详。曾留学日本研究农业经济，回国后历任山东乡村建设研究院副院长、荷泽实验县县长、湖南衡山专区专员、四川省干训团教育长等职。与梁漱溟师生团体交往颇多。抗战胜利后，任华西实验区主任。

往代换，总以亚三能动为原则也。不过彻去工作，必须一定时间（以能任者为范围），只可到中学成立为止。惟闻朝杰说，教部有重编中学教本之事，赖彦于[1]公司又有暑假后印刷全川中学教本之计划。倘能于此期间将中学国文教科书编成（彻自信能比一般教本好些），而可设法取得教部允准付印，于吾中学关系亦甚重要，因此彻颇又希望能不必须再作他事为最好也。《缘起》[2]不改，办学意见由师出名（师改订底稿，亦得阅读，病中之作遂得完成。以个人言之，实甚快慰），已可解决一部分问题。惟彻总觉《缘起》原文，其措辞意味及摆露彻等名字以为发起人，于心终是不安。谨再陈述，恳师俯察指示。彻自始有一意念，即自家历史，由自己有密切关系之人缅怀追述，其性质为感慨思慕，则此被述者必须全然立于第三者地位。而此见述之意旨，又必须使人觉其纯净真切，全无作用。今吾师于此中学之事，根本不能外立旁处，而即在《缘起》之字里行间，亦实未能外立旁处。况今兹办学意见又明以吾师一人之名行之，则人实易以不诚责我，标榜讥我也。

又：大家请师办学，师允而集议进行，在彻终觉此是不老实态度，并是自家内部问题，似无须对外人表述。彻等于师二而一之事实，自知之，人知之。他人可说请师办学如何如何，而彻等要办学，对外人再说请师如何云云，则人将以“无须说”评论于我。此中多数学生并非泛常学生，一二十年之相聚，一二十年之共力一事，知之者不少。如此学生，对人说要办学，自必请过吾师准许。不必说而仍说出，人唯以彻等资望太轻，欲假吾师盛名，以达其见重之私之意来相讥斥已耳。适当吾人退出山东而外省失业份子麇集川中之际，人若以此不净之念视我，其影响于吾中学前途恐亦不轻。（石荪[3]且亦有此笑话说出，他可知也。恐难免不有人批评

---

[1] 赖彦于，四川资中人，生卒年不详。1928 年毕业于卡内基大学印刷专业，1929 年获西北大学研究院印刷专业硕士学位，1929—1930 年到德国柏林工业大学研究印刷制版技术。曾主编大型丛书《广西一览》以及《广西游历须知》等，与人合著有《近代印刷术》等专业书籍。

[2]《缘起》，即《创办私立勉仁中学校缘起》。从当时的情况看，《缘起》由梁漱溟起草，《办学意见述略》由王维彻起草，后收录于《梁漱溟全集》第六卷第 59 页（中国文化书院学术委员会编，山东人民出版社 1992 年 8 月第 1 版，全文标题为《创办私立勉仁中学校缘起暨办学意见述略》）。

[3] 石荪，即叶麟（1893—1977），字石荪。心理学家、教育学家、诗人。四川兴文人。曾任清华大学、北京大学、山东大学、武汉大学、四川大学、西南师范大学、中央陆军学校教授，中国心理学会常务理事等职。

说系吾师安插彻等之一办法。外人议论固不必如何理会，然如议论足以妨害进行，实当一避）。且此次大家朋友商谈结果，均觉眼前形势当多靠自己，少靠外人。则第一篇文字必须以直捷爽快真诚不饰之态度示人，作事乃有力量。倘如此刻，自家都歉勇气拿出人看之情态（《缘起》在彻等至今未以示人），即不啻在心理上自生障碍也。更有言者，如此一篇《缘起》文字，将来在吾师全集中及吾中学全部历史上，必系一篇重要文件无疑，是不仅将以告之于社会人士，且将以之启示于吾之千万中学学生，则《缘起》原文似当愈见真诚恻怛之情，乃为无所歉负。如有假借不实之措辞，应付社会之方便性太重，非惟吾人矢志未真，亦将留一不好教育影响也。

康济[1]月前与艮庸、朝杰一书，于师《缘起》态度十分非难，所谈虽未尽当（大家都未敢转师请阅，恐徒惹反感，于事无益）。然康济发书未逾两旬，遂以逝世。［二月二十三日酉刻，在绵逝世。卢先生[2]尚能自持，卢太太则数日悲□致疾矣。师必有闻。（徒以伤风起病，闻系自出主见开方，误服药物，遂致不治。伤哉）］此最后遗书，无论所言如何，都乞师视为将死之言，有以矜鉴察纳之也。（曾忆师在此间，一晚曾向生等问及康济之生命如何，颇以其书法结局无力为虑。几何时而师所虑者竟不幸而中也。哀哉）

又：发起人用生等名字，亦觉有数事未妥。在四川办学，须顾四川人心理。此中四十左右之人，川中人知者不少。然总是于学于事两无所见，且或已有不好之议论贻人指谈。未来之成绩不可知，过去之庸碌则纷纷有辞（如吾民教馆[3]将作退出打算，又将惹出许多说话）。以此第一印象示吾川中成见甚深之人，又成妨碍，难办矣。虽有多人为外省朋友，川中知

---

[1] 康济，即卢瀚（1910—1940），字康济，四川南充人，曾跟随梁漱溟治学六年。据梁完成于1949年6月的《中国文化要义》记载："亡友卢康济（瀚）颖悟过人，十余年前尝对我说，马克思著《资本论》，于是西方社会赖以阐明，我今要著《家族论》以说明中国的社会史。他曾东游日本，研究此题，数年间积稿盈箧。可惜书未成而身死，其稿我亦未得见。这个工作，今后学术界上还须有人担负。"在《略记当年师友会合之缘》中，梁漱溟曾有"后生如卢瀚、文得阳并因平叔而接近我"的记述。

[2] 卢先生，即卢瀚父亲卢廷栋（？—1964），字子鹤。以教书为业。后随张澜从政，参加倒袁运动。民国建立后，又从事教育工作。中华人民共和国成立后，当选为全国一、二届人民代表大会代表。

[3] 民教馆，即南充民众教育馆。

者较少。然即以名不显著之故，又适中川人徒重虚声之忌（卢先生说因四川人多不知马先生[1]之故，于复性书院人多不理会，殊可笑叹）。初闻吾师将出头办学不禁色喜，及见其行将办学之人，即为这般不见经传之诸君子，恐将戚然蹙额。此虽可笑之事，然吾人所争者，在将来之能否实有成绩（吾人自信办中学要比一般好些），则吾人将以未来真正成绩转移社会、取信社会。为吾人办此一中学之步骤方针之际，固可不必于事前使之议论纷纷或觖然失望也。又吾人能办中学之朋友，不必尽与吾人曾有关系。若先已暗示办此中学者即是谁、何关系之人，恐将阻来者之望而示人以不广。且即吾同门师友，所列亦有遗漏。虽名为发起，而未尝不使许多人有先后彼此之感也。因此，彻仍觉由师单独起头说话为最合适［不列朋友之名（或指出负责人即足）］。其究如何立言，彻前书（示教谓与师不合。不合之意，彻问朝杰，亦说未尝闻得。师前信所示，似亦与彻所建议者未见衔接也）既有未当，一时想不到别的意思，总觉师即将当初想办中学之动机，诚切言之，必能起顽立懦（甚至说明在师全部教育理论及设施中并无中学教育然仍须有办中学之必要，似亦可也）。有《办学意见》《缘起》或只数行即足，都无不可耶。彻于此不能再有所言，即不赘陈。

师年来动时较多，闲暇至少，此为生等至觉歉痛之事。忙中安能苛望于师？惟每诵读吾师曾与诸友示谕，往往言简辞重，不快之情多，剀示之义少。受者之心理如何，即可不论，然如以此而更见彷徨悽苦，失其启发之力（以后更难得毕词尽情矣）。则今当办事加功之际，尚望吾师以讲学之意而行施教之方，事业成败抑又其次，师友切磋，倘于此而更得逼真进益，其所成就于无形者宁可胜言？望师察纳。因师于《缘起》必不稍改，自信甚深，而艮庸前次来信（未转师，今并附上），又致其甚深之伤感。彻遂絮絮及此，

[1] 马先生，即马一浮（1883—1967），名浮，字一浮，浙江会稽（今浙江绍兴）人，中国现代思想家，现代新儒家的早期代表人物之一。曾应蔡元培邀赴北京大学任教，于古代哲学、文学、佛学，无不造诣精深，又精于书法，丰子恺推崇其为“中国书法界之泰斗”。中华人民共和国成立后，任浙江文史研究馆馆长、中央文史研究馆副馆长、全国政协委员。所著后人辑为《马一浮集》。1939年曾在四川乐山主持复性书院，任院长兼主讲，其间，曾聘请熊十力到书院讲学。

乞师鉴之。

敬叩道安

生维彻顿再拜
三月二日夜一时后

药届断时，而失眠大作（已五夜），不知将继续好久。可怕。

四川人心理，彻知之甚谂。第一个印象如能打到深处，则以后所须于人之助力，彼辈且将以比赛式与我相与。到时反可转客为主（就助力言，非就主张言）。此邵先生[1]所以有“说易真易”之言也。但若第一个印象受其轻侮讥评，则便本可助我者，亦且裹足旁观（卢、邵诸公未必不如此也）。外此则更一以其冷酷击斥之态度，造成无可进行之僵局而后已。此又邵先生“说难真难”之意也。《缘起》原文意味在彻十分觉得会使四川人第一个印象不好。望师一考虑之。办学意见倒可由中学负责人出名（不必大家出名）。《缘起》仍是由师自己说自己的话（叙述个人历史部分，仍望轻省不太重）。或者，彻作之文（《办学意见》）还由彻等出名，师作之文（《缘起》）仍由师自己出名为是耶。

师嘱大家朋友决心积极，大家亦更恳师决心积极。师决心，大家更决心。生等才力虽短，但一决心亦可众志成城，沛然莫御。望师不太执己见为祷（现离开学时间甚近，望师一切速决。《缘起》要改才好，是大家一致感觉。师如仍执己见，恐又成迟疑耽误之势矣）。馆事已作退出打算，但须待师晤陈后之来信。俶知将另函陈，不赘。

生维彻又及

（首页右下方有附言）

闻闾士先生[2]亦于客岁去世（化中[3]前日来谈方知）。开吊闻已过期。师如写挽联，前作第二联似尚可用（望能之，望改幸），并乞将生名附上。彻加志。

---

[1] 邵先生，名、字、生平待考。

[2] 闿士先生，即陶闿士（1886—1940），名闿，一字开士，号天研，别署天倪阁居士。重庆府巴县籍。1901 年，进入川南经纬学堂就读。1904 年左右，任教于巴县开智学堂和川东师范学堂，研读经史古籍，培养出了赖以庄、向宗鲁等知名学者。蜀军政府成立后，出任文书局局长，主编机关报《皇汉大事记》，后受孙中山特颁嘉奖令予以褒扬。辛亥革命失败后，陶闿士深感失望。讨袁之役失败后，他遭到通缉，隐匿乡间。1918 年 3 月，当选为四川省第二届议会议员，因目睹议员贿选丑闻，愤而辞职。1923 年，因有病在身，转向研究印度佛学。1925 年，赴南京支那内学院从佛学大师欧阳渐研究佛学，与熊十力、梁漱溟、陈铭枢等相识。1933 年，受向楚之约，为《巴县志》编纂，负责《市政》《物产》《人物》诸篇的编写。

[3] 化中，人名，姓氏、生平待考。

【附录一】

致师友信

写信时间：

1925—1926 年

信件数量：

5 件

在梁漱溟保存的王平叔信札中，还有部分王写给师友及学生的信件。现作为附录编排于此，以供参考（其中在与梁漱溟通信中所涉及的人物，此处不再注释）。

山東第六中學校　第　頁

真師丈前：徽知一人南來，徽以事牽不能追隨，此義
前過獨讓徽知得去南出江漢，念思增歎久矣。欲師篤而
精神歡光昌振，迅速良庸文弱，矯柔迂徽，則徹凡自用，
不能以悍定自持，此皆真實危險病疾。甫逢我心是
而倒躝委墮，亦未可知。千萬望吾師時時督勵之、
時禱之。我輩大抵都是血性男子，但須誠切內蘊
依血性於道，漸化鍊為精忠剛大之氣，方不辜負天生一
我此一副好資性，方是善學。願師以此勉徽等，徽等亦
即以此報師而共勉也。萬望為道珍攝。不宣。生徐徽

年　月　日

附录 1-1

附录 1-1《致熊十力》[1]

真师丈前：

儆知一人南来，彻以事牵，不能追随，此义遂独让儆知得去。南望江汉，愈增歉仄矣。漱师器局精神歉光昌振迅，艮庸又矜娇柔迂，彻则傲兀自用，不能以恒定自持。此皆真实危险病症，前途或以是而倒塌委坠，亦未可知。千万望吾师时时督励之。盼祷，盼祷。我辈大抵都是血性男子，但须诚切内蕴，使血性者逐渐化炼为精忠刚大之气，方不辜负天生我此一副好资性，方是善学。愿师以此勉彻等，彻等亦即以此报师而共勉之也。万望为道珍摄。不宣。

生维彻者拜上

[1] 此信共 1 页，用“山东省立第六中学校”信笺，信尾无时间。按其内容推断，应为 1925 年。梁培宽先生注：此信似说熊先生南行，有张儆知随行。据《熊十力学术行年简表》，“1925 年，……应武昌大学之邀前往短期讲学”。信中说“南望江汉”等语，似即指往武昌讲学事。

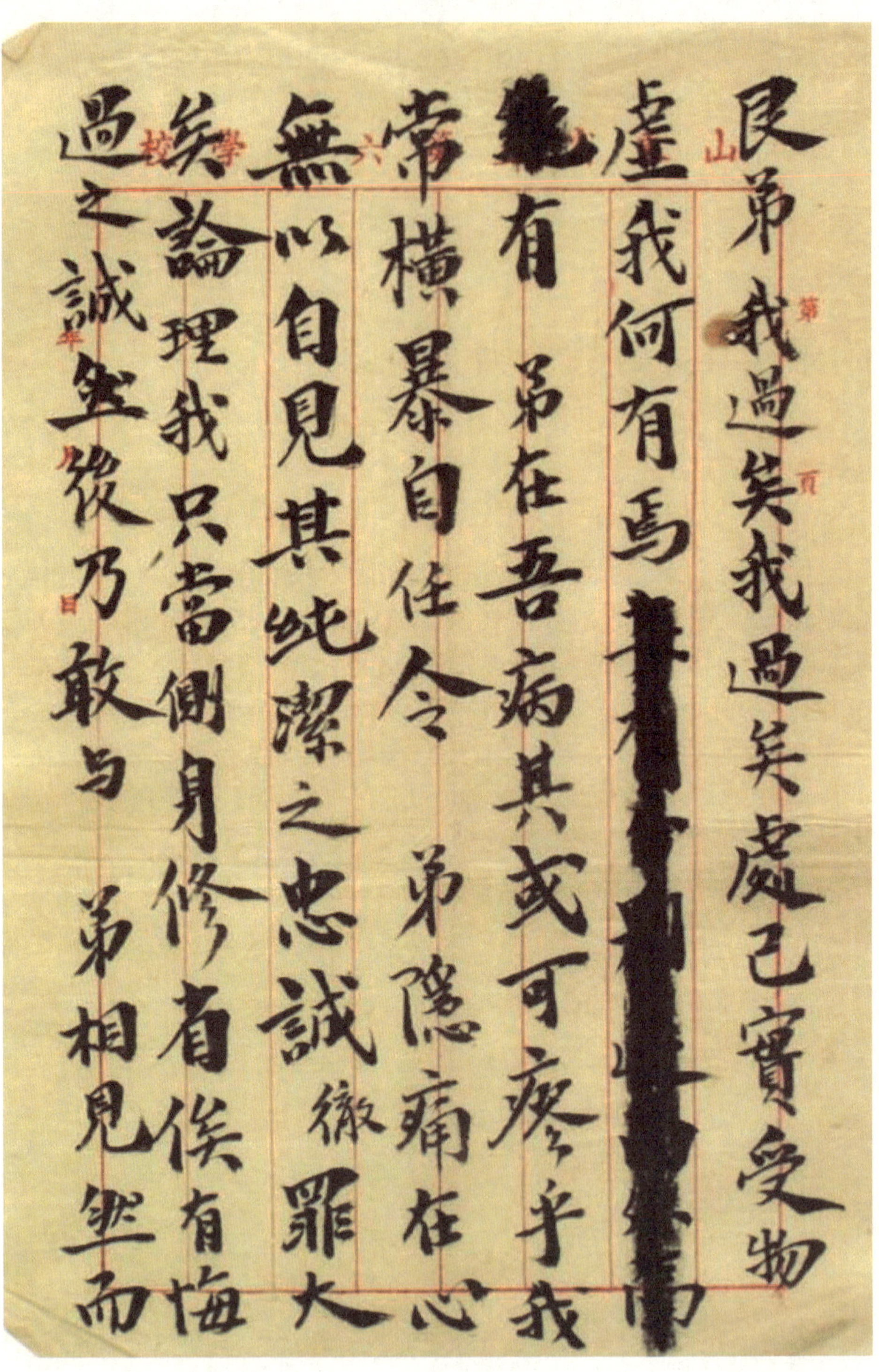

艮弟我過矣我過矣處己實受物虐我何有焉[illegible]
[illegible]有 弟在吾病其或可瘳乎我常橫暴自任令 弟隱痛在心無以自見其純潔之忠誠徹罪大矣論理我只當側身修省俟有悔過之誠然後乃敢与 弟相見然而

附录 1-2-1

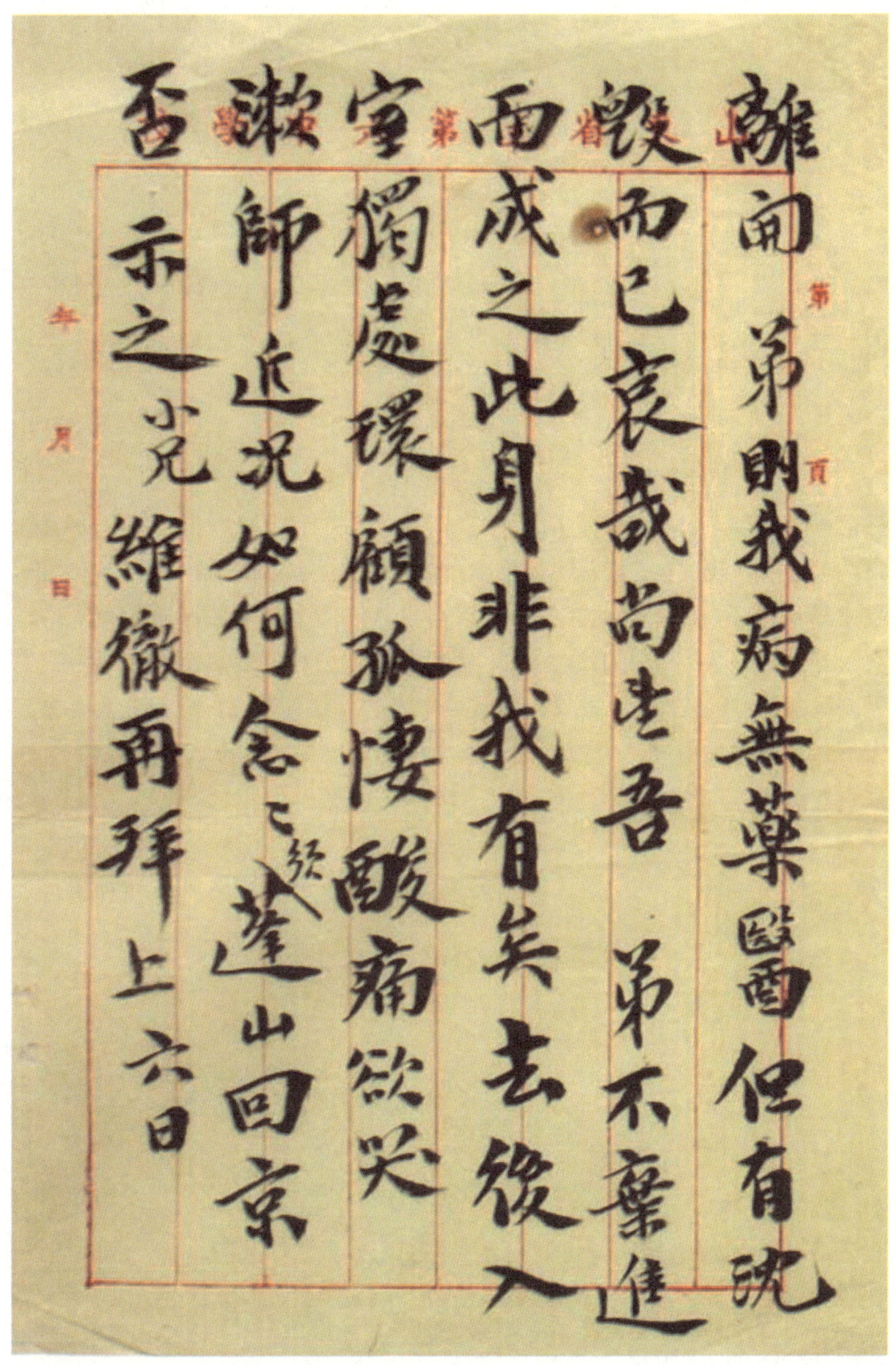

離開
弟則我病無藥醫但有沈
毉而已哀哉尚告吾
弟不棄佳進
西成之此月非我有矣去從入
室獨處環顧孤悽酸痛欲哭
激師近況如何念念經逢山回京
否示之　小兄維徽再拜上　六日

附录 1-2-2

附录 1–2《致黄艮庸》[1]

艮弟：

我过矣，我过矣。处己实受物虚，我何有焉。有弟在，吾病其或可疗乎。我常横暴自任，令弟隐痛在心，无以自见其纯洁之忠诚，彻罪大矣。论理我只当侧身修省，俟有悔过之诚，然后乃敢与弟相见。然而离开弟则我病无药医，但有沉毁而已，哀哉！尚望吾弟不弃，进而成之，此身非我有矣。去后入室，独处环顾，孤悽酸痛欲哭。漱师近况如何？念念。须蓬山[2]回京否？示之。

小兄维彻再拜上

六日

---

[1] 黄艮庸，见前注。此信共 2 页，用“山东省立第六中学校”信笺，信尾落款为“六日”，无年月。以上两封信虽然最后都没有标明年月，然在梁培宽先生 2004 年转来的排序中，列为王平叔与黄艮庸参与梁漱溟师友团体山东曹州办学期间，时间应为 1925 年上半年。

[2] 蓬山，即薄蓬山，梁漱溟学生，曾一度负责梁漱溟师友团体的后勤工作。

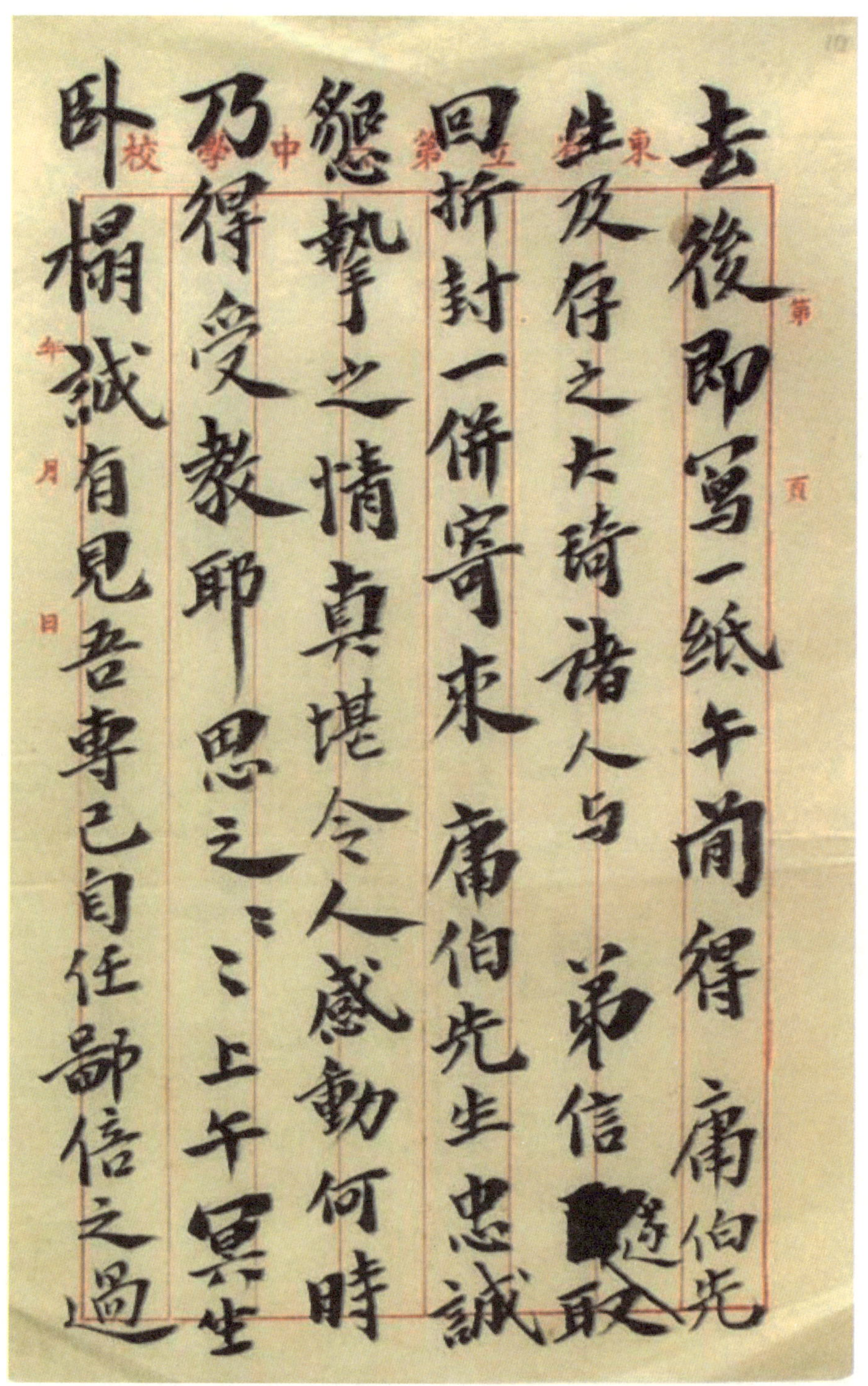

□□□第□中學校

去後即寫一紙午簡得　庸伯先生及存之大琦諸人与　弟信寄取回折封一併寄來　庸伯先生忠誠懇摯之情真堪令人感動何時乃得受教耶思之〻〻上午冥坐臥榻識有見吾專己自任鄙倍之過

第　頁

年　月　日

附录 1-3-1

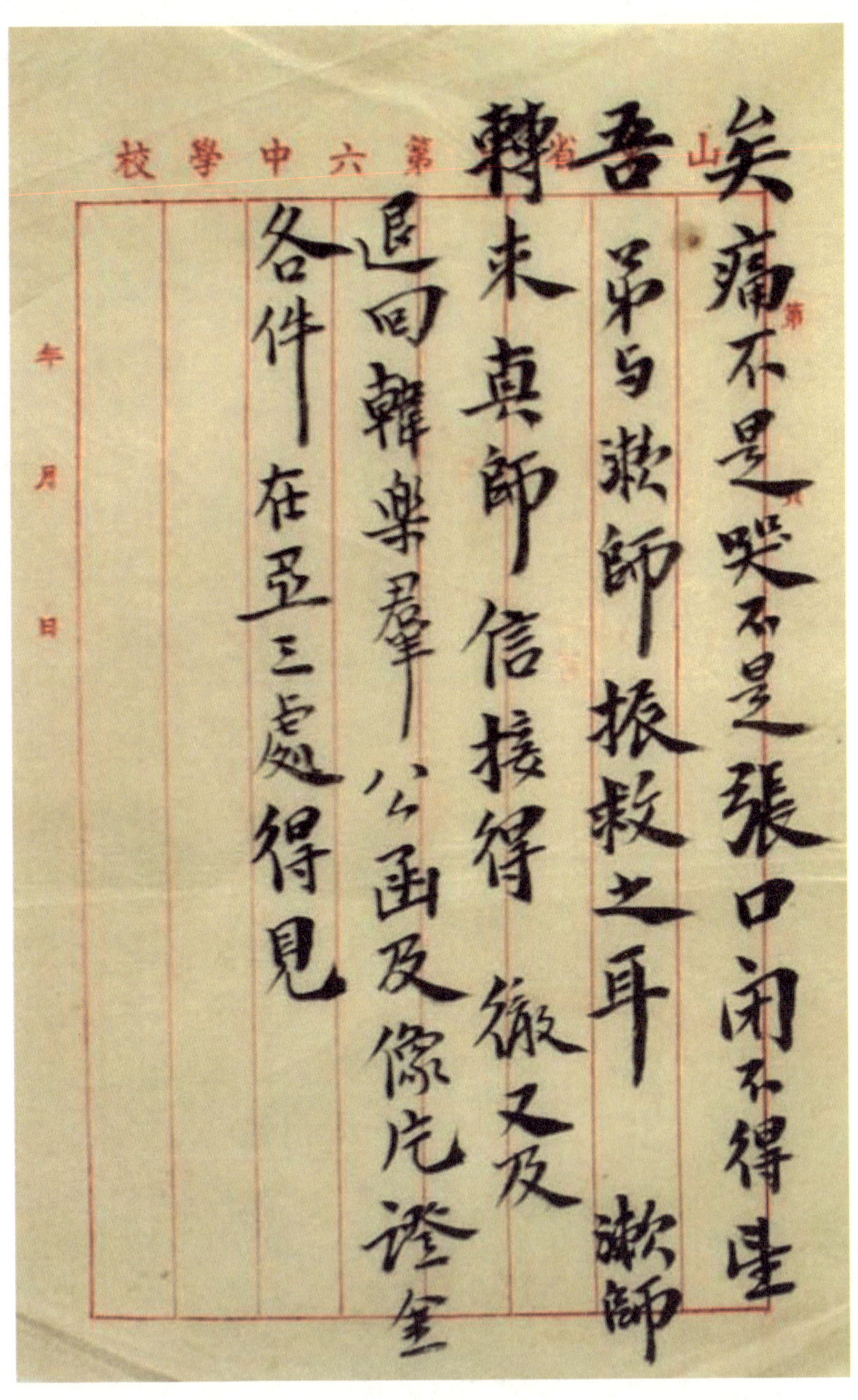

山　省第六中學校

矣痛不是哭不是張口閉不得是
吾弟与漱師振救之耳　漱師
轉來真師信接得　徽又及
退回韓樂羣　公函及像片證全
各件　在丞三處得見

第　頁

年　月　日

附录 1-3-2

附录 1-3《致黄艮庸》[1]

去后即写一纸。午间得庸伯先生及存之、大琦诸人与弟信，遂取回折封一并寄来。庸伯先生忠诚恳挚之情，真堪令人感动，何时乃得受教耶？思之，思之。上午冥坐卧榻，诚有见吾专己自任鄙倍之过矣。痛不是，哭不是，张口闭不得。望吾弟与漱师振救之耳。

漱师转来真师信接得。

彻又及

退回韩乐群[2]公函及像片证金各件，在亚三处得见。

[1] 此信共 2 页，用"山东省立第六中学校"信笺，信前无称谓，信尾无时间，但据用纸及笔迹推断，写信时间应与前信相近。梁培宽先生所编目录为《致黄艮庸》，并注曰：庸伯即伍观淇先生。存之姓黄，为梁先生之内弟。大琦为云颂天先生之兄，海南省文昌县人。

[2] 韩乐群，人名，生平待考。

山東省立第六中學校

棣等三人各有病痛、澤生暮氣淺露、沈溺俗情亦深、和甫意氣柔緩、雖有深切之人、文中能溢傲兀、雖能有恒、此皆真實病處、不可不知用力之道、然亦各有好處、澤生有真性而能勇力、和甫温和而有慈心、文中能刻勵自奮、都是能發心之人、凡天下有志之人、我輩都當互相勉策扶植、劃合一氣、雖一時因事離散、然從得合併、極力幫時相同、能心相通、萬里猶一堂也、則一樣便真志、象山云要當軒昂奮發、莫沈溺於凡下處、諸棣其勉之、棣等若能得提起樹立、此心殊慰、何可言喻、亦不負我等來會一番也、臨別依依、不盡欲言、留付

澤生 和甫 文中 三棣

附录 1-4

附录 1-4《致泽生、和甫、文中》[1]

棣等三人各有病痛：泽生暴气浅露，沉溺俗情亦深；和甫意气柔巽，难有深切之入；文中狂荡傲兀，难于有恒。此皆真实病症，不可不知用力之道，然亦各有好处：泽生有血性而能勇，和甫温和而有慈心，文中能刻励自奋，都是能发心之人。凡天下有志之人，我辈都当互相勉策扶植，纠合一气。虽一时因事离散，然终得合并，仍与聚时相同，能心相通，万里尤一堂也。刚一懈便责志，象山[2]云："要当轩昂奋发，莫沉溺在凡下处。"诸棣共勉之。棣等若终得振起树立，此心浣慰，何可言喻，亦不负我等来曹一番也。临别依依，不尽欲言。

留付

泽生、和甫、文中三棣

---

[1] 此信共 1 页，用"山东省立第六中学校"信笺，启首无称谓，信尾无年月日，只标明"留付泽生和甫文中三棣"字样。收信人泽生、和甫、文中应为王之学生名，姓氏待考。

按理，此信应留学生收存，估计是作为附件呈梁漱溟，以表达其对学生之态度。

梁培宽先生注：由引信内容看，是离开曹州六中之前所写，以规劝泽生等学生三人。由此推断，写信的时间应该是在 1925 年的暑假前夕。

[2] 象山，即陆九渊（1139—1193），号象山，字子静，汉族，书斋名"存"，世人称存斋先生，江西抚州市金溪县陆坊青田村人。南宋著名的理学家和教育家，是宋明两代"心学"的开山祖师。他的学说，经明代大儒王守仁继承与发扬，成为宋明理学的一个重要派别，对后世影响极大。

附知老弟左右得 真師信知
弟已痊出院一月以来所憂慮不釋之事
以此為最今得此消息慰懸解豈可言喻耶
身體素弱又兼新瘥當如何保攝養衛
千萬留意也徹近来精神亦不如在京時好
一則因身體本不好不堪奔馳之苦一則實因
我素不肯留心保衛以致在不安定之環
境中更易隨便以此而暗受虧損者亦常
有事也齋中諸生竟無發奮與我寫信
者何故使我於煩擾之環境中得知諸弟
為學用功之清靜生活而我亦可乘閒得憶

附录 1-5-1

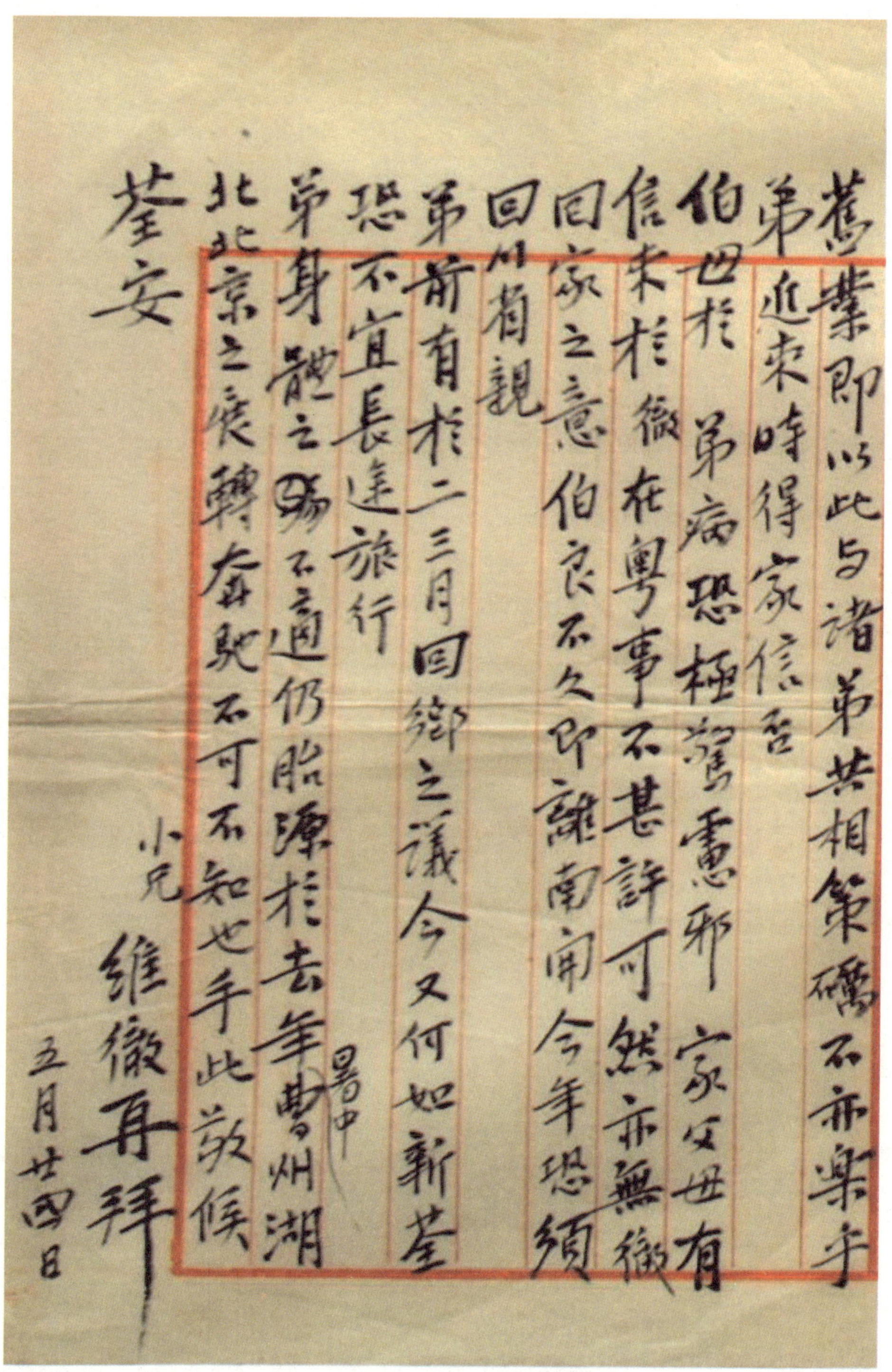
舊業即以此与諸弟共相策礪不亦樂乎
弟近來時得家信否
伯母於　弟病恐極繫念邪　家父母有
信來於微在粵事不甚許可然亦無徵
回家之意伯良不久即離南開今年恐須
回川省親
弟前有於二三月回鄉之議今又何如新荃
恐不宜長途旅行
弟身體之弱不適仍貽源於去年暑中贛州湖
北北京之展轉奔馳不可不知也手此敬候
荃安
小兄　維徽再拜
五月廿四日

附录 1-5-2

附录 1–5《致张俶知》[1]

俶知老弟左右：

得真师信，知弟已病荃出院。一月以来所忧虑不释之事，以此为最。今得此消息慰解岂可言喻邪。身体素弱又兼新瘥，当如何保摄养卫，千万留意也。彻近来精神亦不如在京时好。一则因身体本不好，不堪奔驰之苦；一则实因我素不肯留心保卫，在不安定之环境中更易随便，以此而暗受亏损者，亦常有事也。斋中诸生，竟无发奋与我写信者，何故？使我于烦扰之环境中，得知诸弟为学用功之清静生活，而我亦可乘闲得忆旧业，即以此与诸弟共相策砺，不亦乐乎！弟近来时得家信否？

伯母于弟病恐极惊虑邪。家父母有信来，于彻在粤事不甚许可，然亦无彻回家之意。伯良不久即离南开，今年恐须回川省亲。

弟前有于二三月回乡之议，今又何如？新荃恐不宜长途旅行。弟身体之不适，仍胎源于去年暑中曹州、湖北、北京之展转奔驰，不可不知也。

手此

敬候荃安

小兄维彻再拜

五月廿四日

---

[1] 此信共 2 页（1 大页），用“永汉北路汇昌制”笺。落款为 5 月 24 日。梁培宽先生注：张俶知（1896—1989），四川石柱人，毕业于成都高师，与王先生同学。信中所说“去年暑期曹州、湖北、北京之展转奔驰”，与附录 1-1 信中所说，随熊十力先生赴武昌大学讲学之事应为一事。据此可推知此信写于 1926 年。

【附录二】

读书笔记

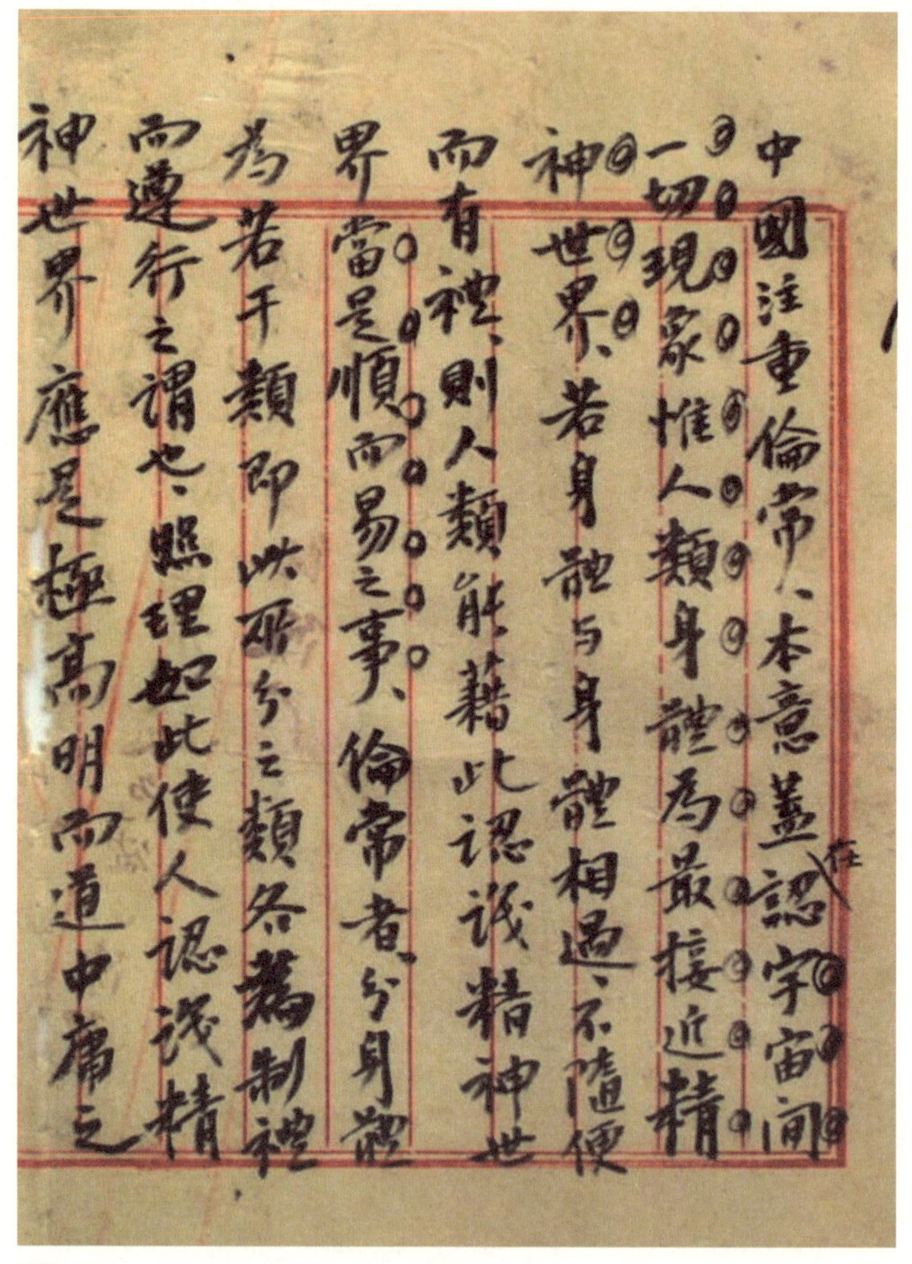
中國注重倫常、本意蓋認宇宙間一切現象惟人類身體為最接近精神世界、若身體與身體相遇、不隨便而有禮、則人類能藉此認識精神世界、當是順而易之事、倫常者、分身體為若干類即此所分之類各藉制禮而遵行之謂也、照理如此使人認識精神世界應是極高明而道中庸之

附录 2-1-1

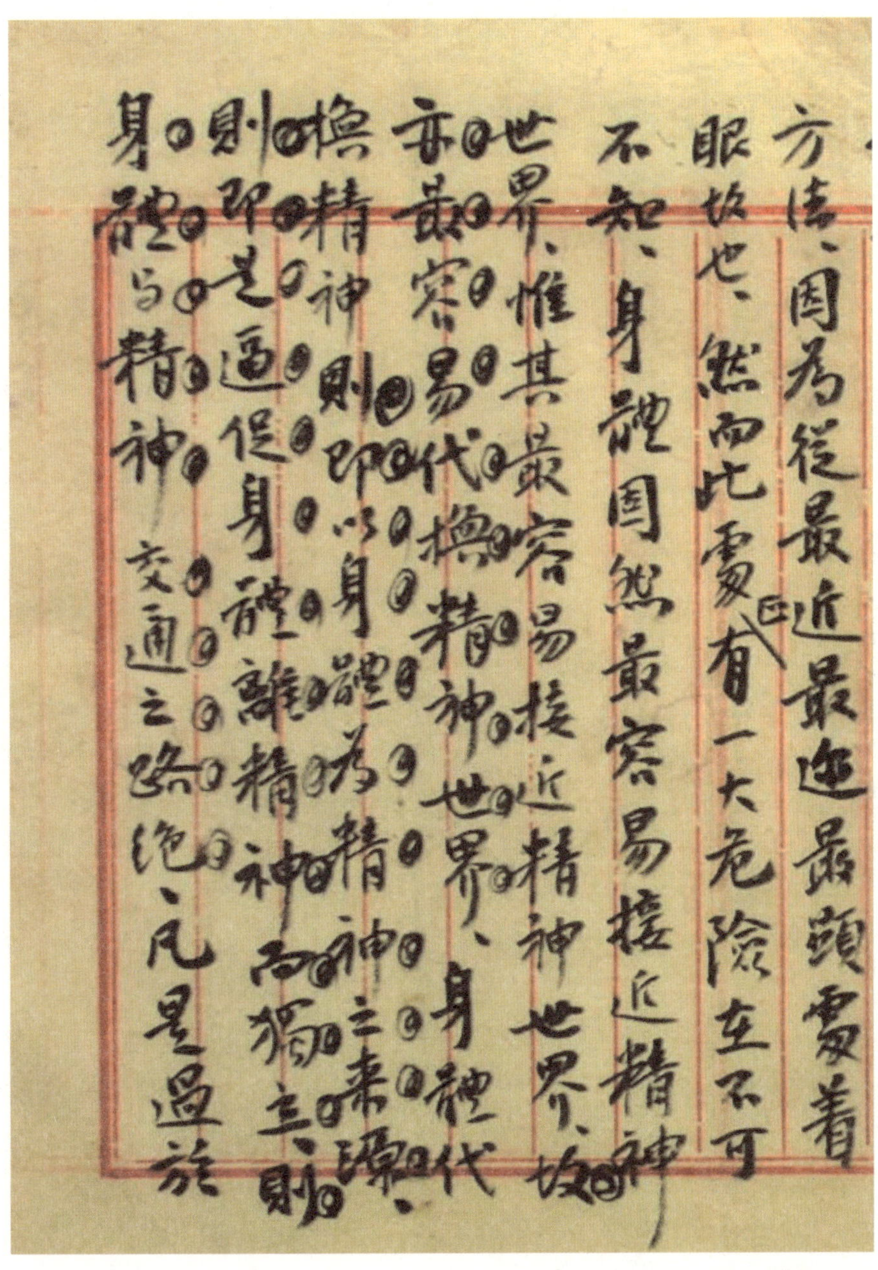

方法、因為從最近最遠最顯處着眼故也、然而此處有一大危險在不可不知、身體固然最容易接近精神世界、惟其最容易接近精神世界、故亦最容易代換精神世界、身體代換精神、則即以身體為精神之表現、則即是適促身體離精神而獨立、則身體與精神交通之路絕、凡是過於

附录 2-1-2

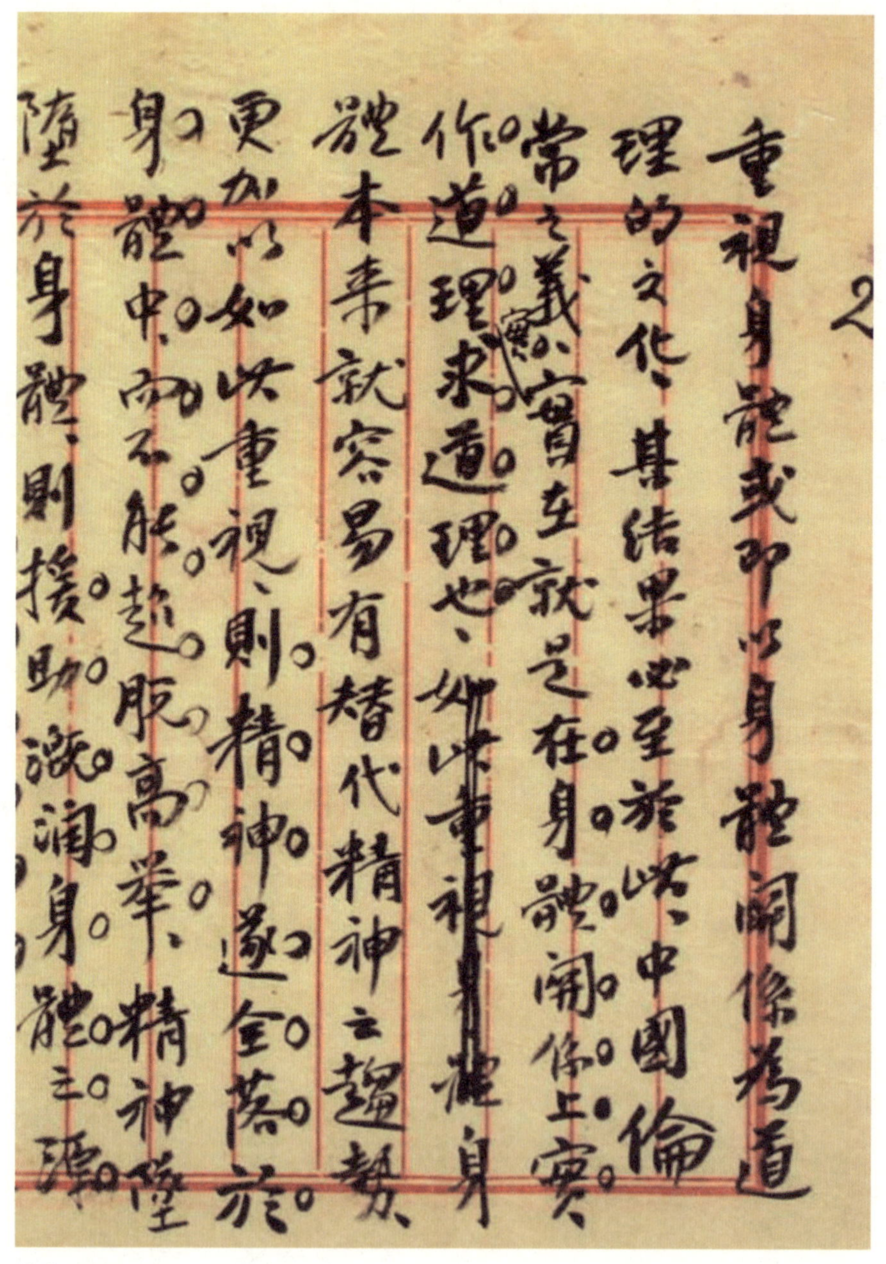

重視身體或即以身體關係為道
理的文化，其結果必至於此，中國倫
常之義實在就是在身體關係上實
作道理，求道理也，如此重視身體身
體本來就容易有替代精神之趨勢，
更加以如此重視，則精神遂全落於
身體中，而不能超脫高舉，精神墜
墮於身體，則援助滋潤身體之源

附录 2-2-1

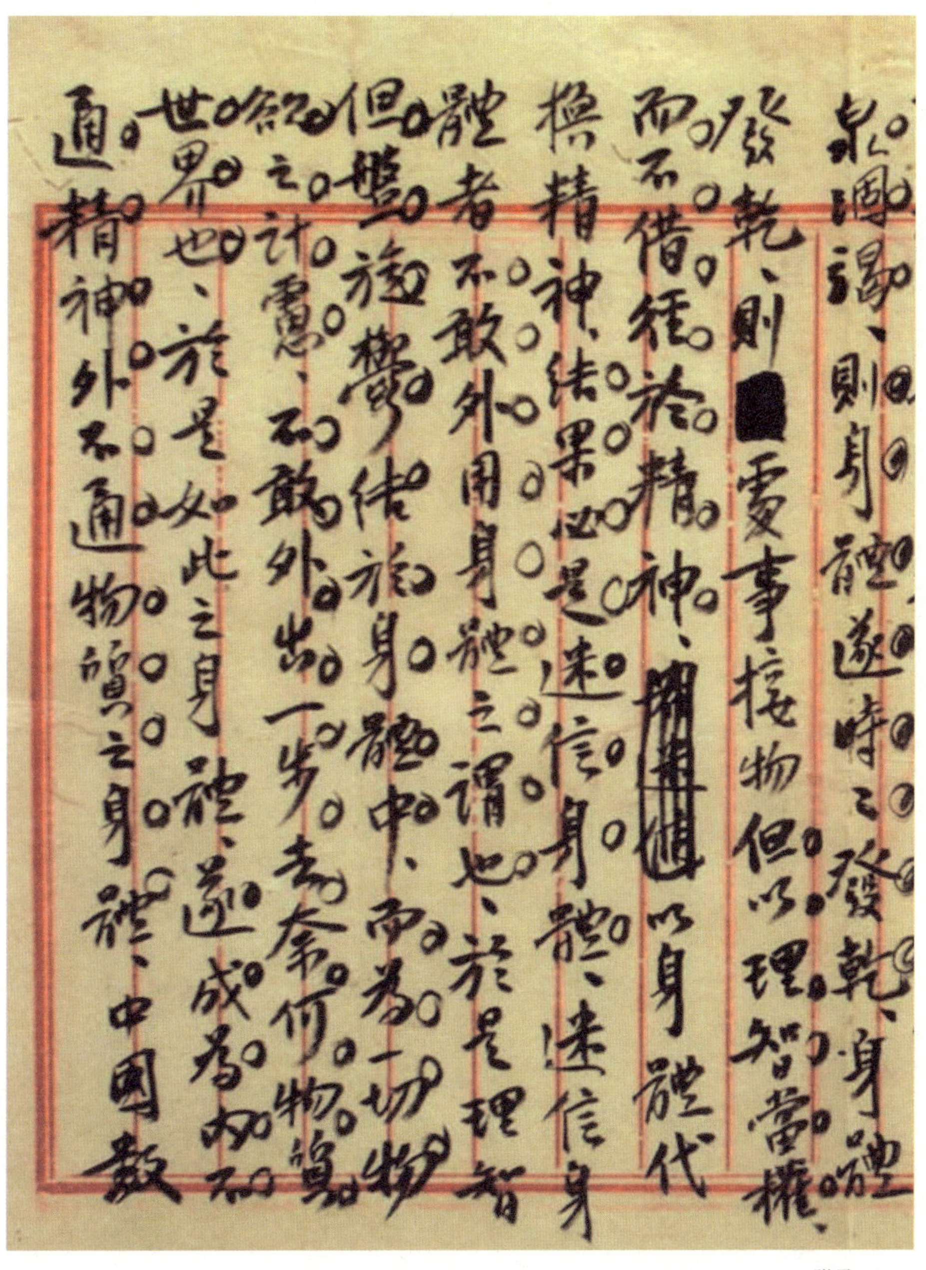

乘溫濕、則身體遂時之發乾、身體嗜
發乾、則■愛事接物、但以理智當權、
而不借徑於精神。以身體代
換精神。結果必是迷信身體、迷信身
體者不敢外用身體之謂也、於是理智
但憑論據、結論身體中、而為一切物
質之計慮、不敢外出一步。無奈何物質
世界也、於是如此之身體、遂成為內不
通精神外不通物質之身體、中國數

附录 2-2-2

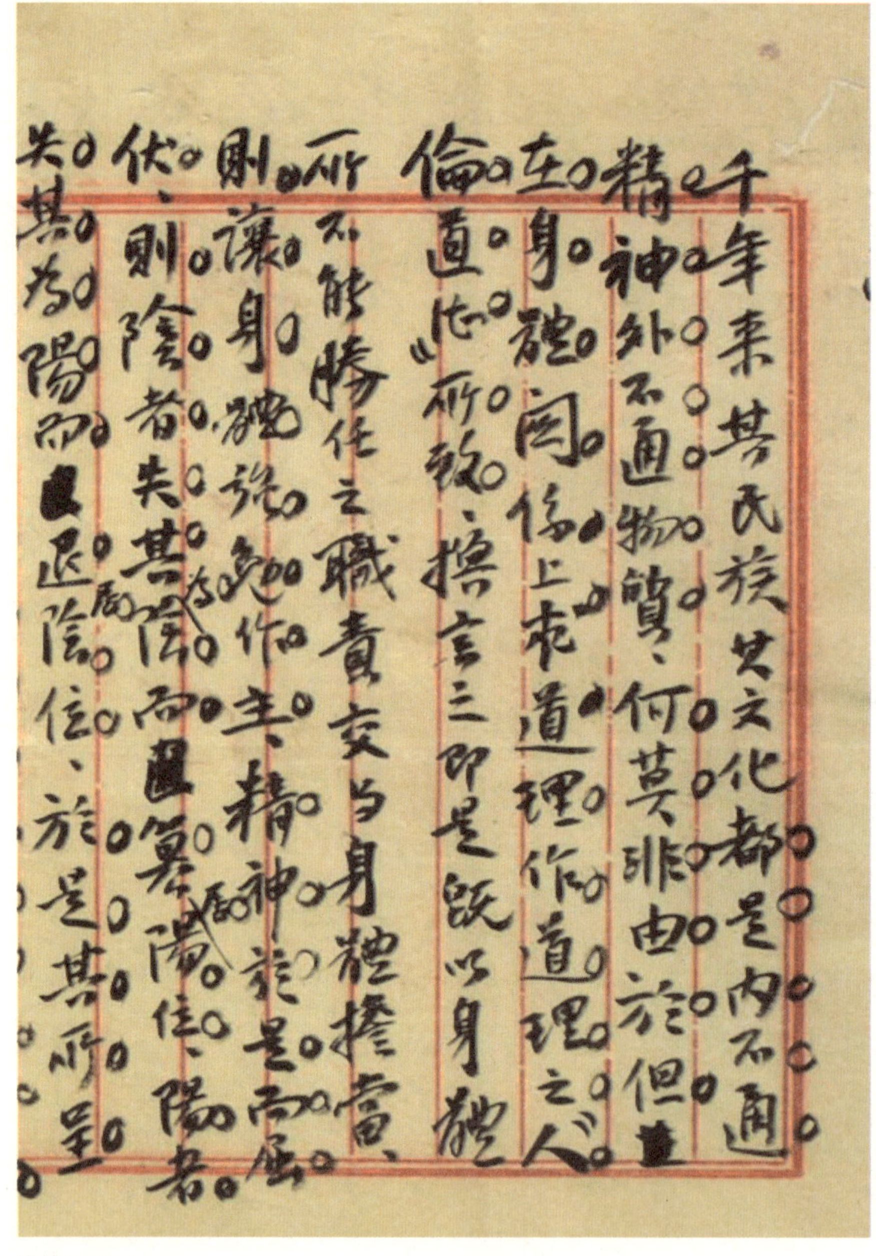

千年來其民族其文化都是內不通精神外不通物質，何莫非由於但在身體閒偽上求道理作道理之人倫道也所致，換言之即是既以身體所不能勝任之職責交與身體擔當，則讓身體強加作其精神於是而屈伏，則陰者失其為陰而居其陽位，陽者失其為陽而退陰位，於是其所是

附录 2-3-1

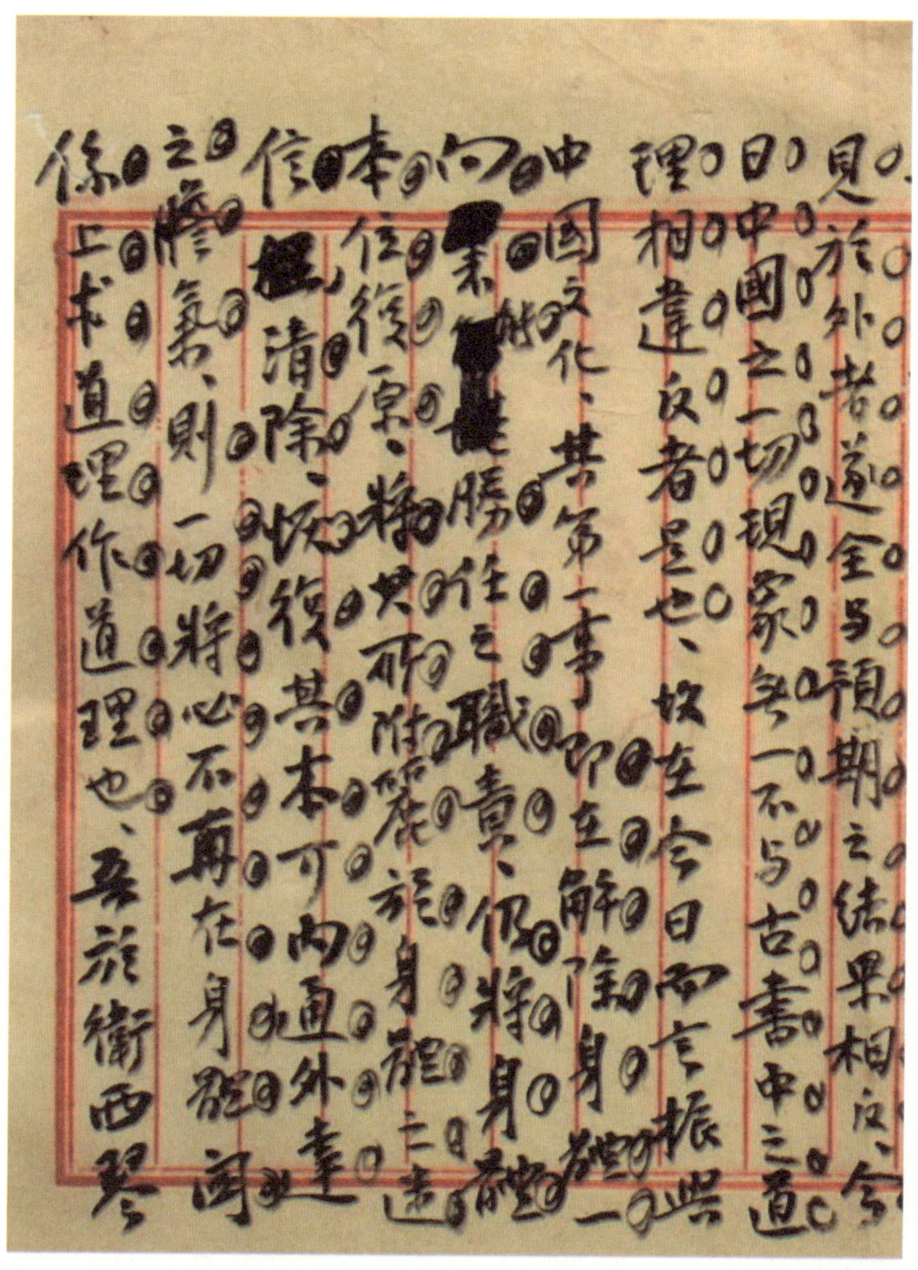

見於外者遂全與預期之結果相反、令日中國之一切現象無一不與古書中之道理相違反者是也、故在今日而言振興中國文化、其第一事即在解除身體之一向[illegible]能[illegible]勝任之職責、假將身體本信從原、將其所附屬於身體之遠信[illegible]清除、恢復其本可內通外達之[illegible]氣、則一切將心不再在身體閘係上求道理作道理也、再於衛西琴

附录 2-3-2

先生之教育最心折最感謝之一端，
即在此處。我所言於衛先生之教
育亦常恐懼至懷，即衛先生常提
挈身體過重，有感以使身體單獨躍
起、行心不得自主之危險也。此層道
理我此時之學識尚不夠能說明之程
度，因此衛先生以人心為自然力量之
談，我始終未嘗敢然承認信受過也。
同時我極希望衛先生於此

附录 2-4-1

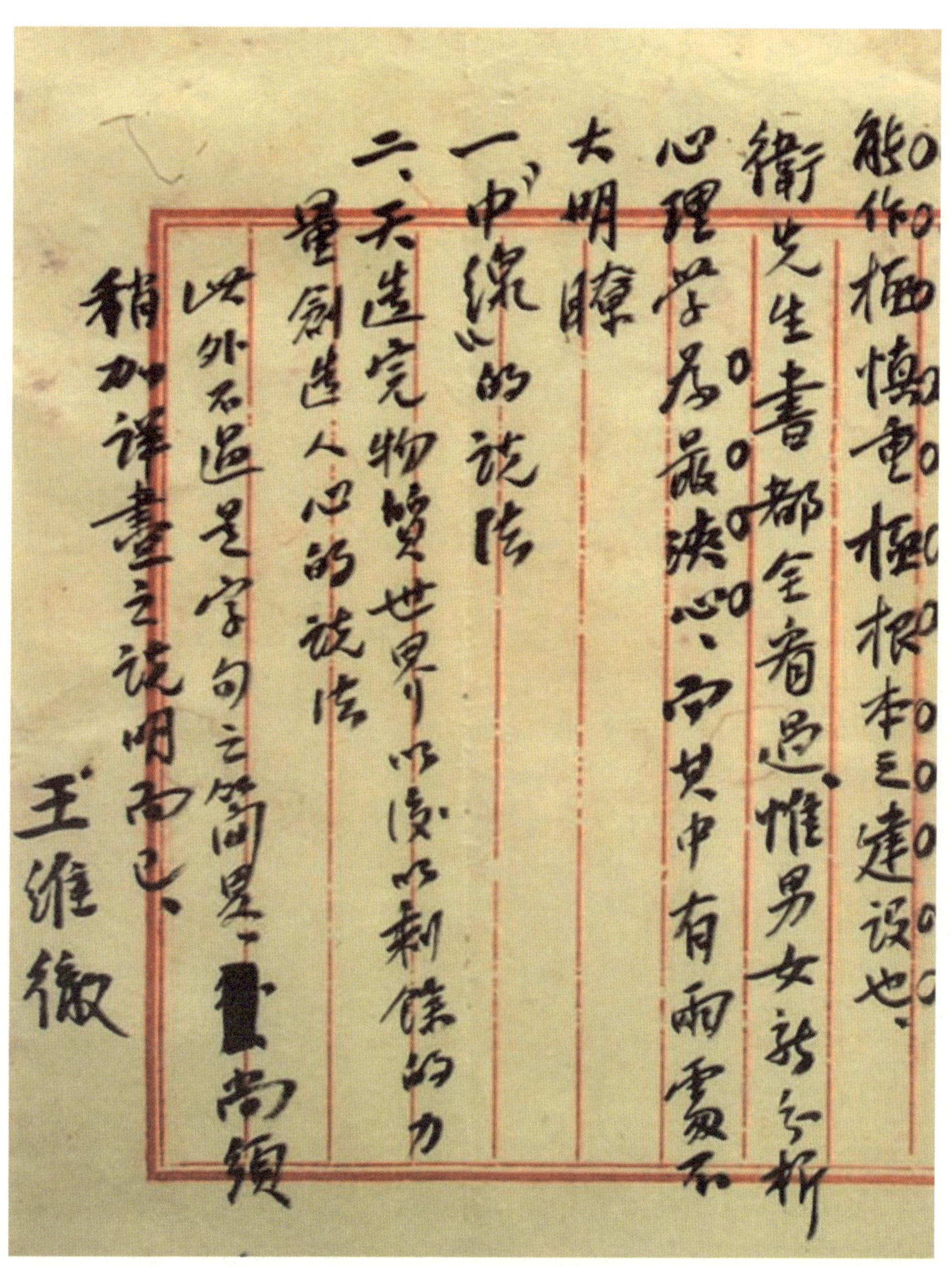

能作極慎重極根本之建設也。

衛先生書都全看過、惟男女新分析心理学為最愜心、而其中有两處不大明瞭

一、中流心的說法

二、天造完物質世界以後以剩餘的力量創造人心的說法

此外不過是字句之間是一二尚須稍加詳盡之說明而已、

王維徹

附录 2-4-2

《读卫西琴先生著作后所写札记》[1]

中国注重伦常，本意盖在认宇宙间一切现象。惟人类身体为最接近精神世界。若身体与身体相遇，不随便而有礼，则人类能借此认识精神世界当是顺而易之事。伦常者，分身体为若干类，即此所分之类各为制礼而遵行之谓也。照理，如此使人认识精神世界应是极高明而道中庸之方法，因为从最近最迩最显处着眼故也。然而此处正有一大危险在，不可不知。身体固然最容易接近精神世界，惟其最容易接近精神世界，故亦最容易代换精神世界。身体代换精神，则即以身体为精神之来源，则即是逼促身体离精神而独立，则身体与精神交通之路绝。凡是过于重视身体或即以身体关系为道理的文化，其结果必至于此。中国伦常之义，实在就是在身体关系上实作道理实求道理也。身体本来就容易有替代精神之趋势，更加以如此重视，则精神遂全落于身体中，而不能超脱高举。精神坠堕于身体，则援助溉润身体之源泉涸竭，则身体遂时时发干。身体发干，则处事接物但以理智当权，而不借径于精神。以身体代换精神，结果必是迷信身体。迷信身体者，不

---

[1] 此文共 4 页（有编号），用 19 行笺书写。重点号为原作者所加。未注明作文时间。标题应是梁培宽先生在整理时所加。

在梁漱溟保存的王平叔信札中，这是唯一一篇独立的札记。

卫西琴，原籍德国，后改美国籍。曾于上世纪初来华办学，致力于教育、音乐及心理学。与梁漱溟及其团体交往较深，梁漱溟的文章中多次提到他及他的理论，梁培恕先生在《中国最后一个大儒》中说："父亲认为卫西琴的心理学、教育学是自成一套的，往往没有现成的词汇可以表达。他自己勉强能懂得一半。王平叔大约能懂十之七八。"（江苏文艺出版社 2012 年 5 月第 2 版，第 110 页）

敢外用身体之谓也。于是理智但盘旋郁结于身体中，而为一切物欲之计虑，不敢外出一步去奈何物质世界也。于是，如此之身体，遂成为内不通精神外不通物质之身体。中国数千年来其民族其文化都是内不通精神外不通物质，何莫非由于但在身体关系上求道理作道理之“人伦道德”所致？换言之，即是既以身体所不能胜任之职责交与身体担当，则让身体强勉作主，精神于是而屈伏，则阴者失其为阴而篡居阳位，阳者失其为阳而退居阴位。于是其所呈见于外者遂全与预期之结果相反。今日中国之一切现象无一不与古书中之道理相违反者是也。故在今日而言，振兴中国文化，其第一事即在解除身体一向未能胜任之职责，仍将身体本位复原。将其所附丽于身体之迷信清除，恢复其本可内通外达之胆气，则一切将必不再在身体关系上求道理作道理也。

吾于卫西琴先生之教育最心折最感谢之一端，即在此处。然而吾于卫先生之教育亦常恐惧在怀，即卫先生常提挈身体过重，有足以使身体单独醒起，行止不得自主之危险也。此层道理我此时之学问尚不够能说明之程度，因此卫先生以人心为自然力量之说，我始终未尝敢于承认信受过也。同时我极希望卫先生于此能作极慎重极根本之建设也。

卫先生书都全看过，惟男女新分析心理学为最浃心。而其中有两处不大明了：

一、“中线”的说法。

二、天造完物质世界以后以剩余的力量创造人心的说法。

此外不过是字句之简略，尚须稍加详尽之说明而已。

王维彻

【附录三】

评述追思

平叔在吾侪朋友中最具有主动力

梁漱溟

一

因《东西文化及其哲学》之讲演而引起结交的朋友更多，而关系最深，踪迹至密，几于毕生相依者，则为王平叔、黄艮庸、陈亚三。

平叔毕业于四川高师，依中等学校教书为生，而当“五四”运动前后，思想烦闷不得解决，几于自杀。既得读《东西文化及其哲学》，决心从游于我。不顾家人生计，辞去教职。路费无所出，则尽卖去其书物。其事至足动人。熊书（《十力语要》）中所见有张俶知、钟伯良、刘砚僧等姓名，盖皆平叔在高师同学友好，有动于平叔之风，亦先后北来从我，并同问学熊先生者。惜伯良、砚僧故去均早。——似均不足四十岁。而平叔之故（1940 年）亦只四十二三岁而已。平叔在吾侪朋友中最具有主动力，恒能主动帮助人，无论同辈后辈莫不身受其益。回忆我所得朋友的帮助，屈指而计，必首推平叔也。

后生如卢瀚、文德阳并因平叔而接近我。

二

1924 年尾愚一人先离去曹州，仍嘱同人继续维持至次年暑期，满一学

此文内容出自梁漱溟 1962 年撰写的《略记当年师友会合之缘》，标题、段落为编者所加。

年而后退出（唯亚三仍留于其间）。曹州高中暨重华书院为彼时聚合朋友，引进青年之一缘会。此一缘会既失，熊先生仍回北大授课，徐名鸿（艮庸之友）仍回师大附中，马乾符仍回山西，钟伯良则经愚介绍至南开中学任教。……其余大都类是。唯愚及平叔、艮庸等数人益切志于学，不谋职业，则赁屋于什刹海东煤厂以为共学聚处。此处离北大不甚远，熊先生仍同住。曹州新收学生武绍文、吕烈卿等，以平叔之启发，向学情殷，亦相从不离，虽知此间无毕业文凭可得，不计也。

是年（1925）年尾，平叔、艮庸、名鸿偕同去广州，旋即随陈真如（铭枢）参加国民革命军北伐之役。

答王平叔、黄艮庸

熊十力

平叔怀郁而有疾，时或强力挣扎而不能有恒，激发兴趣则怡悦进趣，操之过急又忽焉伤沮，此大可虑也。艮庸今年来讯，屡表疾痛。以子怀抱清简，未更世务，此行尽目所见，尽耳所闻，皆刺心事，固不能无闷苦也。人间世本来如此，知之而不能无忧，忧之而不可或过。颜之推曰：“杨朱之徒，世谓冷肠；墨翟之流，世谓热腹。肠不可冷，腹不可热。要当以仁义为节制耳。”此言极有理趣。

附记：平叔，四川巴县人。少有奇气，颖悟甚高，闻梁漱溟讲学北庠，走京师从之游。旋问学于余。素行脱略，触及世事，辄慷慨泣下。合浦陈真如与为至交，约居幕府，多所赞画。余方期其有成，不幸短命。十力记。

出自《十力语要》（岳麓书社 2011 年出版，381 页）。

亦师亦友的情谊

梁培恕

一

《略记当年师友会合之缘》里还写道："熊书（《十力语要》）中所见有张俶知、钟伯良、刘砚僧等姓名，盖皆平叔在高师同学友好，有动于平叔之风，亦先后北来从我，并同问学熊先生者。"

所谓"有动于平叔之风"，请看王平叔的信。我把他的两封信串起来差不多像个故事，以便于叙述。凡加了引号的话即是原文。

一九二二年六月某日，父亲收到一封从汉口付邮的信，寄信人署名四川巴县王维彻（字平叔，朋友团体中人一向叫他平叔）。

王平叔说："我现在决意——真正的决意——要走的生活路向及决意要抱的生活态度，与先生全同。……先生亦能大发慈悲，救此无思想无生活之穷儿乎？"然而这请求的提出是在从重庆去汉口的轮船上，路已走了一半。

稍早一些，阴历四月二十七，四川南充中学校长张表方（即一九四一年起任中国民主同盟主席的张澜）收到一封信，一位国文教员请求辞职。其"去志急切，未能面辞"，下半夜三时写信，天明就启程了。

照信中所说的，再上溯到四月九日（可能也是阴历），王平叔在南充

此文摘录自梁培恕《中国最后一个大儒：记父亲梁漱溟》（凤凰出版传媒集团、江苏文艺出版社，2012 年 5 月第 2 版 102-106 页），内容有改动，标题和段落为编者所加。

名胜白塔下持刀自杀为两位同事所救。这以后，“稍能领得人生兴趣”，“心意一日万变，仍无定向”。

“前夜”（计算日期应是四月二十五）读李石岑评《东西文化及其哲学》，说梁漱溟先生是当今把自己的生活和思想一致起来的“第一等人物”，“不觉大动吾心，始知一向生活烦闷之故，即在思想不能为生活指导。换言之，即我之思想是一路向，而我之生活又是一路向。”更糟的是思想与生活还相互反对。再往深处追寻，这种煎熬来自“感情被抑，纯过忍耐生活，只听命于理智之所致耳”。今后活下去的唯一办法应是像梁先生书里说的那样“使感情条畅得遂”。“彼能指出孔子生活之精义，则必于此种生活真有所领略”。梁先生说他“很愿意拿我的人同大家相见，不愿意只拿我的书同大家相见”。那么，“我当从之为弟子矣”。

王平叔对张表方说，省亲之后即去北京，“必至与孔家生活真相投契领证后，始得回川矣”。

王平叔“路费一钱莫有”，请学校以半价收购自己的书籍，又把存在重庆的书和衣服卖去，得款百元，买了船票。

船将到汉口，王平叔在船上写信告知父亲，他来了。称自己是“无思想无生活之穷儿”，此来唯一的意思就是要过你说的那种生活。

二

所谓“亦师亦友”可不可以举点事例呢？好的，而且还不是老师以朋友待学生，是学生当老师之师。

1924年父亲去办曹州中学高中部，这是他第一次自己出来“挂帅”做事。仅半年就无法进行下去，自己先回京，把干满一个学年的工作留给朋友们（共十余人）。信中愧悔自责，恐怕生平无过于此了：“漱溟今负疚怀惭伏地再拜，不敢仰视，嗫嚅陈词于诸兄之前，求加罪责……”既自责“昏妄不自揣量”又复自承“半生盖未有无一毫自信力如今日者”。

这件事对父亲诚然是一大挫折，对朋友团体也影响至剧。

王平叔、黄艮庸都有信批评老师。

王信引王船山语间接批评父亲做事轻忽。“人静而审则可动，故天常有递消递长之机，以平天下之险阻；而恒苦人之不相待耳。”熊先生有信致王平叔，说办学失败一事，朋友团体亦应自警。王读后提出直截了当的意见：“漱师：……真师适示彻者，哀痛吾侪之情至矣。吾侪此时尚有何话说？借来曹之种种扑倒观之，不实心踏地重新死炼苦修一番，将何以哉？吾师病实不轻，有转机否在真能一下回头不耳。”

黄艮庸更写长信针对父亲思想状况和所做日后打算逐一讲出批评意见，一九七六年八月父亲在此信（黄艮庸信——编者注）首页写道：“此信重要应保存之。”末页又写道：“平叔、艮庸从游于我，皆胜于我。如此信所教我者，皆不易之道也。”

南温泉访王平叔先生

陈友琴

行四十五里到南温泉，四山青翠，小镇临溪。屋舍俨然，居处恬适，予等寓青年会南泉分会，在半山间，温泉池在其下，居镇之中。镇中有整洁华美之旅馆数家，均备为游沐人憩止之所者。有温泉公园事务所，总管此间园景建设事。予等就浴一次，水含多量硫黄，闻能疗皮肤疾，与北温泉含石灰质者不同。隔壁为女子浴室，据云此间女子来就浴者甚多，因距渝近，且本镇有女学生甚多也。

次日上午参观乡村建设实验区，区长王平叔，为邹平县梁漱溟之弟子。就原有之乡村师范学校改为实验区，尚不久，有男女学生共二百余人。无毕业之年限，视其能力可以为实验区中之工作人员，即为之分派工作。亦合理之主张也。

实验区分两大部：（一）讲学部。（二）实施部。讲学部下有教务课、编辑课；实施部下有乡政课、建设课、教育课。学员分布于温泉、土桥、鹿角、界石、樵坪、公平、文峰、崇文八乡。实施部之乡政课，主理各该区组织、调查、统计、登记、选举、制订公约、自卫、储备、救济、息讼、调解等事项；建设课主理各该区农作改良、造林、畜牧、家庭工业、各种合作社、交通、卫生、测量、借贷所、医社、医院等事项；教育课主理各该区小学教育、民众教育、成人补习教育、家庭教育、幼稚园、艺术馆、自然科学研究所、图书馆、礼俗改良、公共娱乐等事项。现各乡对于建设各事项，均在积极进行中。

此文摘录自陈友琴著《川游漫记》（中国青年出版社，2012 年第 1 版 129 页。陈于 1934 年任中央通讯社记者期间，参加川康考察团，其连续报道在上海《民报》刊发后，由南京正中书局结集出版。此书为再版）。标题为编者所加。

缅怀先父王平叔

王治森

1987年，梁培宽先生将我父亲王平叔从1922年到1940年去世前的这一批信件的手稿复印件以及他写的注释和《关于王维彻先生早年所写的一批书信》，分别寄给了我和我大哥。2004年，又委托大哥将原稿送于重庆市图书馆保存。我外甥李炼经过多年努力，在培宽先生注释的基础上，将这一批信件整理、考证并加详细注释，后又经我和侄儿王家伟的反复校勘补充，现在终于由西南师范大学出版社出版了。

当我一遍又一遍地阅读父亲的这些信件的时候，就像亲耳听见他在说话，看见他那严肃而热诚的面貌。父亲深受儒家思想的熏陶和西方哲学的影响，一生忧国忧民，爱憎分明，把探索人生真谛作为他的终生目标。从在成都高师参加五四运动到跟随太老师梁漱溟先生学习和办学，再到广州参加国民革命军和北伐，以及后来的乡村建设运动和创办勉仁中学，都显示出他强烈的社会责任感和独特的思想个性。这些都从他给梁漱溟先生的这一批信件当中鲜明地反映出来，对我们后人是一笔宝贵的精神财富。我深感悔愧，没有在母亲和父亲的师友在世的时候更多地向他们了解和梳理父亲的生平事迹，以至于现在悔之已晚。我要衷心感谢太老师梁漱溟先生，他经历了这么长的时间和磨难，仍然精心地保存着先父的这一批信件。我也要衷心感谢梁培宽老师，他不仅将这一批信件转交我们，还认真地做了注释，并对我父亲的生平做了介绍，又热心为本书作序。本书的出版不仅使我们后辈稍稍得以告慰先人，更重要的是将20世纪上半叶一个忧国忧民

王治森，王平叔先生幼子。合肥工业大学教授、博士生导师，享国务院特殊津贴，曾任合肥工业大学计算机综合自动化研究所所长。

的中国知识分子的形象展现在读者面前，从一个小小的侧面为我们今天了解那个时代和那一代知识分子的精神面貌，提供一些有价值的史料。这也是编者最大的心愿。

一、父亲的经历

我四岁时父亲就去世了，此前又很少见到过他，所以父亲在我的记忆中几乎是一片空白，只是后来从母亲口中听到一些关于父亲的事。但现在回想我童年时期在勉仁中学的生活，却与父亲那一代追随梁漱溟先生的师友有很大关系。我也曾随母亲到梁师爷爷（我们小时候这样称呼梁漱溟先生）家去过几次。

我父亲出生在重庆巴县姜家乡。姜家场在巴县是一个比较大的乡镇，乡民的文化水平普遍较高。我家在姜家场的老家叫“义学”，那是一个大院落，是父亲靠教书的积蓄买下的。他想模仿武训办学，就取了这个名字。

父亲从小家境贫寒，祖父年轻时帮人打短工，抬滑竿。母亲说，祖父是一个很有同情心和侠义肝肠的人，可以把自己穿在身上的衣裳脱下来送给比他穷的人穿。父亲有兄弟三人，他排行老三。他从小酷爱读书，有时一边扫地一边看书。大伯二伯都不喜欢他，把他的书夺过来扔掉，但祖母却很喜欢他。他小时候只上过私塾，总是名列前茅。19 岁那年（1917 年）考上国立成都高等师范学校（现在的四川大学的前身之一）。没有路费，靠好友杨砺坚等人的资助，从重庆步行到成都去上学。五四运动时期，他是成都学生运动的几位领袖之一。

1921 年 5 月从成都高师毕业以后，他被南充中学校长张表方（张澜）聘任为国文教员。为了探索人生和社会进步道路，他于 1922 年 6 月毅然辞去教员职务，北上追随梁漱溟先生。1923 年二三月间他在北京首次见到太老师梁漱溟，从此就开始了追随梁漱溟先生的生涯。

1926 年初他和黄艮庸、徐名鸿三人由老师梁漱溟介绍到广州参加国民革命运动，协助国民革命军第四军第十师师长陈铭枢将军北伐。父亲担任陈铭枢的秘书，曾随同陈铭枢、白崇禧到湖南争取唐生智支持北伐，并代陈、白起草《致湘中民众书》。1926 年 6 月 21 日父亲随陈铭枢大部队北伐，临行前夕给梁漱溟、熊十力二位老师写信，详细报告了出征前的情况。信末附带提了一句："彻（父亲名王维彻，字平叔）等今日已正式入党。此事本已早不成问题，在出发前办妥亦好。"

父亲早在北伐前就预料到不出一年国共将会分裂。1926 年他刚到广州不久给梁漱溟先生的信中对蒋介石和时局做了如下的分析：

共产党人之行动又实为彼所厌烦。不分裂不可，欲分裂又从何分裂起，又岂是一小小风波所可了息……彻料之……(变)化或不出年内耳。

北伐军攻占武汉以后，国共、汪蒋的矛盾日益凸显。梁漱溟先生深感当时政局复杂诡变，要父亲和黄艮庸先生等离开北伐队伍回北京。尽管父亲和黄艮庸先生听从了老师的指示，但他是有不同意见的，认为此时不应脱离时代闭门学习，而应该投身到革命潮流中去。他在 1926 年 12 月 1 日给老师梁漱溟先生的信中说：

以此生不自揣量，以为自家头脑仍不当过自菲弃，而窃愿长近事变之冲以注措我之一点小心思，而不愿与之隔居太远……生深觉前此欲去之无当，与此时来京同处，徒与世势疏远不娴习之非道也。

梁漱溟先生 1980 年 8 月 18 日在和美国学者艾恺的谈话（见《这个世界会好吗？——梁漱溟晚年口述》）中有这样一段话：

经我介绍吧，一个徐名鸿、一个黄艮庸、一个王平叔，三个人去南方广东，后来他们参加国民革命军。国民革命军北伐的时候，这三个人都随北伐军到了武汉，到武汉的时候三个人就不相同，怎么不相同呢？徐名鸿就参加了共产党……王平叔对共产党的思想、哲学、理论还欣赏，特别是关于唯物史观。可是黄呢，没有参加共产党，也说不上是欣赏共产党的理论，三个人就不相同了。

1927 年夏梁漱溟先生受时任广东省主席李济深先生的邀请到广州，父亲和黄艮庸先生随同前往。先是在广东一中任教。但 1927 年到 1934 年这一段时期父亲的情况在这一批信件中却没有反映。据母亲回忆，她和父亲是1930年在广州认识的。她告诉我，1928年初陈铭枢先生接任广东省主席后，聘请父亲担任他的私人秘书。早在北伐期间父亲就深受陈铭枢先生的器重。陈铭枢先生在北伐途中给他的两位老师梁漱溟和熊十力的信中就曾写道："平叔思想深阔，闳造未可限量……"

1930 年父亲生病，在广州中法韬美医院住院期间，母亲正好当他的特别看护。两人遂产生了深厚的感情。不久后，父亲离开广州到山东邹平参加梁漱溟先生等创办的乡村建设研究院。1931 年母亲辞去医院的职务，只身到了山东邹平和父亲结婚。1932 年 4 月父母在山东济南生下二哥王复（不幸在两岁多时夭折了）。我保存着一张 1933 年 3 月 3 日父母与王复在重庆适中花园的合影（见本书）。父亲在照片上的题字为：

复儿既生二百五十日，与之摄影于重庆适中花园，以民国廿一年六月二十六日生于山东济南齐鲁医院，此时则适返川五月日矣。

廿二年三月三日摄

可见父亲参加梁漱溟先生早期在山东的乡村建设活动，直到 1932 年 11 月才回到四川。

我母亲陈慧卿，广东南海县人，生于 1897 年 2 月 3 日，从小家庭很贫困，只有高小文化程度。15 岁到纱厂做工，后来到了法国人办的广州中法韬美医院当护士。母亲虽然文化程度不高，但是一个很有思想和个性的女子。据母亲说，她和父亲的婚事起初受到梁太老师和部分师友的反对，但他们最终还是理解和认可了我父母的爱情和婚姻。父亲去世以后，太老师梁漱溟先生和其他的师友对我母亲和家人都非常关心。20 世纪 40 年代，梁漱溟先生为国事奔忙，曾经委托在勉仁中学的师友和我母亲（校医）照顾他的两个儿子梁培宽先生和梁培恕先生兄弟二人。

在梁漱溟先生的《略记当年师友会合之缘》之“附识一”中有以下记述：

两儿（指梁培宽、梁培恕）失母后，皆尝得昭侄、敬孚及平叔夫人陈慧卿女士之照料。

1957 年和 1980 年我两次路过北京去看望梁太老师，他都特别关切地问及我母亲的近况。

1932 年 11 月父母离开山东邹平回到四川。至于他为什么此时离开邹平，据梁培宽先生说，梁仲华先生当时是山东邹平乡村建设研究院院长，可能是因为父亲不赞同梁漱溟先生与他合作，因此离开了。父亲回到四川后继续从事乡村建设工作，并担任了巴县南泉乡村建设区区长。当时中央日报社入川考察团的记者陈友琴写了一本回忆录《川游漫记》，其中有一段：

彼时重庆的乡村实验，除了民生公司、中心农业实验场外，尚有在南温泉乡黄葛垭镇上所做的实验。此处乡村实验区区长为王平叔，是梁漱溟村治主义的信奉者，是由乡村师范改建而成。男生二百人，女生五十人，课程分为乡政、建设、教育、图书馆、礼俗改良、公共娱乐……

二、父亲与勉仁中学

父亲于 1940 年在筹办勉仁中学时不幸逝世。我当时只有 4 岁，和五姨妈住在巴县姜家场老家义学。因为父亲一直在外地追随梁漱溟先生从事乡村建设和办学，母亲带着二姐和二哥陪伴在他的身边。因此我出生后不久，母亲就把五姨妈从广州接到重庆巴县姜家场照顾我和老家。

记得有一天，义学院子里突然增加了许多人，母亲和哥哥姐姐也回来了。有一口黑色的棺材停放在堂屋中央，人们都披麻戴孝，哭丧着脸。后来我才知道是父亲死了，遗体从璧山县来凤驿运回来。来凤驿是勉仁中学最初建校的地方。母亲后来常常对我说，父亲那时和梁太老师等师友为了创建勉仁中学，找不到地方，就和黄艮庸先生在来凤驿小镇找了一间旧庙——西寿寺作为校址。为此，他们把菩萨推倒，搬进桌椅作为教室。当地信迷信的老百姓见他们推倒菩萨都说要遭报应，父亲毫不在乎。非常不幸的是，父亲在建校过程当中积劳成疾，竟在勉仁中学即将开学之际与世长辞。父亲临终前夕希望见他的终身导师梁漱溟先生一面。梁漱溟先生接到消息星夜兼程赶往来凤驿探视。但非常遗憾的是，他赶到的时候父亲已经去世了。父亲逝世时才 42 岁。上世纪 40 年代勉仁中学还在校园的坡地上为父亲立了一块碑。母亲说父亲临终前高烧不退，昏迷中常叫喊：“你们这些菩萨真的那么凶吗？我不怕你们！走开！……” 醒来时常常怒目而视。梁培恕先生也曾对我提到母亲对他说过这些话。父亲的遗体是雇佣几个乡下人抬回姜家场的，从来凤驿到姜家场将近百公里路程，翻山越岭，全靠步行。父亲去世后不久勉仁中学从来凤驿迁到了北碚金刚碑，母亲带着二姐二哥也跟着去了。我则是到了 6 岁（1942 年）才被接到北碚的。母亲在学校当校医。其实学校医务室就是她一个人，除了给师生看病，周围的农民也经常来看病。母亲在师生和周边群众中口碑很好。学校和周边农村的不少孩子都是经她接生的，包括我大哥的第一个儿子王家伟。

勉仁中学位于北碚缙云山麓靠近北温泉的金刚碑。学校虽小，但上世纪 40 年代却聚集了一批有名的文化人士。除梁漱溟先生，还有熊十力、黄艮庸、李渊庭、吕烈卿、黎涤玄、宋乐颜、云颂天等。母亲和我们家得到他们很多的关照，相处得都很融洽。

我家最初为半山腰上的一栋孤立的茅草房，门前有一块小小的地坝，母亲在周围种了一圈月季花，还有两棵杏树。我还记得小时候常常听见母亲用拉长的广东音调，自言自语地吟唱她自己编的诗句："风吹竹叶好像吹箫，日间有太阳照，夜间有月来瞧，月照纱窗捡鸭蛋……"声音非常凄美。

我小时侯印象最深的是黄艮庸先生。他是父亲的挚友，我们称呼他黄伯伯。傍晚时分，黄伯伯常常从山下上来坐坐。我和二姐二哥就围着他坐在小板凳上听他讲故事。我印象最深的就是听他讲《水浒传》，特别是鲁智深三拳打死镇关西。后来我家搬到山下的一排平房里，邻居有熊十力、黎涤玄、吕烈卿、云颂天等先生。除了梁漱溟和熊十力先生我们称呼师爷爷，其他都称叔伯。许多文章中都说熊十力先生非常狂放高傲，但在我们小孩子的眼中他却是非常和蔼可亲的，很招小孩子们喜欢。我印象最深的是他那长长的胡须。他有时候把我搂到面前，拿他的胡须来戳我的脸。

梁漱溟先生上世纪40年代在北碚的住所是一栋两层的楼房，位于缙云山麓的勉仁中学后山上。整座楼房建于一处突出的高坡之上，视野很开阔，可以远眺风景如画的嘉陵江温泉小三峡，以及下游遍地鹅卵石的河坝。那时大家都习惯称呼它为"书院"。据梁培宽先生说，其实当时的"书院"和勉仁中学是分不清的。我们小时候只觉得它很威严，因为那是梁师爷爷住的地方，不可以随便去的。母亲曾带我和哥哥姐姐去过几次。上世纪50年代，这栋楼房成了勉仁中学一些工友的住家。后来因为年久失修完全破败了，并在一场火灾中被夷为平地。

三、父亲的性格与为人

父亲秉性忠厚耿直，是一个非常重友情的人。他的热情和真诚很能感染人。梁漱溟先生曾经说：

平叔在吾侪朋友中最具有主动力，恒能主动帮助人，无论同辈后辈莫不身受其益。回忆我所得朋友的帮助，屈指而计，必首推平叔也。

梁漱溟先生在他晚年编写的《伍庸伯先生传略》中还有这样一段话：

必须说出我自己的一大短处。我的一大短处就是不能从朋友受到深切益处，亦不能深切地影响朋友，帮助朋友，同朋友间的彼此相知似不够深透，尤其在感情上总不够深（虽然我能结合一班朋友数十年不散）。一句话：在彼此两个人之间——两个生命相互间——不易达成深度的通透联结。

这是有鉴于亡友王平叔（维彻）每能深切地帮助朋友、影响朋友，主动地与人结成深深的友谊，而反省到自己身上所认识出来的缺点。

曾任西南联大和中山大学中文系主任的罗庸教授在《我与论语》中也有如下一段话：

在广州中山大学的三年中，对于我十年来的生活态度是一个很大的转变。这时梁漱溟先生正在广州主办省立第一中学。梁门诸子都是笃行不务外一流，尤其是亡友王平叔先生维彻，益我最大。他的言论恰好针对了我的病痛。闻过的机会愈多，反省的心也愈真切，往日不自觉知的毛病，这时才又慢慢的发见出来。

近代佛学大师欧阳竟无有一篇悼唁他的儿子欧阳东的祭文《欧阳东泗毙哀纪碑》，也提到了我父亲：

熊子真挟与北学，幽燕水深土厚，不半年而体强。得友詹大权、王平叔、韩佯生诸君子，慨然有通中、西学，超古先哲人之志。乃习德文，入沪同济大学，为奋发权舆。谁知乎浴泳而溺以死哉！

父亲是一个个性十分鲜明、极其重视人格修养和理想追求的人，但性格却偏于沉郁。熊十力先生在他的《十力语要》中有一篇《答王平叔、黄艮庸》，在其附记中写道：

平叔，四川巴县人，少有奇气，颖悟甚高，闻梁漱溟讲学北庠，走京师从游。旋问学于余。素行脱略，触及世事，辄慷慨泣下。合浦陈真如与为至交，约居幕府，多有赞画。余方期其有成，不幸短命。

陈铭枢先生 1926 年北伐途中写给梁漱溟和熊十力两位老师的信中也说：

平叔思想深阔，闳造未可限量，惜有好文之癖……然可徐自解除，似不为害。

父亲的气质也可以从他和黄艮庸先生在山东潮州办学时互赠的诗中看出。黄艮庸先生是父亲一生中共事最长、情谊最深的挚友，但他俩的气质却很不相同。艮庸先生亲切从容，父亲则沉郁激烈。

黄艮庸先生的《咏竹一首赠平叔兄》写道——

冉冉孤生竹，结根于磐石。
风雨晦乾坤，我心良匪席。
长叹望修竹，枝柯幸弗折。
守身如执玉，乃有固穷节。

岁寒思至友，独立凌霜雪。

但愿上阳生，毋使春景绝。

而父亲的和诗《答艮弟且自惧励》为——

朝发昆仑颠，俯拾一卷石。

暮投沧海中，澜漪如卷席。

突闻长风发，潇潇枯枝折。

山川遂改异，栗栗深秋节。

天寒岁云暮，孤舟迎霜雪。

仰首横空望，渺渺云间绝。

父亲是一个非常执着的人。1926 年他在参加广州国民革命运动，于北伐前写给梁漱溟、熊十力两位老师的信中有一段表露心迹的话：

作事真不能在成功失败上著眼，此盖道理极深阅历极多之言。始终只问自己精神立得起顶得住否耳。换言之，只问自己之态度是否始终曾在光明正大处表示出来过耳。若是在一切关节处均有态度可见，即使失败，此乃外人旁观者之所谓失败，在自己固仍是成功，无所谓失败也。……成功不自知其何以成功，失败不自知其何以失败，一切模糊倒塌，始终在牵就调协波靡风从之局中，而不容有自己甘心之态度表示，斯则真所谓失败耳。彻等前途如何，盖有命在，无可强致。事业之成就恐无其分，即求一光明正大之失败，亦正恐昊昊上天靳不我与。

从中可以清楚地看出他那种为了追求真理、追求社会进步义无反顾的精神。

父亲离开我们已经七十六年了，太老师梁漱溟先生也已逝世二十八年，父亲那一代可钦可敬的长辈们也都与世长辞。但他们那个时代和他们的精神将永远鼓励我们去追求光明美好的未来！

2016 年 9 月 7 日于合肥工业大学大南村

爷爷王平叔与太师爷爷梁漱溟

王家伟

2010 年 11 月，家父王治和在重庆巴县去世，给我留下了由梁漱溟长子梁培宽先生编辑并赠给家父存留的《梁漱溟往来书札手迹》一书。

梁培宽先生从其父亲保存的信件中，选录了爷爷王平叔给太师爷爷梁漱溟的信件 11 件、爷爷的挚友黄艮庸先生的信件 13 件。由此，也可以看出梁漱溟先生和他的弟子王平叔、黄艮庸不同寻常的师生关系。

1982 年，晚年的梁漱溟给家父写了一幅题为“光明正直，恺悌慈祥”的墨宝，亦足以说明太师爷爷对王平叔子女的千般嘱咐万般呵护和无尽的希冀。我自己理解，这八个字字字千斤，既是太师爷爷对爷爷王平叔一生的精辟总结，也是对王家后辈子孙发自肺腑的励志嘱托。

家父和梁培宽先生曾是中学同学。从 1939 年到家父去世前的 70 余年中他们一直保持联系；在家父去世前近 20 年的时间里，梁培宽先生多次到重庆参加梁漱溟学术交流会议，都前去看望家父。2004 年，梁培宽先生将梁漱溟先生保留的一批爷爷王平叔的信件，通过家父转交给重庆市图书馆保存。

我多次仔细拜读了《梁漱溟往来书札手迹》及与梁漱溟先生有关的书籍，大体理出了爷爷王平叔与太师爷爷梁漱溟二人交往的往事，略述如下。

王家伟，曾用名杨涌，王平叔先生长孙。南京师范大学附属扬子中学高级语文教师。

一、从师办学 同处共学

走的生活路向及决意要抱的生活态度，与先生全同。

——王平叔

“五四”运动时期，爷爷王平叔求学于成都高等师范学校，即积极投身于爱国运动。据《巴县历史人物（第一辑）》记载：“王平叔是‘五四’时期新文化运动的积极分子，曾任四川省学联机关刊物《四川学生潮》的主编，写了许多进步文章。”

爷爷给梁漱溟先生的第一封书信中写道：“我这次从交通极不便利的四川出来，经过将近万里的路程，一点别的意思没有，只是敬慕先生的人格和精神，特将我现在的一切生活丢开，来与先生同处，为亲炙的弟子。借先生的人格精神，把我现在打算要走的生活路向及所欲持的生活态度，重习陶铸，使他有个确定的把握。这就是我此行排万难而不顾的意思，不知先生能够允许我这样不？我现在决意——真正的决意——要走的生活路向及决意要抱的生活态度，与先生全同。”

同时，爷爷还在给南充中学校长张澜的辞职书中说：“我当从之（梁漱溟）为弟子矣，当熏沐其人格，以养成我自己之人格矣。况梁先生以宋元讲学之风，倡导于世，师弟之间，纯以感情相熏陶，大异今日烦闷枯窘之学校教育，与彻所素期望之教育制度又相近矣。彻现已决意——真正的决意——明日起身回家，省亲后，即至北京执弟子礼于梁先生。”

从上述两封信件中可以得知爷爷当年弃教离川，北上赴京从师于太师爷爷梁漱溟的思想生活经历。

一方面是对于当时烦闷枯窘的旧教育的摒弃，对熏沐人性，养成人格，汲取师弟感情熏陶之期望；一方面是对旧生活的困窘厌弃，对新生活的仰慕与追求，爷爷下决心排除万难，决意离川赴京投奔梁漱溟先生：“真正的决意——要走的生活路向及决意要抱的生活态度，与先生全同。”

核心就是，爷爷敬慕梁漱溟先生的人格魅力。

一个热血青年，抛家弃教排除万难，不远万里北上投师，到北京拜梁漱溟先生为师，立志师学于梁漱溟先生，这在交通极为不便的四川，非常难能可贵。

其志向可谓大矣，其精神可谓佳矣，意志可谓坚矣。

1976 年，晚年的梁漱溟曾经回忆道：“平叔毕业于四川高师，依中等学校教书为生，而当‘五四’运动前后，思想烦闷不得解决，几于自杀。既得读《东西文化及其哲学》，决心从游于我。不顾家人生计，辞去教职。路费无所出，则尽卖去其书物。其事至足动人。”

从 1923 年到 1940 年近十八载的生活道路与实践，从同处共学、投笔从戎到创办乡村学校的生活路向和社会实践，皆验证了爷爷跟随太师爷爷梁漱溟先生情同手足的师生情之纯真。

一个风华正茂充满梦想的热血青年，正用自己一腔热血的书生意气奋发向上，从师学习，踏上自己追梦的新历程。

从爷爷与梁漱溟先生的交往中，真真切切体现了梁漱溟先生超越教育本身的与众不同之处：教人做人比传授知识更重要。正如他自己所说：“学校即是一伙人彼此亲近扶持着走路的团体。”

1924 年暑假，梁漱溟先生辞去北京大学教席，七年之久的北大教学生活至此结束。

其时，爷爷与他原来的同好钟伯良、张俶知以及梁漱溟先生的得力弟子黄艮庸、陈亚三、徐名鸿等，随先生到山东曹州，共同办学、读书、讲学。熊十力先生也参加了办学，任导师。1925 年春，因山东政局变化，梁漱溟先生将曹州高中交陈亚三先生接办后，离开曹州回北京。梁漱溟先生在信札中曾批注说：“1925 年上半年，我与熊先生（熊十力）暨平叔、艮庸率少数学生退出曹州高中，赁屋什刹海东煤厂同处共学。”同时，恢复了梁漱溟先生发起的“朝会”。

如在冬季，天将明未明时，大家起来后在月台上团坐，疏星残月，悠悬空际；山河大地，一片静寂，惟间闻更鸡喔喔作啼，此情此景，最易令人兴起。特别感觉心地清明、兴奋，觉得世人都在睡梦中，我独清醒，若益感到自身责任之重大。大有屈原之“举世混浊而我独清，众人皆醉而我独醒，吾不能变心而从俗兮，固将愁苦而终穷”的心境。

“朝闻道，夕死可矣”，“朝会”令彼此亲近扶持，共勉互进，可谓是一种新教育的创新和实践，无疑亦加深了梁漱溟和弟子们的友谊，为日后共同担负民族教育复兴的责任打下了思想基础。

二、投笔从戎 参加北伐

相信了我们自有立国之道，更不虚怯。

——梁漱溟

陈铭枢（字真如）系北伐名将。他不仅仅是一员就读过保定陆军军官学校的战将，对佛学也颇有研究，这是他与梁漱溟在北伐战争前得以结识并成为朋友的原因。正因为如此，当他就任第十师师长一职后，特邀梁漱溟与熊十力南下共事，二人虽未去，但派遣三位得意弟子王平叔、徐名鸿、黄艮庸由北京前往广东，投笔从戎，辅助陈铭枢。

梁漱溟先生回忆北伐战争一事也说："一九二三年与平叔、艮庸同住缨子胡同我家。真如即于是年北来访我结交，其后遂有一九二五年从广东以革命之义相督责，而平叔等三人南下从戎之事，自是而后彼此关系日密。"

梁漱溟先生当年派遣自己的三名得意弟子投笔从戎，既有通过他们了解南方新兴起的革命运动进展情况，更有了解北伐战争和国民革命实情的目的。之后，爷爷即以秘书名义，工作于陈铭枢将军左右。

陈铭枢在北伐战争中给梁漱溟先生的信和爷爷在北伐战争期间给梁漱溟先生的信给我们留下了难得的历史细节，也从中了解他们相互间的交往情谊。

陈铭枢在给梁漱溟的信中说："平叔等次永兴留候司令部，弟独往衡州会唐孟湘，谋军事。"

北伐期间，爷爷随陈铭枢将军、白崇禧在湖南长沙劝说唐生智参加北伐，并为之代笔拟写电文《谢湘中民众电》。此事足以看出陈铭枢将军对梁漱溟弟子从戎的信任与器重。

从北伐前在广州对时局的分析，以及北伐时期爷爷给梁漱溟先生的信件，可看出戎马岁月的历练所生发出的不一样的人生意义。

对爷爷和黄艮庸一年多参加国民革命军北伐的这一段新经历、新经验，梁漱溟先生做出了这样的评价："正有不待切磋而各自觉悟者。……于一向之所怀疑而未能遽然否认者，现在断然地否认它了；于一向之有所见而未敢遽然自信者，现在断然地相信它了！否认了什么？否认了一切的西洋把戏，更不沾恋！相信了什么？相信了我们自有立国之道，更不虚怯！天下事，有时非敢于有所舍，必不能有所取，亦不敢有所舍。不能断然有所取舍，便是最大苦闷。于所舍者断然看破了，于所取者断然不予放过了，便有天清地宁，万事得理之观。”

三、勉仁中学的回忆

教育的本意，是要把人们培养成有本领有能力的人。

——梁漱溟

1940 年年中，梁漱溟先生与同仁、学生在四川璧山来凤驿发起创办勉仁中学。梁先生为董事长，爷爷是办学的发起人之一。据梁培宽先生回忆：“1940 年初，在川师友有兴学之议，首先由平叔先生起草《办学意见述略》，由先父修改定稿。”当年夏天，爷爷因公殉职，病逝于四川省璧山来凤驿，享年 42 岁。

1941 年，勉仁中学迁到重庆北碚金刚碑，奶奶陈慧卿被安排到学校医务室工作。之后，父亲王治和也进入勉仁中学，在总务处工作。

1949年1月8日，我在勉仁中学校医室出生，由奶奶陈慧卿接生。满月后，母亲潘泽黎抱着我去见太师爷爷（在勉仁，父辈们都称梁漱溟先生为太师），请太师爷爷为我取名。根据王家“治家有方”的家谱，太师爷爷为我取名为王家伟。后来，我妹妹王家凤之名，是为纪念爷爷在“来凤驿”建校一事而取的。

勉仁中学在重庆北碚缙云山下北温泉旁的金刚碑，距北碚数里。校园内，一股山泉由缙云山顺山而下贯穿校区，山泉成了学校的中轴线，使得学校灵动鲜活有生气。学生住宿区在山上方，教学区在中部，食堂在山脚。1950 年 1 月梁漱溟先生到北京，将勉仁中学交给国家，后改为重庆第二十二中学校，前些年并入北碚区职业教育中心。

我和奶奶住在学校中心区的小溪水旁的校医室。校医室就几间平房，左边是校医室，中间是我和奶奶的住房，右边有一小间厨房。校医室前一块平地——小坝坝，被周边几丛高高的竹子簇拥着；奶奶教我采摘竹子的嫩尖，用水煮治疗咳嗽和脖子痛。

医务室屋后小坡坡凸起的地方是爷爷的坟。那时我年幼，不知道爷爷为何埋在这儿，好几次我想问奶奶，又怕奶奶提起爷爷的往事而伤心。心里总觉得屋后长眠的爷爷一定了不起，不然怎么会埋在学校的中心地带？

虽说是坟地，爷爷睡在里面，校医室就奶奶和我二人，我心里一点儿也不觉得害怕。后来才知道是勉仁搬迁至此后，为纪念因公殉职的爷爷，太师爷爷梁漱溟偕同仁专门在这里立的碑坟。

那时候，我们一班小娃儿们都爱到学校的中心点校医室旁的小桥上玩耍。唱歌跳舞，办娃儿餐，到小河里抓螃蟹，冬天堆雪人，下到食堂旁的操场玩爬绳，玩单杠。

我们几个要好的小伙伴，最爱背着背篼到学校后面的缙云山上，用竹耙扒松毛，拣松果，弄柴火。在满山的松树灌木丛里大家有说有笑，边拾柴火边嬉戏，好安逸好快乐，缙云山的松林是我们的乐园。

自从爷爷殉职后，奶奶终身一人。奶奶用自己的无声的行动，继续完成爷爷为之献身的勉仁中学的教育事业。那时，校医实际上就奶奶一个人，除了给全校师生员工看病外，还经常给学校附近来求医的老乡看病。有时奶奶忙不过来，我还替她给教工送药。不论在校内校外，提起陈医生，人们都竖大拇指。

四、往事并不如烟

所藏友人来信，自然也就从不同角度折射出他所经历的时代。

——李辉

据我所知，梁漱溟先生在北碚，至少有三处塑像：一个在勉仁中学，一个在北碚职业教育中心，一个在北碚区政府广场。这足见梁漱溟在北碚办学著书参加社会活动的深远影响。

往事并不如烟。爷爷与太师爷爷的交往，见之于这些弥足珍贵的书札中，而这些书札，亦是宝贵的文化遗产和史料。

正如李辉先生在《梁漱溟往来书札手迹》一书的序言中说，“梁漱溟是一位令人敬畏的思想家、道德家……是用整个生命拥抱着自己的思想，甚至有一种宗教式的热情，梁漱溟正是以这样的姿态走完他的一生的”。“梁漱溟一生风云变幻、大起大落，始终未远离时代漩涡。说他是思想家、道德家也未必准确。实际上，他在很大程度上更是一位入世心切的社会变革家、实践者。无论讲学、办校，乃至积极参与政治派别活动，其指向正是社会革命。此种特点，形成他的丰富而广泛的交际往来，所藏友人来信，自然也就从不同角度折射出他所经历的时代。”

1976年，83岁高寿的太师爷爷梁漱溟，为后人留下了这样一份特殊的礼物——重新整理、批注友人来的信件。在后来出版的《梁漱溟往来书札手迹》348页，太师爷爷留下了这样的批注：“平叔、艮庸从游于我，皆胜于我，如此信所以教我者，皆不易之道也。”

爷爷王平叔为创办勉仁中学因公殉职、英年早逝，他用自己短暂的一生，跟随梁漱溟先生或求学或从戎或办学，用自己一腔热血投身到乡村建设乡村办学之中去，成为四川早期乡村教育的创始人之一。

在我心目中，爷爷无愧为那个时代的“最美的乡村教师”！

爷爷追随太师爷爷的过程，就是人格的自我完善的过程；爷爷“决意要走的生活路向及决意要抱的生活态度，与先生全同”的思想轨迹，就是爷爷一生追梦圆梦的生命轨迹。爷爷的生命可谓是短暂的，而他的精神和人格的光辉是永恒的。

对于我自己而言，最遗憾的事情，是家父生前没有留下爷爷的生平资料及个人简历。而如今，爷爷王平叔写给太师爷爷梁漱溟的这批信件以及梁漱溟先生的相关记述，让我们得以更贴切地读历史细节、读师友情感、读人格光彩，更成为我们研究读懂那一特定时代中国乡村教育先驱们伟大业绩弥足珍贵的史料。

2009年，我从南京师范大学附属扬子中学退休后，曾多次回到北碚，在我出生的地方、在太师爷爷梁漱溟的雕像前，缅怀先辈。如今，作为后人的我们，将爷爷写给太师爷爷的这批信件整理、编注、出版，也是对他们的一种特殊的纪念吧。

2016年8月6日于南京

遥望外公，
遥望 94 年前的那个夏夜

李炼

1922 年 6 月的一天，在重庆开往汉口的一艘客船上，一位 24 岁的青年，抑制不住内心的激动，也不顾“船上簸荡的很”的环境，怀着恭敬与期望，用工整的蝇头小楷，给他即将投奔的一位长者写信。

信的开头是这样的——

我这次从交通极不便利的四川出来，经过将近万里的路程，一点别的意思没有，只是敬慕先生的人格和精神，特将我现在的一切生活丢开，来与先生同处，为亲炙的弟子。借先生的人格精神，把我现在打算要走的生活路向及所欲持的生活态度，重习陶铸，使他有个确定的把握。这就是我此行排万难而不顾的意思，不知先生能够允许我这样不？

这个人，就是我的外公王平叔。

童年

我 1962 年出生的时候，外公已经离开这个世界 22 年了。

在 2016 年这个暮春的下午，当我坐在电脑前开始写关于外公的文字，好想有一双穿越时空的翅膀，飞到 94 年前的那个初夏，与他同行。

这当然只是我的臆想。面对已有近百年历史的老照片，虽然外公的面

李炼，王平叔先生外孙。《重庆晨报》专栏记者。

容还算清晰，但我的感觉却依然远隔万水千山。对于外公，我只有遥望。

在我的童年乃至少年时期，由于种种原因，家中的长辈与亲友，很少跟我提起外公。至今，关于外公的记忆，是由一些零星的碎片与十分有限的资料构成的，它们主要来自长辈们的片段回忆、同时代的先贤们在其回忆录中只言片语的提及和县志办简约的“历史人物”介绍。

外公本名王维彻，字平叔。1898 年出生于四川巴县姜家乡（今重庆巴南区姜家镇）。外公在成年后写的一段文字中，对他的出生地有这样的描写：“吾乡去县治百余里，周围尽大山，地既偏僻，民复疾苦。”而外公的家庭更加贫苦——他的父亲靠抬滑竿的微薄收入养家。外公一辈共兄弟三人，外公年纪最小。虽然外公自幼天资聪颖，勤奋好学，但贫穷的家庭仿佛连“书中自有黄金屋”这样的老话都不敢相信，对一心只想读书的外公似乎并不支持。

还好，吉人自有天相。在乡私立小学学习期间，成绩名列前茅的外公得到了一位姜姓老师资助，后考入了有“川东名校”之誉的万州学堂（这是万州历史上第一所新式中学堂，即现在的重庆万州第一中学）。之后，又于 1917 年考入成都高等师范学校（该校后并入四川大学）国文部。

据现在能够找到的资料考证，当时的成都高等师范学校为公费学校，考上了就能免费读书。快 20 岁的外公虽然成绩优异，但依旧是个穷学生。据外婆回忆，当年，外公不但是从重庆步行到成都上学，就连极少的盘缠，也是得了同学杨砺坚与李舍珍（音）的资助。

从重庆到成都，即使现在的高速公路，也有 300 公里的距离。我不知道当年的外公，是怎样完成那次徒步行走的，路途中又经历了怎样的坎坷与磨难。也许，对一个出生贫苦家庭的孩子，对一个一心向往大山外面更广阔天地的热血青年而言，肉体的苦痛并不算什么。

对于外公而言，从沟壑纵横的重庆到一马平川的成都，不仅仅是时空与地理环境的转换，更是崭新人生的开始。

大学

从重庆到成都，从中学到大学，外公不但开始了崭新的生活，也投入了时代的洪流。

成都，不但是辛亥革命的发轫地之一，也是二十世纪初西南地区的政治文化中心。外公在成都求学期间，正值五四新文化运动席卷全国之际。他所就读的成都高等师范学校，是成都学生运动的中心。据外公的学长张秀熟（张秀熟比外公大 3 岁，早外公一年进入成都高师，毕业后曾与外公有同事之谊。四川著名教育家，绵阳地方党组织创始人之一。中华人民共和国成立后曾任四川省教育厅厅长、副省长，全国政协常委等职）撰文回忆：

（1919 年）五月五日午前七时，我正在学校——成都高等师范的大食堂吃早饭，忽有一人登上桌子，大声宣读《川报》上所登载的关于五四的专电。顿时似乎火山爆发了，几百个同学嚷成一片，食堂变成了会场，一致通过立刻拟发电报，声援北京学生，声讨卖国政府，拒绝“巴黎和会”签字，要求罢免曹汝霖、章宗祥、陆宗舆等亲日派卖国贼。饭后，成都各大中校学生数千人不约而同地已齐集在高师校至公堂前，略经酝酿，即整队出发，游行讲演，向督军署、省长公署（督军熊克武、省长杨庶堪系广东军政府任命的）请愿，要求声援，并通电各省和全省各县一致奋起，反日救国，并加强抵制日货活动。

几天以后，在成都成立了四川学生联合会，接着重庆成立了川东学生联合会，不少的县也成立了学生联合会。这是四川青年学生第一次在革命运动中组织起来，而且成为五四运动最坚强的核心。六月三日后，在省学联号召下，展开了全成都和一些较大城市学校的大罢课，抗议北京政府大捕学生，压迫爱国运动。

据史料介绍，四川学生联合会的会址就设在高师，张秀熟被选为学生会理事长，比张矮一级的外公，也是学生运动的积极参与者。据当年参加学生运动的秦德君回忆：“1919 年，五四的熊熊火焰燃遍全国，学生爱国运动风起云涌。成都高等师范学校学生刘砚僧、王维彻、袁诗尧、张秀熟、杨砺坚，还有附中学生刘先亮、吴先忧等，团结全市学生掀起了爱国运动的热潮，声势浩大，他们拍发电报，声援北平爱国学生，声讨北平卖国政府，呼吁各界一致反对北洋政府在《巴黎和约》上签字。”

张秀熟在回忆录中还写道：“1920 年初，四川学生联合会为了加强反帝、反封建斗争，宣传新文化革命运动，出版了自己的刊物《四川学生潮》周报，自己撰稿、编辑、校对、发行，并自己沿街贩卖……高师校学生袁诗尧、刘砚僧、王维彻、杨砺坚等在周报上发表文章，系统地批判了宋育仁、祝彦和、曾学传这一类遗老的讲义，驳得体无完肤，把‘大经师’（宋）、‘大圣人’（曾）弄得权威扫地……”

苦闷

1921 年，外公从成都高师毕业，与他的同学袁诗尧一道，受聘于张澜先生创办的南充中学作国文教师。学长张秀熟也于前一年在此任教。

按说，从学校走向社会，有了一份学以致用且相对稳定的工作，还与大学时代的好友共事，外公的职业生涯应该是顺利的。但是，在南充的近一年时间里，外公的思想却陷入了极度的苦闷之中。

外公为何苦闷？1984 年由巴县县志办公室编印的《巴县历史人物（第一辑）》里，我看到了这样的描述——

他思想活跃，精神充沛，一直保持着学生时代的朝气。在这段时间内，接受了《向导》《人声周刊》等刊物宣传马克思主义的影响，思想有所触动，对旧民主主义思想感到怀疑，但又不能遽然信仰共产主义。

而我个人认为，外公的苦闷主要出于以下几个方面。一是那个时代热血青年们的共性——大学时代，积极投身新文化运动，拥抱“德先生”与“赛先生”，充满了“天降大任于斯人”的豪迈气概。然而，旧的偶像推翻了，新的信仰却没有找到；传统被熔断了，新的秩序却没有建立。但凡有社会责任感的青年人，都会有一种“拔剑四顾心茫然”的失落感。同时，从轰轰烈烈的新文化运动中心来到相对平静的川北小城，面对依然贫瘠与保守的社会现实，这种苦闷更加剧烈。另一方面，便是来自家庭的压力——在外公写给张澜先生的辞职信中，就有“家庭境况，逼我过甚”的描述；而在 1924 年春天写给梁漱溟先生的信件中，又说到“父母兄于生始终不谅解，只以世俗之见相责难，不能得调和妥贴，卒陷于污泥不能自拔”等内容。大约是在读大学期间，外公依照父母的安排，与老家的岳姓女子结婚，后育有女、子各一人。以我个人的推断，外公的第一次婚姻，应该属于“父母之命，媒妁之言”的旧式婚姻，恐怕是没有多少爱情可言的。一个具有新思想的青年，却不幸落入包办婚姻的藩篱之中，自然是痛苦的，自然要抗争，而抗争的结果，自然是“父母兄于生始终不谅解……不能得调和妥贴”。于是，“陷于污泥不能自拔”，这对于婚姻的双方都是痛苦的。而对于外公而言，更是加倍的痛苦。

当然，这些都是他者的描述与我个人的揣测。要了解外公在彼情彼景中的内心世界，他自己的说法也许更为真切。在外公写给梁漱溟的第一封信里，对其当时的生活及思想状况，做了较为细致的描述——

我自从去年五月间在国立成都高等师范国文部毕业过后，到现在作了要来一年的中学校的教员生活，因为思想无路，不能领导生活，起初去学佛，完全过佛家生活，后来忽然寻出我的生性及我的环境，此时于佛家生活均最不相近，于是那时更逼得我的生活无路，思想亦愈无归趋，前后曾持刀自杀过两三次，均为友人所解救……

是什么逼得外公苦闷至极，以致要放弃生命？环境与家庭虽然是重要的因素，而这两者背后所蕴含的，还是现实与理想的矛盾，进而“思想无路，生活遂失引导”。要知道，在那个时代，像外公这样的热血青年，把心灵的归宿看得比肉体的生存重要百倍。就像他写给张澜的辞职信中所言：“我之思想是一路向，而我之生活又是一路向之故也。且不惟思想与生活之路不同而已，又相反对焉。人生一切皆根据思想而行事，而生活；在我则思想不惟不能作生活之根据，且反对我之生活，至此焉能不烦闷？不出于自杀之一途？当时既寻出我之生活所以烦闷之原因，于是即思我今后究当如何生活之问题。想来想去，总想不出来。最后遂觉一切苦恼皆在人生，而我竟无安心立命之思想足以还持此生。天地虽大，那有我容身之地？于是便起床寻刀自杀，以免此生一切痛苦。”再加之外公既体弱多病，又多愁善感，他后来的老师熊十力曾评介为“素行脱略，触及世事，辄慷慨泣下”。在这样的心境与环境下，做出这样的过激行动，就可想而知了。

缘分

现在想来，外公的一生虽然短暂，且时时面对生活的折磨与思想的矛盾，但如我前文所说的吉人自有天相，在他人生的关键之时，却总是有“贵人相助”，让他走出现实的困境，开始新的生活。

用现在流行的话讲，知识改变命运。对于外公而言，从童年起所踏上的好学求知之路，不但让他走出了大山，更让他成为一个思想敏锐、眼界开阔的新青年。虽然读书没有给他带来黄金屋，却实实在在改变了他的命运。

就在他苦闷至极以致想要放弃生命之时，他读到了梁漱溟先生的《东西文化及其哲学》一书，仿佛在黑暗中看到了光明，“当时不觉大动吾心，始知一向生活烦闷之故，即在思想不能为生活指导”。他不但找到了自己苦闷的原因，更找到了通往新生活的路径。

于是，在1922年农历四月二十七日的深夜，他毅然扔掉了企图再次自杀的刀，“痛哭一场”后“转身倒卧床上”。第二天凌晨醒来，面对崭新的一天，他也仿佛成为一个崭新的自我，“心境异常舒展，有无限妙乐”。他的快乐来自他新的人生抉择——离开南充去北京，投奔梁漱溟先生。就像他写给张澜信中所言：“彻现已决意——真正的决意，明日起身回家，省亲后，即至北京执弟子礼于梁先生。”

我想，外公当年投奔梁先生，既是机遇，也是缘分。

先说机遇。

梁漱溟先生的《东西文化及其哲学》，首次出版于1921年，外公当时也应该是读过的。“不过彼时我之思想与生活，未起杌陧不安之象，不曾动荡吾心耳。”我个人推想，再次动荡其心的，应该是1922年1月商务印书馆出版的该书第三版，因为在这一版上，附有梁漱溟《著者告白二》，原文如下——

我在本书结论里认定我们现在应当再创宋明讲学之风，我想就从我来试作。我不过初有志于学，不敢说什么讲学，但我想或者这样得些朋友于人于己都很有益的。又我想最好是让社会上人人都有求学的机会，不要单限于什么学校什么年级的学生，象这两年来就有好许多人常来通信或过访于我，我虽信无不答，访无不见，但总不如明白开放的接纳所有不耻下问的朋友而相与共学。因此我今日告白大家知道：凡我所知所能都愿贡献给人，如来共学，我即尽力帮忙；不拘程度年岁，亦不分科目，不订年限；大家对我自由纳费，不规定数目，即不纳亦无不可；先以北京崇文门缨子胡同我寓所为通信处，如果人渐多再另觅讲习集会地方。

正当外公苦闷不堪甚至不能自拔之时，梁漱溟的书打开了他的心结；而梁漱溟这个极具操作性的《告白》，也让他看到了现实的路径。正是这样的机遇，让他做出了这样的决定。

再说缘分。

有人说，缘分就是在对的时间遇到对的人。我想，外公与梁先生，冥冥之中就是有缘的人。近年来读了一些梁先生的文章，才发现他们两人，虽然出生的家庭环境迥异，受教育的过程也各不相同，但两人在青年时期从青涩走向成熟的过程中，有一点却是惊人的相似——他们都曾学习过佛教，企图在佛学的经典与教义里找到解决人生困惑的办法；同时，他们在困苦至极时，也都想到过自杀。梁漱溟曾在一篇文章中谈到过他当时的心境："我在二十岁的时候，曾有两度的自杀，那都可以表现出我内心的矛盾冲突来。就是自己要强的心太高，看不起人家，亦很容易讨厌自己；此原故是一面要强，一面自己的毛病又很多，所以'悔恨'的意思就重，使自己给自己打架；自己打架，打到糊涂得真是受不了的时候，他就要自杀。"而现在看来，梁先生当时的心路历程，与外公何其相似。我想，当年的外公，在做出这一重大人生抉择之际，未必了解梁先生的那一段经历，但现在看来，真是缘分天注定啊。

梁先生在谈到他与弟子们的关系时曾说："因《东西文化及其哲学》之讲演而引起结交的朋友更多。而关系最深，踪迹至密，几于毕生相依者，则为王平叔、黄艮庸、陈亚三。"此是后话。

动身

外公是个行动派，既然决定，就立刻付诸行动。

梁漱溟在《略记当年师友会合之缘》一文中，对于外公当年的境况与行为，曾有这样的描述："平叔毕业于四川高师，依中等学校教书为生，而当'五四'运动前后，思想烦闷不得解决，几于自杀。既得读《东西文化及其哲学》，决心从游于我。不顾家人生计，辞去教职。路费无所出，则尽卖去其书物。其事至足动人。"

梁先生所谓的"其事至足动人"，指的是外公离开南充北上的经过。现在看来，其事不但"至足动人"，还至足有趣，有趣得令今天的我们感慨。在此我不妨多费点笔墨，让今天的读者看看当年知识分子的胸襟及文化单位的"干群关系"。

巴县志资料里说，南充中学校长张澜对外公"再三挽留都未能使他听从"，不知典出何处。但在外公写给张澜的"辞职信"中却有这样的请求："彻此行路费一钱莫有，彻有书籍数十百种，学校都要得着，可值百圆上下，我只以五十圆出售，半赠半卖，不知学校能买否？今我在重庆寄存之图书，悉行卖去，又可得四五十圆，如此则路费强勉可用至北京，先生可为主张否？”看到这样的文字，我不由得莞尔一笑，当年的外公，一个涉世未深的 24 岁青年，真是天真可爱至极，自己要辞职了，连见老板一面的勇气都没有——估计他的“辞职信”都是请人转交的，在其末尾有“去志急切，未能面辞，诸祈原恕”的言辞。然而，他还要老板买下他的书籍，以解决“路费一钱莫有”的窘境。如果是放在今天，真是天方夜谭。而在当时，开明的老板张澜先生，居然满足了他的要求（在他附给梁漱溟的《与南充中学校校长张表方辞职书》里注释道：“此事后来竟如此办去，所有书籍皆由学校收买。”），不禁令人感慨。

还有一个细节也颇令人玩味，他在当年的（农历）四月二十七日临时做出决定并给张澜写下洋洋千言的辞职信时，并没有给梁漱溟先生写信。他给梁先生写出的第一封信，却是在已经动身北上，乘船出了夔门，过了三峡，快到武汉的途中（这就是本文开头的一幕）。我想，外公在这个时候写这封信，多少有些破釜沉舟、自断后路的意味。从他之后的人生之路来看，真可谓“曾经沧海难为水，除却巫山不是云”。

照片

从现在可以找到的资料推断，外公是在 1923 年的春天到达北京并见到梁漱溟先生的。接下来，便顺理成章地实现了他“与先生同处，为亲炙的弟子”的愿景。

英年早逝的外公，留下的照片不多。时间最早的，就是 1923 年春天刚到北京时拍摄的——这张珍贵的照片，由梁漱溟先生保存，在 1980 年代中期转交给我大舅的——泛黄的照片中，面容清俊的外公身着一袭布衫，看似平静的表情还显得有些矜持。这张照片应该是在北京的一个照相馆里拍摄的，室内布景的每一个细节都洋溢着那个时代的气息——具有东方传统意味的花卉与假山，安置在一片茫茫大海的景片前，景片的海天相接处，是一艘驶向远方的巨轮。这个原本为照相馆设计好的“规定场景”，却恰好印证了外公当时的心境——他从昨日的迷惘中走来，走向明天广阔的天地。

2012 年的春天，我到北京拜望梁培宽先生。谈到当年梁漱溟先生与朋友和弟子“同处共学”的生活，确如他在“告白”中所言的“大家对我自由纳费，不规定数目，即不纳亦无不可”的承诺，完全是钱多多出、钱少少出、无钱不出的状况（这种办学模式还延续到 1924 年梁先生与其友人、弟子到山东曹州办山东省立六中时期）。我想，像外公这种连盘缠都成问题的弟子，应该就是“无钱可出”的一类吧。虽然无钱可出，虽然出身寒苦，但并不妨碍外公以自己的好学与才气成为梁先生学术上的得意门生与事业上的得力助手。

在拜望梁培宽先生不久，我又收到了他用电子邮件发来的两张老照片，一张是外公与梁漱溟及学友朱谦之与黄艮庸的合影，时间应该是在 1924 年左右。朱谦之也曾是梁漱溟“同处共学”师友团体的一员，当时任教于厦门大学。也许他是专程到北京拜访梁先生与师兄们的，在初夏的阳光下，在古城北京的某一个公园里，亦师亦友的梁先生在三位弟子的陪伴下雅聚畅游之时，留下了这张照片。此时，已经随梁先生游学一年多的外公，眉宇间似乎少了几分青涩，多了几分自信。

师友

外公接下来的生活，我只想简单地陈述——

外公投奔梁漱溟的行为，带动了高师同学张俶知、钟伯良、刘砚僧，以及后来曹州中学的武绍文、吕烈卿等加入梁漱溟师友团体。

1924 年夏至 1925 年夏，参与曹州办学期间，外公是其核心成员之一；1925 年底，与梁漱溟的学生黄艮庸、徐名鸿一起，作为梁漱溟师友团队的代表，南下广州，参加正在酝酿的北伐战争。1926 年初，任国民革命军第四军十师师长陈铭枢将军的秘书，随陈铭枢、白崇禧前往湖南推动唐生智参加北伐，北伐出征前加入国民党，其后参加了汀泗桥、贺胜桥等重大战役。

1927 年 5 月，随梁漱溟、黄艮庸赴广州，初在梁任校长的广东第一中学（今广雅中学）任教员，后任广东省主席陈铭枢私人秘书。1930 年在广州中法韬美医院住院期间，认识了我的外婆（外婆陈慧卿，比外公大一岁，当时是医院的护士），并于 1931 年在山东邹平结婚。

之后，外公在梁漱溟先生主持的山东省乡村建设研究院短暂工作后回到重庆。1933 年 11 月，参与由李济深、陈铭枢、蒋光鼐、蔡廷锴等人在福建成立的“中华共和国人民革命政府”，失败之后，再次回到重庆。

1934 年初，外公在原南泉乡村师范学校（该校由他的高师同学杨砺坚于 1930 年创办，为四川第一所乡村师范学校）的基础上，创建南泉乡村建设实验区并任区长；1935 年，受聘于四川乡村建设学院（1936 年更名为四川省立教育学院，中华人民共和国成立后并入西南师范学院），担任人生哲学导师；1936 年任巴县私立图书馆馆长；1938 年任泸县川南师范学校教师兼训育主任。

1937 年卢沟桥事变之后，梁漱溟及其师友团体的大多数同仁，都迁移到了以陪都重庆为中心的西南大后方。他们大都参与过梁漱溟先生主导的办学及乡村建设实践，面对新的社会形势，决定重树乡村建设旗帜，继续平民教育事业。1938 年，创办了南充民众教育馆，1940 年，又开始创办勉仁中学。在此过程中，外公再次回到梁漱溟先生的工作团队中成为骨干，在工作中积劳成疾，于勉仁中学开学前夕英年早逝。

最后，我想说说外公与梁漱溟先生的关系。

自从 1923 年春天见到梁先生之后，外公就成为梁漱溟的弟子，按照梁先生的说法，为青年朋友，——梁先生曾表示，按旧习，应曰门人，他却“少用此等字样”——而在接下来的岁月里，成为与梁先生“关系最深，踪迹至密，几与毕生相依者”，与梁先生之间形成了在人生观、价值观与学术观上共同探讨、互相批评、平等交流、亦师亦友的关系。那么，在近 20 年的交往过程中，他们之间有没有产生过矛盾呢？

有。就我知道的信息，至少有过两次。

一次，是在 1931 年。当时，外公到山东邹平参与山东省乡村建设研究院的工作，没待多久就离开了。离开的原因，据梁培宽先生对我讲，当时的山东省乡村建设研究院，是在韩复榘的扶持下组建的，院长梁仲华，与韩的关系密切，而梁漱溟先生只是担任了研究部主任。梁先生个人觉得，只要乡村建设的事业能够继续，个人的名利与得失都不必计较。而一班长期以他为精神领袖的弟子与追随者，却不以为然。不愿意同一些意趣不一致的人共事的情绪，在他们当中甚为普遍。而外公尤显激烈，他甚至看不惯院长梁仲华衣着华丽、喜穿绸缎长衫的习惯（在我看到的老照片中，无论是梁漱溟先生还是外公，都是一席布衫的形象）。

另一次，是在 1933 年。此事在梁漱溟先生的文章里有记录。这一次矛盾，与外公、徐名鸿、黄艮庸一道，参与了由李济深、陈铭枢、蒋光鼐、蔡廷锴等人在福建成立的“中华共和国人民革命政府”有关。

梁漱溟是一个和平主义者，他不但反对暴力革命，也反对内战，希望国家在一个和平统一的格局里平稳地发展。对于旨在反蒋独立的“中华共和国人民革命政府”的态度，梁先生在1934年撰写的《追记广州往事》一文第九节“附记闽事”中，做了专门的陈述——

二十二年福建建立人民政府之役，愚友徐名鸿实为内中主要角色之一……在北伐前，愚既遣青年朋友（沿旧习，应曰门人，顾愚素少用此等字样）王平叔（维彻）、黄艮庸（庆）并名鸿三人，南来谒任潮、真如；遂皆追从二公于役军中（武汉时，名鸿为第十一军政治部主任）。任潮爱重艮庸，真如推厚平叔。名鸿则蔡贤初（廷锴）始有欲杀之心，后乃甚相得。二十一二年间，名鸿从蔡在漳泉，与当地人士傅柏翠等，推行一种土地政策（亦兼为一种农民运动），于社会问题有所解决，一时大得民心。因自信为保守的国民党、激进的共产党之间一条新路。此盖闽事发动背景之一。

二十二年暑假，艮庸自香港来信，谓承二公命，将北来访愚。愚时适有上海、汉口之行，因嘱其相会于沪。晤面后，备悉其事，即语艮庸：愚仍坚决反对内战。谓非去某氏不能抗敌救国，理或可信；但必须在武力以外觅取途径……既而闽事发作，欲进言已无从矣。比闻艮庸从任潮于闽，怒其背愚宗旨，飞函严令离闽北来，否则此后勿相见。艮庸得书，闽局已危，欲行则嫌于临难苟免……

运动失败之后，徐名鸿被害，黄艮庸逃亡，外公则回到了信息相对闭塞的重庆。虽然身在重庆，外公还是孜孜不倦地投入到乡村建设和教育事业的具体工作之中，创办南泉乡村实验区，担任中学及大学教员。

从后来的情况推断，不论是黄艮庸还是外公，与梁漱溟先生的矛盾最后都烟消云散了，最根本的原因是先生的宽容大度与师生间共同的人生哲学与生活价值观，以及维系师生友谊的共同事业。就连外公与黄艮庸在与梁漱溟的通信过程中，多次对先生提出的种种批评，甚至是十分尖锐的批评，梁漱溟先生不但不恼，反而在黄艮庸的一封信的空白处，留下了这样的批语：“平叔、艮庸从游于我，皆胜于我。如此信所教我者，皆不易之道也。”

外公与梁漱溟先生的关系，不但“踪迹至密”，而且“几与毕生相依”。1940年暑假，作为勉仁中学办学发起人之一的外公，在学校即将开学之前，却被病魔夺去了生命。弥留之际，外公唯一的愿望，就是想见梁先生一面。梁漱溟先生得到消息，立即从数十公里外长江彼岸的江津聚奎书院赶到璧山来凤驿，却未能与外公见上最后一面。

在外公去世22年后的1962年（好巧啊，正是我出生的那一年），他的恩师梁漱溟写下了这样的文字：“平叔之故（1940年）亦只四十二三而已。平叔在吾侪朋友中最具有主动力，恒能主动帮助人，无论同辈后辈莫不身受其益。回忆我所得朋友的帮助，屈指而计，必首推平叔也。”

王平叔先生年谱简编

1898 年	出生于姜家乡一贫苦家庭，名维彻，后字平叔，排行第三，上有胞兄二人。父亲王羲成靠抬滑竿的微薄收入养家。
约 1905 年起	就读于乡私立小学。因成绩优异，得姜姓老师资助，后考入川东名校万州学堂（今重庆万州第一中学）。
1917 年	考入成都高等师范学校（后并入四川大学）国文部。
1919 年	5 月初，北京“五四运动”的消息传到成都，四川成立了学生联合会。王平叔成为联合会骨干，组织学生开展示威游行、罢课请愿、抵制日货等活动。
1920 年	四川学生联合会机关刊物《四川学生潮》（周刊）创办，王平叔担任主编与主笔，发表了许多笔锋犀利、针砭时弊的文章。 是年，与岳姓女子结婚，后育有女、子各一人（长女王治明出生于 1921 年农历 9 月 24 日，长子王治和出生于 1922 年农历 1 月 30 日）。
1921 年	夏，从成都高等师范学校毕业，受聘于张澜主办的四川省立南充中学任教。
1922 年	因思想苦闷，几度自杀未遂。得读梁漱溟《东西文化及其哲学》（第三版）后，决心赴京投奔梁漱溟门下。四月辞去教职，回乡省亲后，变卖书籍衣物作为路费，于是年六月动身北上。
1923 年	春，在北京见到梁漱溟与熊十力，旋即加入梁漱溟同处共学

的师友团体，师友以其字平叔相称。受其影响，高师同学张俶知、钟伯良、刘砚僧等也先后加入梁漱溟师友团体。

1924 年　夏，随梁漱溟师友团体赴山东曹州筹备曲阜大学并创办省立六中（现菏泽一中）高中部。

1925 年　年初，梁漱溟因与曹州方面办学负责人发生矛盾而返回北京，王平叔作为团体骨干受命坚持到暑假，随团体成员整体撤出曹州，回到北京。

农历年末，受李济深、陈铭枢之邀，作为梁漱溟、熊十力的代表，与黄艮庸、徐名鸿赴广州，了解南方革命形势。

1926 年　任国民革命军第四军十师师长陈铭枢（北伐军攻克武汉后十师扩编为第十一军，陈任军长兼武汉戍卫司令）的秘书，随陈铭枢、白崇禧前往湖南推动唐生智参加北伐，并代陈、白起草了争取湖南省长拥护广东革命政府的《谢湘中民众电》。

6 月，与黄艮庸、徐名鸿参加北伐，出征前加入国民党，其后参加了汀泗桥、贺胜桥等重大战役。

1927 年　年初，回重庆省亲。

5 月，随梁漱溟、黄艮庸赴广州，初在梁任校长的广东第一中学（今广雅中学）任教员，后任广东省主席陈铭枢私人秘书。

1930 年　在广州中法韬美医院住院治疗期间与护士陈慧卿相识。

是年，因父丧回重庆老家。

1931 年　赴山东邹平参与梁漱溟师友团体山东省乡村建设研究院工作。是年，与陈慧卿女士在邹平结婚。

1932 年　6 月，陈慧卿于山东济南生长子王复。11 月王平叔从山东邹平回重庆，陈随行（后于 1933 年生长女王治宽，1934 年生次子王治焘，1936 年生幼子王治森）。

1933 年　11 月，参与由李济深、陈铭枢、蒋光鼐、蔡廷锴等人在福建成立的“中华共和国人民革命政府”，失败之后，再次回到重庆。

1934 年　在原南泉乡村师范学校的基础上（该校由王的高师同学杨砺坚于 1930 年创办，为四川第一所乡村师范学校），创建南泉乡村建设实验区，任区长。

1935 年　受聘于四川乡村建设学院（1936 年更名为四川省立教育学院，

中华人民共和国成立后并入西南师范学院），担任人生哲学导师。

1936 年　任巴县私立图书馆馆长。

1938 年　任泸县川南师范学校训育主任兼国文教师。

1939 年　上年，梁漱溟师友团体骨干聚集四川南充，创办南充民众教育馆。是年，王任南充民众教育馆教员，并兼任省立南充中学国文教师。

1940 年　年初，参与筹办勉仁中学，该校由梁漱溟任董事长，王维彻作为办学发起人之一，起草了《办学意见述略》，由梁漱溟定稿后公布。

夏，在璧山县来凤驿镇参加勉仁中学筹建事务中不幸罹患疾病逝世，享年 42 岁。

编注后记

我 1962 年出生的时候，外公已经离开这个世界 22 年了。

在我的童年乃至少年时期，由于种种原因，家中的长辈与亲友，很少向我提起外公。

到了 20 世纪 80 年代初，我才开始对外公的生平有些碎片化的了解——他读过大学，他是梁漱溟的学生，他与梁漱溟一起创办了勉仁中学（我从小在北碚长大，勉仁就在北碚）。然而，外公到底是一个什么样的人，甚至他的形象，也甚为模糊，就像一个无法看清的背影。

直到 1980 年代中期，大舅王治和收到梁漱溟先生寄来的外公写给他的一些信件的复印件，还有一张外公大约于 1923 年拍摄于北京的照片（大舅加印了许多张分发给亲友），我才算“见到”了外公——照片中的外公大约 24 岁，面庞清俊，眼睛不大却有神，紧闭的嘴唇，显得既矜持又自信。

2004 年初，大舅又收到了梁漱溟先生的长子、《梁漱溟全集》整理者梁培宽先生寄来的一个包裹，里面是外公从 1922 年至 1940 年期间写给梁漱溟等人的数十封信的原件，这些信件都是梁漱溟先生生前保存的，梁培宽先生按照梁漱溟先生的安排，委托大舅转交重庆图书馆永久保存。在转交图书馆之前，我将信件全部进行了翻拍，并复印了梁培宽先生撰写的相关背景材料。

当初翻拍外公的信件，也只是为了留下一个纪念，照片的像素也不算太好。在翻拍之前，我虽然大致浏览了一下这些信件，但文白夹杂的语言与没有断句的格式，读起来十分吃力，几同囫囵吞枣。

2008年，在北碚举办的一次梁漱溟先生学术研讨会上，我第一次见到了梁培宽与梁培恕先生。之后，陪同他们参观了三峡博物馆与北碚图书馆，还去巴县看望了大舅（他与梁培宽同过学）。在几天的相处过程中，培宽、培恕先生不但告诉了我关于外公的许多故事，还嘱咐我好好研究一下外公写给梁漱溟先生的那批信件。两位先生回到北京后，又给我寄来了一批梁漱溟先生的作品及与之相关的书籍，其中包括《我生有涯愿无尽·梁漱溟自述文录》和梁培恕先生撰写的《中国最后一个大儒：记父亲梁漱溟》。读着书中关于外公的介绍，想起培宽、培恕先生的嘱咐，我才有了认真梳理外公这批书信的打算。

时光荏苒，世事纷忙。直到2014年秋天，我才开始认真阅读外公的这批信件，并试图对其中的相关内容作出注释。而当我真正投入到这一工作中的时候，才发现它的艰巨与浩繁。首先是我才疏学浅，对外公所处的时代背景及人际交往甚至文字风格都知之甚少；二是因为外公英年早逝，在梁漱溟师友团体，特别是勉仁弟子所撰写的回忆文章中，很少有涉及外公的内容，许多史料都来自相关的旁证。而网络时代，信息芜杂，有时候，一个看似细小的信息，往往需要多渠道比对方能够核实。以人物注释为例，信件中的称谓往往有名无姓，或者有字无名，考证起来十分吃力。此项注释，主要参考梁漱溟师友团体相关文章中的内容，而未曾涉及者，尽量采信公开出版物的相关信息。对于实在无法厘清者，只好以“待考”表述，以待方家指正了。

本书的编注，得到了梁培宽、梁培恕先生的大力支持。特别是梁培宽先生，他2004年撰写的《关于王维彻先生早年所写的一批书信》及《王维彻先生书信目录》，不但介绍了外公的生平，还将这批书信按时间顺序进行了编号（如今正式出版的编号，主要参照梁培宽先生的意见），并对部分信件的背景做了简约的说明——这些信息，为我们后来的编注工作打下了很好的基础。

近年来，我曾多次到北京探望梁培宽先生，年近九十的老先生，身患多种疾病且案头工作繁忙（梁培宽先生近年致力于《梁漱溟全集》修订版的工作，需要梳理的资料浩如烟海，先生依然用笔写作，仿佛一叶孤舟行于茫茫书海之上）。但每次我去，他都安排出时间接待。对于我提出的各种问题，他都认真回忆，耐心回答，还不时找出一些相关的资料馈赠与我。

2015年春天，已经九十高龄的梁培宽先生，又专门为本书的出版撰写了序言。

培宽先生为本书作序，为我们的编注工作注入了极大的动力。在将近两年的时间里，我与舅舅王治森及表哥王家伟反复讨论，共同修改，几易其稿。而现在即将付梓的文字，肯定还有许多疏漏与瑕疵、缺失与遗憾，只有留待今后，等专家指正了。

九十多年前，外公的挚友黄艮庸先生，曾以一首《咏竹》赠予外公——

冉冉孤生竹，结根于磐石。
风雨晦乾坤，我心良匪席。
长叹望修竹，枝柯幸弗折。
守身如执玉，乃有固穷节。
岁寒思至友，独立凌霜雪。
但愿上阳生，毋使春景绝。

如今，重读外公当年写给梁漱溟及其他先生们的信件，我们仿佛又看到了那一代人在追求真理、复兴中华的人生路上，历经坎坷依然奋力前行的身影；仿佛听到先辈们的期望——但愿上阳生，毋使春景绝。

李炼
2016年7月11日
于重庆渝北水滴书屋